LES LOUPS DU X-CLAN

La Promise de l'Alpha
La Compagne de l'Alpha
Le Trône de l'Alpha
La Revanche de l'Alpha

LES LOUPS DU V-CLAN

Le Secteur Sanglant

J'étais en train d'apporter les dernières touches à mon rempart quand il s'ouvrit sur l'Alpha Sven, qui apportait un nouveau plateau de nourriture. Il le posa à l'intérieur, et je poussai un grognement agacé. Je le récupérai et le jetai au sol avec un faible grognement d'avertissement.

Pas de nourriture dans le nid ! lui criai-je dans ma tête.

— *Kari !*

Il irradiait une telle fureur que ma louve en fut bouleversée. Mais je ne reculai pas. Il avait essayé de souiller mon espace avec du *poisson* et du (je reniflai) *bœuf*.

Je lui jetai un regard furieux, sans me soucier de la nourriture qui jonchait désormais le sol. Mieux valait la moquette que mes draps.

– Tu vas *manger*, exigea-t-il.

Je ricanai. Le problème n'était pas que je mange, mais son manque de respect envers notre nid.

– Je suis sérieux, ajouta-t-il d'un ton glacial. (Son ronronnement avait disparu.) J'en ai marre de ces conneries d'autodestruction.

Il voulait qu'on parle de faire du mal ? Il avait essayé de mettre de la *nourriture* dans mon *nid*.

– Tu es un horrible Alpha.

Il savait qu'il ne fallait pas détruire un endroit aussi cher. *Mon espace.* Une chose que je n'avais jamais eue avant. Cela faisait peut-être partie de son jeu : un désir de faire en sorte que je me sente chez moi, pour le simple plaisir de me rappeler que ce n'était pas le cas, que je n'étais pas en sécurité, et totalement sous son contrôle.

Mon cœur manqua un battement.

Oui.

C'était le but de la leçon. Il m'avait laissée ressentir quelques jours de réconfort, juste pour me l'arracher en...

– Un *horrible* Alpha ?

Sa colère envahit mes sens, faisant taire mon trouble intérieur pendant une seconde.

Est-ce que je l'ai appelé comme ça ? Je ne parvenais pas à m'en souvenir. J'étais trop concentrée sur mon nid, la situation et... *Pourquoi est-ce que j'agis de cette manière ?* Je n'avais jamais été territoriale avant. Et je savais qu'il ne valait mieux pas que je considère ce lit comme mien, et encore moins y faire un nid.

– Je t'ai baignée, nourrie, j'ai ronronné pour toi, je t'ai offert chaleur et protection, et tu penses que je suis un *horrible Alpha* ?

Sa voix se fit rugissement, et je me recroquevillai à l'intérieur du nid, appelant ma louve par pur instinct. De la fourrure apparut sur ma peau, et je pris ma forme animale plus vite que je ne l'aurais pensé.

C'est grâce à la nourriture, me dis-je.

Je me sentais déjà plus forte, et l'Alpha Sven ne m'avait guère apporté plus que du réconfort et de la nourriture.

Ma transformation fut suivie d'un grognement furieux : l'Alpha était plus en colère que jamais.

– Tu vas te retransformer tout de suite, m'ordonna-t-il. Parce que sinon, Kari, tu ne vas pas *du tout* apprécier les conséquences.

LA REVANCHE DE L'ALPHA

LES LOUPS DU X-CLAN

AUTEURE À SUCCÈS USA Today

LEXI C. FOSS

La revanche de l'Alpha

Copyright © 2021 Lexi C. Foss

Tous droits réservés.

Traduction par: Sophie Salaün

Édition par : Jean-Marc Ligny

Conception de la couverture : Jay R. Villalobos avec Covers by Juan

Photographie de couverture : CJC Photography

Modèles de couverture : Kristen & Mason

Publié par : Ninja Newt Publishing, LLC

Édition numérique

ISBN : 978-1-954183-16-2

Print ISBN : 978-1-68530-004-3

❀ Réalisé avec Vellum

LA REVANCHE DE L'ALPHA

LES LOUPS DU X-CLAN

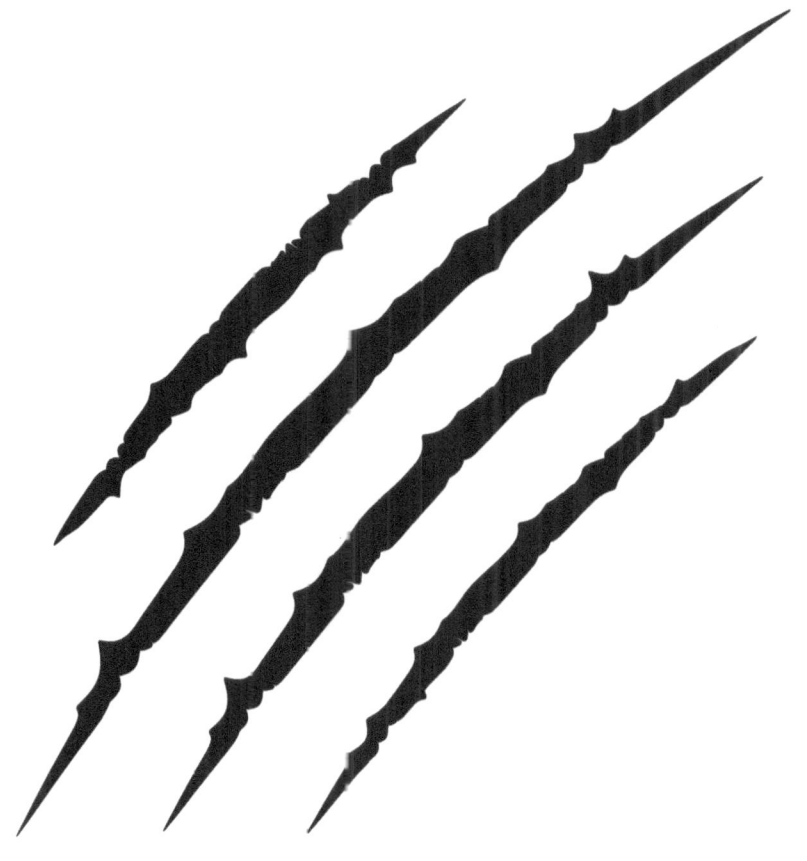

LA REVANCHE DE L'ALPHA

LES LOUPS DU X-CLAN

La vie est une succession de prisons.
Et à la fin, il ne reste que la mort.

Kari Zamora

Mon père m'a asservie. Bousillée. Vendue. Laissée souffrir.
Jusqu'à ce qu'*il* me sauve.
L'Alpha Sven Mickelson du Secteur Scandinave prétend
être mon sauveur, vouloir que je reste en vie, et me promet
de me protéger. Mais je sais qu'on ne peut pas faire
confiance aux Alphas. La seule chose qui l'intéresse, c'est
mon lien d'accouplement. Pour me posséder. Pour me faire
sienne.

Personne ne se soucie de ce que je désire. Je ne suis qu'un
pantin. Un être qu'on peut utiliser et dépraver.

Alors peut-être est-ce moi qui vais me servir de cet Alpha.
Ou peut-être deviendra-t-il l'Alpha que j'ai toujours désiré.

Sven Mickelson

Mon destin est de diriger. De dominer. De posséder. Je suis
un Alpha au droit de naissance important, et je suis prêt à

revendiquer ce qui me revient. Sauf qu'elle ne cesse de se refuser à moi.

L'Oméga Kari est brisée. Détruite. Une femme déchirée par ceux en qui elle avait le plus confiance. Et moi seul peux la remettre sur pieds. Si elle me laisse faire.

Je sens la guerrière sous la fourrure, et je la défie de venir jouer. Car quand elle se décidera à le faire, je pourrais enfin revendiquer mon droit.

Alors vas-y, petite louve.
Donne-moi ta douleur.
Et ensemble, nous réduirons le Secteur Bariloche en cendres.

Note : Il s'agit d'une romance indépendante, avec des éléments d'Omégaverse et de dystopie. Veuillez lire la note de l'auteure à l'intérieur pour connaître les avertissements relatifs au contenu, car ce récit contient des éléments relatifs à la dépression.

NOTE DE LEXI :

Ce livre est peut-être l'un des plus difficiles que j'ai écrits.
Ce n'est pas tant l'histoire qui m'a posé problème, que la
voix de Kari. Elle est si terriblement brisée. Elle m'a
entraînée dans un endroit très sombre, peut-être le plus
sombre que j'aie jamais visité en esprit. C'était une
expérience démoralisante, mais elle s'est transformée en un
conte sur la beauté et la force.

Ceci étant dit, je pense qu'il est important d'avertir le
lecteur que ce livre est éprouvant sur le plan émotionnel.
Au début de son histoire, Kari est plongée au cœur de sa
dépression, et cela transparaît au fil des pages. Elle est
suicidaire, brisée et désespérée. Si vous vous débattez avec
des idées noires ou si vous vous laissez facilement
influencer par des textes déprimants, je vous enjoins à
reconsidérer la lecture de ce livre. Ou débutez à la
partie II, où démarre son parcours de guérison.

C'est l'histoire de quelqu'un qui grandit, acquiert du
pouvoir, et de la puissance. Mais pour que Kari devienne
la louve qu'elle doit être, il faut qu'elle surmonte son passé.

Si les autres livres de cette série abordent des thèmes sous-jacents de consentement équivoque, celui-ci se concentre sur les aspects enrichissants d'une relation curatrice. On retrouve des éléments forts de non-consentement dans le passé de Kari, mais ce livre est axé davantage sur son présent et son avenir.

Sven est un Alpha différent. Il est attentionné et méticuleux, et bien qu'il pousse Kari à sa manière, il est plus respectueux à ce sujet que les autres Alphas de cet univers. Il est ce dont Kari a besoin, même si elle ne veut pas l'admettre.

Cette histoire m'a brisé le cœur. Mais la fin en valait la peine.
J'espère que vous apprécierez le dernier épisode de la série X-Clan. Et j'espère que nous nous retrouverons lorsque je vous présenterai les Secteurs V-Clan de cet univers.

Chaleureusement,
Lexi

AVERTISSEMENT : CE LIVRE ABORDE LA DÉPRESSION, NOTAMMENT DES PENSÉES SUICIDAIRES, AU TRAVERS DE SCÈNES D'AUTO-MUTILATION, ET DES SENTIMENTS DE DÉSESPOIR INTENSE. CE LIVRE PEUT NE PAS CONVENIR AUX LECTEURS SENSIBLES AUX THÈMES TOUCHANT À LA DÉPRESSION.

UN AVERTISSEMENT DE KARI

Mon monde est un cauchemar.

Je suis une femelle Oméga stérile parce que mon père ne voulait pas que je prenne un compagnon. Alors il a fait de moi une coquille vide, servant uniquement au plaisir masculin et à de sombres desseins.

Les Alphas m'ont prise.

Ils ont abusé de moi.

Ils m'ont brisée.

Je ne sais plus à qui me fier ni comment vivre.

Mon histoire est cruelle. Elle est tordue. Elle n'est pas pour les âmes sensibles.

Les fins façon « conte de fées » n'existent pas dans cet univers. Il n'y a que la douleur, la souffrance et les luttes de pouvoir.

Peut-être qu'un jour j'échapperai à tout ça.

Mais ce n'est pas pour aujourd'hui.

Ni probablement pour demain.

Sven Mickelson me promet de me venir en aide. Je ne le crois pas. Je sais ce qu'il veut vraiment : une petite Oméga obéissante prête à accueillir son nœud. Il ne me laissera pas le choix. Il me prendra parce qu'il en a le pouvoir.

Les Alphas sont tous les mêmes.

Ce sont des êtres sombres, sans âme, avec la procréation pour unique but.

Mon père a fait en sorte que cela n'arrive jamais.

À présent, je ne suis qu'un fourreau sexuel.

Cela fait bien longtemps que je sais où est ma place.

Rien ne change jamais.

Parce que cet univers n'a rien de gentil, il est sauvage.

Ce sont les Alphas qui dominent et dirigent. Les Betas travaillent pour eux afin de maintenir des sociétés productives. Et les Omégas en sont les joyaux les plus précieux, les rares êtres que les Alphas prennent pour compagnes pour contribuer à la perpétuation de la race X-Clan.

Mais ce n'est pas mon histoire.

Je suis une Oméga dont la matrice est brisée. Il n'y a qu'un seul destin pour moi. Et il n'est certainement pas fait de dévotion ni d'amour.

Vous avez été prévenus.

PARTIE I
LE SECTEUR
SCANDINAVE

KARI

Secteur Hiver

Encore une nuit. C'est tout. Je dois y survivre, et je serai… Je n'allai pas au bout de cette pensée, car je ne savais pas comment définir ma situation future. Ma vie reposait entre les mains de l'Alpha Enrique. Je ne serais pas libre. Il y aurait toujours de la douleur. Mais ça ne pouvait pas être pire que le Secteur Bariloche.

Les capteurs qui bourdonnaient contre mes zones érogènes suggéraient autre chose. Ils me servaient de criant rappel de ma raison d'être en ce monde.

Un fourreau à plaisir pour les Alphas.

Ils ne se préoccupaient ni de mon bien-être, ni de mon plaisir. Uniquement le leur. Toujours le leur.

Des hurlements cruels résonnèrent tout autour de ma cage, provoquant des frissons dans mon dos. Mon estomac se retourna. Je serrai les cuisses. Et mes sucs imprégnèrent l'air.

Les vibrations s'intensifièrent, amplifiant mon excitation, envoyant des décharges dans mes veines. Ça me brûlait. Ça palpitait et pulsait. C'était *douloureux.*

Encore une nuit, me répétai-je, pour que mon esprit s'apaise. *Je peux gérer…*

Un grognement féroce s'éleva au-dessus des autres, et tous mes poils se mirent au garde-à-vous. Du sang gicla sur le sol tandis que les Alphas se battaient. Tous n'avaient qu'un objectif en tête : *me nouer*.

Ils allaient se relayer. L'un après l'autre. Jusqu'à ce que je gise en loque sur le sol.

Ces stimulateurs sensoriels avaient exacerbé mon état, au point de frôler l'œstrus, provoquant le rut chez tous les Alphas qui m'entouraient.

Qui franchirait la barrière en premier ?

Se perdrait-il dans sa violence au point que j'en mourrai cette fois ?

Allaient-ils tenter de me pénétrer à deux à la fois ?

Je frémis au souvenir encore vif de ma sœur qui avait failli être nouée à mort la semaine dernière. Son compagnon avait été tué, la réduisant à un tas d'os et de chair qui n'avait plus qu'un usage : accueillir un nœud.

Je fermai les yeux.

Es-tu en vie ? me demandai-je pour la millième fois cette semaine. *Ou es-tu enfin en paix ?*

Je me demandais souvent à quoi ressemblerait la mort. Calme. Légère. Douce. L'oubli dans les ténèbres. L'ultime évasion.

Non, grogna ma louve intérieure, m'envoyant une décharge dans la colonne pour me ramener au présent. Le désir me faisait trembler les jambes, et mon corps suppliait ces Alphas de prendre ce qui leur appartenait, de me rendre entière.

C'était une fausse promesse. Ils avaient beau essayer, à cause de ce que *lui* m'avait fait, je resterais éternellement insatisfaite.

Un nœud ne faisait que déclencher plus de douleur.

Non pas que les Alphas l'aient jamais remarqué. Ils

obtenaient leur soulagement, et c'était bien la seule chose qui leur importait.

Un rugissement me fit me rouler en boule et la danse violente prit fin.

Je ne pris même pas la peine de regarder qui avait gagné. Je n'écoutai pas non plus l'Alpha féminine qui expliquait aux concurrents ce qu'il adviendrait ensuite.

Je le savais déjà.

Ils allaient se relayer dans l'ordre du plus fort au plus faible, de sorte que les meilleurs Alphas me prendraient avant que je perde connaissance.

Au final, ça m'allait. Les plus forts étaient toujours les plus cruels. Et ils avaient tendance à commencer par m'assommer.

Bientôt, je sombrerais dans un doux oubli. Il fallait juste que j'endure la situation. Que je survive. Que j'attende.

L'électricité qui bourdonnait sur ma peau stimulait mes réactions en continu, garantissant une pénétration en douceur dans mon corps à celui qui me prenait en premier.

Mes mamelons pointèrent, affichant un intérêt que je ne ressentais pas.

Ce n'étaient que des réactions programmées, inhérentes au conditionnement subi par mon corps. Les Omégas venaient au monde pour accueillir le nœud, pour être la lie de la société, pour servir d'esclaves que l'on saute et que l'on utilise au gré des besoins d'un Alpha.

Les Betas ne faisaient rien d'autre que maintenir les normes sociétales en accomplissant leurs tâches, quelles qu'elles puissent être, chaque jour.

Et les Alphas régnaient.

Enfin, pas tous les Alphas. Seulement les plus forts. Les autres étaient des guerriers protégeant leur roi.

Même si, d'après le peu que j'avais vu du Secteur Hiver, cette colonie était principalement composée de Betas. Ce qui expliquait pourquoi l'Alpha Enrique avait été recruté pour rejoindre les rangs de Vanessa. Il lui fallait un Second, quelqu'un pour la protéger et lui obéir au doigt et à l'œil.

L'Alpha du Secteur Bariloche m'avait avertie que je serais le cadeau de l'Alpha Enrique, pour le servir. Il m'avait ordonné d'être une bonne Oméga et de faire tout ce qu'il me demanderait. En retour, il pourrait un jour me dire ce qu'il était advenu de ma sœur.

Ce n'était qu'un mensonge.

Cela faisait bien longtemps que j'avais appris à ne pas me fier à la parole d'un Alpha.

Mais l'Alpha Enrique me redonnait espoir. Il n'était pas comme les autres. Il était toujours… plus gentil. Il me soutenait. Il était même curieux. Jamais il ne se laissait aller à des rages ahurissantes comme les autres. Il m'avait serrée dans ses bras pendant que je pleurais.

La vitre de ma cage commença à s'élever et un tourbillon d'énergie me mit en état d'alerte maximal.

C'est l'heure, me dis-je dans un état second, tentant en vain de fermer les yeux.

J'étais entourée d'Alphas qui rugissaient violemment, leur instinct de revendication prenant le dessus sur la raison pour les diriger tous vers moi.

L'un d'entre eux se fraya un chemin à travers la foule : ses yeux bleus appartenaient à un loup à la détermination glaciale. Il détruisit tout le monde sur son passage ; la rage qui déformait ses traits fit manquer quelques battements à mon cœur.

Il va me déchirer, réalisai-je en remarquant sa carrure massive et ses grognements sauvages. Cette pensée m'avait déjà traversé l'esprit à plusieurs reprises, mais il y avait quelque chose chez cet Alpha qui la rendait plus réelle encore.

Je ressentis sa domination au plus profond de mon âme, et ma louve gémit de l'envie de se soumettre immédiatement à ses besoins et de lui permettre de faire tout ce qu'il désirait.

Les autres mâles tentèrent de m'atteindre en premier, mais leurs os furent brisés sous le coup de sa colère et des grognements d'un autre.

Je serrai les jambes à la fois de désir et de peur.

Ce n'était pas qu'un seul homme qui venait pour moi, mais deux.

Et en voyant leur approche, ils étaient d'égale force et stature.

S'ils me pénètrent tous les deux en même temps... Je n'allai pas au bout de cette pensée, incapable d'imaginer une telle expérience. Elle n'aurait rien de commun avec ce que j'avais vécu, et me détruirait sans me laisser le temps de respirer.

Le grognement de l'Alpha Enrique parvint à mes oreilles : sa fureur face à cette situation était évidente. *Il sait que je vais mourir.* Je voulus reporter mon attention sur lui, lui dire d'un regard que j'acceptais mon destin, mais des mains fortes m'entourèrent la taille avant que je puisse rassembler la force de bouger.

Ma louve s'alanguit aussitôt, s'abandonnant à l'Alpha beaucoup plus fort. Il me tenait dans ses griffes maintenant. Je ne pouvais rien faire d'autre qu'essayer de survivre.

J'ignorais lequel des deux me portait, et je fis de mon mieux pour ne pas m'en soucier. Sa chaleur enveloppait ma peau moite, provoquant mes gémissements alors que les vibrations continuaient de stimuler mon intérêt.

Il cala ma tête contre son torse, avant de foncer à

travers la foule, en quête d'un endroit sûr où monter sa proie.

Je fermai les yeux, cherchant dans mon esprit un recoin secret où m'échapper loin des horreurs à venir.

Seulement, à peine une fraction de seconde plus tard, je sentis de l'air glacial sur ma peau brûlante et j'ouvris les yeux une fois de plus.

Il a l'intention de me nouer dehors ? Dans la neige ?

Je gémis un peu à cette idée ; je n'aimais pas du tout ce que je ressentirais. Il me laisserait probablement pour morte après ça.

Et qu'est-il arrivé au second Alpha ? me demandai-je, délirante.

J'entendais résonner derrière nous des hurlements et des grognements tandis que l'Alpha courait, mais il était trop rapide pour eux. Trop fort. Trop *dominateur*.

Il finit par ralentir le rythme ; je tremblai dans ses bras, par la faute d'un mélange complexe de terreur et d'impatience.

J'avais besoin de lui en moi.

Et pourtant, j'avais conscience que son nœud pourrait tout aussi bien me tuer.

Cette étourdissante conjonction de désirs fit jaillir un miaulement de mes lèvres.

– Chut, murmura-t-il.

C'était un son étrange à mes oreilles, accompagné d'un grognement sourd qui déclencha un autre de mes gémissements.

Il me tenait d'un seul bras, me plaquant contre le haut de son corps, tandis que son autre main se promenait sur moi avec intérêt. Ses doigts se posèrent aussitôt sur mes parties sensibles, me caressant comme la récompense qu'il pensait sûrement que j'étais.

Le grondement dans sa poitrine s'intensifia, et son irritation était palpable.

Quelque chose l'agaçait à mon sujet. N'étais-je pas assez mouillée ? S'attendait-il à ce que je le supplie ? Que je pleure de désir ? Qu'est-ce qu'il...

Le bourdonnement cessa contre ma chair moite, et choquée, je poussai un profond soupir. C'était si soudain et inattendu que des points noirs dansèrent dans mon champ de vision.

Puis les stimulateurs disparurent de mes seins, suivis de celui placé au fond de mon vagin humide.

Il l'arracha comme s'il le gênait.

Une décharge rebondit en moi à une vitesse alarmante, me privant de ma vue.

– Ne t'inquiète pas. Je m'occupe de toi, petite louve, me dit l'Alpha d'une voix douce, et ses mots résonnèrent dans mon esprit.

Je ne savais pas s'ils étaient vrais.

Ou si je les avais inventés.

Dans tous les cas, je n'avais qu'une seule chose à lui répondre. *Oui, vous allez vous occuper de moi. Et c'est exactement ce qui m'effraie.*

Je ne savais pas si je l'avais exprimé à haute voix.

Sûrement que non.

Car, le temps d'y réfléchir, j'avais déjà sombré dans cet oubli tant convoité. Une mer de ténèbres. Mon état préféré : l'inconscience.

KARI

La réalité me ramena à la vie avec un craquement et un bruit sec dans mes oreilles. Confus, mon animal s'agita en moi ; l'air qui nous entourait ne nous était pas familier, et empestait le poisson.

Où suis-je ?

Le vent rugissait à l'extérieur des parois en tôle, noyant à peine le bruit des deux voix d'hommes proches.

Suis-je en vie ?

Mes épaules étaient enveloppées de quelque chose de doux et chaud, mais j'étais attachée par une ceinture au niveau de mes hanches.

Un Alpha dit quelque chose avant de me regarder de ses yeux noirs et mortels. Je cillai : je n'avais pas compris ce qu'il avait dit. Il se concentra de nouveau sur son compagnon aux cheveux blonds, et je lus de la satisfaction dans son regard.

Ils étaient assis dans des fauteuils de bureau, entourés d'appareils électroniques et de gadgets. Devant eux s'étendait une immense fenêtre ouverte sur le ciel, et la nuit étoilée était soulignée par la lune.

Nous volons, me dis-je enfin. *Nous sommes en plein vol.*

Cela ne faisait pas longtemps que j'avais effectué mon premier vol en avion, celui qui m'avait transportée du Secteur Bariloche au Secteur Hiver. L'Alpha du Secteur Bariloche m'avait obligée à me transformer en louve avant de m'enfermer dans une cage et de me laisser dans une soute pendant ce qui m'avait paru des jours.

Ces Alphas, eux, m'avaient enveloppée d'une couverture... Et attachée dans un fauteuil semblable au leur.

Je les étudiai, me demandant où ils avaient l'intention de m'emmener.

Ils étaient de taille et de carrure semblables, et la domination palpable dans l'air autour d'eux me confirma qu'il s'agissait de ceux dont j'avais eu peur dans ma cage.

Mais d'après ce que je pouvais en voir, ils ne m'avaient pas encore touchée. Ils avaient simplement retiré les capteurs, m'avaient enveloppée d'un tissu doux, et ceinturée sur mon siège. Mes bras, mes poignets et mes jambes étaient libres. Et il n'y avait pas de verrouillage à la ceinture passée sur mes hanches, rien qu'un bouton pression que je pouvais aisément défaire moi-même.

Je fronçai les sourcils. *Qu'est-ce qui se passe ?*

Je regardai le ciel nocturne à travers le hublot près de moi. Mais il n'y avait aucune réponse cachée derrière.

Le nez plissé, je repérais les odeurs, relevant la puanteur du poisson et les nuances métalliques.

Je balayai l'espace du regard pendant un moment, parce que je sentais la présence de quelqu'un d'autre avec moi. Quelqu'un de familier.

Snow.

La fiancée d'Enrique.

Son odeur se dégageait de la soute à l'arrière de l'avion. Est-ce qu'ils l'avaient enfermée dans une boîte, ou quelque chose comme ça ? De la même manière qu'on m'avait emmenée au Secteur Hiver ?

Je fronçai les sourcils. *Pourquoi emmèneraient-ils Snow ?* C'était une princesse Beta, elle était donc vénérée. Avaient-ils l'intention de réclamer une rançon pour elle ?

Ou peut-être n'était-elle pas là du tout, et que son odeur était juste dans ma tête.

Je ne l'avais rencontrée qu'en passant, lorsque l'Alpha Vanessa m'avait exhibée comme cadeau pour l'Alpha Enrique. La princesse Beta n'avait pas réagi, mais j'imaginais qu'elle n'était pas ravie à l'idée que son fiancé se voit offrir une Oméga. Mon existence n'avait qu'un seul but : la satisfaction. Car les Betas ne pouvaient accueillir le nœud de l'Alpha. Du moins pas sans risque.

Les minutes passèrent en silence tandis que les deux Alphas à l'avant de l'avion se détendaient.

J'attendais que l'un deux fasse un mouvement, sachant pertinemment qu'ils n'allaient pas me laisser dans ce petit espace sans se servir de moi à leur guise.

Mais ces minutes s'étirèrent jusqu'à ce que l'avion entame sa descente.

Il faisait encore nuit : nous n'étions pas allés bien loin, ou nous n'avions pas volé longtemps. Peut-être une heure au total. Je ne parvenais pas bien à l'estimer, et ça n'avait pas d'importance. Ce qui m'intéressait le plus, c'était de savoir où nous allions. Au moment de l'atterrissage, l'océan occupait toute la vue d'un côté de l'avion. De l'autre côté apparut un petit village avec des bâtiments modernes au loin.

Il y avait beaucoup de neige, comme dans le Secteur Hiver.

Le Secteur Scandinave, devinai-je, connaissant les différents Secteurs X-Clan à travers le monde. Ma mère me les avait enseignés quand j'étais jeune, m'indiquant où je devrais aller si un jour je m'échappais du Secteur Bariloche. Le Secteur Scandinave figurait sur sa liste, mais pouvais-je encore me fier à cette vieille information ? Je n'étais même pas sûre d'avoir deviné juste à propos de ce lieu.

Les deux Alphas discutaient à voix basse, et leurs mots vibraient dans l'espace restreint.

Je fis de mon mieux pour ne pas les écouter, préférant me plonger dans mes pensées qu'écouter leur débat. Mais c'était compliqué de ne pas saisir les nuances de leur conversation. Ils parlaient de *moi*. Le blond voulait savoir si le brun avait l'intention de se battre contre lui pour m'avoir.

— Tu ne gagnerais pas, dit le brun d'un ton neutre.

— Je sais, répondit immédiatement l'autre, à ma grande surprise.

Il était rare que les Alphas cèdent aussi facilement. Et à les regarder tous les deux, je n'étais pas certaine que l'un ou l'autre ait raison. Ils me paraissaient de force égale.

— Alors pourquoi me défies-tu ? s'enquit celui aux yeux noirs mortels.

— Ce n'est pas le cas. Je veux juste savoir s'il faut que je me prépare à te lancer ce défi.

— C'est quoi ton problème ?

Le blond se contentait de fixer l'autre type.

— Réponds-moi, Kazek. Est-ce que tu vas te battre avec moi pour elle ?

L'avion était rempli de testostérone, en appelant à ma louve. Elle avait hâte de se soumettre et de soulager la douleur entre mes cuisses. Les capteurs ne m'avaient pas satisfaite. Mais au moins, ils ne bourdonnaient plus partout sur mon corps.

— Tu as toujours été un enfoiré arrogant, marmonna celui qui s'appelait Kazek.

L'autre Alpha ne répondit rien, se contentant de le regarder fixement.

— Merde, t'es vraiment mal barré, mec. Tu ne connais même pas cette fille. (L'Alpha Kazek marqua un temps d'arrêt.) Tu cours à ta perte, Mickelson. Je ne vais pas te défier pour elle. Toutefois, il est probable que d'autres le feront.

Mickelson, me répétai-je : je reconnaissais le nom. *L'Alpha Ludvig Mickelson du Secteur Scandinave.* Il était sur la liste des Alphas de confiance établie par ma mère.

Mais d'après mon expérience, ce type d'Alphas n'existaient pas vraiment. Pas dans ce nouveau monde ni dans ma vie.

Les deux hommes continuèrent de parler, mais je n'écoutai plus ; à la place, je songeai à ma mère et ma sœur.

La première était morte plus de dix ans auparavant des mains de mon père. Elle s'était refusée à satisfaire l'un de ses généraux. Et elle en avait payé le prix ultime… après que mon père l'avait forcée à regarder ses généraux jouer avec ma sœur déjà brisée.

Je contractai la mâchoire à ce souvenir, le cœur douloureux de cette perte.

Elle est dans un monde meilleur, me rappelai-je ; c'était un mantra que j'avais répété à plusieurs reprises au cours des années. *Elle ne souffre plus.*

— Est-ce que tu veux la fille, oui ou non ? demanda l'Alpha Kazek d'un ton sec, qui me fit frémir.

J'avais toujours eu peur des Alphas en colère. En général, quand ils s'énervaient, j'en payais le prix sous forme de violence physique.

— Elle est à moi, répondit l'Alpha Mickelson ; son ton me déclencha un autre frisson.

C'est un loup fort. Un mâle dominant. Un compagnon digne de ce nom. Mon animal intérieur ronronnait pratiquement d'impatience. Mais mon côté humain savait parfaitement que je ne devais pas le considérer de cette manière.

Jamais je n'aurais de compagnon.

Ce n'était pas mon but dans ce monde.

L'Alpha Kazek grogna quelque chose, et termina par :

— Tu la veux, alors affronte l'Alpha du Secteur Scandinave pour l'avoir. Je ne le ferais pas à ta place.

Ses paroles me firent réfléchir.

Attendez… Je croyais que l'Alpha Mickelson était l'Alpha du Secteur Scandinave ?

Je n'eus pas le temps de réfléchir à la question, car l'Alpha blond venait déjà vers moi. Je tremblais de tous mes membres, partagée entre l'impatience et la peur, sachant ce qui allait arriver.

Sa grande main défit la boucle à ma taille en une fraction de seconde, et il me souleva dans ses bras robustes comme si je ne pesais rien. Un doux gémissement m'échappa à son contact ; mon corps réagissait de manière innée à la douleur à venir.

Il me répondit par un grondement venant du fond de sa poitrine, qui me fit sursauter. Ce n'était pas vraiment un grognement, plutôt une douce réverbération.

Il était peut-être énervé ?

Mais non, ce n'était pas tout à fait ça.

C'était… En fait, c'était plutôt agréable. Le bourdonnement sortait en continu de sa poitrine, comme une caresse sur mon corps et mes sens, réveillant ma louve instantanément.

Je remarquai à peine qu'il me portait hors de l'avion ; mon esprit et mon animal étaient bien trop concentrés sur le rythme apaisant qui émanait de lui.

C'est un ronronnement, songeai-je, et j'eus envie de me blottir contre lui. *Il… il ronronne.*

Ma mère m'avait expliqué une fois que seuls les Alphas étaient capables d'émettre ce son. Elle en parlait d'un ton rêveur, et m'avait dit que c'était l'un des rares moments où elle s'était vraiment sentie en paix.

Savi en avait parlé aussi. De temps à autre, son compagnon Alpha avait ronronné pour elle.

Mais aucun ne l'avait fait pour moi jusqu'à présent.

— Comment t'appelles-tu, petite louve ? me demanda l'Alpha, avec ce grondement dans la voix.

Je déglutis.

— Ka-Kari, répondis-je d'une voix étranglée, brisée comme si j'avais passé plusieurs jours à crier.

C'était peut-être le cas.

Je ne contrôlais pas vraiment mon corps. Je réagissais de la manière dont on me l'ordonnait, faisais tout ce que les Alphas me demandaient, dans l'espoir de glaner quelques moments de silence et de solitude.

— Kari, répéta-t-il d'une voix grave, telle une caresse sensuelle sur mon nom. Je m'appelle Sven.

Pas Ludvig Mickelson, alors. Peut-être un frère ? Ou un fils ?

— Bienvenue dans le Secteur Scandinave, poursuivit-il. Tu seras en sécurité ici.

En sécurité ? Je faillis ricaner. Je n'étais en sécurité nulle part.

Son ronronnement s'intensifia, comme s'il avait perçu mes doutes, et il me serra plus fort tandis qu'il me portait sans mal au-delà de la zone qui ressemblait à un village — et qui faisait partie de l'aéroport, supposais-je à présent — sur un chemin menant aux bâtiments plus élevés que j'avais aperçus depuis l'avion.

Une douce lumière éclairait notre route ; le trottoir avait été élégamment débarrassé de la neige qui formait des tas sous les arbres immenses. La végétation était différente de celle de chez moi ; non pas que je passais beaucoup de temps au-dehors. Je ne m'étais jamais transformée autrement que sur ordre d'un Alpha. Parfois ils préféraient le rut sous forme animale.

Mon estomac se révulsa à cette idée, et je me demandai de quelle manière cet Alpha choisirait de me monter.

En réponse, il ronronna de plus belle, plus fort, et les vibrations imprégnèrent ma peau, exigeant que je me détende. C'était presque enchanteur. Et légèrement... agaçant... parce que je savais que c'était une méthode détournée pour m'amadouer et me rendre docile avant de me sauter.

– Chut, murmura-t-il. Je ne vais pas te faire de mal, Kari.

Cette fois, mon ricanement s'échappa sans que je puisse le retenir.

Il marqua un temps d'arrêt pour me regarder de ses yeux bleus hypnotiques. Ses cheveux blonds lui retombaient sur le front, l'obligeant à secouer la tête pour en repousser les boucles en arrière. Sauf qu'une mèche retomba sur ton visage une fois encore, lui donnant presque un charme adolescent.

Sauf qu'il n'avait rien d'un *adolescent*.

Il possédait des traits masculins, une mâchoire ciselée, et des pommettes parfaites. Il était vraiment beau. Mais comme la plupart des Alphas. Mais celui-ci avait aussi un soupçon de loup. Je voyais son animal m'observer, évaluer mon apparence, jauger si j'étais apte à faire une bonne compagne.

Bientôt, sa bête intérieure ricanerait de cette idée, quand il se rendrait compte que j'étais trop brisée pour accepter indéfiniment son nœud.

J'étais incapable de lui procurer un héritier, ou même d'entrer en phase d'œstrus.

– Quand je dis quelque chose, c'est que je le pense

vraiment, me dit-il en plongeant son regard dans le mien. Je ne te ferai pas de mal, Kari. Je le jure.

Je savais que je ne devais pas le croire. Alors je me contentai de détourner le regard. Il pouvait jouer la carte de l'honorabilité tant qu'il voulait. Il pouvait même faire semblant d'être gentil avec moi. Je l'apprécierais pour ce que c'était : une distraction en attendant que son vrai lui sorte pour jouer.

— Très bien, murmura-t-il. Je te le prouverai par mes actes, alors.

Je n'étais pas certaine de ce qu'il entendait par là.

Mais son ronronnement m'empêcha d'essayer de comprendre.

Il se remit en route, et je me reposai contre sa poitrine, absorbant le son, me demandant s'il me suivrait dans mes rêves plus tard. J'aurais bien eu besoin d'une bonne nuit de sommeil. Peut-être qu'il ronronnerait pour moi après m'avoir sautée ce soir.

Je fermai les yeux, me laissant bercer quelques secondes de plus.

Je garderais ce souvenir pour m'aider à survivre à ce qui m'arriverait ensuite.

Parce que j'avais vu agir cet Alpha, et que je savais que la violence et le meurtre se cachaient au fond de son âme. Ce n'était qu'une question de temps avant qu'il ne se serve de moi comme d'un exutoire.

Après tout, c'était raison d'être dans cette vie. Pourquoi serait-il différent ?

SVEN

Kari se blottit contre moi, sa petite silhouette plus marquée de cicatrices qu'aucune Oméga ne devrait jamais en subir. Certes, les marques n'étaient pas visibles. C'étaient des blessures intérieures, que j'avais lues dans ses iris bleu pâle, assombrissant à jamais ses pupilles noires.

Cette femme avait souffert d'une manière qu'aucune femme ne devrait jamais endurer. Et surtout pas une Oméga. Elles étaient beaucoup trop rares pour être torturées, même dans son état.

L'Alpha Vanessa avait prononcé le mot *stérile*. *Kari est stérile.*

C'était la raison pour laquelle elle avait été reléguée au service, et son existence n'avait plus qu'une seule utilité.

Même si c'était vrai, cela ne signifiait pas qu'elle méritait de vivre dans une cage et d'être utilisée pour induire le rut et la violence, et tout ce qui lui avait été infligé.

Le Secteur Bariloche l'avait envoyée à l'Alpha Enrique en guise de cadeau de mariage.

Comme c'était charmant.

Pourtant, plutôt que de l'utiliser comme prévu, l'Alpha

17

Vanessa avait dénudé l'Oméga et avait induit son excitation à l'aide de tout un tas de sex-toys.

Maudite pétasse, fulminai-je. Kari aurait été réduite en miettes par ces Alphas instables et ineptes. Ce que je soupçonnais d'avoir été le but recherché. L'infâme Reine des Miroirs était célèbre pour ses penchants sanglants. Elle voulait sûrement voir l'Oméga Kari souffrir avant que l'Alpha Enrique n'achève le travail.

Et il l'aurait fait. Même si c'était sûrement le seul autre Alpha de la salle qui aurait eu assez de force, à la fois mentale et physique, pour aider cette fille. Il se serait laissé aller au rut après avoir regardé tout le monde jouer.

Je secouai la tête, de nouveau agacé.

Kari remua dans mes bras : sa louve réagissait à mon agitation.

Je la fis taire en intensifiant mon ronronnement une fois encore. C'était un son réservé aux compagnes. Et pourtant il me venait naturellement à présent, mon loup était satisfait et heureux avec la femme que j'avais dans les bras. Il se fichait qu'elle soit soi-disant stérile. Dans tous les cas, il la désirait. Tout comme moi.

C'était un sentiment que jamais je n'avais éprouvé auparavant. Certains auraient pu penser que ce n'était que la réaction d'un Alpha à la puissante présence d'une Oméga, mais Kari n'était pas la première que je côtoyais.

Étant le fils d'un puissant Alpha, plusieurs leaders de secteurs m'avaient approché et proposé d'arranger un accouplement à des fins d'alliance. Mais aucune des Omégas que j'avais rencontrées n'avait parlé à mon loup.

Du moins, jusqu'à ce que je voie la minuscule blonde dans la cage de verre. Et quand son odeur m'avait frappé ? C'était à cet instant que j'avais su que je devais l'avoir.

Elle n'était pas destinée à devenir une servante dans le Secteur Scandinave. Son destin était de devenir mienne.

J'en ressentais la vérité tout au fond de mon âme. Et mon loup approuvait de tout son cœur.

Stérile, songeai-je une fois encore, en fronçant les sourcils. *Si elle est stérile, alors pourquoi ai-je une réaction aussi puissante devant elle ?*

Parce qu'il ne s'agissait pas simplement de la nouer. Je voulais la sauver, et la garder pour moi.

En toute honnêteté, c'était une réaction stupide. Je ne la connaissais pas. Mais son parfum naturel était comme une balise pour l'animal en moi.

Même quand nous pénétrâmes au cœur du Secteur Scandinave, là où les odeurs de la meute imprégnaient l'air, je ne sentais que la femme dans mes bras.

— Sven, me salua Joel quand j'approchai du bâtiment central, au milieu de la zone d'activités.

Il était dehors, à son poste habituel. C'était l'Exécuteur, et l'un des membres du personnel que j'appréciais le moins.

—Joel, le saluai-je en retour.

Il me bloqua le passage.

— Qu'est-ce que tu as là ?

Je me contentai de le regarder. L'odeur de Kari était une réponse suffisante. Il savait que c'était une Oméga que je portais, et je n'avais pas l'intention de lui en expliquer la raison.

— Où l'as-tu trouvée ? ajouta-t-il avant de prendre une grande inspiration.

Ses narines se dilatèrent avec intérêt, déclenchant un grondement de mon loup.

En réponse, Kari se raidit, et je regrettai immédiatement l'avertissement que je venais d'émettre. Je repris mon ronronnement à son intention, et Joel haussa les sourcils, surpris.

Ouais, toi et moi, mon pote, songeai-je. Mais je ne lui

donnai pas la satisfaction de répondre à haute voix ; au lieu de ça, je lui dis :

— Je n'ai pas le temps de discuter. Ouvre la porte, et demande à l'Alpha Ludvig de me retrouver dans la suite des invités.

— Tu veux que je lui donne un ordre ? demanda-t-il d'un air incrédule.

— Non. Je veux que tu lui donnes *mon* ordre, répliquai-je. Est-ce un problème ?

Joel grinça des dents en ouvrant brusquement la porte.

— Absolument pas, marmonna-t-il à travers ses dents serrées. (Alors que je passais devant lui, il grommela :) Connard prétentieux.

— J'ai de bonnes raisons, lui rétorquai-je sans lui jeter un regard. Bonne nuit.

Je ne pus retenir la pointe de sarcasme dans le ton de ma voix. Il était plus âgé que moi, mais mon inférieur au niveau hiérarchique. Et ce n'était pas à cause du rôle de leader de mon père, mais parce que je m'étais battu et j'avais relevé des défis pour gravir les échelons. Il n'y avait que deux personnes au-dessus de moi, en dehors de mon père : Kaz, et Alana.

Je ne les défiais pas par respect.

Ce qui ne signifiait pas que je n'étais pas capable de les battre.

Je rajustai Kari dans mes bras pendant que j'appelais l'ascenseur d'un coup de pouce. Elle ne fit pas le moindre bruit, et ne tenta pas le moindre geste quand nous y entrâmes.

Après avoir tapé le code spécial qui nous permettrait de monter, je la recalai une fois encore dans mes bras, et lui répétai :

— Je ne te ferai pas de mal.

Cette fois, elle ne ricana pas. Je décidai de considérer ça comme une amélioration.

– Tu n'es plus une esclave, ajoutai-je pour faire bonne mesure, caressant la peau à vif de sa gorge d'un effleurement du pouce.

J'avais eu du mal à lui retirer son collier, et les dégâts visibles sur son cou indiquaient que cela faisait très longtemps qu'il ne lui avait pas été enlevé. Il était sûrement programmé pour suivre ses transformations ; c'était donc une sorte de traqueur, et la raison pour laquelle nous l'avions détruit.

Et aussi parce que c'était tout simplement mal d'entraver une créature aussi exquise.

Elle porta timidement une main à sa gorge, et ses yeux s'écarquillèrent quand elle sentit sa peau.

– Pourquoi… ?

– Parce que tu n'es plus une esclave, lui répétai-je alors que les portes s'ouvraient sur le penthouse de l'immeuble.

Il y avait une porte à chaque extrémité du long couloir devant nous ; chacune conduisait à une sorte d'espace protégé, destiné aux invités qui avaient besoin d'une sécurité supplémentaire. Seuls ceux qui disposaient du code pouvaient accéder à cet étage. Cela impliquait également que Kari ne pourrait pas sortir, mais elle saurait sûrement se satisfaire des spacieux appartements et de l'espace de vie extérieur pendant que je réglais tous les détails avec mon père.

J'entrai dans le couloir et pris à gauche, avant de me servir de ma montre pour ouvrir la porte.

Kari ne voyait rien de ce qui l'entourait, elle était concentrée sur son cou. Je perçus le léger tremblement du bout de ses doigts alors qu'elle touchait encore la base de sa gorge.

– Ça fait mal ? lui demandai-je.

– Ça fait toujours mal, murmura-t-elle.

Je jetai un coup d'œil à sa gorge.

– Ton cou ?

– Tout.

Elle parla si doucement qu'un humain n'aurait sûrement pas saisi sa réponse. Mais mes oreilles de loup l'avaient entendue, tout comme sa voix brisée.

– Est-ce que tu as faim ?

Je me dirigeai vers la cuisine tout en lui posant la question. Elle ne répondit pas.

– Kari ? Est-ce que tu as faim ? essayai-je encore.

Je n'étais pas certain de l'approvisionnement du cellier et du frigo, étant donné qu'on utilisait rarement cet appartement réservé aux invités. Il faudrait probablement que j'aille lui chercher des provisions.

Elle secoua lentement la tête.

– Tu as soif ? lui proposai-je.

Cette fois, elle commença par secouer la tête avant de la hocher.

La tenant en équilibre sur un bras, j'ouvris le frigo de l'autre main et trouvai un pack de bouteilles d'eau à l'intérieur ; il n'y avait pas grand-chose d'autre.

– Tiens, lui dis-je en prenant une bouteille que je lui donnai.

Elle dévissa le bouchon de ses petits doigts avant de faire basculer le contenu vers ses lèvres pleines. Elle ne me regarda pas, préférant se concentrer sur le mur. Elle s'arrêta après quelques gorgées. Mais elle s'agrippa à la bouteille comme à une bouée de sauvetage, alors je n'essayai pas de la lui reprendre. À la place, je la transportai du salon à la chambre, et lui montrai comment accéder à la zone extérieure.

– Au cas où ta louve aurait besoin de faire de l'exercice, lui expliquai-je avant de retourner dans la chambre. Tu devrais trouver tout ce dont tu as besoin dans la salle de bains. Je vais voir si je peux te trouver des vêtements aussi.

– Pourquoi ?

– Pour ton confort, lui répondis-je.

– Oh.

Je l'amenai au lit et l'installai sur le matelas. Elle arrondit les yeux, son cœur manqua un battement, et elle se mit à se tortiller. Il me fallut un instant pour saisir la cause de sa soudaine terreur, et je faillis grogner en réponse.

– Je ne vais pas te sauter, Kari. En tout cas, pas comme ça.

Oh, j'avais tout à fait l'intention de la prendre. Mais pas dans cet état.

Même si son doux parfum attirait mon loup, la peur sous-jacente cassait l'ambiance. Je la voulais détendue et excitée. Pas terrifiée et sensibilisée par des capteurs érotiques.

– Je ne… Je ne… (Elle déglutit et baissa les yeux au sol.) Je ne comprends pas.

Je glissai mes doigts dans ses cheveux, et réfléchis à sa situation. Elle était passée d'une stimulation forcée enfermée dans une cage de verre, à une chambre plutôt somptueuse, le tout en l'espace de quelques heures. Je comprenais qu'elle soit un peu confuse, étant donné ce que Vanessa avait clairement eu l'intention d'accomplir avec ce coup initial : mettre à portée de main d'une foule d'Alphas affamés une Oméga sexuellement excitée.

Kari s'était attendue à ce qu'on se batte pour elle, et à se faire sauter.

Et à peine arrivés, je l'avais emmenée tout droit dans une chambre.

Son esprit s'était donc orienté directement vers son objectif, et elle ne comprenait donc pas mon agacement.

Je m'accroupis sur le sol devant elle, posant les mains sur le matelas de chaque côté de ses jambes pendantes. Elle s'assit un peu plus droit, le regard méfiant quand je l'obligeai à baisser les yeux vers moi plutôt que les lever.

– Le Secteur Scandinave ne ressemble ni au Secteur Hiver ni au Secteur Bariloche, lui promis-je. Ici, tu n'es pas une esclave. Tu es…

Je n'arrivais pas à trouver le bon mot. Mon loup disait *mienne*, tandis que mon cerveau voulait que je la qualifie d'*invitée*. Mais aucun de ces termes n'était vraiment juste.

– Eh bien, nous allons déterminer ce que tu es. Mais ta place est ici maintenant.

Un bourdonnement sur mon poignet m'empêcha de poursuivre. D'un mouvement du bras, je lus le message de mon père et me levai.

– Je dois aller voir l'Alpha Ludvig pour l'informer de ton changement de secteur, lui dis-je d'un ton doux, me servant du nom et du titre de mon père par habitude.

C'était en général de cette manière que je faisais référence à lui devant les autres. Kaz faisait partie des rares exceptions à cette règle, surtout parce qu'à mes yeux, il était plus un membre de la famille qu'un compagnon de meute ordinaire.

– Essaie de te laver et de te reposer, lui suggérai-je. Je reviendrai te voir un peu plus tard. Et je t'apporterai à manger aussi.

Comme elle ne répondait rien, je jetai un œil à la bouteille d'eau qu'elle tenait toujours comme une planche de salut.

– Personne n'entrera ici à l'exception de moi. Et peut-être l'Alpha Ludvig, selon ses besoins. Très peu de gens connaissent les codes d'accès. Tu es en sécurité ici, Kari.

À en juger par son expression, elle n'en crut pas un mot.

Je soupirai et secouai la tête.

– Tu verras que j'ai raison, lui promis-je. Va prendre une douche, et dors. Je serai bientôt de retour.

Elle ne répondit pas.

Plutôt que de rester là à attendre, je partis, décidant une fois encore de faire mes preuves par des actes plutôt que par des paroles. Je ne pouvais pas prétendre savoir ce qu'elle avait enduré, mais j'en avais quand même une petite idée.

L'Alpha du Secteur Bariloche n'était pas connu pour sa gentillesse.

Et ce collier autour de son cou ne faisait que le confirmer.

Avec un grognement sourd, je sortis dans le couloir, et j'y trouvai mon père en train de m'attendre près de l'ascenseur.

– Je sens le parfum d'une Oméga non accouplée, et une overdose de poisson, dit-il en guise de salut. Pourquoi ?

KARI

Ma louve gémit en moi quand une nouvelle présence s'attarda dans les parages. *Un Alpha. Un supérieur. Un dominant.*

Je le sentis plus que je ne le vis ; sa présence était comme un phare exigeant que je me soumette.

Sven avait dit que personne n'entrerait ici en dehors de lui et de l'Alpha Ludvig. Ce qui signifiait que ce dernier était arrivé. Sauf qu'il n'était pas dans la pièce. Sinon, je l'aurais entendu distinctement. Au lieu de ça, tout ce que je captai, c'était un faible murmure de voix.

Je bus une autre gorgée d'eau en faisant les cent pas, au cas où Sven m'aurait menti et déciderait de revenir pour me nouer. Cela faisait bien longtemps que j'avais appris qu'il valait mieux subir le sexe l'estomac vide. Quand je mangeais au préalable, je finissais par me vider les tripes sur l'Alpha, et ça ne se terminait jamais bien.

Les faibles murmures se poursuivaient, et le son suggérait qu'ils n'avaient pas bougé.

Je reposai la bouteille et m'enveloppai plus étroitement dans la couverture avant de me lever. Je jetai un œil par la porte de la chambre, qui me confirma qu'ils n'étaient pas dans l'appartement. Alors je me faufilai jusqu'à la porte principale pour voir si je pouvais les entendre plus clairement.

Ils parleraient peut-être des plans qu'ils avaient pour moi.

Sven m'avait dit que je n'étais plus une esclave. Il m'avait également affirmé qu'il n'avait absolument pas l'intention de me sauter dans mon état actuel, quoi que cela signifie, et que nous déciderions du rôle qui serait le mien ici.

Mais pas une fois il ne m'avait demandé si j'avais envie d'être ici. Ni n'avait pris la peine de m'expliquer pourquoi il m'avait enlevée du Secteur Hiver. Simplement il ne cessait de me répéter que j'étais en sécurité.

J'avais envie de rire.

Une Oméga n'était *jamais* en sécurité auprès d'un Alpha.

Je m'approchai de la porte et mon ouïe de loup me permit d'entendre clairement leurs voix. Si j'avais été mieux nourrie, et que j'avais été plus forte, j'aurais sûrement pu discerner leurs paroles depuis l'autre pièce. Hélas, il me fallut plaquer l'oreille contre la porte pour saisir vraiment ce qu'ils étaient en train de dire.

– … un genre d'animal de compagnie amélioré ? demanda la voix la plus grave.

– Ce n'est pas ce…

– Je t'ai entendu, Sven. C'est une Oméga stérile non accouplée que tu veux garder pour toi seul. Ce n'est pas ainsi que ça fonctionne, et tu le sais.

– Je l'ai gagnée. Elle m'appartient donc.

– Faux. C'est à *moi* qu'elle appartient, répliqua la voix grave d'un ton mortellement doux. Tous tes agissements ont des répercussions sur le Secteur Scandinave. Y compris les bagarres avec d'autres Alphas pour une esclave Oméga.

Le silence s'installa, m'envoyant un frisson dans le dos.

– C'était la seule chose à faire, répondit Sven au bout d'un moment. Je ne m'excuserai pas pour ça.

– Ce n'est pas une question de bien ou de mal, mais de la manière dont tes décisions impactent le secteur dans son ensemble. Si ce que tu m'as dit de la situation est vrai, alors oui, tu l'as gagnée à la loyale. Mais elle ne t'appartient pas, Sven. Elle appartient au Secteur Scandinave à présent. Et par conséquent, elle sera disponible pour tous les Alphas.

Mon estomac se révulsa, et mon avenir défila sous mes yeux.

Sven m'avait dit que je n'étais pas une esclave ici. Je ne l'avais pas vraiment cru, mais me retirer mon collier était une délicate attention.

– Elle n'est pas prête pour ça, répondit Sven d'un ton tout aussi dominateur. Elle est dénutrie, épuisée et terrifiée. Je sais que tu es capable de le sentir aussi bien que moi. Il faut qu'elle mange et qu'elle dorme. Et elle a aussi besoin d'être examinée, pour déterminer si elle est réellement stérile.

– Et tu veux être celui qui supervise le processus.

Ce n'était pas une question, mais une constatation.

– Je l'ai gagnée. Par conséquent, il devrait être de ma responsabilité de la préparer comme il se doit pour le Secteur Scandinave.

Je faillis ricaner. Bien sûr qu'il allait proposer de me nourrir et de m'« examiner » lui-même. Je savais ce que cela voulait dire. Il me nouerait avant les autres. Il se servirait de moi tout son soûl, avant de me passer à ses amis.

Tous les Alphas étaient les mêmes.

Ils ne se préoccupaient que de leur nœud. Leur plaisir. Leur *besoin*.

Il n'était jamais question des Omégas ni de ce que nous

voulions. Nous n'étions là que pour nous pencher et encaisser.

Je ne pris pas la peine d'écouter le reste de leur conversation. J'avais entendu ce que j'avais besoin de savoir.

Sven Mickelson était comme n'importe quel Alpha que j'avais déjà rencontré. Il m'avait gagnée au cours d'un jeu violent, et m'avait embarquée dans son secteur d'origine. Loin de l'Alpha Enrique, le seul autre loup mâle de ma connaissance qui se soit un tant soit peu préoccupé de mes désirs.

Et maintenant ? m'interrogeai-je. J'étais dans un endroit inconnu, dont ma mère avait prétendu qu'il était différent, avec des mâles Alphas qui voulaient eux aussi faire de moi une esclave à leur manière.

Certes, il m'avait retiré mon collier. Mais cela ne signifiait rien s'il avait l'intention de me garder dans sa prison améliorée pour être utilisée par les Alphas du Secteur Scandinave.

Je serrai les dents et repartis vers la chambre.

Il m'a menti. Je n'aurais su dire pour quelle raison j'en étais surprise. Ou peut-être que le mot *surprise* n'était pas approprié. Je… je… Eh bien, d'une certaine manière c'était douloureux. Peut-être parce qu'il avait rallumé une petite lueur d'espoir en moi, lueur que ma mère avait intégrée au creux de mes pensées quand j'étais gamine.

Elle avait toujours prétendu qu'il existait des Alphas corrects.

Pendant quelques minutes, j'avais failli la croire.

L'Alpha Sven avait été presque tendre avec moi. Mais son vrai visage s'était révélé dans le couloir. Il me considérait comme sa propriété parce qu'il m'avait *gagnée*.

Et à présent, il prévoyait de me préparer pour les Alphas du Secteur Scandinave.

Nul doute qu'il continuerait de faire semblant d'être gentil et prévenant. Pour tout détruire juste après, quand son besoin de rut prendrait le dessus.

Eh bien je n'allais pas lui faciliter la tâche. En me sortant de cette cage, il m'avait retiré mon unique échappatoire. J'étais censée n'avoir plus qu'une seule nuit à souffrir. Ensuite, l'Alpha Enrique allait m'aider.

C'était le seul Alpha à toujours tenir sa parole.

À présent je n'avais plus aucun moyen de le contacter parce que l'Alpha Sven m'avait volée. Il avait tout gâché.

Je le détestais.

Je refusais de lui obéir.

Et je commencerais par ne pas manger.

Ni me doucher.

Je laissai retomber ma couverture et baissai les yeux. En fait, j'irai même plus loin.

Je ne serais plus humaine.

Ma louve fut ravie de répondre à mon appel, car le fait de pouvoir me transformer librement était une expérience inédite. Le collier m'avait toujours contrôlée. Sans lui, je pouvais enfin renouer des liens avec mon côté animal, de la manière dont seul un métamorphe pouvait le faire.

Sans le savoir, l'Alpha Sven m'en avait offert la possibilité.

À présent, j'allais lui rendre la pareille, en l'utilisant contre lui.

Tu veux que je sois en assez bonne santé pour accepter ton nœud ? Bonne chance, mec.

J'en avais assez d'être un fourreau à plaisir.

Je voulais avoir le droit de choisir. Et à ce stade-là, j'avais choisi la famine… et la mort.

Ma louve grogna pour marquer sa désapprobation.

C'est mieux comme ça, me rappelai-je.

Elle grogna, me rappelant que je m'étais transformée. De mon propre chef. Sans que personne ne l'exige.

Oh.

Ç'avait été si naturel que je l'avais à peine senti. En général, la transformation était douloureuse, presque comme si on obligeait mes os à tourner dans le mauvais sens. Mais là, ça m'avait été aussi facile que de me mettre debout.

Je me retournai, savourant la sensation d'être libre. Ma fourrure se gonfla quand un frisson électrique courut le long de ma colonne. J'avais envie de courir. De m'ébattre. De jouer. Mais je n'avais nulle part où aller en dehors de cette zone extérieure.

Je trottai jusqu'à la porte que Sven m'avait indiquée et mis le nez dehors. Puis je sautai jusqu'au bout du patio herbeux en moins d'une minute.

Eh bien, voilà qui est décevant.

Il menait à une autre porte, qui s'ouvrait sur une pièce similaire à celle que je venais de quitter. Un coup d'œil par la porte de la chambre m'indiqua que la pièce de vie était identique également. C'étaient donc en fait deux suites reliées à la fois par le couloir de l'ascenseur, et le patio extérieur.

Je retournai dehors et levai les yeux vers les arbres au-dessus de ma tête. C'était de vrais arbres, aux racines ancrées dans le sol et l'herbe en dessous, et qui dissimulaient en grande partie le ciel. Des verrières s'élevaient au-dessus des murs du balcon pour refermer l'enceinte, me permettant de voir l'océan et la lune au-delà sans risquer que je saute de la plate-forme jusque dans les vagues en dessous. Étant donné que j'étais au moins au vingtième étage, c'était une mesure de sécurité compréhensible.

Eh bien, effectivement, c'était bien mieux que ma cage

du Secteur Bariloche. Mais je savais qu'il valait mieux ne pas m'habituer au luxe de cette cellule de prison.

Une fois que l'Alpha Sven aurait réalisé que je n'avais aucune envie d'accepter ses ordres, il me jetterait dans une boîte.

Tout comme mon père l'avait fait.

Ma louve gémit faiblement à cette idée. Alors je décidai de la distraire en lui laissant les rênes de ses sens animaux.

Renifle.

Promène-toi.

Explore.

Et je pourrais peut-être même l'amadouer en détruisant quelques objets en passant. Comme les oreillers à l'intérieur.

Tu ne m'auras pas, Alpha Sven. Je connais ceux de ton espèce. Alors je vais tenter quelque chose de nouveau et je ne me soumettrai pas. Tu n'as rien pour m'obliger à obéir. Alors qu'est-ce que j'ai à perdre ?

SVEN

Kᴀʀɪ ᴅᴏʀᴍᴀɪᴛ quand j'avais essayé de lui apporter à manger plus tôt. Elle avait déchiré les coussins du canapé pour se faire sa propre version d'un lit. J'avais envisagé de la prendre dans mes bras pour l'emmener sur un vrai matelas où elle aurait pu se blottir ; mais elle était si mignonne endormie, roulée en une minuscule boule de fourrure, que je n'avais pas voulu la déranger.

Quand même, il allait falloir que nous parlions du désordre qu'elle avait créé. Ce canapé n'était pas donné, et mon père ne serait pas ravi d'apprendre qu'il avait été détruit par une Oméga en mode louve.

Je serais sûrement chargé du nettoyage, étant donné qu'elle était sous ma responsabilité. Mais la voir sous sa forme animale en valait la peine. Elle avait une fourrure blonde qui paraissait douce, et correspondait à la couleur de ses cheveux. C'était intéressant à mes yeux parce que ma propre fourrure était d'un brun sombre mêlé de stries blanches : elle n'avait rien à voir avec mes cheveux blond cendré qui m'arrivaient au menton.

Mmmh, je me demandais si elle avait les yeux bleus, ou si leur couleur se modifiait dans son corps de louve.

Quand j'ouvris la porte de sa suite la fois suivante, ce fut la première chose que je découvris.

Bleus.

Je faillis sourire. Jusqu'à ce que je constate l'état de la pièce.

– C'est quoi ce bordel ? Merde, soufflai-je.

Cette fois, elle avait détruit plus que le canapé. La table en bois était en miettes. De la bourre de coussin décorait diverses parties de la pièce. Il y avait des coussins éventrés partout. Des livres déchiquetés. Deux étagères renversées. Une télévision fracassée. Et une pile d'assiettes cassées.

L'Oméga avait piqué une colère.

Elle était assiste en plein milieu avec un air suffisant, et son regard me suppliait de riposter. *Et alors, Alpha ?* semblaient demander ses iris brillants.

Je ne savais même pas quoi dire.

– Pourquoi ? voulus-je savoir. Pourquoi tu as détruit la pièce ?

En retour, elle soupira, sans avoir l'air de s'excuser, limite agacée.

Je plissai les yeux, essayant de comprendre ce qui se passait dans la tête de cette petite louve. Un rapide tour dans la cuisine m'informa qu'elle n'avait même pas essayé de manger un peu. Alors je me dirigeai vers la chambre, où je trouvai les draps en lambeaux sur le sol, et continuai vers la salle de bains.

La douche sentait le propre, mais rien ne révélait qu'on avait récemment utilisé du shampoing ou du savon. Ce qui signifiait qu'elle ne s'était pas lavée non plus.

Elle s'était juste transformée en jolie louve blonde avant de détruire cette moitié du penthouse.

Je ne pris pas la peine de vérifier l'autre côté. J'allais avoir déjà pas mal de travail pour tout nettoyer.

– C'étaient vraiment de très beaux draps, l'informai-je en retournant au salon. (Elle n'avait pas bougé de sa place, l'air toujours aussi suffisant.) La plupart des Omégas auraient adoré s'en servir pour leur nid.

Elle montra les dents avec un grognement sourd.

– C'est mignon, rétorquai-je. Tu veux que je grogne aussi ?

Elle ricana, comme pour dire *Montre-toi sous ton pire jour, Alpha.*

De toute évidence, elle attendait une réaction de ma part. Une sorte de réprimande. Ou peut-être qu'elle me punissait de l'avoir laissée en faisant cette crise colossale.

Eh bien, je n'étais pas du genre à jouer.

Je l'avais aidée à se tirer d'un mauvais pas, et c'était de cette manière qu'elle me remerciait ? En crachant son mépris sur mon hospitalité ?

– Transforme-toi, lui intimai-je. Maintenant.

Au lieu de ça, elle s'allongea, détournant son regard du mien en une subtile soumission. Je me mis à grogner, mais un léger frémissement dans son dos me retint.

C'était douloureux d'obliger une louve soumise à se transformer si elle n'en avait pas envie, et apparemment, Kari n'était pas d'humeur à être humaine aujourd'hui. Elle était peut-être toujours en train de guérir. Évidemment, ça n'expliquait pas l'état de la pièce. Mais je ne pouvais pas prétendre savoir ce que cela faisait d'être dans sa situation.

Les Alphas étaient censés prendre soin des membres plus faibles de la meute, pas les exploiter.

Avec un soupir, je m'accroupis devant elle.

– Je t'ai promis de ne pas te faire de mal, Kari, dis-je aussi doucement que possible. Et je vais me tenir à cette promesse.

Je vis ses oreilles tressaillir, mais elle n'eut pas d'autre réaction. Pourtant, je sentais qu'il s'agissait d'une sorte de test de sa part, une manière de voir jusqu'où elle pouvait me pousser avant que je ne me déchaîne sur elle.

Certains Alphas manquaient de patience.

Je n'étais pas l'un d'entre eux.

Je tendis la main pour passer un doigt sur son oreille dressée, en un geste apaisant. Mais sa fourrure frémit, témoin de son incertitude ; son inquiétude était un parfum puissant qui me fit retirer ma main et me relever.

Si elle avait décidé de rester sous sa forme de louve, je la laisserais faire pour le moment. Du moment qu'elle mangeait quelque chose.

Je me rendis à la cuisine à la recherche de quelque chose d'approprié pour un animal, trouvai un bol pour l'eau, puis j'attrapai une assiette sur laquelle je déposai un steak cru.

Elle ne bougea pas. Son corps resta raide sur le sol, dans l'attente de voir ce que j'allais faire. La pauvre fille me faisait penser à un animal maltraité, dans une posture toujours vigilante, comme si elle s'attendait au pire de la part de tous ceux qui l'entouraient.

Cela prendrait du temps de gagner sa confiance, mais malheureusement, j'en manquais, car mon père souhaitait la présenter à la meute. Son plan n'était pas tant de la faire circuler que de profiter de l'occasion pour lui trouver un protecteur digne de ce nom.

Les Omégas, tout comme les Alphas, avaient besoin de sexe. Ces besoins innés étaient à l'origine d'une relation utile, où les Alphas pouvaient nouer et exprimer leur agressivité d'une manière satisfaisante tandis qu'en retour, les Omégas se sentaient en sécurité et satisfaites.

Mais je voulais plus que ça.

Je voulais une compagne, et même si la biologie prétendait que ce n'était pas envisageable avec Kari, mon loup n'était pas de cet avis.

D'où le délai raccourci : non seulement il fallait que je

la prépare à rencontrer la meute, mais il fallait aussi qu'elle soit d'accord pour être mienne.

Heureusement, j'adorais les défis de toute sorte. Et celui-ci serait le plus gratifiant de tous.

— Je vais t'accorder une journée de plus pour t'adapter à ton nouvel environnement, lui dis-je en revenant vers le salon. Mais je veux que tu manges quand je serai parti. (Je déposai le bol et l'assiette devant elle.) Je te recommande aussi de prendre une douche. (Je balayai la pièce du regard.) Et peut-être aussi de ne rien détruire d'autre. Ça va déjà être une plaie à nettoyer.

Sans compter que ça me coûterait une fortune de tout remplacer.

Elle ne me regarda pas, mais je vis ses oreilles remuer une nouvelle fois, me confirmant qu'elle m'avait entendu et qu'elle suivait tout ce que je lui avais dit.

— Vingt-quatre heures, ajoutai-je en me dirigeant vers la porte. Et je suis sérieux, Kari. Je veux que tu manges. Tu ne vas pas apprécier les conséquences dans le cas contraire.

Je lui avais promis de ne pas lui faire de mal, et je ne le ferais pas, mais je ne tolèrerais pas qu'elle *se* fasse du mal. Et ne pas manger entrait dans cette catégorie.

— Si tu n'aimes pas la viande crue, alors transforme-toi. Il y a pas mal d'options dans le frigo, ajoutai-je avec un geste en direction de la cuisine.

Elle ne répondit pas.

Plutôt que de me répéter, je m'en allai.

Elle avait vingt-quatre heures pour me montrer une amélioration.

Dans le cas contraire, je lui montrerais comment un véritable Alpha réagissait dans ce genre de situation. Je soupçonnais qu'elle n'allait pas apprécier. Mais elle survivrait. Et m'en remercierait plus tard.

SVEN

Je scrutai le steak cru dans la neige, sachant pertinemment d'où il venait : du haut balcon extérieur d'une certaine suite pour les invités.

Lars renifla la viande, puis inclina sa tête poilue sur le côté alors qu'il repérait les traces de l'Oméga aux empreintes de dents sur le dessus.

Il releva sa grosse truffe noire et me fixa de ses yeux bruns curieux.

– C'est une nouvelle venue, dis-je à voix basse. L'Alpha Ludvig a l'intention de la présenter d'ici quelques semaines.

Ou jours, songeai-je, agacé.

Quand je lui avais fait mon rapport sur l'état de Kari hier, il n'avait pas fait preuve de la moindre indulgence, déclarant que je devais la préparer avant que la meute ne la sente dans le vent.

Ce à quoi elle ne m'aidait pas vraiment en jetant sa maudite nourriture par le balcon.

Elle pensait sûrement qu'elle était tombée dans l'océan, parce qu'elle ne voyait pas l'étroite bande de terre depuis son point de vue. Depuis la verrière du patio, elle ne voyait que de l'eau. Visiblement, elle avait trouvé l'une des bouches d'aération pour y jeter sa nourriture.

En temps normal, nous les laissions fermées pour protéger l'enceinte des congères, mais je les avais ouvertes parce que je m'étais dit qu'elle apprécierait l'air frais.

Il faudrait que je rectifie ça lors de ma prochaine visite. À supposer que je m'en souvienne. La seule chose qui m'obsédait, c'était mon envie de l'attacher et lui apprendre le respect.

Petite Oméga désobéissante. Je t'ai prévenue, ma petite, et tu as jeté mon unique exigence par la fenêtre.

Lars grogna, attirant de nouveau mon regard vers lui. Il sentait sûrement mon agressivité croissante.

S'il y avait une chose que je méprisais, c'était le manque de respect. En tant que jeune Alpha, je devais souvent y faire face. Mais il y avait une bonne raison pour laquelle j'avais gravi les échelons. Et Kari était sur le point de découvrir pourquoi les loups du Secteur Scandinave me considéraient presque comme supérieur à Kaz et Alana malgré mon âge.

— N'en parle pas aux autres, demandai-je à Lars sur un ton assez autoritaire.

Comme j'étais d'un rang supérieur au sien au sein de la meute, il ferait ce que je lui demandais. Pourtant, je ressentais le besoin de lui en expliquer la raison. Les subordonnés étaient plus susceptibles d'obéir quand on leur donnait une bonne raison de le faire.

— Elle n'est pas encore prête à rencontrer qui que ce soit. (Et devant son regard insistant, j'ajoutai :) Elle vient du Secteur Bariloche.

Il tressaillit visiblement, et son loup émit un faible grognement.

— Ouais, c'est exactement ce que je pensais.

Le Secteur Bariloche était célèbre pour sa maltraitance envers les Omégas. Mais personne n'avait jamais rien fait à ce sujet, parce que nous avions tous nos problèmes à gérer.

Comme de garder les Infectés à l'écart de notre territoire.

Les loups du X-Clan étaient immunisés contre le virus zombie, mais ça n'empêchait pas les humains infectés d'essayer malgré tout de nous mordre. Dans leurs esprits morts, nous étions à sang chaud, et donc comestibles.

J'avais grandi dans cette vie-là, la pandémie avait commencé environ quatre-vingts ans avant ma naissance. Mais les autres, comme Kaz, parlaient souvent de la vie avant l'infection.

Kari est-elle de cette époque ? me demandai-je en levant les yeux vers le bâtiment. *Quel âge a-t-elle ?*

Peut-être lui demanderais-je.

Après lui avoir fait avouer pour quelle raison elle avait balancé un bon steak par ce maudit balcon.

Oh, il vaudrait mieux pour toi que tu aies mangé autre chose. N'importe quoi, me dis-je, grinçant des dents exaspéré. Peut-être que la laisser seule une journée de plus avait été un mauvais choix. Dans tous les cas, elle avait semblé avoir besoin d'espace.

J'ai secoué la tête.

Eh bien, je t'ai laissé de l'espace, petite louve. Quasiment trente-six heures. Parce que j'avais dû aider ma mère à accomplir une tâche qui m'avait pris beaucoup plus de temps que prévu.

Ce qui signifiait que Kari était ici depuis deux jours maintenant.

Et si mes soupçons étaient justes, elle n'avait rien mangé depuis son arrivée.

— Rends-moi service et nettoie ça, demandai-je au Beta sous sa forme animale. Je ne veux pas que quelqu'un capte son odeur pour le moment.

Parce que cela ne ferait que raccourcir plus encore le temps dont je disposais.

Lars hocha la tête en signe d'assentiment, puis ramassa la viande avec ses dents. J'ignorais s'il avait l'intention de manger le steak ou le jeter à l'eau et ne m'attardai pas pour le savoir, parce que mon animal rugissait de colère que l'Oméga ait désobéi à mon ordre clair de *manger.*

Je lui avais donné un lieu sûr où guérir et se cacher. Et une abondance de ressources aussi. Et elle m'avait remercié en détruisant les meubles, et en jetant un bon morceau de viande du balcon.

Très bien.

C'est l'heure de la leçon.

Si elle ne voulait pas prendre soin d'elle, alors je le ferais à sa place.

J'entrai les codes et quelques minutes plus tard, je me tenais devant sa porte.

Je fus accueilli par le silence, et un rapide coup d'œil dans la cuisine me prouva que Kari n'avait pas mangé la moindre miette de nourriture. Le bol d'eau que je lui avais laissé était retourné sur la moquette, où le liquide avait imbibé les fibres. Encore un truc sympa à nettoyer plus tard.

Mais d'abord, j'avais une Oméga désobéissante à punir.

Je ne pris pas la peine de l'appeler. À la place, je suivis mon odorat et la trouvai roulée en une boule de poils sur le balcon.

— Transforme-toi, lui ordonnai-je.

Elle ne bougea pas. Ne leva même pas sa petite tête. Mais elle était réveillée, sans le moindre doute. Je voyais au tremblement de ses épaules que non seulement elle était consciente de ma présence, mais qu'une partie plus maligne d'elle s'inquiétait de ce qui allait venir ensuite.

— *Transforme-toi*, répétai-je, lui donnant une nouvelle chance de le faire de son plein gré.

Comme elle refusait, je grognai, un son bas et autoritaire, et l'obligeai à revenir à sa forme humaine par la pure force de ma volonté.

Elle gémit quand son corps réagit à ma domination, faisant exactement ce que je lui demandais. La vitesse à laquelle elle s'exécuta montrait son manque évident de nourriture ; elle était trop faible pour même faire semblant de se battre contre mon loup.

Ses os craquèrent quand ses jambes s'étirèrent, et son animal cria sa douleur d'être forcé de battre en retraite.

Puis elle se mit à trembler, sa terreur dégageant une odeur âcre qui me fit plisser le nez.

Elle se recroquevilla encore plus, ses bras entourant ses jambes alors qu'elle tentait de se cacher.

– Kari.

Je grognai son nom et elle tressaillit. Puis elle roula sur le dos, étendit ses jambes sur le sol et les écarta, ce que d'aucuns auraient pu prendre pour une invitation au sexe.

Mon loup s'éveilla, curieux.

Mais l'homme en moi reconnut l'expression de défaite et de soumission.

Elle avait été formée à réagir de cette manière, à anticiper le besoin de rut de l'Alpha, à rester allonger et encaisser. Mon cœur se serra douloureusement dans ma poitrine, et toute ma frustration et ma colère de la voir refuser de prendre soin d'elle sautèrent par le balcon pour rejoindre l'empreinte du steak dans la neige.

Cette pauvre fille avait vécu l'enfer, et ma colère faisait qu'elle s'attendait au pire.

Tout ce que je voulais, c'était prendre soin d'elle, et je soupçonnais qu'aucun mot ne pourrait l'en convaincre. Alors il faudrait que je me contente de mes actions pour le lui prouver.

Je m'accroupis à côté d'elle, glissai doucement les bras

sous ses épaules et ses genoux pour la soulever du sol. Elle était si légère que je vis à quel point elle était fragile ; elle avait l'estomac vide après je ne sais combien de jours sans manger.

Je la berçai contre ma poitrine et me mis à ronronner en la ramenant à l'intérieur.

Au contraire de la dernière fois, elle ne se blottit pas contre moi. Elle resta molle, fermant les yeux comme si elle était déjà morte.

Je déposai un baiser sur le sommet de sa tête et l'emmenai dans la chambre. Elle n'eut aucune réaction, elle respirait à peine, déjà résignée à son sort.

Mais je ne la déposai pas sur le lit.

Au lieu de ça, je l'emmenai dans la salle de bains où je la posai sur le comptoir de marbre. Je l'appuyai contre le miroir, puis tendis une main, craignant à moitié qu'elle tombe sur le côté. Mais elle resta assise, les yeux et la bouche fermés.

C'était une Oméga qui avait sombré dans un recoin sombre de son esprit, laissant l'Alpha faire ce que bon lui semblait. Et je n'aimais pas du tout la voir dans cet état. Je préférais les grognements désobéissants d'hier, ou même le confort tranquille qu'elle avait atteint l'autre soir quand je l'avais amenée ici.

Il s'était passé quelque chose. Une sorte d'interrupteur dans sa tête qui venait de céder, et je soupçonnais qu'elle en était déjà à deux doigts à son arrivée. J'avais mal joué en lui laissant de l'espace. C'était une erreur que je ne referais plus.

Il lui fallait être nourrie et ressourcée pour regagner un peu de confiance.

Et un bon bain aussi, me dis-je en regardant la baignoire.

Étant donné son état léthargique, ce n'était pas forcément le meilleur choix, alors j'optai pour la douche à la place. Je m'inquiéterais de la nourrir une fois qu'elle serait propre et enveloppée d'une serviette chaude.

Je retirai mes chaussures et mes chaussettes, me déshabillai jusqu'au caleçon, puis me passai une main dans les cheveux pour tenter de dompter mes mèches indisciplinées.

Elles retombèrent rapidement en place sur les côtés de mon visage.

Mes cheveux avaient atteint cette longueur où je ne pouvais pas vraiment les attacher, mais ils ne tenaient pas non plus derrière mes oreilles.

Je renonçai à essayer, testai la température de l'eau et la trouvai déjà chaude en dépit du temps froid d'hiver au-dehors. Je laissai la porte en verre ouverte et m'avançai pour reprendre Kari, mon ronronnement résonnant fort pour qu'elle reste le plus calme possible. Mais elle ne sembla pas le remarquer. Elle était bien trop perdue dans son esprit pour réaliser ce qui se passait.

Le point de rupture avait dû se produire quand je l'avais obligée à reprendre forme humaine. C'était douloureux de recevoir l'ordre de se transformer, et quelque chose me disait qu'elle m'y avait obligé à dessein, pour que je lui retire ses choix. Elle voulait que je joue le rôle du méchant dans ce monde, que je lui montre mon pire côté. Je ne voyais pas vraiment ce que ça pourrait lui rapporter. Mais pour elle, c'était peut-être une manière de définir une nouvelle normalité.

Je passai une main dans ses cheveux tout en nous plaçant sous le jet d'eau chaude, laissant l'eau imprégner ses mèches blondes et sa peau pâle. Je vis qu'elle avait sombré dans l'inconscience à son manque de mouvement. Elle pouvait rester ainsi le temps que je prenne soin d'elle, mais il allait falloir qu'elle sorte de cet état pour manger.

Équilibrant son poids avec un bras, je la tins contre

mon torse et me servis de l'autre main pour shampouiner et rincer ses cheveux. C'était un peu compliqué vu l'inclinaison de son corps, mais sa silhouette fine était facile à gérer. Je répétai les mêmes gestes avec un après-shampoing, avant de la savonner à fond en la faisant tourner contre moi.

Pas une seule fois elle ne bougea de son propre chef.

Et elle ne prit pas non plus la peine d'ouvrir ses beaux yeux bleus.

Son rythme cardiaque restait stable, sa respiration superficielle, mais elle ne dormait pas. Simplement, elle était… absente.

Je laissai l'eau couler sur nous deux pendant un moment, m'assurant que toute la mousse s'écoule dans la bonde avant de couper la douche. Le ronronnement tranquille et rythmé continuait de s'échapper de ma poitrine, dans l'espoir de la bercer hors de cet état.

Mais rien ne semblait fonctionner.

Je l'enveloppai d'une grande serviette moelleuse, lui peignai les cheveux et me séchai, sans parvenir à la réveiller.

Avec un soupir, je murmurai :

– Très bien, ma petite. Tu as gagné.

Elle ne pouvait pas manger dans cet état, et je ne voulais pas risquer de l'aggraver en l'obligeant à en sortir.

Je la déposai sur le sol de la chambre le temps de refaire le lit avec des draps propres sortis du placard (étant donné qu'elle avait détruit les autres draps et la couette à coups de griffes), et récupérai des bouteilles d'eau dans la cuisine.

Elle resta alanguie tout le temps, me laissant bouger son corps et en disposer à ma guise.

Je la récupérai sur le sol, la portai sur le lit et nous

installai entre les couvertures. Si elle voulait se reposer, alors je m'allongerais auprès d'elle.

Je m'installai en cuillère derrière elle, la laissant ressentir ma force d'Alpha, tandis que mon loup jurait, à travers ce ronronnement dans ma poitrine, qu'il la protégerait dans son état de faiblesse aussi longtemps qu'elle en aurait besoin.

Elle est à moi, ronronnait-il. *Cette Oméga est destinée à être mienne.*

KARI

Ma louve bâilla et s'étira en moi ; son ravissement rayonnait à travers mes pensées embrumées. Je me sentais reposée, mais faible.

C'était une sensation étrange. Pas la partie faible, la partie reposée.

Et en sécurité, réalisai-je, tandis que mon corps me picotait à cause d'une chaleur étrangère.

Un bourdonnement résonnait en moi, réchauffant mes veines, faisant ronronner ma louve en retour. Elle appréciait ce son répétitif, et sa tranquillité apaisante en appelait à ses sens primitifs.

Qu'est-ce que c'est ? me demandai-je, fouillant mon esprit embrumé pour en trouver l'origine. *Où suis-je ?*

Je me réveillais souvent dans cet état de confusion, inconsciente de mon environnement et des horreurs qui venaient de m'arriver. Mais je n'avais pas souvenir de m'être sentie un jour aussi satisfaite, comme si j'avais dormi en paix durant des heures.

Après quelques secondes de réflexion, je fis remonter à la surface mon dernier souvenir tangible : Sven qui m'obligeait à me transformer.

Je frissonnai, l'horreur de ce moment hérissant mes bras de chair de poule.

Sauf que cette vibration enfla, et ma peau s'apaisa le temps d'un souffle. *J'aime vraiment ce bruit*, songeai-je avec un soupir intérieur. *C'est un grondement magnifique et hypnotique.*

Je faillis sourire.

Mais j'avais toujours ce souvenir persistant à l'esprit, quand l'Alpha Sven avait exigé que je reprenne forme humaine. Je l'avais poussé trop loin, et ç'avait été mon but. Je voulais qu'il me fasse du mal. Provoquer son Alpha pour qu'il vienne jouer, et qu'on en finisse avec ces tergiversations.

Examine-moi.

Présente-moi aux autres Alphas.

Ou tue-moi, tout simplement.

Attendez... Je fronçai les sourcils. *Est-ce pour cette raison que je me sens aussi bien ? Est-ce que je suis enfin morte ?*

Mes paupières étaient trop lourdes pour que je les soulève, et mon corps trop détendu pour bouger.

Oh, et ce doux ronronnement me donnait plus envie de m'enfouir dans cette chaleur qui m'entourait que de m'en éloigner.

Je ne me sentais absolument pas *examinée* ni *utilisée*. En fait, je n'avais pas mal du tout. J'avais juste faim. Ce que mon estomac confirma en grondant son besoin.

Est-ce que l'estomac fait ça quand on est mort ? me demandai-je, fronçant les sourcils.

Quelque chose de doux frôla ma peau, lissant les rides de mon front avant de glisser sur le bord de mon visage jusqu'à mon menton.

— Il faut que tu manges, murmura une voix grave, dont les mots étaient soulignés par ce ronronnement addictif.

L'Alpha Sven.

— Cela fait presque une journée entière que nous sommes dans ce lit, petite louve, continua-t-il. Ça fait trois jours sans manger, et qui sait depuis combien de temps tu n'avais pas mangé avant. Et ton estomac me dit que, non seulement tu le sais, mais tu en es parfaitement consciente. Alors, ouvre tes jolis yeux, et nous résoudrons le problème ensemble.

Il caressait doucement l'espace entre mes yeux, tandis qu'une bande d'acier se resserrait autour de mon buste. Son doigt glissa dans mes cheveux, peignant mes mèches d'une manière assurée qui me donna des frissons dans le dos.

Comment… ? Je ne poursuivis pas ma pensée, parce que je ne savais même pas quoi demander. J'étais incapable de me rappeler ce qui s'était passé après qu'il m'avait fait me transformer. Je m'étais refermée, anticipant le pire. Mais l'odeur de propre et la chaleur sur ma peau n'étaient pas des signes de rut.

Je me sentais… *propre.*

Et en sécurité, songeai-je une nouvelle fois. *Vraiment en sécurité.*

Mais ça n'avait aucun sens. Il était en colère, et exigeant ; son grondement était de ceux que j'avais déjà entendus d'innombrables fois. *Transforme-toi pour que je puisse te sauter. Transforme-toi pour que je puisse te nouer. Transforme-toi pour que je puisse te* posséder.

Cependant, je n'avais pas les cuisses meurtries. Je n'avais pas mal au ventre, en dehors des crampes d'estomac faute de m'être sustentée. Et ma peau semblait rafraîchie et intacte.

Je n'avais mal nulle part, en dehors de ma faim.

– Je ne…

J'avais la voix rauque, et la gorge incroyablement sèche.

L'Alpha Sven remua, me faisant sortir de mon havre de confort, faisant protester doucement ma louve. Je tentai de le dissimuler, de bannir les bruits de mon animal, mais l'Alpha avait dû m'entendre parce qu'il me fit taire d'un doux chuchotement dans l'oreille tandis qu'il bougeait autour de moi.

Mes paupières refusaient de s'ouvrir, m'empêchant de voir ce qu'il faisait.

Puis une bouteille en plastique se posa sur mes lèvres.

— Bois, m'ordonna-t-il, m'envoyant un frisson dans le dos.

Je lui obéis, parce que j'avais besoin de cette eau. Elle me brûla la gorge, et je grimaçai. Il ronronna en retour, visiblement ravi que je lui obéisse.

Mais qu'est-ce qui s'était passé ?

Les Alphas ne faisaient pas ce genre de choses. Ils ne s'occupaient pas de moi après m'avoir sautée. Ils me laissaient tremper dans leur semence pour que le prochain mâle la trouve.

Mais les couvertures sous moi étaient très *douces*.

Et cet homme était *sexy*. Il me faisait penser au soleil, sa chaleur imprégnant ma peau d'un cocon protecteur qui menaçait de submerger ma louve. Elle avait envie de se perdre en lui, d'accepter sa force, de le supplier de ne jamais s'en aller.

C'est forcément un piège, me dis-je. *Une sorte de jeu.*

Le plastique s'éloigna de ma bouche, et son pouce récupéra une goutte sur ma lèvre au passage. Puis il s'éloigna de nouveau, et cette fois j'ouvris les yeux pour le voir tendre la main et déposer la bouteille sur le chevet à côté de nous.

Il était torse nu, et ses cheveux blonds en bataille rebiquaient dans tous les sens. Son ronronnement déferla sur moi quand il se remit face à moi, sur le même oreiller. L'un de ses bras était glissé sous moi, et son avant-bras était comme une bande brûlante au bas de mon dos.

J'étais nue : cela ne me surprit pas, étant donné ce que nous avions probablement fait dans ce lit.

Sauf que je ne sentais ni mes sécrétions, ni sa semence. Les draps étaient propres, avec un subtil parfum de savon et d'eau. L'arôme masculin de l'Alpha Sven m'entourait aussi ; sa marque sur ma peau était celle de la sueur et de l'*homme*.

Mais pas de la manière dont j'avais l'habitude.

Il m'avait marquée d'une manière qui ne m'était pas familière, et me touchait d'une façon étrangement tendre.

Il caressa mon menton avec son pouce, et me fit lever les yeux vers lui.

– Est-ce que tu es prête à manger quelque chose ?

À l'intérieur, ma louve acquiesça, me suppliant d'accepter son offre. Mais je savais ce qui viendrait après la nourriture, et ce n'était pas parce que je ne parvenais pas à me souvenir de notre premier rut que j'oublierais le second. Surtout s'il me faisait manger. J'avais du mal à m'échapper en esprit quand mon corps exigeait que j'expulse le contenu de mon estomac.

Ses yeux bleus s'illuminèrent et son expression s'assombrit.

– Mmmh, je vois.

Il s'écarta, éloignant son ronronnement de moi alors qu'il roulait hors du lit pour poser les pieds à terre.

L'animal en moi gémit de cette perte de contact, tandis que mon esprit cherchait désespérément une nouvelle échappatoire avant que nous ne recommencions cela, quoi que ce soit.

– Je suppose qu'on va faire ça à la manière forte, dit l'Alpha Sven en se dirigeant vers la porte.

Merde, il faut que je me…

Attendez. Pourquoi n'est-il pas nu ?

Son dos musclé s'effilait sur une taille fine, et sa peau était lisse et pâle jusqu'à son caleçon noir.

Je restai bouche bée devant son postérieur ferme, confuse.

Puis il disparut par la porte sans un mot de plus.

J'agrippai les draps, ma main bougeant moins vite que je l'aurais voulu, vu mon manque d'énergie. Je finis par soulever le tissu pour voir ce que je savais déjà. *Je suis nue.*

Mais lui ne l'était pas.

Il m'avait tenue dans ses bras alors qu'il était en sous-vêtements.

Quel Alpha fait ça ?

Je laissai retomber les couvertures et me tournai sur le dos pour contempler le plafond. *Est-ce qu'il n'a pas... ? Qu'est-ce qu'il a... ?* Des questions inachevées tournaient en boucle dans ma tête, et mon esprit était incapable de leur apporter une réponse appropriée.

Pour une fois dans ma vie, je tentai de me rappeler ce que m'avait fait un Alpha. Mais mon cerveau refusait de coopérer. Je m'étais complètement fermée à la seconde où j'avais achevé ma transformation. Ensuite je m'étais réveillée au chaud, à l'aise, et en *sécurité*, dans ses bras. J'étais incapable de me rappeler la dernière fois que ça m'était arrivé.

Peut-être avant mon premier œstrus. Quand on avait autorisé ma mère à passer du temps avec moi et ma sœur. Je m'étais sentie complète alors. Innocente. Heureuse.

Ma sœur venait de trouver son compagnon, et ma mère était très optimiste.

Jusqu'à ce que mon père ait tué l'Alpha de Savi.

Et m'ait enlevée à ma mère pour me présenter mon nouveau but et ma nouvelle vie en tant qu'Oméga.

Mon estomac se révulsa au souvenir de la douleur

d'avoir été enlevée à mon lieu sûr et jetée dans un cachot pour être brisée, abusée et vidée spirituellement.

Mais peut-être était-ce le but de ce jeu : me donner un aperçu de sécurité, juste pour me l'arracher. Mais dans quel but ? Qu'avait à gagner l'Alpha Sven en m'apaisant un instant, pour me casser le suivant ?

J'étais déjà brisée.

Battue.

Dominée.

Il pouvait me faire n'importe quoi, je le laisserais faire. Il pourrait me tuer sans que je me défende. Pourquoi s'embêter avec les ronronnements, les bains, ou... (mes narines se dilatèrent sous les parfums qui embaumaient l'air) *la nourriture* ?

Sauf s'il savait que cela me tiendrait éveillée ensuite. Pour subir l'expérience de sa noirceur.

J'envisageai de prendre ma forme animale pour me cacher de ses intentions, mais ses pas résonnèrent dans la suite, m'avertissant de son approche.

Mon cœur manqua un battement. *Si j'appelle ma louve, alors...*

— Ne fais pas ça, me dit-il en entrant dans la pièce. Je ne veux pas te faire de mal, Kari. Mais je te forcerai à revenir dans cet état et te ferai manger.

Je clignai des yeux en le regardant, affolée. *Comment avait-il su quel était mon plan ?*

— J'ai senti ton énergie bourdonner sur ma peau, m'expliqua-t-il, déchiffrant à nouveau mon expression, ma pensée ou mon *énergie* et pour répondre à la question que je n'avais pas exprimée.

Je n'étais pas sûre de ce que je ressentais à l'idée qu'il soit assez en phase avec moi pour me sortir les mots de ma tête.

Il déposa un plateau sur le lit : les assiettes posées

dessus contenaient assez de nourriture pour nourrir une armée de chiots. Mon estomac gronda d'excitation ; ma louve faisait les cent pas en moi, mourant d'envie de manger.

Mais nous savions tous les deux ce qui viendrait ensuite.

Je ne pouvais en prendre qu'un peu, faute de quoi je le regretterais sérieusement plus tard.

C'était toujours comme ça, et cela me laissait dans un état de faiblesse perpétuel. Cependant, je préférais mourir de faim que de régurgiter tous mes repas pendant ou après le sexe.

— À cette époque de l'année, il fait plus souvent nuit que jour, alors le petit déjeuner est toujours approprié.

Il se mit à pointer les éléments sur le plateau, décrivant chaque plat.

Il y avait des œufs, du saumon fumé, divers fromages et une assiette de légumes coupés en tranches. Quand je songeai à ce qui suivrait inévitablement cette expérience, rien ne me semblait appétissant.

L'Alpha Sven remarqua ma réticence, et haussa un sourcil.

— Je vais commencer à te nourrir si tu ne prends pas une fourchette pour le faire toi-même.

Je contractai la mâchoire : une partie de moi avait envie de refuser, par principe.

C'était une réaction inepte, qui allait me valoir une condamnation à mort, douloureuse qui plus est. Mais je ne pouvais pas m'en empêcher. Je savais ce suivrait, et je n'avais aucune envie de gâcher cette bonne humeur que j'avais ressentie.

Une partie de moi avait envie de lui demander de ronronner à nouveau, et de s'endormir dans ses bras, rien que pour quelques minutes de paix supplémentaires.

En supposant que nous n'avions rien fait d'autre. Mais vu comment je me sentais, cela semblait être le seul scénario possible. Un mâle de la taille de l'Alpha Sven aurait laissé des bleus et des marques sur ma petite silhouette. S'il m'avait sautée, je le sentirais. D'autant plus qu'il avait dit que je n'étais endormie que depuis un jour ou deux.

J'ai passé trois jours ici, me dis-je, me rappelant ses paroles. *Oui, je...*

– Kari.

Il prononça mon nom avec un grognement d'avertissement.

Lentement, je me redressai pour m'asseoir contre la tête de lit. Puis j'attrapai un bâton de céleri et le mâchai.

Il contracta la mâchoire, mais sans rien dire. Il se contenta de regarder.

Après avoir avalé, j'en pris un autre et il plissa les yeux.

Le manège recommença à deux ou trois reprises avant qu'il ne me saisisse le poignet.

– Je ne sais pas à quel jeu tu joues, Oméga, mais tu as besoin de plus que de la nourriture pour lapins.

– C'est toi qui as apporté l'assiette de légumes, lui fis-je remarquer à mi-voix.

Il haussa les sourcils devant mon commentaire.

– C'est un accompagnement. Mange le saumon.

– Alors, donne-moi juste le saumon, au lieu de me proposer d'autres options, répondis-je, sans savoir d'où me venait cet aplomb.

C'était le genre de ton que j'avais l'habitude d'employer avec ma sœur quand nous étions plus jeunes et plus à l'aise. Ce n'était certainement pas le genre de réponse que j'avais déjà faite à un Alpha.

D'instinct, je reculai, et me retrouvai collée à une planche de bois. *Merde.* Je baissai les yeux et marmonnai des excuses, mais c'était trop peu, trop tard. Les Alphas n'appréciaient pas la désobéissance. Ils tuaient des Omégas pour moins que ça.

L'Alpha Sven me saisit le menton, et je fermai les yeux, acceptant mon sort.

— Regarde-moi, m'ordonna-t-il d'un ton sévère.

C'est comme ça que ça va se passer, alors, songeai-je, résignée. J'allais être forcée de regarder ma punition. Et à présent que j'avais un peu de nourriture dans l'estomac, j'allais probablement rester consciente pendant toute la durée de mon châtiment.

Bien sûr, c'était ce que je méritais. Je savais que je ne devais pas dire ce que je pensais.

— *Kari,* lança-t-il d'un ton sec et impatient qui me fit ouvrir d'un coup les paupières.

Deux tempêtes bleues s'abattirent sur moi tandis qu'il s'agenouillait sur le lit, l'expression féroce.

— Je ne vais pas te faire de mal. (Ses mots étaient comme un coup de poing pour mes sens, et son irritation me donnait la chair de poule.) Mais je ne te laisserai pas non plus te faire du mal. Alors tu mangeras jusqu'à ce que je sois satisfait.

Il me relâcha, mais s'installa à côté de moi et posa le plateau sur ses cuisses massives. Je me sentais si petite en sa présence, il devait faire au moins deux fois ma taille.

Ce n'était pas une nouveauté pour moi, mais ses beaux traits recelaient une douceur que les autres Alphas n'avaient pas. Il n'en était pas moins masculin pour autant, mais plus facile à regarder. Il n'avait pas la sévérité barbare qu'arboraient beaucoup d'Alphas du Secteur Bariloche. Il semblait presque royal. Divin. D'un autre monde.

— Tu ne t'en tireras pas en me regardant comme ça, chérie, murmura-t-il alors que ses lèvres pleines se retroussaient d'un côté. Même si je n'ai rien contre le fait d'avoir tes yeux sur moi.

Je cillai, confuse. Puis je réalisai que cela faisait un certain temps que je l'admirais, à étudier les plans de son visage, à apprécier sa mâchoire carrée. Plutôt que de m'arrêter, je continuai mon examen, remarquant les tendons puissants de son cou et le volume de ses épaules.

La plupart des Alphas étaient très musclés. Sven ne faisait pas exception. Mais ses veines ne saillaient pas comme celles des autres, il avait les bras plutôt fins et athlétiques que durs et intimidants.

Il interrompit ma contemplation en portant une fourchette à ma bouche, que j'ouvris, parce que je n'avais pas le choix. Je sentis un goût fumé sur ma langue, et ma louve grogna de satisfaction devant la qualité de la viande.

Cela faisait longtemps que je n'avais pas mangé autre chose que des restes. Ce genre de cuisine allait probablement perturber mon équilibre intérieur, et me rendre plus malade qu'à l'ordinaire quand il me prendrait plus tard. Mais je ne pus réfréner un gémissement approbateur en avalant, parce que le goût était réellement décadent.

En réponse, il se mit à ronronner, comme une caresse hypnotique qui me berça vers un état passif. Je cessai de m'inquiéter d'être malade plus tard, choisissant de profiter de ce moment le temps qu'il durerait. *Je dois juste m'assurer que cela en vaut la peine,* songeai-je en savourant les goûts. Mon estomac finit par se mettre à protester : j'avais un petit appétit, et n'étais pas habituée à une nourriture aussi riche après des années passées à me nourrir à peine.

L'Alpha Sven ne me força pas, et finit lui-même les plats tout en continuant ce ronronnement apaisant dans sa poitrine. Puis il déposa le plateau sur le sol et me scruta.

Mon cœur se serra, tandis que mon corps savait déjà ce

qui allait se passer.

J'avais envie de lui demander plus de temps, de m'accorder quelques minutes au moins pour digérer la nourriture avant que nous commencions, mais je savais qu'il valait mieux éviter toute requête.

Alors je m'allongeai, écartai les jambes comme on m'avait appris à le faire, et attendis.

L'Alpha Sven admira la vue avant de s'allonger à côté de moi en se hissant sur un coude.

— Je ne vais pas te sauter dans cet état, Oméga, me dit-il. Tu ne peux pas encore me supporter. Alors tu peux te détendre.

Je fronçai les sourcils. *Quoi ?*

Il me caressa la mâchoire, et intensifia son ronronnement alors qu'il effleurait le creux de mon cou et descendait jusqu'à mon sternum, où il traça une ligne entre mes seins.

— Je ne vais pas te mentir, Kari, murmura-t-il, le bout de ses doigts descendant sur mon ventre pour faire le tour de mon nombril. Mon loup a déjà jeté son dévolu sur toi. Par conséquent, j'ai l'intention de te faire mienne. Mais ça n'arrivera pas tant que tu ne seras pas assez forte pour me prendre.

Je frissonnai, ne sachant pas comment répondre à cela. Il ne m'offrait pas de choix. Il me voulait, donc il m'aurait. Comme tous les Alphas. Et quand il se lasserait de moi, il me donnerait à quelqu'un d'autre.

J'avais l'habitude de rêver d'évasion. De fuite. D'une autre vie, ailleurs. Ou simplement de mourir seule dans les bois.

Je reviendrais peut-être sur tous ces désirs en vivant ici. Il m'avait donné une cage assez grande, avec de la nourriture qui pourrait certainement me permettre de me fortifier suffisamment pour m'enfuir.

Que se passerait-il si je brisais les vitres du balcon et que je sautais dans l'océan ? Est-ce que j'en mourrais sur le coup ? Ou ma louve serait-elle en mesure de me guérir ? Dans mon état actuel, je mourrais. Mais si je continuais à manger et que je récupérais certaines de mes tendances naturelles de métamorphe, je pourrais survivre.

Pour quoi faire ? me demandai-je en songeant à l'air froid du dehors. *Me changer en glaçon ?*

L'Alpha Sven continua ses caresses jusqu'à mon monticule rasé, et sur ma hanche. C'était léger comme une plume, ses mains exploraient un corps dont il avait déjà décidé qu'il lui appartenait aussi longtemps qu'il le désirerait.

Cette prise de conscience me noua le ventre, ravivant ma haine de tous les loups et du destin cruel que la vie m'avait attribué.

Mais je ne pouvais pas nier que le bout de ses doigts déclenchait une certaine chaleur sous ma peau, qui s'accordait bien avec les profondes réverbérations qui émanaient de sa poitrine.

Il me berçait pour que me soumette, que je me plie à sa volonté. Je n'étais pas assez forte pour me battre contre lui, alors j'absorbai la force qu'il m'offrait et m'autorisai à songer à d'autres alternatives. À penser à une autre échappatoire.

Les Alphas s'étaient servis de moi durant toute ma vie.

Quel mal y aurait-il à me servir de celui-ci aujourd'hui ?

Ça me paraissait juste, vu tout ce que j'avais enduré. S'il voulait que je prenne des forces pour le prendre, alors je le laisserais faire. Quand l'opportunité se présenterait, je me servirais de ce nouveau pouvoir à mon avantage.

Et je m'enfuirai.

KARI

J<small>E ME RÉVEILLAI</small> à côté d'une couverture de chaleur, et mon esprit lutta pour se rappeler quand je m'étais endormie. L'Alpha Sven m'avait caressée pendant ce qui m'avait paru des heures, ses mains explorant mon corps sans jamais toucher un endroit intime en dépit de mes cuisses écartées.

Il avait simplement réchauffé ma peau, me procurant une impression de sécurité et de chaleur que ma louve avait toujours désirée. Mon esprit savait qu'il ne fallait pas que je tombe dans ses pièges, mais je ne pouvais nier le réconfort de sa présence.

J'ouvris les yeux et trouvai ma tête collée contre sa poitrine. Ses bras forts m'entouraient et il continuait d'émettre cet incroyable grondement doux. Cela faisait des jours qu'il ronronnait sans cesse, me semblait-il. C'était addictif et hypnotique, ce son me manquerait beaucoup quand tout ceci prendrait fin.

Il passa ses doigts dans mes cheveux et m'avertit :

– C'est de nouveau l'heure de manger.

Je faillis gémir. Cet homme était obsédé par la nourriture. J'avais l'impression d'avoir mangé il y a dix minutes, mais le léger gargouillement de mon estomac me disait que cela faisait bien plus longtemps que ça. Peut-être même toute une journée. Le temps était fugace ici, dans ce nid de chaleur et de ronronnements apaisants. À un moment donné, j'avais déplacé les couvertures pour créer une sorte de rempart, comme si j'essayais de nous coincer dans ce lit pour que nous ne puissions jamais en sortir.

Il déposa un baiser sur le dessus de ma tête alors qu'il tentait de se dégager de notre cocon. Je grognai, agacée, parce que ses gestes dérangeaient les barrières que j'avais construites avec soin.

Il s'arrêta et je grondai en signe d'approbation, me nichant plus près des vibrations de sa poitrine.

— Tu ne m'empêcheras pas de te nourrir, Kari, me prévint-il.

Je l'ignorai, ne sachant pas trop ce qu'il voulait dire, et continuai à me plaquer contre son corps ferme pour retrouver le plaisir que j'avais ressenti avant qu'il ne bouge.

Il soupira et m'attira à nouveau contre lui, puis fit glisser le bout de ses doigts le long de ma colonne vertébrale. C'était le paradis. Ou peut-être l'enfer. Parce que je savais que ça ne durerait pas, et qu'à chaque respiration, j'anticipais le pire.

Mais plus il me serrait contre lui, plus je me détendais. Puis je tendis la main pour arranger la couverture qu'il avait déplacée en essayant de s'en aller, et je refermai les yeux.

Les minutes passèrent.

Peut-être des heures.

Et le grand Alpha tenta une nouvelle fois de me déloger.

Je grognai.

Cette fois, il grogna en réponse.

Ma louve gémit.

Il m'embrassa sur le front et s'éloigna en dépit de mes protestations, m'abandonnant dans le fort que j'avais créé. C'était étrange, mais naturel. Je reconnaissais les signes de nidification, chose que j'avais vue chez d'autres Omégas mais que je n'avais jamais expérimentée moi-même.

Je n'avais jamais eu mon propre espace, ni accès à tant de literie luxueuse. Ma cellule ressemblait plus à une cage au Secteur Bariloche. Les seules fois où ils m'avaient laissée sortir, c'était quand un Alpha avait voulu me mettre dans un lit qui n'avait jamais été le mien.

Celui-ci ne m'appartient pas non plus, songeai-je en fronçant les sourcils.

Mais cela ne m'empêcha pas de faire gonfler l'un des oreillers et de replacer une fois encore les couvertures là où je les voulais. Je laissai un espace pour l'Alpha Sven. Ce qui était étrange parce qu'il n'avait clairement pas sa place dans mon nid. Pourtant, j'aimais la façon dont son odeur imprégnait les draps. Et sa chaleur, aussi.

J'étais en train d'apporter les dernières touches à mon rempart quand il s'ouvrit sur l'Alpha Sven, qui apportait un nouveau plateau de nourriture. Il le posa à l'intérieur, et je poussai un grognement agacé. Je le récupérai et le jetai au sol avec un faible grognement d'avertissement.

Pas de nourriture dans le nid ! lui criai-je dans ma tête.

— *Kari !*

Il irradiait une telle fureur que ma louve en fut bouleversée. Mais je ne reculai pas. Il avait essayé de souiller mon espace avec du *poisson* et du (je reniflai) *bœuf*.

Je lui jetai un regard furieux, sans me soucier de la nourriture qui jonchait désormais le sol. Mieux valait la moquette que mes draps.

— Tu vas *manger*, exigea-t-il.

Je ricanai. Le problème n'était pas que je mange, mais son manque de respect envers notre nid.

— Je suis sérieux, ajouta-t-il d'un ton glacial. (Son

ronronnement avait disparu.) J'en ai marre de ces conneries d'autodestruction.

Il voulait qu'on parle de faire du mal ? Il avait essayé de mettre de la *nourriture* dans mon *nid*.

– Tu es un horrible Alpha.

Il savait qu'il ne fallait pas détruire un endroit aussi cher. *Mon espace.* Une chose que je n'avais jamais eue avant. Cela faisait peut-être partie de son jeu : un désir de faire en sorte que je me sente chez moi, pour le simple plaisir de me rappeler que ce n'était pas le cas, que je n'étais pas en sécurité, et totalement sous son contrôle.

Mon cœur manqua un battement.

Oui.

C'était le but de la leçon. Il m'avait laissée ressentir quelques jours de réconfort, juste pour me l'arracher en…

– Un *horrible* Alpha ?

Sa colère envahit mes sens, faisant taire mon trouble intérieur pendant une seconde.

Est-ce que je l'ai appelé comme ça ? Je ne parvenais pas à m'en souvenir. J'étais trop concentrée sur mon nid, la situation et… *Pourquoi est-ce que j'agis de cette manière ?* Je n'avais jamais été territoriale avant. Et je savais qu'il ne valait mieux pas que je considère ce lit comme mien, et encore moins y faire un nid.

– Je t'ai baignée, nourrie, j'ai ronronné pour toi, je t'ai offert chaleur et protection, et tu penses que je suis un *horrible Alpha* ?

Sa voix se fit rugissement, et je me recroquevillai à l'intérieur du nid, appelant ma louve par pur instinct. De la fourrure apparut sur ma peau, et je pris ma forme animale plus vite que je ne l'aurais pensé.

C'est grâce à la nourriture, me dis-je.

Je me sentais déjà plus forte, et l'Alpha Sven ne m'avait guère apporté plus que du réconfort et de la nourriture.

Ma transformation fut suivie d'un grognement furieux : l'Alpha était plus en colère que jamais.

– Tu vas te retransformer tout de suite, m'ordonna-t-il. Parce que sinon, Kari, tu ne vas pas *du tout* apprécier les conséquences.

Merde. Je l'avais vraiment mis en colère. Genre, bien plus que les autres fois. Et il allait vraiment me détruire cette fois-ci.

Je bondis hors de mon nid, effrayée à l'idée qu'il puisse m'attraper et me plaquer au sol.

Ce qui était la mauvaise chose à faire car il plongea sur moi en grognant, son loup brillant au fond de ses yeux. Non seulement je l'avais insulté, mais j'avais déclenché ses instincts de prédateur.

C'était mauvais.

Très, très mauvais.

Je courus dans le salon, essayant de lui échapper, et fit tomber plusieurs objets en passant. Il rugit dans mon sillage, puis se figea près du canapé, les yeux fixés sur la porte.

Mes poils se hérissèrent quand une odeur sucrée me frôla les narines.

Une Oméga.

Une concurrente.

Je n'aime pas ça.

La réaction venait de ma louve, et elle émit un grognement que l'Alpha Sven me retourna directement en repartant vers la chambre, où il s'habilla d'un jean et d'un t-shirt avant de regagner la porte d'entrée.

Je grognai, agacée qu'il me délaisse pour une autre Oméga, et me figeai quand il me balança :

– Stop.

La porte claqua derrière lui.

Mon animal se rebella, furieux qu'il m'ait abandonnée

pour une autre femme. Pendant ce temps, j'étais totalement confuse, essayant de comprendre ce qui venait de se passer, et pourquoi c'était arrivé.

J'avais créé un nid.

Il avait tenté de le souiller.

J'avais jeté la nourriture à terre.

Ensuite, je l'avais traité d'horrible Alpha.

Et à présent, il m'avait laissée pour partir avec une autre femme.

Je m'assis sur ma croupe, cillant dans le vide, essayant de faire le tri dans le chaos émotionnel qui explosait dans mon esprit. Il m'avait quittée. N'était-ce pas une bonne chose ? Ce n'était pas l'avis de ma louve. Une partie de moi avait envie de filer dans la chambre et détruire cet endroit sûr qu'il m'avait aidée à créer. Mais une autre partie de moi avait envie de s'y cacher et pleurer dans mon havre de paix.

J'avais… tout fait foirer.

En quelque sorte.

Peut-être.

Je n'arrivais pas à comprendre. L'Alpha Sven ne se comportait pas comme les autres loups que je connaissais. Il… il m'offrait de la nourriture. Un sanctuaire. *Des ronronnements.*

Et à présent il me punissait en jouant avec une autre Oméga. Une autre esclave ? Est-ce qu'il en possédait plusieurs ?

Mon nez me démangeait, l'odeur était encore forte. C'est alors que je réalisai qu'il n'était pas complètement parti. Il se tenait dans le couloir, de l'autre côté de la porte, comme l'autre jour avec l'Alpha Ludvig.

Le bourdonnement des voix parvint à mes oreilles, qui remuèrent en signe d'irritation devant le son écœurant et doux de… *Attendez*… Je reconnaissais ce ton.

Snow Frost.

Mais c'était une Beta, pas une Oméga.

Avait-elle un Oméga auprès d'elle ?

Je humai l'air, curieuse, mais ne retrouvai que le parfum de la concurrente, mêlée à celle de mon Alpha.

Je haussai les sourcils. *Mon Alpha ? Wouah, non, non, non. Il n'était pas* mon *quoi que ce soit.*

Un grognement mécontent s'éleva dans ma poitrine alors que ma louve répliquait *Mon Alpha.*

Je secouai ma fourrure, essayant de retrouver mes facultés mentales, car j'avais de toute évidence perdu l'esprit. Puis je reposai ma croupe sur une pile de coussins en lambeaux. *Ils seraient bien dans mon nid. Peut-être…*

La porte s'ouvrit, et l'odeur de ma concurrente flotta dans l'air, faisant grogner ma louve. *Une concurrente !*

— Nous n'en avons pas terminé avec cette discussion, dit l'Alpha Sven, posant ses yeux bleus sur moi. Considère ça comme un simple délai, Oméga. Désormais, tu as au moins deux heures devant toi pour rectifier ton attitude.

Mon attitude ? songeai-je en ricanant. *C'est toi qui flirtes avec une autre Oméga dans le couloir !*

— Tu vas manger pendant que je serai parti, continua-t-il.

Manger ? Ça n'a rien à voir avec la nourriture, grommelai-je. J'étais dans mon corps de louve, alors il ne pouvait pas m'entendre, mais il était sûrement capable de lire dans mes pensées à travers mes yeux, comme il l'avait déjà fait. *Et où vas-tu pendant deux heures ? Jouer avec ta nouvelle Oméga ?* Rien que d'y penser, j'avais les nerfs en pelote. C'était une réaction totalement irrationnelle, mais rien dans cette situation n'était rationnel.

— Te priver de nourriture n'est pas une option, me dit-il, visiblement incapable de lire mes pensées cette fois.

Ou alors c'était sa nouvelle Oméga qui obscurcissait

son jugement.

Je te déteste.

— Je vais te gaver comme je l'ai fait hier, ajouta-t-il, et je marquai un temps d'arrêt. C'est ton choix, Oméga.

Il considérait cette expérience comme un gavage ? À quel moment m'avait-il obligée à faire quoi que ce soit ? Il avait juste amené la fourchette à ma bouche, et j'avais fait le reste.

Attends une seconde. Maintenant tu me distrais avec ton obsession pour la nourriture. Je dardai sur lui un regard noir. *Il ne s'agit pas d'un problème de nourriture, espèce d'imbécile d'Alpha.*

Il posa les mains sur ses hanches.

— Deux heures, me dit-il. Mange, prends un bain, et sois humaine à mon retour.

Pourquoi ? Pour que tu puisses m'utiliser comme fourreau secondaire après avoir joué avec ta nouvelle Oméga ? interrogeai-je, sans savoir d'où sortait cette fureur en moi, mais m'y livrant malgré tout. Je ne m'étais jamais sentie possessive envers un Alpha, et je n'avais aucune idée de la raison pour laquelle je l'étais soudain avec lui. C'était peut-être parce qu'il s'était montré gentil avec moi pendant quelques minutes, après avoir enduré une décennie de tourments.

Mais il y a quelque chose de différent chez lui, me dis-je, réfléchissant à cette idée alors qu'il s'accroupissait devant moi pour croiser mon regard.

— Je me suis montré indulgent au regard de ta situation. Ça prendra fin à mon retour, et ce comportement sera sévèrement corrigé.

Il prononça ces mots lentement, comme s'il pensait que sinon je n'aurais pas pu les comprendre.

J'eus de nouveau envie de lui grogner dessus, mais à la place, je soutins son regard pour lui montrer que je n'avais pas peur. Il pouvait me corriger dès maintenant si ça impliquait qu'il ne retourne pas auprès de l'autre Oméga.

Qu'est-ce qui ne va pas chez moi ? me demandai-je, complètement perdue à cause de cet étrange changement entre nous. J'eus soudain l'envie de lui sauter dessus et le mordre à l'épaule ; j'en eus le tournis et fus incapable de répondre.

Il est à moi, enrageait ma louve.

Pourquoi ? demandai-je à mon tour.

L'Alpha Sven se leva brusquement, et sa contrariété était comme un coup de fouet qui ne fit qu'augmenter mon envie. Ma louve voulait que je lui demande de ne pas partir. *Ta place est ici. Dans mon nid.*

Arrête, suppliai-je. *Il faut que cette folie s'arrête.*

— Essaie de lui faire entendre raison, veux-tu ? dit-il, ajoutant à ma confusion.

Est-ce qu'il sentait le besoin qu'avait ma louve de le marquer ? Était-il en train de me demander de contrôler ce besoin ?

Évidemment. En tant qu'Oméga stérile, je ne pouvais pas vraiment le marquer, et inversement. Toute cette situation était...

— Je dois aller m'assurer que Kazek ne tue pas la moitié de ce maudit secteur, ajouta-t-il depuis le couloir, et je fronçai intérieurement les sourcils.

Quoi ?

Ma louve s'agita en entendant se refermer les portes de l'ascenseur. Il venait de partir avec cette Oméga, s'assurant que je sache exactement ce qu'il avait l'intention de faire au cours des deux prochaines heures.

Je grognai, renversant la table basse près de moi, et bondis vers la porte, prête à griffer les murs du couloir.

Mais je me figeai sur le seuil à la vue de Snow Frost qui se tenait devant moi.

C'était *elle* la source de l'odeur d'Oméga.

KARI

L'animal en moi grogna de satisfaction et d'irritation à l'idée de connaître notre concurrente. Une princesse royale. Une ancienne Beta. *Comment es-tu devenue une Oméga ?* avais-je envie de lui demander. *Et que veux-tu de mon Sven ?*

Il n'est pas à moi ! me criai-je dessus.

Bon sang, je suis en plein délire. Cet homme m'a totalement fait perdre la tête.

Snow me grogna dessus en retour, avec la même férocité, mâtinée d'une pointe d'inquiétude.

– Je ne suis pas d'humeur, Kari, me dit-elle. Mais je suis heureuse de voir que tu vas bien.

Je m'arrêtai, abasourdie par ses paroles. *Tu es ravie que j'aille bien ? Pourquoi ?* Nous nous connaissions à peine. On m'avait offerte en cadeau à son fiancé. J'étais une Oméga à nouer parce que Snow ne pouvait pas… *Mais elle était une Oméga à présent.* Je le sentais partout sur elle. Tout comme je sentais la revendication d'un autre Alpha sur sa peau.

Elle franchit la porte : de toute évidence, notre conversation s'arrêtait là. Elle se mit à explorer les lieux.

Je la suivis, curieuse, et un peu agacée qu'elle se sente le droit d'envahir mon espace. *Ce n'est pas mon espace,* me corrigeai-je pour la millième fois tandis qu'elle inspectait la cuisine. Il y avait un autre plateau de nourriture : à mon avis, il était destiné à l'Alpha Sven pour quand il aurait eu fini de me nourrir.

Oups.

— Wouah, souffla-t-elle en admirant le contenu du réfrigérateur.

Je suivis son regard, sans trop savoir ce qu'elle trouvait de si impressionnant.

Puis elle observa les traces de griffes que j'avais laissées sur la table à manger, acte commis l'autre jour dans mes efforts pour redécorer la suite, et se dirigea ensuite vers ma chambre.

Mmmh.

Je rappelai ma forme humaine, parce que je voulais lui dire de rester à l'écart de mon nid.

— D'accord… dit-elle en se tournant vers moi quand j'eus achevé ma transformation.

— Qu'est-ce que tu fais ? voulus-je savoir, d'un ton un peu plus agressif que prévu.

Mais elle se tenait trop près de mon nid.

— J'essaie de trouver cet extérieur qu'Alana a mentionné, me répondit-elle.

Comme j'ignorais qui était *Alana*, je ne pus que lui répondre :

— Oh. (Puis je hochai la tête et lui indiquai la porte au fond de la pièce, qui menait au patio extérieur.) C'est une serre, lui dis-je en montrant les arbres. Je trouve que c'est pas mal pour une cellule de prison améliorée.

Je me demandai pourquoi elle était là. L'autre jour, je l'avais sentie dans l'avion, mais j'avais pensé que c'était peut-être le fruit de mon imagination. Et depuis mon arrivée, je l'avais totalement oubliée.

Ce souvenir me fit lui demander pourquoi elle s'était glissée dans l'avion. Ce à quoi elle répliqua :

— Pourquoi ne leur as-tu pas dit que j'étais là ?

Je cillai et admis que je n'étais pas sûre qu'elle ait été réelle ou non. Puis je jetai un œil autour de moi, et ajoutai :

– Je ne suis toujours pas convaincue que *tout ceci* est réel.

Tout ceci était tellement bizarre et m'était complètement étranger, et mon envie de revendiquer l'Alpha Sven ne faisait que renforcer cette impression.

Au moins, il n'est pas parti avec une Oméga, me consolai-je.

J'en grognai presque : ce n'était pas censé m'apaiser. Je devrais le détester.

– Ce ne sont pas des hommes bons, tu sais, dis-je, plus à mon attention qu'à celle de Snow. *Il* continue de me mentir. Pour me piéger. Mais je suis plus maligne que ça. Les Alphas ne savent rien faire d'autre que traquer et détruire, mais je ne le laisserai pas me le faire.

Voilà. Je l'avais dit. Cela rendait les choses réelles.

Alors pourquoi est-ce que j'ai le menton qui tremble ?

Rah!

Je ravalai mon envie de hurler et m'éloignai d'un pas ; mais je me raidis quand j'entendis des Alphas hurler au loin. *Oh non. Oh, non, non, non !* Je connaissais ce son. *Bataille. Destruction. Agressivité. Merde.*

Les Alphas du Secteur Bariloche se livraient souvent à des actes de violence les uns envers les autres, pour évacuer un peu d'agressivité ; ensuite, ils avaient besoin d'un exutoire pour l'apaiser

C'est en train de se produire.

Ils arrivent.

Sven m'a laissée ici… parce qu'il a l'intention de me présenter comme il se doit maintenant.

Mes genoux se dérobèrent tandis que je filais dans un coin de la pièce, où je me mis à me balancer, les bras couvrant ma tête. *Ça va aller. Je n'ai pas mangé aujourd'hui. Je survivrai à la douleur.*

Bon sang, jamais je n'aurais dû le repousser. J'aurais dû... J'aurais simplement dû... Je n'étais pas sûre. Je n'étais sûre de rien !

La voix de Snow résonnait autour de moi, mais je ne l'entendais pas par-dessus les hurlements dans le vent. Ils étaient si furieux. Si violents. Si sauvages.

L'Oméga près de moi continuait de parler.

Je ne comprenais pas, ses mots étaient un véritable charabia mêlé aux grognements d'en bas.

Mais au bout de quelques minutes, je commençai à enregistrer ce qu'elle disait. Elle parlait de l'Alpha Enrique, me disait qu'il avait prévu de la tuer. Je fis la moue.

Jamais l'Alpha Enrique ne ferait une chose pareille, songeai-je. *Sauf pour te protéger.*

Peut-être qu'il savait qu'elle était une Oméga et qu'il avait prévu de mettre fin à ses souffrances avant que les autres ne puissent abuser d'elle comme moi et Savi ?

Elle m'expliqua qu'elle était entrée en phase d'œstrus en arrivant, et quelque chose à propos d'inhibiteurs masquant sa véritable nature. Ce qui expliquait son odeur de Beta.

Puis elle me parla de l'Alpha Kazek, et de comment il l'avait revendiquée. Et à présent, il était puni pour avoir pris une Oméga sans permission : c'était un acte qui ajoutait à ma confusion. Est-ce que tous les Alphas n'étaient pas autorisés à prendre sans permission ? Ou alors il l'avait revendiquée sans demander l'approbation de son Alpha de secteur ?

– Je crois que c'est pour cette raison qu'ils hurlent, conclut-elle. Il m'a dit que je serais capable de l'entendre mais pas de le voir.

Je ne savais pas vraiment de qui elle parlait, ni ce

qu'elle voulait dire. Mais son explication m'apaisa un peu, en ce sens qu'elle impliquait qu'il ne s'agissait pas de moi.

C'était à propos d'elle.

Je sentis mon sang se glacer, parce que c'était presque pire. Elle ne semblait pas comprendre ce qui allait lui arriver ensuite. Elle était innocente et ignorait le sort dont Alpha Enrique avait tenté de la sauver.

Pauvre Snow.

Je ne la considérais plus comme une rivale, mais comme une compagne.

Un Alpha se mit à parler en bas, d'une voix forte qui portait, couvrant mes bras de chair de poule. Il semblait grand. Puissant. *Terrifiant.*

Puis je reconnus la voix que j'avais entendue dans l'avion. *Ce doit être son Alpha Kazek.* Une fraction de seconde plus tard, il prononçait son nom, suivi de sa position, confirmant son identité.

Il continua en expliquant qui il avait pris pour compagne : *Snow Frost du Secteur Hiver.* Des grognements suivirent cette annonce : les loups désapprouvaient. Mais il ne se découragea pas, et se dit prêt à relever leurs défis. Puis il les avertit qu'il les combattrait jusqu'à la mort plutôt que de se soumettre et conclut en disant :

– J'accueillerai avec plaisir votre sang sur mes mains.

Je tremblai.

– *Lui*, c'est ton partenaire ?

– Euh, ouais. C'est l'Alpha Kazek.

Je blêmis.

– Il a l'air terrifiant.

Elle ne répondit rien, mais je vis à ses traits qu'elle acquiesçait. Soudain, je me sentis chanceuse que ce soit l'Alpha Sven qui ait tenté de me nourrir et non l'Alpha Kazek.

– Que va-t-il t'arriver s'il perd ? me demandai-je tout haut, d'une voix douce.

– Un autre Alpha me revendiquera, murmura-t-elle en retour.

Ça n'avait aucun sens.

– Mais s'il meurt, le lien brisé te détruira. (Je levai les yeux vers elle, consciente de ce que ça lui ferait, parce que j'avais vu ce qui était arrivé à ma sœur.) Les liens sont censés être indestructibles.

– Indestructibles ? répéta-t-elle, et à son ton, je sus qu'elle n'avait aucune idée de ce qui l'attendait.

Si l'Alpha Kazek perdait… elle deviendrait une esclave. Une Oméga brisée que l'on ferait tourner, que l'on moquerait, et que l'on sauterait jusqu'à ce qu'elle ait envie de mourir. Et seul un gentil Alpha pourrait l'aider.

Et je n'en avais jamais rencontré qu'un seul. *L'Alpha Enrique.* Il avait déjà essayé de la sauver, en vain. Tout comme il avait échoué à me sauver.

Parce qu'on m'avait enlevée avant qu'il n'ait pu le faire.

– Oui, murmurai-je pour confirmer que le lien était indestructible. Je croyais que le fait que mon père m'ait détruite était une bénédiction, parce que les Alphas ne revendiqueront jamais une Oméga brisée. Ne pas se lier signifie que mon âme ne sera jamais connectée à une autre, tu vois. Mais j'ai découvert à mes dépens que les Alphas peuvent me détruire d'une tout autre manière.

– Ton père t'a détruite…

Elle s'interrompit sur un brusque halètement ; ses yeux noirs s'écarquillèrent sous le coup de la panique tandis qu'elle s'effondrait au sol et se recroquevillait.

Des larmes me piquèrent les yeux : le souvenir de ma sœur sombrant exactement dans le même état il y a tant d'années me sauta au visage.

Son compagnon… elle sent son compagnon…

– Snow, soufflai-je, ignorant comment l'aider, même si je me sentais obligée d'essayer.

Les hurlements s'intensifièrent à l'extérieur, l'agressivité furieuse me fouettait les sens et me donnait envie de m'effondrer et me cacher avec elle. Mais il fallait que je sois forte pour aider ma nouvelle compagne. C'était tout ce que nous avions. Tout ce que je pouvais faire.

Je restai à ses côtés, murmurant son nom de temps à autre, essayant de lui apporter du réconfort. Elle hurla, et sa souffrance me fendit le cœur. C'était sans fin, et la scène m'était sinistrement familière. Mon cœur se brisa pour elle, pour ma sœur, pour ma mère. Pour toutes les Omégas qui avaient souffert.

J'avais les joues trempées, et les poumons douloureux à cause du manque d'air.

Snow finit par se calmer, ses épaules se relâchèrent et elle cessa de trembler. *Trop tôt*, pensai-je. *Il est trop tôt pour avoir ce regard mort.* Il avait fallu des mois à ma sœur pour atteindre cet état. Elle avait crié, pleuré et essayé de se tuer bien des fois. Mais Snow… elle se calmait trop vite. Et les hurlements à l'extérieur s'estompèrent aussi.

Que se passe-t-il ? me demandai-je en jetant un coup d'œil autour de moi, pour tenter de voir d'où venait le changement d'atmosphère.

– Snow ? murmurai-je. Est-ce… Est-ce que tu… ?

Je ne pus achever ma question : je ne savais pas trop quoi lui demander. *Est-ce que tu vas bien* me semblait trop faible. Évidemment qu'elle n'allait pas…

– Je vais bien, croassa-t-elle, la voix abîmée par tous ses cris.

Je la regardai, choquée de la voir se remettre aussi vite. Cela voulait-il dire que son Alpha avait survécu ? Est-ce qu'on l'utiliserait contre elle ? Pour la forcer à se soumettre et à se conformer ?

Je n'osai lui poser la question : sa posture et son comportement me montraient bien assez qu'elle souffrait. Je restai près d'elle, lui offrant le peu de force que j'avais, essayant de créer un lien.

Puis je me figeai quand une forte présence nargua le bord de ma conscience.

Un Alpha arrive.

Un dominant.

Puissant.

Féroce.

Ma louve prit aussitôt le dessus, me changeant en animal, ignorant la restructuration de mes os. Il était hors de question que je laisse quelqu'un toucher Snow dans cet état. Elle était trop fragile. Ils n'avaient qu'à s'occuper de moi à la place. J'encaisserais. Je serais l'exutoire de leur agressivité.

Snow se roula en boule, terrifiée.

Et je me tins devant elle, prête à affronter quiconque entrerait.

Ce fut un homme blond, grand, aux larges épaules : le portrait craché de l'Alpha Sven. *Son père*, réalisai-je avec un grognement. *Tu ne la toucheras pas !* l'avertit ma louve qui adopta une posture défensive.

Il grogna en guise de réprimande : apparemment, ma posture ne l'amusait guère.

Il n'en fallut pas plus à mon animal pour fuir dans un coin : mon besoin de me soumettre l'emportait sur la raison. *Je te déteste !* pensai-je à son attention en me roulant en boule. *Je vous déteste tous !*

— Ne rends pas ta punition pire qu'elle ne l'est déjà, Oméga, répondit-il sur un ton d'avertissement.

Ma louve gémit et tenta de disparaître dans le mur. J'avais envie de la traiter de lâche. Mais je ne pouvais pas.

C'était l'Alpha du Secteur Scandinave. Son âge, qui irradiait de lui, m'intimidait, tout comme son air supérieur.

Je voyais d'où l'Alpha Sven avait tiré sa propre puissance.

Ces deux-là étaient des forces de la nature contre lesquelles je n'avais aucune chance. Ce que je lui fis savoir en me roulant en boule aussi serrée que possible.

Il m'observa un moment avant de reporter son attention sur Snow.

Et il se mit à ronronner.

Ce n'était pas le même son que celui de l'Alpha Sven, et ma louve en était agacée, parce que ce n'était pas celui que je voulais entendre. Je voulais *mon* Alpha, celui auprès duquel ma louve avait appris à se sentir à l'aise au cours des derniers jours.

Je suis dans un tel pétrin.

SVEN

J'attendais dans le couloir que mon père termine sa discussion avec *Winter*. La princesse Oméga avait changé son nom de Snow Frost en Winter après que Kazek l'avait revendiquée. C'était approprié, et je savais qu'il l'avait encouragée. C'était tout à fait son genre de suggérer une nouvelle identité pour effacer l'ancienne.

Heureusement, il semblait avoir plus ou moins le contrôle dehors. Lorsque Winter m'avait parlé de la punition organisée par mon père, je m'étais inquiété pour mes compagnons de meute. Lâcher Kazek de cette manière était une manœuvre dangereuse, mais le voir arpenter le terrain à grandes enjambées m'indiquait que mon père avait tout orchestré.

Kazek n'avait qu'un seul défaut : il doutait de sa propre capacité à diriger. Il ne se voyait pas comme le voyaient les autres, et supposait toujours que la meute le considérait plus comme un bâtard que comme un Alpha digne de ce nom.

Ce test allait prouver ce que mon père savait déjà : les membres respecteraient la revendication de Kazek.

Quelques Alphas plus affamés avaient tenté de se battre contre lui, surtout parce qu'ils n'étaient pas assez matures pour laisser passer une chance d'évacuer leur agressivité.

Mais ils tombèrent rapidement et se soumirent instantanément.

Les trois jours à venir allaient être longs pour Kaz, à présent qu'il attendait d'être réuni avec sa compagne.

Et mon père avait l'intention de la garder ici avec Kari.

Je soupirai en m'appuyant contre le mur. En chemin, je l'avais prévenu que Kari refusait toujours de se nourrir et se livrait à l'automutilation. Ça ne lui avait pas plu, et il m'avait ordonné d'arranger les choses.

Puis il m'avait demandé d'attendre ici pendant qu'il parlait à Winter.

Il ne voulait pas que nos énergies combinées submergent les Omégas à l'intérieur. Je le soupçonnais également de vouloir évaluer Kari lui-même, vu qu'il ne l'avait pas encore rencontrée.

Tu es un horrible Alpha.

Ses mots résonnaient dans mon crâne, et le coup sous-jacent ne cessait de me marteler le cœur. Elle avait paru si féroce et furieuse quand elle avait prononcé ces mots, comme si ma simple présence dans sa vie était un affront que je lui faisais.

La plus grande partie de ma fureur avait laissé place à la confusion, parce que j'avais fait tout ce qu'un Alpha se devait de faire, en dehors de la nouer. Était-ce pour ça qu'elle s'était emportée contre moi ? Parce que je ne l'avais pas encore sautée ?

Je contractai la mâchoire.

Elle n'était pas prête pour moi, son corps frêle était trop affaibli par le manque de nourriture et les mauvais traitements. Je ne voulais pas la prendre dans cet état. Il faudrait qu'elle fasse avec. C'était mon travail en tant que l'Alpha de surveiller son développement et de m'assurer de son confort. Si cela signifiait qu'elle allait encore me considérer comme *horrible*, et me détester parce que je prenais soin d'elle, alors ainsi soit-il.

Cependant, cela impacterait sérieusement ma capacité à la revendiquer si en retour elle ne me choisissait pas. Ce qui était un problème puisque nous avions désormais moins de trois jours pour régler ces différends.

« Une fois les épreuves terminées, nous organiserons une fête pour les nouveaux venus dans le Secteur Scandinave, et nous finaliserons la revendication de Kazek », avait annoncé mon père au Secteur moins d'une heure plus tôt.

La rumeur de la présence de Kari avait couru dans les rangs, car son odeur était impossible à dissimuler. Surtout qu'apparemment, je la portais comme un parfum sur ma peau. Dehors, plusieurs Alphas avaient tenté de m'interroger à son sujet, mais mon père les avait découragés en me demandant de l'escorter jusqu'aux suites des invités.

La nouvelle d'où elle vivait allait maintenant se répandre dans le secteur, car tout le monde savait que cet endroit ne pouvait servir qu'un seul but : protéger quelqu'un d'important.

À présent, il y avait deux Omégas ici, ce qui nécessitait la présence d'un garde. J'avais l'intention d'assurer ce rôle, mais je me doutais que l'Alpha Alana m'aiderait. Ou elle pourrait rester dehors avec Kaz pour s'assurer qu'il ne blesse pas gravement quelqu'un. Il avait fait preuve d'un sang-froid impressionnant quand Joel l'avait cherché un peu plus tôt, mais ça ne signifiait pas qu'il n'allait pas craquer après avoir été séparé plusieurs jours de sa compagne.

Merde. Kaz a une compagne, m'émerveillai-je en soupirant. À présent, je comprenais pourquoi il m'avait poussé à quitter rapidement l'avion avec Kari. Je m'étais attendu à devoir me battre contre lui pour elle, mais il m'avait laissé partir. J'aurais dû savoir qu'il avait ses propres raisons.

Je m'écartai du mur quand je sentis mon père approcher de la porte, attendant ses ordres.

Il sortit dans le couloir et referma doucement la porte derrière lui avant de hausser un sourcil.

— Tu as omis de parler de la nouvelle déco.

Je me raclai la gorge.

— Eh bien, je t'ai dit qu'elle se montrait difficile et qu'elle refusait de manger.

— Elle essaie aussi de te pousser à bout, peut-être pour te mettre en colère dans l'espoir que tu la blesses ou que tu la tues.

Je le fixai, bouche bée.

— Quoi ?

— De toute évidence, elle est suicidaire, Sven. Je ne sais pas ce que cette femme a traversé, mais sa louve est dans un état pitoyable, en train de trembler sur le patio en ce moment. Pourtant elle a déployé des efforts admirables pour protéger Winter. Ça n'a duré qu'une seconde, mais c'est l'effort qui compte.

Je fronçai les sourcils.

— Protéger Winter de quoi ?

— De moi, répondit-il simplement. Elle craint les Alphas.

Eh bien, c'était une chose que j'avais déjà déterminée.

— Et tu veux la lâcher dans le secteur.

— Non, je veux qu'elle découvre le secteur, qu'elle voie à quoi ressemble la vie ici avant de prendre une décision durable, rétorqua-t-il. Je ne permettrai à personne de la courtiser dans cet état. *Pas même à toi.*

— Elle est déjà à moi, lui répondis-je sans la moindre hésitation. Et tu ne pourras pas empêcher mon loup de la revendiquer.

Il m'adressa un regard calculateur.

– Tu as beau être mon fils, je suis toujours ton Alpha.

– Et même si c'est quelque chose que je respecte, je te dis qu'elle est à moi. Je prendrai soin d'elle. Je la soignerai. Et quand elle sera prête, *je* la courtiserai.

Il ne pouvait rien dire ou faire qu'il me dissuaderait d'emprunter cette voie. Cela faisait des jours que mon loup avait pris sa décision, et je n'avais pas l'intention d'aller à l'encontre de mon instinct.

– Les Omégas stériles ne peuvent pas être revendiquées, me rappela-t-il doucement.

– Mon loup dit le contraire.

Elle pourrait ne pas être capable de concevoir. Elle pourrait même ne pas être capable d'avoir d'œstrus. Mais quelque chose en elle m'appelait, et je refusais de l'ignorer.

– Alors j'espère que ton loup a raison, répondit-il. Vois ce que tu peux trouver au sujet de sa stérilité au cours des prochains jours. Nous discuterons avant la fête, et nous verrons ce qu'il convient de faire pour sa présentation.

– Tu n'as absolument aucun doute sur le fait que c'est Kaz qui va gagner.

Il ricana.

– Bien sûr que non. C'est lui qui doute de lui-même. Tous les autres savent qu'il est plus que capable.

– Et tu te sers de ce prétexte pour lui faire la leçon.

Il se contenta de sourire.

– Je n'ai jamais aimé la Reine des Miroirs. Peut-être que Kazek pourra faire quelque chose à ce sujet.

– Si on le pousse un peu, je pense qu'il en serait capable.

Mon père me scruta pendant un temps.

– Mmmh, oui. C'est bien possible.

J'avais comme dans l'idée qu'il parlait plus de moi que de Kazek à cet instant. Mais il n'épilogua pas, se dirigea simplement vers le panneau sur lequel il tapa une série de chiffres, tout en disant :

— Je vais envoyer Alana veiller sur Winter ; et je me doute que de ton côté tu seras bien occupé avec Kari.

Il entra dans l'ascenseur qui venait d'arriver, et se tourna vers moi une fois encore.

— La frontière est mince entre la douceur et la fermeté. Si tu maîtrises cette subtilité, tu la maîtriseras elle. (Il appuya sur un bouton pour que les portes se referment doucement, et ajouta :) Bonne chance.

KARI

LES PAROLES qu'avait prononcées l'Alpha Ludvig en partant me trottaient dans la tête.

« L'Alpha Kazek aura faim quand il aura achevé le défi, et je ne parle pas de nourriture. Alors, prépare-toi, Oméga. Il sera exigeant et impitoyable, et il voudra une obéissance totale. »

Snow ne sembla pas comprendre de quoi il parlait ; elle conserva sa posture de soumission, les épaules affaissées, longtemps après son départ. Je repris ma forme humaine parce que je voulais l'avertir. Mais quand elle leva les yeux sur moi, je lus la détermination dans son regard. Elle n'était ni brisée ni effrayée. Elle était forte et prête à affronter l'avenir.

Je retrouvai ma sœur dans son expression, celle qui était morte après que mon père ait tué son compagnon.

Pour le bien de Snow, j'espérais que son Alpha avait survécu.

Même si, au final, je n'étais pas tellement sûre que ce soit mieux pour elle. Il allait peut-être se montrer possessif et refuser de la partager, alors elle n'aurait plus qu'à accueillir son nœud pour l'éternité. Ou peut-être qu'il développerait des sentiments et ronronnerait pour elle.

Ma mère me disait qu'il était possible pour un Alpha d'aimer et chérir son Oméga.

Mais jamais je n'en avais été témoin. Du moins, pas au Secteur Bariloche.

Snow détourna les yeux de moi : elle me rejetait, de toute évidence. Elle avait envie d'être seule. C'était un besoin que je comprenais, alors je la quittai sans bruit dans le patio, et réfléchis à ce que j'allais faire ensuite.

L'Alpha Sven voulait que je me douche, que je mange, et que je sois humaine quand il reviendrait. C'était plus malin de ma part de lui obéir, de sorte d'être dans une forme suffisante pour aider Snow si elle en avait besoin.

À présent, nous étions des compagnes.

Et en tant que telle, je lui devais d'être là pour elle si le pire se produisait.

Les liens d'accouplement connectaient les âmes, et chacun ressentait la douleur de l'autre. C'était pour cette raison que ma sœur ne s'était jamais vraiment remise. Chaque fois que je la voyais, elle avait un regard vitreux, comme si son âme était morte depuis bien longtemps, ne laissant plus que son corps.

Les Alphas s'en fichaient. Ils aimaient avoir une poupée brisée dans leur lit. C'était pour cette raison que je jouais souvent ce même rôle, me cachant dans mon âme pendant qu'ils se déchargeaient entre mes cuisses.

Je frissonnai, l'estomac noué à la pensée que Snow pourrait souffrir d'un destin semblable. Je ne la connaissais pas. Je ne lui devais rien. Mais en tant que camarade Oméga, j'éprouvais de la compassion pour elle. J'allais faire de mon mieux pour l'aider de toutes les manières possibles, parce que je savais ce que ça faisait d'être seule dans ce monde.

Personne n'était là pour m'aider. Pas à l'époque. Ni maintenant. Ni jamais. Cela faisait longtemps que j'avais accepté ce destin, mais Snow n'aurait pas à le faire.

Ça ne m'était jamais arrivé auparavant, mais j'espérais

que l'Alpha Kazek survivrait. Au moins pour faire en sorte que Snow conserve ses facultés mentales.

Frémissante, je m'agenouillai pour ramasser le plateau sur le sol près du lit et récupérai de mon mieux les aliments pour les remettre dans leurs assiettes. Puis j'avalai quelques bouchées froides, faisant fi de l'aspect insalubre de la nourriture et me forçai à finir autant que possible pour satisfaire l'Alpha Sven.

Je fermai les yeux en mâchant, repensant au repas d'œufs et de saumon que nous avions partagé hier. Je fis comme si c'était sa fourchette, et non mes doigts, qui touchait mes lèvres tandis que je mangeais le steak.

Je ne m'arrêtai qu'une fois que mon estomac protesta.

Puis je me levai et me dirigeai consciencieusement vers la douche pour me laver.

Ce n'est que quand j'ouvris la porte en verre que je réalisai que l'Alpha Sven était là à m'observer. Il arborait une expression douloureuse que je ne comprenais pas vraiment. Était-il contrarié que je ne me sois pas encore douchée ?

Je bondis dans la cabine, mes mains tâtonnant sur la paroi de marbre pour trouver le robinet. Une rafale de pointes glaciales me picota la peau, et je serrai les dents, mais je n'osai bouger. Je n'avais pas envie de le contrarier davantage. Il m'avait dit de manger et de me doucher avant son retour, et il était déjà là avant que j'aie pu terminer.

S'il me punissait maintenant, je ne pourrais pas aider Snow, et ça...

Sa grande main se referma sur ma nuque, m'attirant loin du jet glacé pour me plaquer contre son torse ferme et chaud. Il s'était de nouveau déshabillé, ne portait plus qu'un caleçon. Il passa la main derrière moi pour tripoter le robinet.

– Vers la gauche, murmura-t-il contre mon oreille. À gauche c'est l'eau chaude. À droite, c'est le froid.

Mes dents claquaient bien trop violemment pour que je puisse lui répondre, alors je me contentai de hocher la tête.

Il ne me lâcha pas, mais me ramena doucement sous l'eau chaude. Puis son bras entoura le bas de mon dos dans un semblant d'étreinte.

Nous restâmes ainsi plusieurs minutes, sans rien dire. Progressivement, la chair de poule s'estompa, le liquide chaud apaisant une douleur dont je n'avais pas réalisé la présence.

L'Alpha Sven m'embrassa sur la tempe avant de presser sa bouche contre mon oreille une fois encore.

– Tu n'étais pas obligée de manger par terre, mais merci de t'être nourrie.

Je tremblais, les larmes aux yeux.

Je ne comprenais pas cet Alpha, ni ce qu'il attendait de moi, ni pourquoi il était si gentil avec moi. Il m'embrouillait l'esprit, ainsi que ma sensibilité.

Soulagée, j'avais juste envie de tomber dans ses bras, le supplier de ronronner à nouveau, lui demander de simplement me serrer contre lui. Mais j'avais aussi envie qu'il me saute et qu'on en finisse. Parce que c'était la seule chose que désiraient vraiment les Alphas. Toute cette sincère gentillesse dont il faisait preuve ne ferait que hanter mes rêves pendant une éternité de douleur.

Mes larmes redoublèrent, parce que j'avais envie d'en profiter, et pourtant j'étais terrifiée à l'idée de trop me laisser aller.

L'Alpha Sven me rattrapa quand mes genoux se dérobèrent ; il me maintint debout tout en ronronnant contre mon oreille, m'apaisant comme un loup dominant devait le faire.

Je le détestai pour ça.

Mais tout au fond de moi, je l'adorais aussi, et voulais rester comme ça pour l'éternité. Me livrer à sa protection, à son pouvoir, et ne jamais plus retomber dans les mains de cruels prédateurs.

Soudain, je compris ce que ma sœur avait ressenti pour Joseph. Pour elle, il avait été cette bête, cet Alpha possessif qui adorait son Oméga. Il avait promis de massacrer le monde pour elle. Mais plus tard, il avait été piégé, soumis, et tué.

– Il n'a jamais eu la moindre chance, murmurai-je pour moi. Personne n'en a jamais contre *lui*.

– Qui ? s'enquit Sven dans un grondement.

– Mon père.

Ma voix était à peine audible. Je me demandai presque si j'étais vraiment en train de parler, ou si ce n'était que le fruit de mon imagination. Pourquoi prendrais-je la peine de raconter quoi que ce soit à cet Alpha ? Que pourrait-il bien faire ?

– C'est déjà fait. Il l'a tué.

– Ton père ?

Je hochai la tête, cédant à cette envie peu familière de lui parler. De mettre des mots sur les atrocités de ma vie. De… *pleurer*, crier, fulminer, délirer. Or ma voix n'était pas forte du tout, mais douce et irrémédiablement brisée quand je répondis :

– Il a tué le compagnon de Savi. L'Alpha Joseph lui a promis le monde, et mon père l'a tué pour cette raison.

Mon cœur tambourinait dans ma poitrine, et les mots se brisèrent en gouttes d'eau dans mes yeux humides.

– Pourquoi ?

– Pour la concurrence, murmurai-je, inclinant la tête en arrière pour le regarder, parce que je voulais qu'il comprenne. L'Alpha Carlos n'aime pas ça. Il les massacre tous. Mais jamais à la loyale. (Du moins, d'après ce que j'avais pu observer.) Il triche.

Tout comme il l'avait fait avec l'Alpha Joseph.

Un couteau dans le bas du dos.

Un loup à l'agonie sur le sol.

L'Alpha Sven se figea contre moi, m'extirpant de cette vision violente, m'obligeant à me concentrer sur les belles lignes de son visage.

— L'Alpha Carlos est ton père ?

Je hochai la tête, une moue au coin des lèvres.

— C'est lui qui m'a créée. Tout entière. Jusqu'au moindre détail. (Je plaquai ma main sur mon ventre, comme pour lui montrer les cicatrices profondes à l'intérieur.) Il a fait en sorte que je ne puisse jamais prendre de partenaire, de sorte que plus jamais il ne serait menacé comme avec l'Alpha Joseph.

J'ai dû m'endormir, me dis-je. Sinon, pourquoi aurais-je parlé de telles choses ?

C'est à cause de Snow.

Une énergie renouvelée envahit mes membres, me rappelant mon nouveau but : protéger ma compagne.

— C'est une Oméga maintenant ? Snow ?

C'était une chose que je ne comprenais toujours pas.

Sauf qu'elle avait parlé d'inhibiteurs. Je n'en avais jamais pris. Mais parfois les Alphas du Secteur Bariloche s'en servaient pour… pour resserrer… pour… pour faire des Omégas…

Concentre-toi, songeai-je, en m'extirpant de cette spirale de souvenirs. Concentre-toi sur Snow. Elle a besoin que je sois forte en ce moment.

— Snow est une Oméga maintenant, répétai-je ; ce n'était pas une question, mais une affirmation.

L'Alpha Sven m'étudia pendant un moment, comme s'il essayait de comprendre ce que j'avais en tête. Il avait peut-être déjà confirmé ma question. Si c'était le cas, je ne l'avais pas entendu.

— Oui, répondit-il lentement. Et elle a aussi choisi un nouveau nom : Winter.

— Oh. (J'y réfléchis, momentanément apaisée par cette diversion.) C'est un nom qui lui va bien.

Elle avait la peau aussi pâle que la neige, mais les cheveux aussi sombres que la nuit. *Winter*, ça avait du sens. C'était un nom fort pour ma compagne.

Mais ça ne suffira pas à la sauver, me dis-je machinalement.

— Je... j'espère que son Alpha survivra.

C'était une vérité difficile à énoncer, et je n'avais pas eu l'intention de la formuler à voix haute. Je détestais tous les Alphas. Ils étaient vils, des créatures impitoyables qui prenaient... prenaient... *prenaient*.

Je contractai la mâchoire et fermai les yeux.

Les Omégas ont besoin des Alphas pour survivre. C'était une exigence intemporelle, un *besoin* intrinsèque. Et je le détestais. Mais pour Snow... *Winter*... je pouvais l'accepter. Il fallait que son Alpha vive pour qu'elle ait une chance dans cette existence.

— Kaz va s'en sortir, murmura l'Alpha Sven. Maintenant, c'est le reste du secteur qui devrait avoir peur pour sa vie.

— P-pourquoi ? bégayai-je, distraite par sa remarque.

— Parce que c'est un enfoiré déterminé, et l'un des Alphas les plus féroces que j'aie jamais rencontrés.

Mon estomac se retourna. *Pauvre Winter.*

— Peut-être qu'elle devrait... (Non, je ne pouvais pas le dire.) Elle a besoin de lui maintenant pour survivre.

Sans lui, elle deviendrait folle... tout comme Savi.

Ma gorge se contracta sur un sanglot silencieux ; j'avais le cœur brisé pour elles deux. L'une était condamnée à une vie au purgatoire, sans son partenaire, et l'autre souffrirait pour l'éternité avec le sien.

Jamais les Omégas n'avaient le choix. Nous étions simplement des possessions.

— Qu'est-ce que tu veux dire, Kari ? Pourquoi a-t-elle besoin de lui pour survivre ?

Je levai les yeux vers lui, surprise de ses questions. Ne comprenait-il pas ce que cela signifiait ? En la revendiquant, l'Alpha Kazek avait détruit l'Oméga Winter pour l'éternité.

— Le lien, marmonnai-je, ma vision troublée par la tristesse inspirée par ces deux mots. Quand l'Alpha meurt, ça… ça brise une Oméga. Ma sœur… (Je déglutis, et posai les yeux sur sa clavicule.) Je ne sais même pas si elle est vivante. Il a promis de me le dire si j'allais dans le Secteur Scandinave. Mais ensuite, tu… Tu m'as prise.

Je fronçai les sourcils, indécise. Je n'étais pas certaine de ce qui m'avait poussée à parler, mais j'avais l'impression de ne pas pouvoir m'arrêter.

— L'Alpha Enrique était censé m'aider. Mais tu as tout gâché.

Et j'aurais dû le détester pour cette raison, parce que désormais je n'avais plus aucun moyen de savoir ce qui était arrivé à ma sœur. Je ne serais jamais libre. On continuerait de m'utiliser, me nouer, me jeter, me *blesser*.

— T'aider ? répéta-t-il, sa voix distante à mes oreilles.

Comme si j'étais en train de courir dans un tunnel.

Sauf que je ne pouvais pas m'en échapper. Tout ceci était réel. Ce n'était pas un rêve. Rien que le destin.

Pourtant, je hochai la tête : ma bouche lui répondit, comme hypnotisée par l'Alpha qui se tenait devant moi.

— C'est le jumeau de Joseph, murmurai-je en songeant à Enrique. Il a promis de me sauver.

Mon cœur se brisa quand je réalisai que maintenant, ça n'arriverait plus.

J'étais à la merci de ce nouvel Alpha que je ne comprenais pas, avec ses tendres caresses et son ronronnement.

Même à cet instant, il me tenait contre lui comme si j'étais spéciale.

Comme si je comptais pour lui.

Comme s'il ne voulait pas que je craque.

— Mais tout ça n'est qu'un mensonge, me dis-je à voix haute. Tout est mensonge.

— Qu'est-ce qui est un mensonge ?

— *Toi*, l'accusai-je, serrant les poings, éprouvant un besoin de le frapper qui m'était inconnu. Ça. *Tout*. Et je ne comprends pas pourquoi tu le fais !

Une vague d'angoisse s'ensuivit, manquant de me faire défaillir. Mes mains se relâchèrent quand je compris que je n'avais plus la force de survivre dans ce monde. J'arrivais à peine à me tenir debout… Je ne pouvais même pas me battre contre l'Alpha Ludvig. Je ne pouvais pas… Je ne pouvais pas protéger Winter, ni moi non plus.

Parce qu'à cause de ces Alphas je n'étais plus *rien*. Pourtant, celui qui me tenait continuait de menacer ma détermination. Il me narguait en me donnant de l'*espoir*, et je ne comprenais pas pourquoi.

— Je suis déjà brisée, Alpha. Je suis déjà une poupée. Je suis déjà consentante. Pourquoi me donner ça juste pour… Rien que pour…

Je n'arrivais pas à trouver les bons mots ; mon cœur se brisa dans ma poitrine quand une nouvelle vague de larmes me brouilla la vue.

— Juste pour quoi ?

— Pour me nouer, soufflai-je, et mes jambes se dérobèrent totalement.

Il me souleva dans ses bras, et me berça contre son torse massif pendant que je pleurais sous la chaleur du jet de la douche. Je pleurai pour moi. Pour Savi. Pour ma mère. Pour l'avenir de Winter. Pour ma propre vie. Je pleurai… et pleurai… Jusqu'à en être réduite à une mare de sanglots dans ses bras.

Et c'était… *bon*. C'était une libération dont j'ignorais que j'avais besoin. Il me fallait ça pour recommencer à respirer.

Mais je n'en comprenais pas le but. Je ne saisissais pas pour quelle raison il continuait de me serrer contre lui et me laissait *pleurer*.

Pendant un très long moment, il ne dit rien, se contentant de ronronner, me tenir, me protéger du monde.

Un moment paisible mâtiné de douleur. Une fin parfaite pour ma vie torturée.

Sauf qu'il n'essaya pas de me tuer ni de me faire du mal. Il se contentait de… ronronner.

Qui es-tu ? faillis-je lui demander.

Mais il parla le premier, et fit une déclaration typique d'un Alpha :

– Les Omégas ont besoin du nœud, dit-il doucement. Pourquoi ne voudrais-tu pas du mien ?

Contente-toi de me sauter, faillis-je le supplier, parce que je voulais que cette angoisse entre nous prenne fin. L'espoir était futile, la gentillesse dangereuse. Et pourtant, je lui dis la vérité, parce que ma volonté était tellement brisée que je ne trouvais plus la force de me cacher.

– Ça fait mal, admis-je. C'est douloureux à l'intérieur. C'est…

Je laissai ma phrase en suspens, épuisée, incapable de réfléchir. Pourquoi prendre la peine de lui expliquer ? Il s'en ficherait. J'étais en train de gaspiller mon souffle et mon temps, je repoussais l'inévitable, et, d'une certaine manière, je m'affaiblissais encore plus en attendant.

J'avais peut-être tort. Peut-être n'avais-je pas été complètement brisée. Pas jusqu'à maintenant. Pas jusqu'à ce qu'un Alpha me fasse découvrir une once de bonté. Un cadeau qu'on ne me referait plus jamais. Un souvenir que je chérirai à tout jamais, tout en haïssant ma propre existence.

– Il m'a promis de m'aider, pleurai-je en songeant à l'Alpha Enrique. Et maintenant je ne sais pas où je suis, ni à quoi m'attendre. Et je n'arrive pas à savoir comment te faire plaisir de la bonne manière.

– J'aime que tu me parles, murmura-t-il contre mon oreille. Je veux savoir pourquoi c'est douloureux pour toi d'accueillir le nœud.

– Pourquoi ? demandai-je contre sa poitrine. Les Alphas s'en fichent. Ils s'adonnent au rut. (C'est alors qu'une autre pensée me vint, qui me figea.) Tu veux que ça me fasse mal ?

Est-ce que je venais de lui donner l'information qu'il cherchait avant de me nouer enfin ? Aurait-il envie de me sauter plus fort, en sachant que ça me plongerait dans une souffrance perpétuelle ?

Il grogna contre mon oreille, envoyant un frisson de panique le long de ma colonne.

– J'ai juré de ne pas te faire de mal, Oméga. Et je ne t'en ai pas fait, n'est-ce pas ? Qu'ai-je fait pour que tu penses que je voudrais te faire du mal ?

Je m'obligeai à déglutir, et j'eus l'impression d'avoir la gorge emplie de cailloux. Mais je n'avais pas assez de salive.

– Les Alphas… *font du mal.*

– Pas tous les Alphas.

Je secouai la tête. Il ne comprenait pas.

– Si.

– Pas moi. (Il glissa ses doigts dans mes cheveux, tirant ma tête en arrière pour m'obliger à regarder ses yeux bleus flamboyants.) Donne-moi trois jours.

Je fronçai les sourcils.

– Trois jours ? (Ce changement de sujet me tira de mon brouillard mental pour me plonger dans un océan de confusion.) Trois jours pour quoi ?

– Donne-moi trois jours pour te le prouver. Laisse-moi te montrer à quoi ressemble la vie avec moi. Et on partira de là.

Je clignai des yeux.

– P-pourquoi ?

– Parce que je te veux.

D'accord…

– Alors prends-moi.

C'était simple et direct. Je ne l'arrêterais pas.

Il secoua la tête.

– Pas comme ça. Je veux que tu sois à moi.

– Jusqu'à quand ?

– Jusqu'à la fin des temps.

Mes lèvres remuèrent sans bruit, parce que ce qu'il disait n'avait aucun sens.

– Mais… mais je suis stérile. Il m'a rendue stérile. Je ne peux pas prendre de compagnon.

– Qui t'a rendue stérile ?

– L'Alpha Carlos… m-mon père… (Je détestais l'appeler ainsi, mais c'était le rôle qu'il avait dans ma vie.) Il… après Joseph… Il a fait en sorte que…

– Que tu ne puisses pas t'accoupler, acheva Sven à ma place. En te stérilisant.

Je hochai la tête, et ma lèvre se mit à trembler au souvenir de la douleur de la procédure. Mais le pire, c'était la souffrance résiduelle à chaque fois qu'un Alpha me nouait.

— Ça fait comme des aiguilles... le nœud... il palpite et...

Je frémis, et mes épaules s'affaissèrent. Il fallait que j'arrête de parler, mais je m'entendis ajouter :

— Le nœud va trop loin à l'intérieur. Il touche ce qu'il m'a fait.

— Et les Alphas ne le ressentent pas ?

Je secouai la tête.

— Ils apprécient trop pour le remarquer.

— Putain, souffla-t-il. Pour combien de temps ?

— Pour toujours, admis-je.

J'avais traversé plusieurs phases d'œstrus seule pendant que mon père préparait sa procédure. Il l'avait d'abord testée sur d'autres Omégas, parce qu'il voulait s'assurer du taux de survie avant de m'administrer son traitement.

— J'avais seize ans.

Ça n'avait aucune importance, mais je ressentis le besoin de le dire à haute voix.

— Quel âge as-tu maintenant ?

Je réfléchis à la question.

— Vingt... quatre ?

Ce n'était qu'une supposition. Cela faisait bien longtemps que je ne fêtais plus les anniversaires.

— Le temps n'a pas de sens.

— Le temps, c'est tout, répliqua-t-il. Est-ce que tu m'accorderas trois jours ? Pour te prouver que tous les Alphas ne sont pas cruels ?

— Qu'est-ce qui se passera après ces trois jours ?

— Tu vas rencontrer les autres du Secteur Scandinave.

Mon cœur se serra. Il avait parlé de me garder pour toujours, mais apparemment ça ne durait que trois jours.

— Oh.

— Ce n'est pas ce que tu crois, Kari. L'Alpha Ludvig, qui est un bien meilleur Alpha que ton père, veut te présenter à tous les loups de notre meute. Il veut que tu fasses partie du Secteur Scandinave.

— Pour être à la disposition de tous ses Alphas, murmurai-je, en me rappelant de ce qu'il avait dit cette première nuit. Je comprends.

— Non, je ne crois pas, rétorqua l'Alpha Sven en posant la main sur ma joue. Tu ne seras à leur *disposition* que si tu en as envie, et étant donné ce que tu viens de me dire au sujet du nœud, je ne crois pas que tu le seras jamais.

Je fronçai les sourcils.

— Je ne comprends pas.

— Oui, j'ai bien remarqué, murmura-t-il avant de déposer un baiser sur mon front. Mais je vais profiter de ce temps que nous avons ensemble pour mieux t'expliquer, et je te montrerai que les Alphas peuvent être différents. Mais d'abord, nous allons terminer cette douche.

SVEN

Il m'avait fallu plusieurs heures de ronronnements, de caresses et de repas pour calmer assez Kari pour qu'elle s'endorme. Elle s'était blottie dans son nid, les cheveux étalés sur les oreillers en un éventail de mèches blondes. Je passai les doigts dedans pendant un moment avant m'écarter un peu et me concentrer sur mon poignet.

Une torsion activa ma montre : la technologie était programmée en fonction de ma génétique. Elle se transformait avec moi, et ne répondait qu'à mon contact et mes ordres. Je fis apparaître un écran de message vierge, et un clavier en dessous. Puis je tapai en silence un mot à l'attention de mon père, tout en surveillant Kari du coin de l'œil. Elle était inconsciente, le nez collé contre mon torse, perdue dans mon ronronnement.

Je donnai à mon père tous les détails de notre conversation et lui demandai si nous pouvions arranger un rendez-vous avec un médecin pour qu'il évalue la procédure que son père lui avait infligée.

Ma mâchoire se contracta de nouveau en écrivant le message, et ma colère était comme une piqûre brûlante dans mon esprit, m'incitant à réagir. Mais je réprimai cette envie, conscient que ce dont Kari avait besoin à cet instant, c'était d'un Alpha tendre, pas en colère.

L'Alpha Carlos est son père, tapai-je en objet de mon mail. Cela attirerait immédiatement l'attention de mon père. Tout comme la mienne l'avait été.

Jamais je n'avais rencontré l'Alpha du Secteur Bariloche, mais j'étais au fait de sa réputation d'homme brutal.

Il avait soumis sa propre fille à une vie de servitude en la *stérilisant*. Je serrai les dents ; mon loup frémissait sous ma peau. Elle avait dit que le nouage la faisait souffrir, ce qui suggérait que ce qu'il lui avait infligé n'était pas permanent.

S'il lui avait retiré l'utérus, elle aurait guéri avec le temps. Peut-être même qu'il aurait repoussé, étant donné nos aptitudes à l'immortalité. Car nous cessions de vieillir et grandir autour de vingt-cinq ans. Donc, s'il l'avait mutilée quand elle était adolescente, son organe n'avait peut-être pas encore repoussé parce que son immortalité ne s'était pas encore manifestée.

Dans tous les cas, il fallait qu'un médecin l'examine. Mais pas aujourd'hui. Nous aurions besoin de nous préparer à ça. J'établirais une certaine confiance d'abord, puis on partirait de là.

Je relus mon message, et ajoutais une note à la fin pour qu'Alana ramène quelques essentiels, comme plus de nourriture, et envoyai.

Kari ne remuait pas. Ses lèvres pleines entrouvertes, elle dormait paisiblement contre moi. Je m'ajustai légèrement, me tournant un peu plus vers elle, et l'entourai fermement de mes bras.

Elle poussa un long soupir, lourd des tourments de son passé. Puis elle se blottit de nouveau contre ma poitrine, comme pour me demander d'augmenter le volume de mes ronronnements. Je déposai un baiser sur le dessus de sa tête, et lui obéis, lui offrant les vibrations dont sa louve mourait d'envie, et fermai les yeux pour me reposer avec elle.

L'Oméga se mit à remuer plusieurs heures plus tard, et mon loup passa d'endormi à alerte en une fraction de seconde. Je n'étais pas certain de ce qui se passerait quand elle se réveillerait, et je voulais être prêt pour elle.

Un subtil bourdonnement à mon poignet m'indiqua que j'avais manqué un message, sûrement une réponse de mon père, mais je ne pris pas le risque de l'ouvrir. Je voulais accorder toute mon attention à Kari au cas où elle recommencerait à pleurer.

Mais quand elle ouvrit les yeux, ses orbes bleu cristal reflétaient son appréhension, pas de douleur. Elle étudia mon visage pendant un moment, scruta ma poitrine, puis roula un peu pour se mettre sur le dos : de toute évidence elle avait besoin d'espace.

Je ne la suivis pas, je continuai de ronronner en relâchant ma prise sur elle. Elle n'essaya pas de s'écarter de mon bras sous ses épaules. Son flanc était toujours collé à mon torse, et je restai allongé sur le côté. Elle jeta un œil au nid, et fronça les sourcils en voyant qu'un de ses draps était légèrement froissé suite à ses mouvements.

Elle tendit la main pour lisser le bord, puis se mit à arranger d'autres couvertures sous mon regard ; elle se mit à genoux pour tirer les draps exactement à l'endroit où elle les voulait. J'arquai un sourcil en la voyant se glisser hors du lit, et me hissai sur un coude pour la regarder disparaître dans la salle de bains.

Kari revint au bout d'une minute avec les serviettes de notre douche et mes vêtements d'hier ; elle les ajouta tranquillement à son havre de paix, dans des petites niches qu'elle avait visiblement aménagées pour eux.

Elle travailla en silence, avec une expression d'intense concentration.

Je me remis lentement sur le côté, attendant de voir ce qu'elle ferait ensuite.

Elle fit courir les doigts sur les bords de son nid, vérifiant chaque pièce, puis se rallongea doucement contre mon flanc et pressa son nez contre ma poitrine. Jamais je n'avais connu cet aspect d'une Oméga avant, mais mon loup approuvait totalement, la surveillant pendant qu'elle travaillait, avant de se mettre à ronronner de gratitude quand elle l'inclut dans son espace.

– C'est mon premier nid, chuchota-t-elle. Est-ce que je peux le garder un moment ?

– Tu peux le garder aussi longtemps que tu voudras, lui promis-je.

Elle fit un faible hochement de tête satisfait. J'attendis qu'elle ajoute quelque chose, mais elle semblait heureuse de simplement rester allongée en silence. Du moins jusqu'à ce que son estomac nous informe qu'elle avait besoin de manger.

– Est-ce que tu as des préférences alimentaires ? demandai-je à haute voix.

En retour, elle se raidit, me mettant en alerte.

– Kari, tu dois manger, lui dis-je d'un ton un peu plus sévère que voulu. (Mais je ne voulais pas rejouer la scène de la veille.) S'il te plaît, ne m'oblige pas à te nourrir de force.

Elle garda le silence un long moment, et mon loup s'impatienta.

– Est-ce qu'on peut manger dans l'autre pièce ?

Sa question, douce comme une plume flottant dans l'air, parvint à peine à mon oreille.

Je fronçai les sourcils, puis me hissai sur un coude pour la voir rouler sur le dos.

– L'autre pièce ?

– Ou... juste en d-dehors d-du nid ? balbutia-t-elle, un

peu perplexe et effrayée en même temps, comme si elle s'attendait à ce que je lui hurle dessus pour avoir posé la question.

Je l'étudiai un moment, et je finis par comprendre.

– C'est pour ça que tu as jeté le plateau par terre hier ? Parce que je l'ai mis dans le nid ?

Elle déglutit et son menton s'inclina subtilement en signe d'acquiescement.

– O-oui. Je… je suis désolée. Je ne voulais pas, ou je ne… Je suis désolée.

Ses yeux partirent sur le côté, en signe visible de sa soumission, et à la fin, sa voix n'était plus qu'un murmure.

Je touchai sa joue et l'obligeai à se concentrer sur moi.

– Ne t'excuse pas pour mon erreur, lui dis-je d'un ton aussi doux que possible. Je suis navré de ne pas avoir respecté ton nid. Je ne le ferai plus.

Je comprenais soudain pourquoi elle m'avait traité d'horrible Alpha. J'avais mal interprété sa façon de le dire ; elle l'avait lancé dans le feu de l'action, elle voulait dire que j'avais souillé quelque chose de spécial pour elle, sans lui avoir demandé si je pouvais poser quoi que ce soit dans son havre de paix.

Elle resta bouche bée, et je compris qu'elle n'avait jamais entendu un Alpha s'excuser auparavant.

J'étais prêt à parier qu'il y avait énormément de choses qu'elle n'avait jamais connues de la part d'un Alpha, avec tout ce qu'elle m'avait raconté.

Mon regard se posa sur sa bouche, et je me demandai si on l'avait déjà correctement embrassée. Un profond grondement en moi me poussait à le découvrir – sans lui demander, en la prenant.

Je repoussai cet instinct, conscient qu'elle n'était pas encore prête.

Mais sa petite langue rose sortit pour humecter sa lèvre inférieure.

Je levai lentement les yeux vers les siens et vit sa louve en train de me regarder, pupilles dilatées. Sa respiration se fit hachée, et son rythme cardiaque s'accéléra légèrement.

Elle est intéressée, reconnut mon animal. *C'est un intérêt mutuel.*

Un baiser ne ferait pas de mal. Il pourrait même aider. Parce que je lui montrerais comment un véritable Alpha traite son Oméga. Je n'étais pas l'un de ces lâches de son secteur d'origine, qui avaient besoin de tourmenter et faire du mal à une esclave pour prendre leur pied. Non, j'étais un Alpha digne de sa louve.

Je fis glisser mon pouce sur sa lèvre, pour l'avertir de mes intentions.

Ses pupilles se dilatèrent encore tandis sa louve continuait de m'observer avec une intensité qui me frappa à l'âme. Je baissai lentement la tête, sans lâcher ses orbes intenses du regard, et posai ma bouche sur la sienne.

Elle inspira rapidement, ses lèvres s'entrouvrirent d'instinct mais je ne plongeai pas et pris aussitôt le contrôle. Je la laissai inspirer. Je la laissai goûter à notre étreinte. Je la laissai exister. Je la laissai profiter de la sensation, sans la langue. Une douce rencontre de nos bouches, pour la séduire et exprimer mon adoration.

Elle ne me rendit pas immédiatement mon baiser ; son corps restait parfaitement immobile sous le mien, comme si elle s'attendait à ce que je la force à quelque chose.

Mais au bout d'un moment, elle se détendit, et ses lèvres s'affermirent contre les miennes.

Je saisis sa lèvre inférieure avec mes dents, pour effleurer la texture pulpeuse et tester ses réactions. Sa bouche s'ouvrit, mais pas sur un soupir ; elle caressa de sa langue l'endroit que mes dents venaient de quitter.

Durant tout ce temps, elle soutint mon regard, les pupilles totalement dilatées, séduisantes, preuve de son excitation.

Elle leva une main vers mon cou, hésitant à effleurer ma peau jusqu'à mes cheveux. Je ronronnai quand elle glissa les doigts dans mes mèches, les peignant d'une manière similaire à ce que je lui avais fait d'innombrables fois au cours de notre nuit ensemble.

Kari m'embrassa de nouveau, cette fois avec un peu plus de force alors que sa louve prenait les choses en main et dirigeait ses actions. Je sentis son animal lutter sous sa peau, sa louve voulait se délecter de ma présence et prendre ce que j'avais à lui offrir.

L'instinct naturel d'une Oméga la poussait à se soumettre à un Alpha.

Mais ce n'était pas ce que je voulais ici.

Je voulais qu'elle participe de bonne volonté, avec enthousiasme, et la caresse de sa langue contre ma lèvre me dit que c'était le cas. Même si c'était sa louve plus que la femme qui réagissait à mon contact, cela prouvait que nous étions compatibles.

Je touchai sa langue avec la mienne, puis pénétrai lentement sa bouche pour entamer une danse sensuelle, destinée à effacer tous les autres hommes passés avant moi.

Cette femme était à moi.

Et je voulais qu'elle sache ce que cela signifiait.

Elle ferma les yeux, s'abandonnant à notre baiser, laissant son corps guider son esprit. Je ronronnai plus fort, m'assurant qu'elle sente mon approbation, et lui offris un baiser brûlant pour la marquer sans laisser de traces. Sans lui faire de mal. Sans la blesser. Mais en veillant à ce qu'elle ressente ma volonté, ma promesse de la garder, mon besoin de dire qu'elle était à moi.

Un doux gémissement s'échappa de sa gorge, qui

n'était pas dû à la peur ni à la douleur, mais à un besoin intrinsèque qui me transperça et aviva la ferveur de mon loup.

Je la désirais plus que j'avais désiré qui ou quoi que ce soit de toute ma vie. Cette femme s'était si profondément imposée en moi que nulle autre ne pourrait plus me toucher, parce que je savais que c'était elle.

C'était un penchant étrange et insensé. Mais mon loup s'était toujours montré têtu et infaillible. Impulsif, même, mais toujours avec un but logique.

Et son but, en ce moment, c'était Kari.

Tout ce que je ferais à partir de cet instant, ce serait pour elle, pour nous, pour nos loups.

Mon abdomen se contracta quand ses sécrétions emplirent l'air, et son excitation était un aphrodisiaque sur ma langue, que j'avalais avec un baiser. Je n'allais pas la prendre. Pas aujourd'hui. Ni même demain. Pas avant qu'elle ne soit prête. Mais je lui donnerais tout ce qu'elle voudrait.

Elle fit glisser ses doigts vers ma nuque, enfonçant ses ongles dans ma peau en essayant de m'attirer vers elle. Elle écarta ses cuisses pour m'accueillir, et je m'y installai par réflexe, mon membre dur et prêt contre sa chaleur.

Mon boxer faisait office de barrière, m'empêchant de faire quelque chose que je ne devrais pas. Mais cela ne l'empêcha pas de se cambrer contre moi, et son petit gémissement enfla quand sa chair sensible se pressa contre mon érection.

– Kari, l'avertis-je, agrippant sa lèvre entre mes dents une fois encore.

Elle poussa un adorable grognement en réponse, puis se figea sous moi, comme si elle n'arrivait pas à croire qu'elle s'était autorisée à faire un tel bruit.

Je souris tout contre sa bouche, puis plongeai ma

langue à l'intérieur pour caresser la sienne une fois encore. Elle ne me rendit pas mon étreinte avec le même enthousiasme ; une fois encore ses gestes se firent plus raides, comme si elle essayait de brider sa louve.

Plutôt que de la pousser davantage, je frottai mon nez contre sa joue et pressai mes lèvres contre son oreille.

– Pas de nourriture dans le nid, lui murmurai-je. J'accepte ta règle, et je la comprends. Fais-moi savoir si tu en as d'autres.

Je mordillai le lobe de son oreille et me mis à genoux entre ses cuisses magnifiquement écartées.

Elle me fixait, les joues rougies et la poitrine gonflée par l'effort. Puis son regard se posa sur mon aine et ses narines se dilatèrent.

Je restai dans cette position un moment, lui laissant tout loisir d'étudier chaque centimètre de mon torse et de mon bas-ventre. Je vis naître un regain d'intérêt entre ses jambes quand son corps se prépara à mon entrée.

Mais plutôt que de profiter de son état d'excitation, je me penchai simplement pour déposer un baiser au milieu de son pubis. Elle sursauta à mon contact, agrippant les draps des deux côtés de ses hanches.

– Si tu as envie de plaisir, dis-le-moi, murmurai-je contre sa chair chaude. Je te satisferai avec ma langue.

J'en fis la démonstration avec un simple passage, goûtant son excitation, gémissant en avalant l'essence délicieuse.

Mon loup trépignait en moi, il en voulait plus.

Mais comme elle ne répondait rien, du moins pas en parole, je me rassis. Je vis un soupçon de peur dans les anneaux bleus de ses iris, mais le joli rose de ses joues demeura, tout comme ses pupilles dilatées.

Sans le moindre doute, intéressée, me dis-je.

J'allais pouvoir travailler là-dessus.

Plus tard.

D'abord, il fallait qu'elle mange.

— Pizza, décidai-je, parce qu'il me fallait une distraction avant de la dévorer. Tout le monde aime la pizza.

Sa peur se transforma en partie en confusion.

Plutôt que de m'expliquer, je sortis avec précaution de son nid dans en déranger les parois, et me dirigeai vers la porte.

— Retrouve-moi dans la cuisine, lui dis-je. Nous mangerons là-bas.

Et si tu en as envie, c'est toi que je dégusterai pour le dessert.

KARI

Mon cœur martelait sans cesse ma cage thoracique.

C'était quoi, ça ? me demandai-je, déconcertée, serrant les cuisses en roulant sur le côté. *Pourquoi ai-je réagi comme ça ?*

J'avais déjà été excitée avant. Mais jamais comme ça. Jamais avec quelques douces caresses.

Et ce baiser…

Je touchai mes lèvres, palpant l'endroit où ses dents avaient frôlé ma peau. Ça me picotait, me rappelant la marque invisible qui dirigeait ma chair et mon esprit.

Et c'était… C'était… *bon.*

Tout comme ce coup de langue entre mes cuisses.

Oh, mon Dieu… Un spasme me secoua le bas-ventre, et mon désir grimpa en flèche quand je me remémorai la sensation de son menton rugueux contre mes replis sensibles. Et sa langue.

J'en voulais plus.

J'en voulais moins.

J'avais envie de crier.

J'avais envie de pleurer.

Je n'arrivais pas à distinguer le haut du bas ou la droite de la gauche. Mon esprit était la proie de sensations étrangères et de désirs que je n'aurais jamais cru possibles.

Les Alphas ne séduisaient pas. Ils se servaient de jouets, ou de baguettes vibrantes pour stimuler ma chair, avant de se livrer à leur rut. Je jouissais parfois, mais jamais par choix.

Cependant, Sven me donnait envie d'avoir un orgasme rien que par plaisir.

Qu'est-ce qui m'arrive ? me demandai-je. J'observai mon nid et réalisai que c'était avec *ses* vêtements que je l'avais fortifié. Je voyais cet espace comme *le nôtre*, pas seulement le mien.

C'est dangereux, me dis-je. *Tellement dangereux.*

Parce qu'il déclenchait une lueur d'espoir, et des questions qui commençaient par *Et si… ?*

Je déglutis. *Non.* Je ne pouvais pas me permettre de rêver.

Mais il voulait trois jours, et je venais de passer la majeure partie du premier à me prélasser dans notre nid. Que comprendrait le reste de notre temps ensemble ? Plus de coups de langue ? Des baisers ? Des caresses ? Des ronronnements ?

Je frissonnai. Même si ce n'était qu'une ruse, ou un jeu tordu, j'aurais des souvenirs à chérir dans mes heures sombres plus tard.

Ou peut-être qu'ils me tourmenteraient, en me montrant ce qu'aurait pu être la vie pour une autre Oméga.

Une Oméga comme Winter.

Je me figeai, les sens en alerte. Un simple reniflement m'indiqua qu'elle était toujours là. *Est-ce qu'elle va bien ?* me demandai-je, le ventre tordu par l'inquiétude.

L'Alpha Ludvig l'avait prévenue qu'il lui restait soixante-et-onze heures pour se préparer à la suite. *L'Alpha Kazek aura faim quand il aura achevé le défi*, l'avait-il prévenue. *Et je ne parle pas de nourriture.*

Je fis une moue de côté. Il fallait que je m'assure qu'elle allait bien.

Je me glissai hors de mon nid et partis à la recherche de ma compagne, que je trouvais sur le patio, endormie, roulée en une petite boule de fourrure blanche.

Un Alpha hurla au loin, et mes poils se dressèrent sur mes bras en réponse ; mais Winter sembla soupirer d'aise et se blottir encore plus profondément dans le lit de vêtements déchirés qu'elle avait créé.

Je sentis une présence chaude derrière moi et pivotai, prête à défendre Winter. Sven leva les mains en signe de paix et recula de deux pas dans la suite avant d'incliner la tête pour que je le suive.

Il portait toujours son caleçon, mais il avait un t-shirt à la main.

Je le suivis, les yeux posés sur le vêtement, curieuse de savoir ce qu'il avait l'intention d'en faire.

Je refermai doucement la porte derrière moi, m'approchai de lui et me figeai quand il me le passa sur la tête.

– L'Alpha Alana m'a apporté des vêtements, dit-il à mi-voix, pour éviter de déranger la louve endormie dehors. Je me suis dit que tu voudrais peut-être m'en emprunter.

Le coton me chatouilla les cuisses : le t-shirt faisait plutôt office de robe sur ma petite silhouette.

Il tira mes cheveux du col, puis fit courir ses doigts dans mes mèches avant de les caler derrière mes oreilles.

– La pizza est dans le four.

Cet Alpha était très étrange. Et il était obsédé par la nourriture.

Il tira doucement sur la mèche de cheveux qui pendait près de mon sein et commença à reculer vers le salon. Je le suivis d'instinct, curieuse de connaître ses intentions.

Mais lorsque nous atteignîmes la pièce, une nouvelle

odeur m'arriva aux narines, et ma louve se redressa avec un grognement irrité.

Une femme Alpha.

— Alana, dit-il avant que je puisse poser une question gênante. C'est la troisième dans la ligne de commandement de mon père. Et apparemment, elle a un penchant pour le nettoyage de dégâts.

Il balaya du bras le salon immaculé, le canapé et le fauteuil apparemment neufs.

Mais ce n'est pas ça qui me fit hausser les sourcils.

— Ton père a une femme générale ?

— En fait, il en a quatre. Mais les trois autres sont des Betas. Alana est la seule Alpha. Et techniquement, c'est aussi une Exécutrice, pas un général. Mais je pense qu'elle deviendra le Second de mon père quand Kazek prendra le contrôle du Secteur Hiver. (Il se renfrogna, fronçant les sourcils.) À supposer qu'il accepte le poste.

Je clignai des yeux, abasourdie par cette information. Jamais un Alpha ne m'avait parlé de cette manière, comme s'il voulait que je sache des choses en dehors d'accueillir le nœud correctement.

Je n'avais jamais entendu parler de femmes autorisées à rejoindre les rangs des généraux. L'Alpha Vanessa était la seule exception notable, mais elle avait acquis ce rôle en raison de son lien familial avec l'Alpha Carlos. Techniquement, c'était ma tante. Même si je ne lui donnais pas ce nom.

— Est-ce qu'Alana est ta sœur ? demandai-je à haute voix.

Sven ricana.

— Pas par le sang, mais oui, elle agit comme si elle était ma sœur aînée parfois. Pareil pour Kaz. Tous deux aiment tester mes limites.

— Tester tes limites ? répétai-je sans comprendre.

– Mes limites d'Alpha, reformula-t-il. Ils aiment particulièrement me jeter au milieu d'un nid de zombies pour chronométrer mes évasions.

J'en restais bouche bée. Ça avait l'air *horrible*.

– Pourquoi ? demandai-je, incapable de dissimuler le hoquet dans ma voix.

Il croisa mon regard, les yeux brillants.

– C'est leur façon de tester mon courage. Et ça m'a aidé à me préparer aux défis du Secteur Scandinave. Les Alphas sont très à cheval sur la hiérarchie, et parfois l'âge est un facteur discriminant.

Je le dévisageai.

– L'âge ?

Je n'avais pas pensé à lui poser la question jusque-là. C'était un Alpha grand et fort. Pourquoi son âge aurait-il la moindre importance pour quiconque ?

– J'ai vingt-cinq ans, dit-il d'un ton me défiant de l'insulter. Certains loups pensent que la domination est affaire d'expérience. Ma bête intérieure et moi ne sommes pas d'accord.

– Oh.

Je me dis que c'était logique. L'Alpha Joseph était plus jeune. Mais ce n'était pas pour cette raison que mon père l'avait battu au combat.

Un bip retentit dans la cuisine, et Sven se détourna de moi. Je le suivis, l'eau à la bouche à cause de l'arôme en provenance du four.

Il en sortit une pizza géante, avec le fromage et la viande grésillant sur le dessus.

Mes yeux s'arrondirent à cette vue.

– Je n'ai pas mangé de pizza depuis…

Je laissai ma phrase en suspens, une douleur terrible au cœur.

– Depuis quand ?

– Depuis… ma mère, murmurai-je, incapable de continuer.

Quelques fois elle avait fait des pizzas pour Savi, dont la préférée était à la pomme de terre, avec du maïs et des rondelles de saucisse.

C'était un autre type de viande sur celle-ci, dont les rondelles d'un rouge profond me faisaient un peu penser au bacon.

Il ne me posa pas de questions sur ma mère, mais déclara à la place :

– Je ne savais pas quel genre tu aimais, alors j'ai pris pepperoni et jambon.

– Je ne sais pas si j'en ai déjà mangé, admis-je.

Du jambon, oui. Du pepperoni, non. Et sûrement pas sur une pizza.

Il ouvrit un tiroir et en sortit une roue métallique à l'aspect tranchant.

– Elle était à quoi, celle que tu mangeais ?

– Saucisse, pomme de terre et maïs, murmurai-je.

Il fit une pause et me regarda. Puis il jeta un œil à la pizza et inclina la tête.

– Oh. Ça devrait être intéressant à essayer. J'en ferai peut-être une demain.

Cette idée me déclencha une douleur à la poitrine.

– Je peux t'aider, proposai-je avant de pouvoir me retenir.

Il me regarda de ses yeux bleus souriants.

– Je crois que ça me plairait.

Je hochai la tête, soulagée de lui avoir fait plaisir. Mes veines se réchauffèrent, et cette chaleur calma la douleur qui irradiait de mon cœur, et apaisa considérablement mes nerfs.

Il trancha à travers le fromage et la sauce, coupa des parts. Il en déposa une dans une assiette pour moi, en prit une seconde pour lui.

Il ouvrit le réfrigérateur et en sortit un bol de cubes de viande. Je les examinai, curieuse de voir ce qu'il avait l'intention d'en faire. Ils n'étaient pas encore cuits.

– Pour Winter, m'expliqua-t-il avant de quitter la pièce.

Je faillis le suivre, partagée entre mon instinct de protection envers Hiver et la confiance innée de ma louve en l'Alpha Sven. Elle ne s'inquiétait absolument pas du fait qu'il approche l'autre Oméga : au contraire, elle était satisfaite qu'il prenne soin de Winter. Elle souhaitait surtout qu'il revienne juste après, ce qu'il fit, parce qu'elle n'aimait pas l'idée de le partager avec quiconque.

Il traça une ligne sur mon front du bout du pouce, lissant ma peau.

– Tu fronces les sourcils, murmura-t-il. Pourquoi ?

– Ma louve m'embrouille, lui avouai-je.

– Comment ça ?

– Elle est… possessive.

– Envers moi ? devina-t-il, un sourire dans la voix. Ça tombe bien, parce que mon loup est possessif envers toi, lui aussi.

– Pourquoi ?

– Parce que tu es à moi, répondit-il simplement. (Il emporta nos assiettes sur la table de la salle à manger.) Est-ce que tu veux de l'eau ou quelque chose de sucré ?

J'étais bien trop occupée à le dévisager bouche bée pour lui répondre.

Il choisit donc l'eau pour nous deux, puis d'une main au bas de mon dos, m'amena vers la table.

– Les marques de tes griffes constituent une décoration intéressante, dit-il en m'avançant une chaise.

J'étais encore bouche bée quand il s'installa sur le siège en face de moi.

– Tu ne peux pas me revendiquer ; je suis stérile. (Les

mots sortirent tous seuls. Je ne comprends pas ce que c'est que tout ça. Je suis… Je ne suis pas une Oméga disponible. Je suis une esclave.

— Tu es une ancienne esclave, me corrigea-t-il. Et tu es *mon* Oméga, sans le moindre doute.

— Pourquoi ? Pourquoi moi ?

Il me dévisagea un long moment et haussa les épaules.

— Mon loup dit que tu es à nous. Donc tu l'es.

— Et si ma louve n'est pas d'accord ? répliquai-je.

— Elle est d'accord.

Je cillai. *Ça… Comment… ? Mais…*

— Mange, m'ordonna-t-il. Nous pourrons en discuter plus tard.

— Discuter de quoi plus tard ? m'enquis-je, légèrement vexée. Tu as déjà décidé pour nous deux.

— Oui, effectivement, mais je vais adorer te convaincre d'être d'accord avec moi.

— Et comment comptes-tu faire ça ? lui demandai-je.

Parce que de toute évidence, cet Alpha était fou. Pourquoi est-ce qu'on était en train de discuter de ça ? Il ne pouvait y avoir d'avenir ici. C'était dangereux ne serait-ce que de l'envisager. Les Omégas infertiles ne pouvaient pas avoir d'œstrus, ce qui signifiait que nous ne pouvions pas procréer et ne pouvions donc pas prendre de partenaires. Évidemment, il le savait. Alors pourquoi ?

— Je pense que je vais commencer par te vénérer avec ma langue, dit-il en interrompant mes pensées qu'il *annihila* totalement au passage.

— Euh, quoi ?

— Ma langue, répéta-t-il, les yeux brûlants tandis qu'il croisait et soutenait mon regard. Je crois que c'est par ça que je vais commencer ma cour.

Faire la cour ? me répétai-je. *La langue ?*

Ma peau se réchauffa à cette simple idée.

– Tu ne peux pas prendre mon nœud, mais cela ne veut pas dire que nous ne pouvons pas trouver d'autres façons de jouer, poursuivit-il. Et crois-moi, Oméga, j'ai énormément d'imagination.

– Je… (Je déglutis.) Je ne peux pas prendre ton nœud ?

J'étais une Oméga. Évidemment que je pouvais prendre son nœud. C'était la raison de mon existence.

– Pas encore, me répondit-il. Pas avant qu'un médecin t'ait examinée. Je t'ai promis de ne pas te faire de mal, Kari. Et tu m'as dit que te nouer était douloureux. Alors j'ai les mains liées.

Je le fixai, bouche bée.

– Tu… Tu n'as pas l'intention de me nouer ?

– Oh, je vais te nouer, Oméga. Mais seulement quand je pourrais le faire sans danger. (Il indiqua d'un geste la nourriture à laquelle je n'avais pas touché dans mon assiette.) Mange. Tu as besoin de forces. Nous en reparlerons demain.

SVEN

Kari m'avait observé avec prudence, comme si elle s'attendait à ce que je la frappe à tout moment. Cette méfiance instinctive me mettait sur les nerfs.

C'était pour ça que je ne l'avais pas léchée en guise de dessert après notre pizza ensemble.

Et aussi pourquoi je m'étais abstenu de la toucher trop intimement pendant les deux jours qui avaient suivi.

Nous avions partagé son nid chaque nuit. Mais même ça avait demandé un certain effort. À chaque fois, elle avait retiré sa chemise pour s'allonger au milieu, jambes écartées, s'attendant à ce que je la prenne. Et à chaque fois je l'avais repoussée sur le côté pour me faire de la place, puis l'avais attirée contre moi avec un ronronnement ; puis je l'avais serrée jusqu'à ce qu'elle succombe au sommeil.

Nous n'avions pas discuté de ma revendication à son propos. Je ne l'avais pas non plus allumée avec ma langue ni mes baisers. C'était une expérience atroce qui m'avait demandé une résistance absolument incroyable, mais je n'avais pas eu le choix. Nous ne pouvions pas avancer tant que je n'avais pas gagné sa confiance.

Malheureusement, nous vivions nos dernières heures, et j'étais loin d'en être arrivé là avec elle.

J'avais passé la plupart de notre temps ensemble à lui

parler comme à n'importe quel autre loup. Comme cela avait bien fonctionné avant notre pizza l'autre jour, j'avais fait en sorte de reproduire cette camaraderie facile. La plupart du temps, elle semblait y être disposée, et elle avait même choisi de s'ouvrir un peu au sujet de sa mère et de sa sœur pendant que nous préparions ensemble la pizza à base de pomme de terre, maïs et saucisse.

Mais ensuite, mon père était passé voir Winter, et, pas vraiment discrètement, Kari, et elle s'était totalement refermée en retour. Après ça, elle avait à peine touché à sa pizza, et j'avais passé la plus grande partie de la nuit à ronronner pendant qu'elle dormait dans mes bras d'un sommeil agité.

Le lendemain, j'avais envoyé un message à mon père pour lui dire de ne plus se présenter sans s'être annoncé. Il m'avait rapidement signifié son accord, disant que nous parlerions aujourd'hui, après la cérémonie de revendication.

Kari était loin d'être prête à rencontrer la meute. J'avais tenté de lui en dire plus au sujet du Secteur Scandinave au cours des derniers jours, y compris un aperçu détaillé de la structure hiérarchique de la meute. Cela me paraissait un bon point de départ, car les femmes générales l'avaient intriguée l'autre jour. Elle écouta et posa quelques questions, mais j'avais senti son hésitation et son inquiétude au travers de chaque conversation.

Elle craignait de me croire.

Elle avait peur de me faire confiance.

Et de laisser la moindre lueur d'espoir approcher son esprit.

Loin de moi l'idée de l'en blâmer. Le peu qu'elle m'avait raconté de son histoire me confirmait que sa vie avait été une succession d'horreurs. Elle avait parlé de sa mère au passé, elle ne devait donc plus être en vie. Et elle m'avait dit qu'elle ne savait pas ce qu'il était advenu de sa sœur.

Mon père essayait de glaner les informations qu'il pouvait, mais l'Alpha du Secteur Bariloche n'était pas un allié.

Je pris la poêle pour verser les œufs brouillés dans un bol, que je déposai sur la table à côté de la salade de fruits que Kari avait préparée. Elle avait soigneusement lavé toutes les baies avant de constituer la salade avec des gestes méticuleux et parfaits, comme si elle avait craint de commettre la moindre erreur.

Le dernier plat était le saumon que j'avais fumé au four, que je mis dans une nouvelle assiette avant de le poser près des œufs.

Kari prit un siège, mais avant que je fasse de même, une alerte apparut sur mon poignet. Je vis ses yeux s'arrondir quand le visage de mon père apparut.

— Alana est en route pour libérer Winter, me dit-il sans me saluer. Reste avec l'Oméga Kari pour le moment. Je te rappellerai au sujet de ce soir.

Je fronçai les sourcils, troublé par ce changement de plan. Hier, il m'avait dit qu'il voulait que j'assiste à la cérémonie de revendication.

— Tout va bien ?

— Les phéromones, répondit-il.

— Ah. (Kaz devait être agité. Il ne voulait pas que j'absorbe l'odeur et la ramène à Kari.) Compris.

Il hocha la tête et raccrocha.

— Comment est-ce possible ? me demanda Kari, bouche bée devant mon poignet. Est-ce qu'il peut… ? Est-ce qu'il… ? (Les yeux arrondis, elle regarda son propre bras.) Est-ce que je… ?

— C'est ma montre, lui expliquai-je en montrant l'appareil autour de mon poignet. Elle est génétiquement programmée pour moi et mon loup. Alors je peux me transformer avec elle, ou dans ce cas, la garder cachée si je veux. C'est comme un ordinateur miniature relié à mon ADN.

Elle me regarda comme s'il m'était poussé cinq têtes.

Amusé, je pris le siège en face d'elle et fit apparaître l'écran principal, pour commencer à lui montrer le fonctionnement de la montre. Nous étions en train de passer en revue les applications principales quand Alana arriva pour Winter.

– Y a-t-il une raison pour que je ne puisse pas la raccompagner à l'ascenseur ? demandai-je en guise de salut.

– Oui, l'Alpha Ludvig veut que je la torture d'abord, répondit Alana.

Les yeux de Kari s'arrondirent.

— *Alana,* grondai-je.

– Quoi ? C'est vrai. Et Kaz le mérite. Sven, il lui a donné mes vêtements à porter. Tu parles d'un geste idiot. (Elle leva ses grands yeux bleus au ciel et fit passer sa queue de cheval blonde par-dessus son épaule.) Tu noteras que tous les vêtements que je t'ai donnés sont à toi. Je t'en prie.

Elle agita un doigt en direction de Kari avant de passer devant la table et de se diriger vers le balcon. Kari commença à se lever, les poils hérissés.

– Elle ne va pas faire de mal à Winter.

– Elle vient de dire…

– Je sais ce qu'elle a dit, mais c'était au sens figuré. Winter n'aime pas Alana parce qu'elle a déjà couché avec Kazek. Donc l'Alpha Ludvig a envoyé Alana ici exprès, sachant que sa présence serait une punition pour Winter. Il n'est pas très content qu'elle se soit faufilée dans l'avion. (Et mon père allait chercher toutes les manières possibles de punir l'Oméga de manière approfondie sans risquer de lui faire du mal physiquement.) Je te promets qu'elle ne fera pas de mal à Winter.

Au moment où je prononçais ces mots, un grognement nous parvint du balcon, suivi d'un grondement d'avertissement d'Alana.

Kari bondit de son siège, prête à intervenir, quand Winter entra sous sa forme de louve. Elle montra les crocs à Alana, ce qui fit largement sourire l'Alpha.

– Oh, je t'aime bien aussi, lui dit-elle.

En retour, Winter claqua des dents, indiquant clairement que le sentiment n'était pas réciproque.

– Garde tes griffes pour toi, chérie. Je ne veux pas de ton Alpha. Il est tout à toi.

Winter grogna, comme pour signifier qu'elle ne croyait pas du tout Alana.

Ce qui, évidemment, amusait cette dernière au plus haut point.

– On se voit plus tard à la cérémonie ? me demanda-t-elle en passant devant moi.

Elle jeta un bref coup d'œil à Kari, avec une question évidente dans le regard.

– Oui, répondis je.

Elle m'y verrait. Mais pas Kari si ça ne tenait qu'à moi.

Alana hocha la tête

– Bien. Bienvenue dans le Secteur Scandinave, Oméga Kari. Tout le monde est impatient de te rencontrer.

Kari se figea, et je gémis intérieurement.

– Bye, Alana, dis-je entre mes dents serrées.

Elle se contenta de sourire et ouvrit la porte d'entrée pour Winter.

– Sors de là, petite Oméga. (Cette dernière fit de nouveau claquer ses mâchoires, ce qui lui valut un autre grondement d'Alana.) Je te l'autorise parce que je comprends ton besoin de marquer ton territoire. Mais ne pousse pas trop.

Je vis Winter contracter la mâchoire avant de filer par la porte, Alana sur les talons. La porte claqua derrière elles et Kari baissa les yeux sur la table, sourcils froncés. Elle était toujours debout, les poings serrés sur ses flancs.

– Où l'emmène-t-elle ?

– À l'Alpha Kazek.

– Avant ou après l'avoir torturée ?

– Elle est déjà en train de la torturer, expliquai-je. Sa simple présence irrite la louve de Winter.

Kari me dévisagea.

– Je ne comprends pas.

– Comment te sentirais-tu si je te disais que j'avais sauté Alana ? lui demandai-je, sincèrement curieux de voir sa réaction.

Ses joues cramoisies et ses yeux plissés ne me déçurent pas.

– Pourquoi voudrais-tu la sauter ? Tu m'as moi.

Il me fallut faire un véritable effort pour ne pas sourire à cette réponse.

– Ce n'est pas ce que j'ai demandé.

– Eh bien je n'aime pas ta question.

– Et c'est exactement de cette manière qu'Alana est en train de torturer Winter en ce moment, lui expliquai-je.

Kari me fixait toujours de son regard noir.

– Je ne veux pas que tu sautes Alana.

D'accord, donc c'était le point de blocage. Je ne pus retenir un petit rire en réponse, ce qui était clairement la mauvaise chose à faire parce que Kari grogna, posant les paumes à plat sur la table, penchée en avant.

– Elle ne peut pas prendre un nœud. Moi si.

– Chérie, ce n'est pas la question.

Je m'avançai pour prendre son visage entre mes mains,

mais elle se saisit de ma paume qu'elle mordit. Fort. Je haussai les sourcils.

– Est-ce que tu viens de me marquer ?

Ses yeux s'écarquillèrent et les deux taches rouges blêmirent en un éclair, tandis qu'elle regardait ma main, avant de remonter sur moi.

– Oh… Je… (Ses genoux flanchèrent et elle tomba au sol dans une posture de supplication.) J- Je suis désolée, Alpha. Je… Je ne sais pas ce qui m'a pris. Je… J'ai juste *réagi*.

Un euphémisme.

Elle venait juste de me réclamer à sa manière.

En conséquence de quoi, mon loup se réjouissait en moi. Mais il n'aimait pas sa position sur le sol.

Je fis le tour de la table jusque-là où elle était toujours prostrée, le front posé au sol.

– Kari, murmurai-je en m'accroupissant devant elle. Tu n'as pas besoin de t'excuser ou de t'incliner. Je ne suis pas en colère.

Je passai doucement les doigts dans ses cheveux, puis les empoignai pour tirer sa tête en arrière, vu qu'elle ne faisait pas le moindre geste pour se relever.

Ses yeux étaient emplis de larmes, elle était de toute évidence mortifiée.

– J'essayais de t'expliquer de quelle manière Alana torturait Winter, lui dis-je doucement. Les Omégas sont très territoriales avec leurs Alphas, tout comme les Alphas sont possessifs avec leurs Omégas. C'est particulièrement intense au début d'un lien, ce qui signifie que Winter ne supporte pas d'être en présente d'Alana, parce que c'est une ancienne maîtresse de Kazek.

Techniquement, ils avaient simplement été *sex friends*, mais je n'avais pas envie d'utiliser cette expression avec Kari.

– Viens, petite louve, lui dis-je, posant ma main sur sa nuque pour la relever. Nous devons tous les deux manger, et je vais finir de t'expliquer le fonctionnement de ma montre.

Elle posa les yeux sur ma main, et les petites marques de dents sur ma paume. J'avais délibérément utilisé l'autre pour la relever.

– Tu veux l'embrasser pour que ça aille mieux ? lui proposai-je pour détendre l'atmosphère.

– L-l'embrasser ? répéta-t-elle.

– Oui, Kari. Ma paume, lui dis-je en la tendant.

Elle ne l'embrassa pas, se contenta de la regarder. Mais je vis une lueur de satisfaction dans ses yeux : sa louve était ravie d'avoir plongé ses dents dans ma peau.

Je secouai la tête, relâchai ma prise sur elle et ramenai ma main sur mon flanc.

– Assieds-toi et mange, Kari.

Elle obéit promptement, s'assit et prit sa fourchette.

Avec un soupir, je retournai à ma chaise et déposai de la nourriture, désormais froide, dans nos assiettes.

Nous mangeâmes en silence pendant un moment, puis je le rompis en achevant mon explication de la technologie à mon poignet. Il s'agissait d'un dispositif avancé qui facilitait la communication à la fois dans notre Secteur et avec les alliés du Secteur. Alors que je lui montrais les images de la surveillance, je remarquai qu'elle se redressait et revins à l'album qui avait attiré son attention.

Avec un petit sourire, je fis apparaître la photo de mon frère aîné, un petit loup sur les épaules.

– C'est Ander, lui expliquai-je. Et voici son fils, Joaquim. Mais on l'appelle Quim pour faire court. C'est un nom de la langue parlée dans la région d'Andorra, le catalan.

Je n'étais pas certain que Kari m'ait entendu. Elle était trop occupée à étudier la photo.

Alors je lui en montrai une autre qui montrait Ander avec sa compagne Oméga et leur fils.

– C'est Katriana, lui dis-je. La compagne de mon frère.

Kari se pencha en avant, comme pour toucher l'image. Puis ses grands yeux bleus croisèrent les miens.

– Elle… elle sourit.

– Oui, et je pense qu'elle est à nouveau enceinte. (Je n'en étais pas certain, parce qu'Ander n'avait encore rien confirmé, mais il s'était montré un peu plus grognon que d'habitude lors de notre dernier appel.) Je n'ai pas encore eu l'occasion de la rencontrer, mais j'espère le faire bientôt.

– Mais… Mais elle sourit. (Kari regarda encore la photo.) Elle semble heureuse.

– J'imagine que c'est parce qu'elle l'est, lui répondis-je en l'étudiant. Tu as dit que Savi avait un compagnon. Est-ce qu'elle n'était pas heureuse ?

Kari y réfléchit un instant, baissant les yeux sur la table.

– Si. Elle était heureuse. (Elle fit une moue et se mordit la joue.) Avec lui, elle se sentait en sécurité.

– C'est ainsi que ça devrait se passer avec tous les Alphas.

Elle détourna les yeux un instant, et son expression durcit. Puis elle revint à la photo, et je lus le conflit dans ses traits. Au bout d'un long moment, elle s'éclaircit la gorge et fixa ma main.

– Je suis désolée.

Je lui souris.

– Eh bien, pas moi.

Elle fronça les sourcils.

– Tu n'es vraiment pas en colère.

Ce n'était pas une question, mais une affirmation.

Je fermai les applications sur mon écran translucide et croisai son regard méfiant.

– Non, Kari. Je suis ravi. (Ce n'était pas un mensonge.) En ce moment, mon loup est en train de se réjouir en moi, heureux que tu l'aies revendiqué.

– Je ne l'ai pas revendiqué.

– Bien sûr, murmurai-je. Tu as fini de manger ?

On aurait presque dit qu'elle voulait argumenter, mais elle préféra s'abstenir et hocha la tête.

Je la laissai réfléchir à tout ce qu'elle avait appris pendant que j'allais nettoyer la cuisine. Quand j'eus terminé, elle n'avait pas bougé de la table, et une ride barrait son front, signe d'une réflexion intense.

– C'est notre troisième jour, dit-elle doucement.

– Oui.

– Que va-t-il se passer ?

– Tu vas rencontrer le secteur, lui dis-je. Du moins, en partant du principe que je ne pourrai pas faire changer d'avis mon père.

– Et ensuite ?

– Et ensuite, tu seras accueillie dans le Secteur Scandinave en tant qu'Oméga sous notre protection. (J'entourai de nouveau sa nuque de ma main.) Allons nous doucher. Mon père va bientôt m'appeler pour une réunion, et il faut que je sois prêt.

– Tu me laisses ici ? murmura-t-elle.

– Pour un petit moment, oui. (Je fis courir mon pouce le long de sa mâchoire, tout en gardant la main autour de sa nuque.) Mais je serai de retour pour t'emmener à la cérémonie plus tard.

– Où irai-je après ça ?

Sa question était presque inaudible, et je vis ses yeux se remplir de larmes à nouveau.

– Je ne sais pas encore, Kari, admis-je.

J'ignorais si mon père voulait qu'elle reste ici, ou s'il avait un autre logement en tête. Une fois qu'elle ferait partie du Secteur Scandinave, elle serait considérée comme un membre choyé. Personne n'oserait la toucher sans son consentement ou sa bénédiction.

Aussi, je tuerais tous ceux qui tenteraient de le faire.

Kari hocha la tête et je vis sa lèvre inférieure trembler légèrement.

– D'accord.

Je pressai mes lèvres sur son front.

– Tout va bien se passer, petite louve, lui promis-je. Tu verras.

Elle ne répondit pas, et son manque de confiance en moi ressortit une fois encore.

Avec un soupir, je la conduisis à la chambre.

Peut-être que la cérémonie serait une bonne expérience pour elle. Elle comprendrait enfin comment notre monde fonctionnait ici, et elle commencerait vraiment à guérir. Parce qu'il devenait évident que je ne pouvais pas gérer cette partie toute seule. Pas avant qu'elle me fasse confiance.

Ce qui, à ce train-là, pourrait prendre des années.

À l'intérieur, mon loup se hérissa, attirant de nouveau mon attention sur la trace de morsure sur ma main.

Ou peut-être serait-ce plus tôt que je le crois, songeai-je avec un sourire intérieur, en caressant du pouce les marques de dents. Je guérirais bientôt. Mais pour l'instant, j'allais profiter de sa petite revendication.

Ma douce louve, dis-je. *Un jour, je te mordrai aussi. J'en fais le serment.*

KARI

L'Alpha Sven s'habilla en silence, enfilant d'abord un jean, puis un pull. Mon cœur manqua un battement quand je le vis lacer une paire de bottes.

Ça y est, réalisai-je. *Il me quitte pour de bon.*

Après ce soir, je serais livrée aux autres Alphas. Et notre temps ici serait révolu.

C'était exactement ce que j'avais craint : j'étais devenue accro à son ronronnement, sa présence, son *odeur*. Ces souvenirs me hanteraient toute ma vie, quand je retournerais à mon existence infernale.

Au moins, le compagnon de Winter avait survécu. Elle avait encore une chance de vivre.

Mais pas moi.

La marque qui guérissait sur la main de l'Alpha Sven le prouvait. Je ne pouvais pas le revendiquer, toute comme lui ne pouvait pas me revendiquer. Non pas que j'avais le droit d'essayer.

Et il ne s'était même pas mis en colère.

Il avait… Il avait été parfait. Il m'avait tenue dans ses bras. Il m'avait tenu chaud. Je m'étais sentie en sécurité avec lui. Il m'avait montré ce que pouvait être un Alpha. Même si je ne comprenais toujours pas son but, j'étais à deux doigts de le supplier de rester.

Sa montre se mit à clignoter comme tout à l'heure, cette fois avec un message qu'il fit disparaître avant que je puisse le lire. Je n'avais pas remarqué l'appareil avant ; le bracelet s'était fondu dans sa peau d'une manière que je ne savais pas possible. Mais je supposais que cette technologie magique devait exister s'il pouvait se transformer en loup avec elle.

Il acheva de lacer ses bottes et se leva, quittant le lit.

Il me quittait.

Il quittait notre nid.

Ce magnifique moment de paix.

— Alpha, chuchotai-je, parce que je n'étais pas prête à ce que ça se termine.

J'étais assise au milieu du matelas, protégée par l'amas de draps qui portait encore son odeur.

Il se retourna, haussant un sourcil.

— Tu as le droit de m'appeler Sven.

Je plissai le nez, car le caractère informel de la chose me paraissait mal, et bizarrement bien aussi. *Sven.*

— Alpha Sven.

Ses lèvres se retroussèrent.

— Je n'ai pas besoin du titre. Je suis très conscient de mon statut, petite louve. (Il se pencha pour poser délicatement les mains sur le matelas à l'intérieur de notre nid, et posa les lèvres sur ma joue.) J'ignore combien de temps cela va prendre.

Mon estomac se révulsa à ses mots, et ce qu'ils impliquaient. Je ne savais même pas où il allait ni s'il comptait revenir. Nos trois jours étaient terminés. À présent, j'allais rencontrer les autres Alphas. Et je savais ce qui allait suivre.

Il avait promis de me montrer que les Alphas pouvaient être différents, et il avait réussi. Et à présent, il avait l'intention de m'enlever ça.

Je ne comprenais pas.

Avais-je fait quelque chose de mal ? Est-ce que je lui avais déplu ?

Je lui avais laissé l'accès à mon corps chaque nuit, mais il ne m'avait pas prise. Il s'était contenté de ronronner pour moi, et de me serrer dans ses bras. Est-ce que j'étais censée faire plus ? Prendre les choses en main ? Lui offrir du plaisir ?

Certaines Omégas suppliaient ouvertement. À la maison, je l'avais entendu à travers les murs fins, surtout en phase d'œstrus. Mais je n'avais jamais été du genre à me mettre à genoux pour un Alpha.

Cependant, je ferais tout ce que Sven demandait si cela me procurait quelques heures de paix supplémentaires.

Il m'avait demandé trois jours. Il avait parlé d'éternité. Il avait prétendu que je lui appartenais.

Alors pourquoi part-il maintenant ?

Avait-il réalisé que je n'étais pas assez bien ? Avait-il enfin compris qu'il ne pouvait revendiquer une Oméga stérile ?

Ou bien étais-je passée à côté d'un indice à un moment ? Plus tôt, il m'avait demandé un baiser. C'était peut-être ce qu'il voulait, que je lui montre de l'intérêt. Ouvrir les jambes la nuit ne lui suffisait pas. Il avait besoin de plus qu'une poupée.

Est-ce que je pourrais être ça pour lui ? Est-ce que ça l'encouragerait à me garder ? À rester ici au lieu de se préparer pour cet événement qui aurait lieu plus tard ? Serais-je capable de le convaincre de ne pas me donner aux autres Alphas ?

Il faut que j'essaie, réalisai-je. *Je dois faire quelque chose pour qu'il me garde.*

Alors qu'il s'éloignait de moi, de notre nid, de la sécurité de ce moment, je réagis. Je l'attrapai, mes doigts s'enfoncèrent dans ses cheveux et je le ramenais à moi, mes lèvres s'emparant des siennes dans un baiser suppliant.

Ne me laisse pas.

Ne gâche pas ça.

Je ferai tout, n'importe quoi, je serai tout ce que tu veux ! Mais reste. S'il te plaît. S'il te plaît, reste.

J'avais un chaos de mots dans la tête, des mots désespérés, *avides.*

Ces derniers jours avaient été un cadeau et une malédiction. Une nouvelle forme de torture. Une manière de me faire découvrir une vie dont j'ignorais l'existence, pour me l'arracher ensuite et littéralement me jeter aux loups.

Je ne voulais plus jamais partir. Je ne voulais plus jamais que ça se termine. Je ne voulais que lui. Et je lui montrai avec ma bouche que je lui donnerais ma vie pour avoir quelques minutes de paix supplémentaires.

– Kari.

Sa voix était un grondement qui fit vibrer ma poitrine.

Je le fis taire avec ma langue, reproduisant exactement ce qu'il m'avait fait l'autre jour, mais avec plus de force et de désespoir.

Je n'avais pas la moindre idée de ce que je faisais, alors je me laissai guider par ma louve, lui laissant les rênes de mon corps, l'autorisant à lui montrer ce que je désirais. *Lui. Dans mon nid. Pour toujours.*

C'était un désir dangereux, un espoir qui m'était étranger, un rêve que j'ignorais posséder.

Cet Alpha s'était montré gentil. Doux. Protecteur. Je voulais lui donner tout mon être en échange d'un peu plus d'attention et de chaleur. Mes larmes coulaient, mon esprit était un véritable labyrinthe de désir et d'avertissement.

Il m'avait brisée d'une manière que je n'avais pas

anticipée, il avait touché mon cœur et l'avait réduit en miettes.

Ne me laisse pas, répétai-je avec mon baiser. *Ne me fais pas rencontrer la meute. Ne me cède pas à d'autres. Garde-moi. Je t'en prie.*

Ses paumes se posèrent tendrement sur mon visage, et je ressentis son grognement jusqu'au fond de mon âme.

Mais il se servit de sa force pour me repousser, malgré ses yeux semblables à des flaques de chaleur.

– Je dois y aller, murmura-t-il. Je suis désolé, Kari. Je resterais avec toi si je pouvais.

Ma poitrine se fendit en deux, et j'en eus le souffle coupé. *C'est trop tard.* J'avais raté ma chance, et à présent je ne pouvais plus rien faire pour l'encourager à rester.

– Je t'en prie, croassai-je.

Ma voix n'était plus qu'un souffle, sans la moindre volonté.

Ses lèvres effleurèrent les miennes en une douce caresse, un doux au revoir, un murmure de ce qui aurait pu être.

– Je ne serai pas long, me promit-il. Je serai bientôt de retour, et nous discuterons de la cérémonie de ce soir, d'accord ?

Mon espoir vacilla et s'enflamma, et ses minces brins s'effilochèrent et se réduisirent en cendres.

– D'accord, marmonnai-je sans le penser.

Parce que je n'avais pas envie de parler de la cérémonie.

Je ne voulais pas rejoindre sa meute. Je ne voulais pas devenir *disponible* pour les Alphas. Je voulais rester ici dans mon havre de paix.

Mais lorsqu'il déposa un baiser sur le haut de ma tête et partit sans un mot de plus, je réalisai à quel point j'avais été stupide. Sven m'avait demandé de lui accorder trois jours pour me montrer comment pouvaient être les Alphas. Jamais il n'avait promis de rester comme ça. Et je savais qu'il ne fallait pas m'y attendre.

J'étais une Oméga infertile.

Je ne pouvais pas avoir de compagnon. Tous ces discours me disant que je lui appartenais, ce n'était que les rêves d'avenir de son loup avec une autre femme.

Pas moi.

Je devais assister à la cérémonie ce soir. Rencontrer d'autres Alphas. Être disponible pour leur nœud.

Pourtant j'étais assise dans ce nid à espérer un destin différent. À espérer un fantasme qui ne se réaliserait jamais.

Que suis-je en train de faire ? me demandai-je, en regardant les draps, me rendant compte à quel point tout était faux. Je n'avais pas ma place ici, et j'avais laissé mon instinct prendre le dessus sur mon esprit.

Pourtant, je le savais.

On ne pouvait pas faire confiance aux Alphas. Ils se servaient des Omégas. Ils les détruisaient. Ils les nouaient. Tout ceci n'était qu'un jeu pervers, un châtiment cruel que je ne comprendrais jamais.

Parce que ça n'avait plus d'importance.

Notre temps était écoulé. Je m'étais servi de lui pour avoir des souvenirs à chérir pour toujours, et maintenant… Maintenant je devais affronter l'étape suivante.

Je déglutis, ma vision se fit trouble derrière un mur de larmes non versées. *Qui suis-je devenue ? Comment en suis-je arrivée là ?*

À peine une semaine plus tôt, j'avais eu une lueur d'espoir à l'idée de rejoindre l'Alpha Enrique.

À présent j'étais assise dans un lit douillet, entourée du parfum d'un autre homme.

J'attrapai sa chemise, la passai par-dessus ma tête et la

jetai sur le sol. *Ça suffit.* Je ne me laisserai plus prendre à sa ruse. Je ne serais pas cette louve. Je ne me laisserais plus croire que les Alphas pouvaient être gentils. Je me souviendrais de leur véritable nature. Je serais l'Oméga que mon père avait créée.

Stérile.

Sans valeur.

Un fourreau.

Avec un cri, j'arrachai les couvertures du lit et les jetai au sol. Mais ce n'était pas suffisant. L'odeur était prégnante, l'envie de recréer la sécurité de mes murs forte, presque écrasante.

Ma louve gémit, me suppliant de revenir en arrière, de réparer les dégâts, de me cacher dans mon nid et d'attendre le retour de l'Alpha Sven.

À quoi bon ? me demandai-je, tandis qu'un sanglot s'échappait de ma poitrine. *Il va juste nous présenter aux Alphas et nous livrer à eux pour qu'ils nous sautent !*

Elle grogna dans mon esprit, niant mes paroles.

Mais j'étais partie trop loin pour l'entendre. J'en avais fini de ce jeu. De cette tromperie. Cette horrible et vicieuse démonstration de gentillesse.

Assez.

Je bondis hors du lit, jetant un regard noir au tas de draps emmêlés. Il me demandait de revenir, de le reconstruire, d'être ce qu'une Oméga devait être.

Mais je n'étais pas cette Oméga.

Je ne suis rien.

Je suis juste un outil pour le nœud.

Une Oméga sans compagnon.

Combien de fois mon père m'avait-il dit quel était mon but ? Comment pourrais-je l'oublier si facilement ?

Je faillis en rire, la poitrine brûlant de haine et de désespoir. *Il n'y a pas d'espoir pour toi ici, Kari,* pensai-je d'une voix intérieure profonde qui me rappelait celle de mon père. *Tu es faible. Une Oméga. Une chose qu'on saute.*

Des larmes tombèrent de mon menton tremblant, et la pièce se mit à tourner alors que je fonçais vers la porte.

Il fallait que je le détruise… Cet espoir… Cette hésitation dans mon cœur, qui me disait de respirer et réfléchir. Je ne voulais pas réfléchir. Je voulais disparaître. Ne plus rien ressentir. Ne pas savoir ce qui allait se passer. Devenir la poupée que mon père avait créée.

Sans vie.

Brisée.

Morte.

Un cri se logea dans ma gorge alors que j'entrai dans la cuisine, les yeux rivés sur les couteaux. J'en pris deux et courus jusqu'à la chambre, visant le nid, parce que je voulais le détruire, et tout ce qu'il représentait.

Je n'avais pas le droit de ressentir. Je n'avais pas le droit de posséder ce rêve, cette fantaisie, cette vie irréaliste.

La sécurité n'existait pas.

L'Alpha Sven n'était pas à moi.

J'appartenais à tous les Alphas, pas à un seul. Pas d'accouplement. Pas d'amour. Pas de lien. Rien qu'une chose à nouer, marquer et *utiliser*.

J'avais voulu me servir de lui.

Mais j'avais échoué. À la place, j'étais tombée dans cet état inacceptable.

Assez. C'était fini. Nous en avions fini.

Poussant un cri, je poignardai le matelas, encore et encore, travaillant des deux mains pour détruire l'odeur et notre nid. Mais ce n'était pas suffisant. Elle persistait, le souvenir était incrusté dans mon cœur et mon âme ; je tombai à genoux au milieu du désordre.

– Meurs ! hurlai-je.

J'avais besoin que le nid disparaisse, de me débarrasser

de ce sentiment, de repartir dans un état catatonique, me noyer dans le silence.

Je perdis la notion du temps.

De l'espace.

Je continuai de frapper. Encore. *Encore.*

Je perdis les couteaux dans un chaos de plumes et de draps déchirés, dans un nuage duveteux qui sentait Sven.

De nouvelles larmes coulèrent, et ma vision se remplit d'une cascade de couleur et de douleur. Je m'effondrai au milieu du désordre avec un sanglot ; j'avais besoin que ça s'arrête, de ne plus rien ressentir, mais une piqûre aiguë me ramena au présent.

Ça me rappelait l'opération, et la douleur était pire que tout ce que j'avais connu depuis bien longtemps. Pire que le rut. Pire que les morsures occasionnelles.

Je me cramponnai le ventre, pleurant de douleur, et cillai en sentant quelque chose de collant sur ma peau. Je levai la main et vis la couleur rouge sombre.

Me suis-je cassé quelque chose ? me demandai-je, étourdie, ma vision devenant floue par intermittences.

Je fus soudain prise d'un incroyable vertige. Et j'eus la nausée. *Une énorme nausée.*

Je plaquai une main sur ma bouche et l'autre sur mon estomac, me recroquevillant en boule pour tenter de calmer mon cœur affolé. La douleur s'amplifia, mon corps se mit à trembler en réponse, et un faible gémissement sortit de ma gorge.

Oh, bon sang... Je n'arrivais pas à respirer. La douleur aiguë était remontée jusqu'à un poumon, et je raidis les jambes pour rouler sur le dos.

Je ne voyais plus rien.

L'obscurité m'avait englouti. Mais ce n'était pas le noir agréable qui engourdissait mes pensées. Non, la souffrance me cisaillait bel et bien les veines.

Je… Je crois que je suis en train de mourir, réalisai-je soudain. *Vais-je enfin connaître la vraie paix ?*

Je cillai. Du moins, je crus le faire.

Mon cœur manqua un battement, et je fis une moue.

Non, murmurai-je pour moi-même. *J'ai déjà connu la paix. Avec l'Alpha Sven.*

Un dernier souhait.

Un souvenir qui s'éteignait.

Un beau… moment… d'espoir.

Que j'emporterais dans ma tombe. À supposer qu'ils me jugent digne d'une sépulture. J'imaginai la scène, mon corps sous un grand sapin, entourée de neige et de glace.

L'Alpha Sven qui se tenait à côté de moi, sa grande paume recouvrant mon visage, l'air triste.

Oui, murmurai-je intérieurement. *C'est ça le vrai fantasme. Avoir un Alpha qui se soucie assez de moi… pour être là pour moi… même dans la mort.*

Je m'endormis avec ce rêve en tête.

Une partie de moi espérait ne plus jamais se réveiller.

Et une autre partie… Pleurait la perte d'un Alpha dont j'aurais vraiment voulu qu'il soit mien.

Peut-être dans une prochaine vie.

Ou peut-être juste dans mes rêves.

Je crois… Je crois que j'aurais pu t'aimer, Sven. Merci de m'avoir apporté la paix. Merci… pour nos trois jours.

SVEN

Je me tenais aux côtés de mon père pendant que Kaz conduisait une Winter excitée hors du champ. Les yeux sombres de la jeune femme étaient brillants de passion, tandis que Kaz ronronnait de satisfaction après avoir officiellement revendiqué sa femme. J'avais raté la plus grande partie du spectacle, retardé par le baiser inattendu de Kari.

Elle avait très bon goût, mais le désespoir qui émanait d'elle m'avait poussé à rester en retrait. Je ne voulais pas la prendre dans cet état. Et je ne comprenais pas ce qui l'avait induit.

Nous avions passé les derniers jours à apprendre à nous connaître, et pas une seule fois elle ne s'était accrochée à moi comme ça. J'étais impatient de retourner auprès d'elle et de découvrir ce qui avait provoqué son comportement. Même si je me doutais que je n'allais pas en aimer la cause, ce qui expliquait pourquoi j'avais cet étrange pincement qui m'élançait dans la poitrine.

Je la frottai du poing, parce que je voulais que la gêne cesse. Mais elle ne faisait qu'empirer. Comme si quelque chose n'allait pas et que je ne comprenais pas pourquoi.

Une notion inepte.

Mais mon loup en était quand même irrité. Il tournait

en rond en moi, impatient de retourner vers la femme qu'il considérait comme sienne.

Je fléchis la main, et observais l'endroit où elle m'avait mordu quelques heures plus tôt, un sourire au coin des lèvres… Du moins jusqu'à ce qu'une autre vague de douleur me transperce le cœur.

– Qu'est-ce qui se passe ? me demanda mon père à voix basse, concentré sur les membres de la meute qui s'éloignaient.

Cela ne l'empêchait pas d'être constamment attentif à ceux qui l'entouraient. C'était un trait que j'admirais chez lui et que j'espérais perfectionner un jour chez moi.

– Je sens que quelque chose ne va pas, lui avouai-je.

Comme il était à la fois mon père et mon Alpha de secteur, je ne lui cachais jamais rien. C'était pour ça que je m'étais montré franc sur mes intentions de revendiquer Kari.

– Elle était très… (Je fis une pause, réfléchissant au terme approprié) *émotive*, pas tant triste que collante, quand je suis parti. Et il y a un truc qui me gêne.

– Collante comment ?

– Elle m'a supplié de rester.

Il me regarda en haussant un sourcil.

– C'est une amélioration.

– Oui, mais il y a quelque chose qui ne va pas.

Et c'était bien le problème. Elle avait voulu que je reste avec elle, ce qui aurait dû réjouir mon loup et le rendre fier. Au lieu de ça, il faisait les cent pas et me poussait à courir vers elle.

Mon père me fit face, l'air pensif.

– Qu'est-ce qui ne va pas ?

Je réfléchis à la manière de formuler ce que je ressentais.

– Je devrais être heureux qu'elle ait fait des progrès en

voulant que je reste. Mais je n'éprouve qu'une profonde sensation de peur. Comme si quelque chose n'allait vraiment pas. (Je me frottai à nouveau la poitrine, grimaçant alors que mon loup grognait en moi, perdant patience.) Mon côté animal exige que j'aille la voir. Il s'inquiète de quelque chose.

Je vis le loup de mon père dans ses iris luisants et ses pupilles dilatées.

– Tu l'as mordue ?

Je fronçai les sourcils.

– Non. C'est elle qui m'a mordu tout à l'heure.

Il haussa les sourcils.

– Elle t'a mordu ?

– Je lui ai posé une question hypothétique, à laquelle elle a répondu en me mordant la main. C'était le résultat de sa possessivité innée.

Chose qui m'avait plu au plus haut point, mais qui me dérangeait à présent.

Il y a quelque chose qui cloche vraiment, réalisai-je en jetant un œil au bâtiment qui n'était qu'à un pâté de maisons. Je fis un pas dans cette direction sans réfléchir, et m'arrêtai en secouant la tête.

Mais mon père se mit en mouvement.

– Allons-y.

– Mais la cérémonie…

– Elle est terminée, m'interrompit-il. Ils vont tous finir de se disperser et rentrer chez eux pour se préparer au festin du dessert.

Je hochai la tête et le suivis, tandis que mon loup me suppliait de courir.

– Tu m'as dit que c'est son père qui lui a fait ça, dit-il en accélérant le pas. Il n'a sûrement pas rendu sa stérilité permanente, ce qui explique l'insistance de ton loup à la revendiquer.

– J'y ai songé, avouai-je.

Parce que, dès le début, même en sachant qu'elle était stérile, j'avais senti qu'elle était à moi.

– Donc le fait qu'elle t'ait mordu a pu déclencher un lien subtil, continua-t-il comme si je n'avais rien dit.

Mon cœur manqua un battement à ses mots, et mon loup s'agita encore plus.

– Alors ça veut dire. . .

Je me mis à trottiner, l'instinct prenant le dessus.

– Que tu sens quelque chose à travers le lien. C'est comme ça que tu sais que ça ne va pas.

J'étais déjà en train de courir lorsque mon père termina sa phrase, et il avançait aussi vite que moi. Il avait plus de cinq cents ans, et en général, il me battait à la course, mais pas aujourd'hui.

J'atteignis le bâtiment en premier et me ruai à l'intérieur, appelant l'ascenseur avec ma montre. Mon loup exigeait que je prenne les escaliers, mais au final, ça m'aurait pris plus de temps.

Les portes s'ouvrirent à mon approche, mon père juste derrière moi tandis que je tapai le code menant à son étage.

Je sentais la peur grandir en moi chaque seconde.

– Est-ce que tu as laissé un objet tranchant dans la suite ? me demanda mon père, tandis qu'un écran s'affichait au-dessus de son poignet, avec le numéro d'appel du médecin de la meute qui pulsait sous son pouce.

– Tu crois qu'elle s'est fait du mal.

– Je t'avais prévenu qu'elle était suicidaire, gronda-t-il. Est-ce que tu as laissé des objets tranchants dans la suite ?

– Oui, murmurai-je, soudain mal à l'aise. Je… Je ne pensais pas…

– De toute évidence ! s'exclama-t-il d'un ton sec en tapant le code de son étage.

Je serrai les poings.

– Putain, elle a des griffes, sifflai-je. Je ne peux pas les lui enlever.

Il me regarda.

– C'est peut-être pour cette raison qu'ils lui avaient mis un collier, pour garder sa louve sous contrôle.

Cette idée me rendait furieux.

– Ils lui ont mis un collier pour faire d'elle une esclave.

Les portes s'ouvrirent avant qu'il ne puisse répondre. Non pas que j'étais d'humeur à l'écouter encore. Je me précipitai, et l'odeur métallique familière rendit fou mon loup.

C'était lourd.

Puissant.

Et épais dans l'air.

Oh, Kari, bon sang, mais qu'est-ce que tu as fait ?

Je franchis la porte et traversai le salon en courant, suivant l'odeur…

Jusqu'à une scène qui me retourna le cœur.

Du sang.

Des plumes.

Des draps en lambeaux.

Et une Oméga nue évanouie au centre d'un matelas mutilé.

Elle avait détruit notre nid. Elle s'était… Elle s'était poignardée *dans notre nid.*

Un gémissement douloureux s'échappa de mes lèvres tandis que je tombais à genoux près d'elle. Le couteau était profondément enfoncé dans son abdomen, et d'après l'angle, elle avait probablement entaillé un de ses poumons.

– Putain, soufflai-je, mes mains errant sur son corps. *Putain !*

– Ne le retire pas, me dit mon père avec insistance.

– Sans blague, rétorquai-je d'un ton sec. C'est la seule

chose qui la maintient en vie !

Si elle avait retiré la lame, elle aurait noyé ses poumons. Et si les loups étaient capables de survivre à beaucoup de choses, seuls les plus forts pouvaient survivre à une noyade dans leur propre sang.

Vu ce qu'elle s'était infligé, je doutais qu'elle veuille lutter contre une telle chose. Elle accueillerait la mort.

Dans notre nid.

Mon loup grogna de rage, puis gémit à la vue de sa peau pâle. Elle semblait si fragile et brisée. À peine vivante.

Des serviettes tombèrent à côté de moi : mon père était passé en mode soignant. Je m'en servis pour couvrir la zone autour de la blessure, et tenter de contenir un peu le saignement.

— Le Docteur Pal…

— Il est déjà en route, m'interrompit mon père. Ronronne pour elle. Donne-lui ta force. Fais-lui savoir que tu es là.

— Est-ce que ça va l'aider, au moins ? lui demandai-je, bouche bée devant cette petite femme.

Elle a essayé de se tuer dans notre nid. Cela ne présageait rien de bon pour notre avenir ensemble. Mon ronronnement était peut-être la dernière chose dont elle avait envie en ce moment.

— Est-ce qu'elle t'appartient, oui ou non ? voulut savoir mon père.

Mon loup grogna devant ce que ses mots sous-entendaient. Sa position était toujours résolue, et cette femme lui appartenait. Même si elle était brisée et préférait mourir plutôt que d'être sa compagne.

— Tu m'as dit il y a trois jours que c'était à toi de t'occuper d'elle et de la guérir. Alors soit tu assumes, soit tu t'écartes de mon chemin.

Il y avait des moments où j'adorais mon père, et

d'autres où je le haïssais. À cet instant, c'était un mélange des deux.

Je serrai les dents et me concentrai sur Kari. Pas sur le carnage qui l'entourait ni les sentiments que cette scène évoquait, mais sur l'Oméga que je considérais comme mienne.

Son cœur battait irrégulièrement à mes oreilles, et sa petite carrure frémissait sous sa respiration hachée. Je me glissai dans le désordre avec elle, prenant soin de ne pas remuer sa blessure, la laissant ressentir ma chaleur. Ma protection. Ma force. Mon *ronronnement*.

Je lui dis sans un mot que j'étais là, et que je l'aiderais à franchir cette épreuve. Et je combattis l'envie d'imaginer ce qui se passerait ensuite.

La seule chose qui comptait, c'était qu'elle survive.

Il fallait qu'elle sache que je ne l'abandonnerais pas si facilement. Mon loup était un Alpha têtu, qui refusait de se détourner d'un défi.

Elle était à moi, qu'elle le veuille ou non.

Les secondes se changèrent en minutes, puis je sentis arriver une nouvelle présence. Mon père parla au médecin à voix basse, l'avertissant de ne pas me distraire de mon processus. Je faisais en sorte que son esprit survive pendant que le médecin s'occupait de son corps.

C'était une danse délicate. Épuisante. Exaspérante. Déchirante.

Mais je le fis pour elle, lui tenant la main pendant qu'une équipe médicale arrivait pour la déplacer avec précaution. J'écartai les cheveux de son visage quand nous entrâmes dans l'ascenseur. Je veillai sur elle quand nous quittâmes le bâtiment. J'empêchai qu'on voie son visage et son corps mutilé alors que nous rejoignions les quartiers médicaux du Secteur Scandinave. Je ronronnai plus fort quand l'équipe médicale l'emmena au bloc opératoire. Je m'assurai que ma respiration s'accorde à la sienne pendant qu'ils opéraient. Et je pressai une serviette fraîche sur son front après qu'ils l'aient emmenée dans une chambre.

Cela ne leur prit pas très longtemps, parce que la blessure n'était pas aussi profonde que ce que j'avais craint au départ.

Ils expliquèrent que la lame avait pénétré avec force, mais pas suffisamment pour faire de gros dégâts. Avec ses gènes de loup et leurs techniques médicales avancées, elle allait se réveiller dans les prochaines heures, et se rétablir d'ici une journée.

Mais ils ne parlaient que de ses blessures physiques, pas émotionnelles.

J'étais en colère. Désemparé. Confus. Et je ressentais tout un tas d'autres émotions.

Pourtant, à aucun moment je ne cessai de ronronner pour elle.

Je la faisais passer au-dessus de mon propre désarroi, parce qu'il fallait qu'elle sache que j'étais toujours là, que je ne la laisserais pas souffrir seule.

Sauf que mon père avait d'autres plans pour moi. Il arriva habillé pour les festivités de ce soir, et accrocha une housse de costume sur la porte de sa chambre.

— Tu participes, me dit-il. Je vais la surveiller pendant que tu te changes.

— Je ne la quitterai pas.

— Oh que si, rétorqua-t-il. Mais juste pour une heure.

Je lui jetai un regard noir.

— Ma présence n'est pas nécessaire.

— Bien au contraire, elle est plus que nécessaire. Kazek a pris une compagne Oméga. Et pas n'importe laquelle, mais Snow Frost. L'Alpha Vanessa a envoyé une communication à l'attention de tout le monde, et j'ai besoin de toi là-bas pour être solidaire de Kazek.

Je contractai la mâchoire.

– Tu me punis.

– Je n'ai pas besoin de te punir, Sven. Tu as déjà assez souffert aujourd'hui. Je suppose que la prochaine fois tu réfléchiras avant de laisser des objets tranchants près de ta *promise.*

Il me fallut faire un réel effort pour ne pas le frapper au visage. Surtout parce qu'il sous-entendait que ce qui était arrivé à Kari était de ma faute. Et même si oui, une partie de la faute m'incombait sans le moindre doute, c'était *elle* qui avait fait le choix de se faire du mal.

– Je ne poserai pas de collier à sa louve, lui dis-je en ouvrant la housse. Je me fiche de savoir si elle est suicidaire, la séparer de son animal n'est pas la solution.

Ça me semblait même être en partie la cause de tout ça. Elle ne se fiait absolument pas à son instinct de louve.

En tout cas, pas à moins que je le provoque. Comme la morsure de revendication sur ma main. Mais sinon, elle semblait vivre perpétuellement dans sa tête, craignant constamment les autres en dépit de l'évidence sous ses yeux.

La louve de Kari semblait m'apprécier, au moins assez pour guider ses réactions. C'était sa louve qui avait construit son nid. Sa louve qui m'avait mordu. Sa louve qui m'avait embrassé une heure plus tôt.

Pas Kari en tant que personne.

– Elle restera en observation ici jusqu'à ton retour, m'expliqua mon père, interrompant mes pensées. J'ai déjà parlé au docteur Palmer, et il pense qu'elle ne se réveillera pas avant une heure au moins. Elle ne remarquera donc même pas ton absence.

– C'est toi qui m'as dit de ronronner pour elle, marmonnai-je en retirant ma chemise avant d'entamer le fastidieux processus d'enfiler un costume.

– Et tu l'as fait. Maintenant elle se remet. Il serait peut-être sage de la laisser faire le reste toute seule, pour qu'elle puisse réfléchir à ce qu'elle a fait.

J'y songeai en troquant mon jean contre un pantalon de ville. C'était sûrement ma mère qui avait choisi un ensemble totalement noir, pour correspondre à mon humeur. En supposant qu'elle savait ce qui s'était passé aujourd'hui. Mais comme mes parents avaient rarement des secrets l'un pour l'autre, c'était probable.

– Tu veux que je sois absent quand elle se réveille, répondis-je enfin, perçant son stratagème à jour. Elle sentira ma présence dans les parfums autour d'elle mais elle saura que je suis parti. Et tu veux qu'elle passe un moment à penser qu'elle peut nous perdre, moi et ma protection.

Ses yeux bleus ne laissaient rien transparaître. Pourtant il dit :

– Maintenant tu penses comme un Alpha.

– Je pense toujours comme un Alpha, rétorquai-je. Je suis ton foutu fils.

– Un Alpha de *secteur*, corrigea-t-il. Les meilleures leçons sont celles qu'on enseigne sans trop d'implication.

– Je devine que c'est pour cette raison que tu as l'intention de diffuser le message de Vanessa au secteur, pour pousser Kaz à agir.

À présent il souriait.

– Tu es vraiment mon *foutu* fils, n'est-ce pas ?

Je levai les yeux au ciel et terminai de m'habiller. Puis je posai délibérément mes vêtements auprès de Kari, en sachant qu'elle en aurait besoin en se réveillant.

– Une heure, lui dis-je. C'est tout ce que je t'accorde.

– C'est tout ce dont j'ai besoin, me répondit-il avec un geste en direction de la porte. Allons créer l'Histoire.

KARI

Tout me faisait mal. Ma tête. Mon corps. Mon cœur. Je déglutis, mais j'avais l'impression d'avoir la gorge pleine de cailloux.

Je gémis, essayant de me rappeler ce qui s'était passé, mais aussi terrifiée à l'idée de le découvrir.

Un Alpha a dû... Je n'achevai pas, parce que l'odeur d'*Alpha* était tout autour de moi. L'image d'un bel homme aux cheveux blonds et aux yeux bleus se glissa dans mes pensées, réveillant ma louve. *Sven.*

C'est lui qui m'a fait ça ? me demandai-je en fronçant les sourcils. *Non. Non, avec Sven, je me sens en sécurité. À l'aise. Au chaud.*

Je me blottis plus encore dans son odeur, le doux coton me procurant juste assez de lui pour apaiser mon tourment intérieur. Rien qu'un moment. Une courte inspiration. Un bref laps de temps.

Jusqu'à ce que le souvenir de ce qui me faisait mal me revienne.

Le nid. Je l'avais détruit. Puis j'étais tombée et quelque chose m'avait poignardée.

Je gémis encore, luttant pour me rappeler les détails, mais mon cerveau refusait d'obéir à ma demande. Il était brumeux. Épuisé. Incapable de se remémorer l'accident.

Des voix filtrèrent à travers mon esprit, une femme parlant de Snow Frost. Je ne saisissais ni les mots, ni leur origine.

Mes yeux refusaient de s'ouvrir, mais j'étais réveillée.

Qu'est-ce qui se passe ?

Elle parlait de sept jours et d'essayer de localiser Snow Frost.

Elle s'appelle Winter, songeai-je en direction de la voix. *Et elle n'a pas disparu.* Je viens juste de la voir… quand ? Je fronçai les sourcils ; j'avais toujours un souci avec la notion du temps.

Je tentai une nouvelle fois de soulever les paupières. Elles s'entrouvrirent sur un mur blanc, avec des personnes incrustées dedans. *Ça ne peut pas être vrai.* Je plissai les yeux, essayant de comprendre la scène, quand une voix masculine commença à parler d'une Oméga sous inhibiteurs et de la façon dont la Reine des Miroirs avait essayé de la tuer en la faisant nouer à mort.

– À présent, c'est Winter du Secteur Scandinave. Ma Winter. Ma compagne.

Oui, approuvai-je. *Elle s'appelle Winter.*

Je tentai de dégager les cailloux que j'avais dans la gorge, pour mieux me concentrer sur le mur de gens, mais mon corps n'était pas tout à fait prêt à se remettre en marche. J'étais perdue entre l'inconscience et la conscience, je captais mon environnement sans être capable d'y réagir.

Je refermai les yeux pour bloquer la scène floue, tout en essayant de distinguer le haut du bas.

Mais les voix s'infiltrèrent encore, elles parlaient de faire payer la Reine des Miroirs pour avoir menacé la vie d'une Oméga.

L'Alpha Vanessa ? devinai-je, sourcils froncés. *Que suis-je en train d'écouter ? Où suis-je ?*

– Nous laisserons l'Alpha Kazek prendre la décision de ce qu'il convient de faire avec le Secteur Hiver, comme s'est son droit en tant que partenaire de Winter.

Les voix masculines profondes traversèrent ma chambre, m'obligeant de nouveau à ouvrir les yeux.

L'Alpha Ludvig, reconnus-je à sa voix inimitable.

L'arrière de sa tête blonde était sur mon mur, ainsi que diverses autres personnes, toutes en tenue de soirée. *C'est une vidéo*, réalisai-je. *Une sorte de flux en direct.*

Mais je n'avais aucune idée de la raison pour laquelle je la voyais, et j'étais incapable de lever la tête pour chercher d'où elle venait. Je n'arrivais pas non plus à parler.

– Excellent, reprit l'Alpha Ludvig. Je suis ravi de voir que nous sommes tous d'accord sur le droit de l'Alpha Kazek à décider, et sur le fait que Winter demeure dans le Secteur Scandinave. En particulier parce que je viens d'apprendre par Vanessa que l'Alpha Enrique viendra nous rendre visite demain pour discuter de l'endroit où se trouve Snow Frost.

L'Alpha Enrique ? me répétai-je avec une lueur d'espoir.

– Quoi ? s'enquit l'Alpha qui avait parlé de Winter, ses yeux sombres et plissés fixant l'Alpha Ludvig d'une manière qui me donna la chair de poule.

Oui, l'Alpha de Winter est terrifiant, songeai-je en frémissant. Je le lui avais déjà dit une fois, mais à présent j'en avais la preuve sous les yeux, qui me contemplait depuis le mur.

– Oui, apparemment il veut aussi débattre des droits de propriété sur l'Oméga Kari, ajouta l'Alpha Ludvig, me laissant bouche bée.

– Il devra me passer sur le corps, lança l'Alpha Sven d'un ton sec, et j'inspirai brusquement devant sa réaction.

Plusieurs autres eurent la même réaction que moi, leurs

hoquets tangibles et sincères à l'écran. Il venait de s'adresser à son Alpha de secteur d'un ton dangereux.

Mes bras se hérissèrent de chair de poule dans l'attente que le plus vieil Alpha réagisse à la sortie de son fils.

S'il vous plaît, ne lui faites pas de mal, murmurai-je dans ma tête. *S'il vous plaît, ne faites pas de mal à l'Alpha Sven.*

– Étant donné que l'Oméga Kari ne souhaite pas rejoindre le Secteur Scandinave, l'Alpha Enrique est en droit de négocier sa libération, dit Ludvig d'un ton froid et dominateur. Je n'ai pas pour habitude d'obliger les Omégas à rester sur mon territoire si elles ont envie de partir.

Je cillai. *Quoi ?*

Mon esprit se fractura en deux pensées distinctes. *L'Alpha Enrique veut négocier ma libération ? L'Alpha Ludvig me permettra de partir ?*

Ce… ce n'était pas un comportement typique d'un Alpha de secteur. Les Omégas étaient des jouets sexuels très convoités. Pourquoi me laisserait-il faire quoi que ce soit ?

Sven se hérissa et laissa échapper un léger juron. Son expression de colère était teintée de douleur. Parce que son Alpha venait de lui dire qu'il ne pouvait pas me garder ? Ou alors, y avait-il une autre raison à ce regard ?

Je baissai les yeux, fronçant les sourcils. *Je ne comprends pas.*

C'était une phrase que j'avais prononcée tant de fois devant lui, et que j'entendais en boucle dans ma tête à présent. Pas seulement parce que je ne comprenais pas la situation, mais parce que l'idée d'avoir le choix me mettait mal à l'aise et me laissait perplexe.

Je peux partir si je le veux. Mais est-ce que j'en ai envie ?

L'Alpha Ludvig semblait croire que je n'avais pas envie de rejoindre le Secteur Scandinave. Or je n'avais jamais dit ça ; parce que personne ne m'avait demandé ce que je voulais.

Je n'étais pas une personne, mais un objet. Je n'avais pas de choix.

Pourtant, il laissait à penser que c'était à moi de décider si je restais ou partais.

Et l'Alpha Enrique vient pour négocier ma libération.

Mon cœur martelait ma poitrine ; mon esprit était en désaccord avec mes désirs. Cette pensée aurait dû me soulager, me mettre en extase, mais l'expression de l'Alpha Sven sur l'écran restait gravée dans mes pensées. Je ne voyais que la tristesse dans ses yeux, la légère inclinaison vers le bas de ses lèvres, et le pli soucieux de son front. Il était en colère, mais désespéré aussi. Triste. Déçu.

Ce n'était pas le regard d'un Alpha sur le point de perdre son jouet.

C'était le regard d'un homme sur le point de perdre quelqu'un qui lui était précieux. Je le reconnaissais, parce que c'était le même que celui de l'Alpha Joseph quand Savi lui avait été enlevée. Il était furieux, mais complètement brisé. Et elle avait ressenti la même chose.

La conversation continua, et l'Alpha Ludvig s'enquit auprès de l'Alpha Kazek de la manière dont il voulait procéder. Ils discutèrent du timing, mais je ne m'en souciais pas. Quinze heures ne signifiaient rien pour moi.

Ce n'est que lorsque j'entendis la voix de l'Alpha Sven que je me remis à écouter.

– C'est ton fils que tu mets en danger avec ce jeu dangereux, dit-il calmement, me faisant ouvrir les yeux. Il se tenait sur le côté de la salle avec son père, pendant que les autres membres de la meute se livraient à des conversations banales dans la salle de bal derrière eux.

Ça doit être la cérémonie dont l'Alpha Sven parlait sans cesse. Ce n'était absolument pas comme je l'avais imaginé : tous les loups derrière lui étaient sous leur forme humaine, et souriaient, ou riaient entre eux. Ils semblaient aussi manger une variété de desserts. Pas d'Alphas affamés ou en colère. Rien que... qu'une meute à un événement social. Comme s'ils étaient vraiment amis.

— Si Enrique ramène Kari avec lui, alors je serai obligé de partir avec elle, continua l'Alpha Sven. Mon loup ne m'autorisera aucune autre alternative.

— Alors je te suggère de trouver un moyen de le calmer, répondit l'Alpha Ludvig. Faute de quoi je serai obligé de le faire à ta place.

L'Alpha Sven poussa un grognement profond et bas, qui me fit trembler jusqu'à la moelle.

— Elle est à moi.

— Pourtant, ses actes suggèrent qu'elle n'a pas envie de t'appartenir, rétorqua-t-il d'une voix douce mais ferme. Est-ce vraiment ce que tu attends d'une Oméga, Sven ? Une femme qui refuse d'être une partenaire ? Qui préfère se poignarder dans son havre de paix plutôt que d'être avec toi ?

Je haussai les sourcils. *Je ne me suis pas poignardée.*

Mais ce n'est pas ce que l'Alpha Sven lui répondit. À la place, il fit une moue pire encore, et le désespoir que je lus sur ses traits me fendit le cœur.

— Je ne sais pas ce qui s'est passé. Je ne sais pas pourquoi... (Il laissa sa voix en suspens, la gorge nouée.) Elle a traversé tellement de choses. Je ne crois pas qu'elle sache ce dont elle a envie. Dire qu'elle refuse de rejoindre le Secteur Scandinave, ce n'est pas juste. Elle ne comprend pas encore ce que ça signifie. Elle a besoin de plus de temps.

Son père l'observa pendant un long moment.

— Tu as quinze heures.

La mâchoire de l'Alpha Sven se contracta.

– Ce n'est pas suffisant et tu le sais.

– Alors je te suggère d'arrêter de perdre ton temps ici et de retourner auprès de l'Oméga Kari. Elle devrait bientôt se réveiller, si ce n'est déjà fait. (Il jeta un coup d'œil par-dessus son épaule, directement vers moi.) Elle te dira peut-être ce dont elle a besoin plutôt que de compter sur l'automutilation pour faire passer un message.

Mon cœur se serra. Ce message m'était très clairement adressé. Car l'écran disparut un quart de seconde plus tard, me laissant seule, gémissante, dans mon lit. Qui m'était étranger. Qui était froid. Stérile. Tout comme mon corps.

Quelqu'un se racla la gorge près de moi et je tressaillis. Puis un homme aux doux yeux bruns fit le tour du pied du lit à mes pieds pour se rapprocher de moi.

– Bonjour, Kari, dit-il d'un ton gentil. Je suis le Docteur Palmer. L'Alpha Ludvig s'est dit que vous voudriez peut-être regarder la cérémonie de ce soir. C'est pour ça qu'elle était diffusée sur le mur.

Je levai les yeux sur lui, ne sachant que dire ni comment réagir. Je ressentis une pointe de malaise dans l'estomac, ce qui me fit grimacer et un gémissement se coinça dans ma gorge.

– Vous devriez guérir rapidement à présent que votre blessure au couteau est nettoyée et pansée. Mais je vous conseille de ne pas trop bouger au cours des prochaines heures. Vous avez besoin de repos, et c'est mon travail de rester ici et m'assurer que vous ne ferez rien pour vous blesser davantage. Du moins jusqu'au retour de l'Alpha Sven. Alors n'allez pas vous mettre des idées en tête.

Je fronçai les sourcils en le regardant. *Me blesser davantage ? Comme si j'allais volontairement faire une chose pareille.*

–Je...

Je ne savais pas trop quoi dire, ses mots résonnaient en moi dans un tourbillon de pensées confuses.

— Tous les objets tranchants ont été retirés de votre chambre. Si vous essayez de vous transformer, j'ai ordre de vous obliger à reprendre forme humaine, ajouta-t-il.

Je fronçai les sourcils. *Alors maintenant je ne peux plus me transformer ?*

— Même si je comprends que vous avez traversé beaucoup d'épreuves, vous poignarder n'est pas la solution, continua-t-il avec une note réprobatrice.

— Je ne me suis pas poignardée, répondis-je, agacée que ce loup que je ne connaissais pas me condamne pour quelque chose que je n'avais pas fait.

Même si ma voix était rauque, il m'avait parfaitement entendue, puisque ses sourcils se dressèrent.

— Vous aviez un couteau à steak dans l'estomac.

— Parce que je suis tombée dessus, lui dis-je d'une voix où perçait mon agacement.

Pourquoi est-ce que je me poignarderais ? Je souffre déjà suffisamment. Et même si je devais me poignarder, ce ne serait certainement pas dans l'estomac !

— Vous êtes tombée dessus, répéta-t-il, incrédule.

— Je... J'ai laissé tomber les couteaux...

Et j'étais incapable de me souvenir du reste. Mais je savais que jamais je ne me poignarderais volontairement.

— J'ai assez souffert sans ça.

Il fronça les sourcils avant d'acquiescer lentement.

— Oui, j'imagine que les fils de fer sont assez douloureux.

— Quels fils de fer ? demanda une nouvelle voix derrière moi.

L'Alpha Sven.

Le docteur Palmer se redressa aussitôt, détournant les yeux sur le côté en signe de soumission immédiate. Il n'avait sûrement pas entendu l'Alpha Sven approcher, tout comme je ne l'avais pas senti. Mais avec son odeur tout autour de moi, j'avais l'impression qu'il était un élément permanent à mes côtés, même quand il n'était pas là.

— Les fils de fer dans son ventre, monsieur, dit le docteur en s'éclaircissant la gorge. Je les ai remarqués en nettoyant sa blessure.

— Et vous n'avez pas pensé à les mentionner ?

— Je l'ai fait, monsieur, insista le médecin. À l'Alpha Ludvig.

Alpha Sven émit un faible grognement.

— Évidemment. (Je sentis sa chaleur dans mon dos tandis qu'il s'approchait du lit.) Est-ce que vous avez discuté de la manière de les retirer ?

— Non, mes ordres sont de prendre des radios et de les envoyer au Secteur Andorra, répondit le docteur Palmer. Mais pas avant qu'elle ne se soit remise de sa tentative de suicide.

Mes sourcils remontèrent brusquement.

— *Suicide* ? (Je prononçai ce mot moitié en riant, moitié en grognant.) Vous pensez que j'ai essayé de... de me tuer ? (Je ne ressentais plus de douleur dans ma gorge et ma voix rauque était comme un sifflement dans le vent.) Avec un couteau dans l'estomac ? La partie de moi qui me fait *toujours* mal ? (J'étais furieuse qu'il puisse même l'envisager.) *Pourquoi* ferais-je une chose pareille ?

Cela n'avait aucun sens logique.

— J'ai détruit le nid parce que nous en avions fini... Trois jours... Terminé. Je n'ai pas... Je ne *ferais* pas...

Je laissai ma phrase en suspens, songeuse. Parce que oui, je me *ferais* du mal. Mais...

— Pas comme ça. Pas dans l'estomac. Par-dessus le balcon, peut-être. Quelque chose de rapide. Pas... Pas *ça.*

Des larmes me brouillèrent la vue, mais elles étaient plus dues à la frustration qu'à la tristesse.

Ces loups ne me comprenaient pas. Et je ne pouvais même pas leur en vouloir, parce que souvent je ne me comprenais pas moi-même. Ni cette situation. Ni quoi que ce soit à propos de ma vie.

Je me sentais perdue.

Sans espoir.

Seule.

J'enroulai les bras autour de mon ventre comme pour le protéger, et me roulai en boule. J'avais mal, et la douleur qui se diffusa dans mes veines jusqu'à mes terminaisons nerveuses me fit m'étouffer dans un sanglot. Mais je voulais être petite. Disparaître. Ne plus exister.

Ils pensent que je l'ai fait exprès, me dis-je, délirante et en colère. Une foule d'autres émotions me traversèrent l'esprit, chacune d'entre elles transperçant mes barrières mentales, me donnant envie de hurler de frustration.

J'avais envie de mourir. Mais j'avais aussi envie de vivre. J'avais envie *de lui*. L'Alpha Sven. Son odeur. Son ronronnement. Son toucher. Je voulais qu'il m'entoure de ses bras et me protège.

Ce n'était qu'un fantasme. Un que je revivrais pour toujours dans mes rêves.

Je fermai les yeux, dans l'espoir qu'il existe, et soupirai quand le lit remua derrière moi. Sa chaleur se diffusa à mon dos exposé tandis que les draps remuaient autour de nous pour nous couvrir.

De la magie.

Un enchantement.

Le bonheur.

Son ronronnement fit vibrer mon être, ses lèvres effleurèrent mon cou, et ses mots furent un murmure contre ma peau humide.

— Je vais m'occuper d'elle à partir de maintenant, Docteur Palmer. Reposez-vous. Nous reparlerons des radios dans la matinée.

— Bien sûr, monsieur.

— Et, Palmer ? ajouta-t-il, haussant le ton comme pour l'appeler. C'est ma future compagne. C'est à moi que vous ferez votre rapport sur sa santé. Et je partagerai ces informations avec mon père comme bon me semblera, en accord avec la loi du Secteur Scandinave. Compris ?

— O-oui, monsieur.

L'Alpha Sven hocha la tête, et son menton me caressa la joue.

— Bien.

Je gardai les yeux fermés, je ne voulais pas perturber ce moment. Réel ou non, je m'en fichais. J'étais trop faible pour refuser le réconfort qu'il m'apportait, et me laissai donc imprégner de sa force, juste pour exister et *être*.

Son ronronnement enivrant me recouvrit comme une couverture, m'attirant dans le sommeil. *Mon Alpha*, songeai-je rêveusement. *Mon Alpha me tient. Je suis enfin en sécurité.*

SVEN

LA COLÈRE de Kari et le désespoir qui s'ensuivit firent à la fois souffrir et plaisir à mon loup.

Elle n'avait pas essayé de se blesser avec les couteaux, ce que le docteur Palmer ne semblait pas croire, contrairement à moi. Quelque chose dans sa voix respirait la *vérité* quand elle avait affirmé être tombée sur le couteau. Et c'était ce même instinct que j'avais entendu quand elle avait parlé de détruire le nid.

Elle pensait que tout était fini entre nous, avait murmuré quelques mots au sujet de *trois jours* et cru que c'était *terminé.*

Je fronçai les sourcils, je ne suivais pas sa logique. Pourquoi détruire son refuge en conséquence ? S'attendait-elle à devoir le déplacer ?

Elle soupira contre moi, perdue dans son sommeil, tandis que je ressassais tout ce qu'elle avait dit.

C'était bon signe que l'accusation d'avoir voulu se suicider l'ait agacée, car ça signifiait qu'elle n'avait pas l'intention de se faire du mal de cette manière. Et ça impliquait aussi que j'avais lu correctement en elle ces derniers jours.

Même si j'avais perçu sa tristesse, je n'avais pas senti

que sa dépression était profonde au point que je devais m'inquiéter pour sa vie.

Penser que j'étais passé à côté d'indices évidents m'avait tourmenté tout au long des festivités de l'accouplement, m'empêchant de me concentrer jusqu'à ce que mon père évoque la communication de l'Alpha Vanessa.

Puis il avait lâché la bombe de la visite d'Enrique, et j'avais perdu les pédales. Je n'avais pas l'intention de m'en prendre à lui devant la meute ; cependant, j'avais vu rouge quand il avait dit envisager de donner Kari à un autre Alpha.

Peut-être qu'elle ne voulait pas de moi. Peut-être avait-elle ravagé notre nid. Mais il était hors de question que je laisse quelqu'un l'emmener loin de la sécurité du Secteur Scandinave.

Mon sang bouillonnait à cette idée.

Puis je songeai une nouvelle fois à ce qu'elle avait dit, à la raison pour laquelle elle avait réduit notre sanctuaire en lambeaux, et j'en eus le cœur fendu.

Comment pouvait-elle penser que c'était terminé entre nous ? Elle venait tout juste de me mordre, sa louve me revendiquait. Je lui avais dit encore et encore qu'elle m'appartenait.

Pourtant, ce qu'elle disait, et sa manière de le dire, impliquaient qu'elle pensait que nous en avions terminé. Pas parce qu'elle le voulait, mais parce que notre temps était écoulé.

Je passai en revue tous mes faits et gestes, toutes nos conversations, tous les scénarios possibles, jusque très tard dans la nuit, et aux petites heures du matin. Mon loup refusait de se reposer ; son besoin de protéger Kari et ronronner pour elle me tenait éveillé et en alerte pendant qu'elle dormait profondément.

Elle remuait de temps en temps, se blottissant toujours plus près de moi, et à un moment, elle se tourna pour presser son nez contre mon torse. Je m'étais mis en caleçon plus tôt dans la nuit, j'avais besoin d'avoir ma peau contre la sienne. À présent, je me délectais de la sentir blottie contre moi, sa petite silhouette minuscule contre mon corps d'Alpha.

Une fois, elle avait remué, avait murmuré qu'elle avait besoin d'eau. Je lui avais trouvé un verre, avais glissé une paille entre ses lèvres et l'avais regardée avaler presque deux verres avant de se recaler contre moi. Elle avait gardé les yeux fermés tout le temps, son corps guérissant rapidement grâce à sa génétique de métamorphe.

Déjà ses joues reprenaient des couleurs, et ses cheveux semblaient se régénérer rien qu'avec de l'eau.

Ma petite merveille, songeai-je en la serrant contre moi, poussant un soupir de profonde satisfaction.

C'était ainsi que les choses devaient être.

Sans l'équipement hospitalier, l'atmosphère stérile et les murs blancs.

Le docteur Palmer l'avait mise dans une pièce sans substance, il voulait l'empêcher de trouver un moyen de se faire du mal.

Je fus frappé au cœur par le souvenir de l'avoir découverte en sang, et aussitôt mon esprit rejoua ses paroles. *Une fois encore.*

Elle n'est pas suicidaire, songeai-je en l'embrassant sur le dessus du crâne. *Mais elle est brisée.*

Parce qu'elle n'avait pas saisi pourquoi j'étais parti, et elle l'avait bien fait comprendre par sa scène destructrice dans la chambre.

Je passai les doigts dans ses cheveux, la cajolai, la caressai, lui offris ma force. *Je suis là pour toi. Je te protégerai. Je ne laisserai personne te faire du mal, pas même toi.*

Elle se blottit contre mon torse, posant les mains à plat sur mon abdomen.

– Sven, chuchota-t-elle, étirant ses jambes pour les mêler aux miennes. Mon Sven.

– Ton Sven, hein ? répétai-je, amusé et satisfait de l'entendre le dire.

Elle hocha la tête et goûta ma peau de ses lèvres.

– Mon Alpha.

Son ton était rêveur, comme égarée entre la conscience et le sommeil.

Plongeant les doigts dans ses cheveux, je tirai sa tête en arrière pour étudier ses traits.

Elle me sourit jusqu'aux yeux, et son expression était belle à couper le souffle. Je fus alors frappé par le fait que je ne l'avais jamais vue sourire, ni montrer la moindre étincelle de joie. Elle avait l'air satisfaite, oui. Mais heureuse ? Non. Pas jusqu'à ce moment où ses yeux se plissèrent avec une vraie chaleur.

L'air se coinça dans ma gorge, me coupant le souffle.

C'était ainsi que je voulais la voir tous les jours de ma vie.

– Tu es éblouissante, murmurai-je, impressionné.

Elle secoua la tête, mais ses iris bleus scintillèrent à cause du compliment.

– Est-ce que tu m'embrasseras encore ? m'interrogea-t-elle.

Et je me demandai si je ne m'étais pas finalement endormi. Parce que cette version de Kari, je ne l'avais jamais connue jusqu'ici. Heureuse. Légèrement confiante. *Souriante.*

– Tu aimerais que je t'embrasse ? lui demandai-je d'une voix étrangement bourrue.

Elle était tellement parfaite dans cet état. Le genre

d'Oméga que je pensais bien qu'elle abritait au fond de son âme. Une louve qui avait besoin de son compagnon.

– Oui, murmura-t-elle, tordant le cou pour presser sa bouche sous mon menton. Vraiment beaucoup, oui.

Ses lèvres se déplacèrent le long de ma mâchoire, cherchant ce qu'elle désirait, tandis que ses doigts remontaient le long de mon sternum pour s'enrouler autour de ma nuque.

Mon loup gronda en signe d'approbation, appréciant le côté fougueux de sa femelle. Il voulait se délecter de ce moment, accepter son cadeau, réaffirmer sa place à elle dans sa vie à lui.

À moi, fredonna-t-il, chassant l'image de son corps en sang de mes pensées, exigeant que je lui rende son étreinte et lui donne ce qu'elle désirait. *N'importe quoi. Tout. Prendre. Donner. Revendiquer.*

Je m'emparai de sa bouche avec la mienne, glissai ma langue à l'intérieur pour savourer ce parfum sucré qui était le sien. Elle répondit de manière égale, et un gémissement s'échappa de sa gorge, pour se répercuter sur mes lèvres.

Je pris son visage en coupe dans ma main, intensifiai notre baiser, prenant les rênes, la laissant ressentir ma domination alors que je la faisais rouler sur le dos et glissai un genou entre ses cuisses. Elle se cambra aussitôt contre moi, son petit corps avide me disant qu'elle désirait son Alpha.

Mais je ne la prendrais pas.

Pas comme ça.

Pas ici.

Elle était encore en train de guérir, sa blessure était refermée, mais encore rose sur les bords. J'avais vérifié après son dernier verre d'eau, je voulais m'assurer qu'elle se remettait correctement. Et c'était le cas, son corps était résilient, parfait et complètement *mien*.

Mais pas encore.

Pas entièrement.

Pas avant que nous ayons réglé ce problème entre nous. Pas avant qu'elle ne soit *vraiment* guérie. Il fallait que son esprit récupère autant que son corps, je voulais être certain qu'elle soit totalement prête quand je la prendrai.

Sa langue me défiait d'abandonner ma résolution, ses ongles s'enfonçant dans mon cou alors qu'elle m'embrassait plus fort.

— Je t'en prie, Alpha, murmura-t-elle. S'il te plaît.

Je secouai la tête, mon pouce caressant sa mâchoire tandis que je tenais son visage dans ma main.

— Je refuse de te faire du mal, Kari, lui dis-je. Et surtout pas dans cet état.

— Les rêves ne font pas mal, souffla-t-elle, se cambrant contre moi. Les rêves sont tels que nous voulons qu'ils soient.

Mon cœur bégaya dans ma poitrine, et ce fut comme une claque à mes sens quand je compris ; je ne profitais plus de l'instant. *Elle pense que c'est un rêve. Merde.*

— Kari, murmurai-je, mais sa bouche se referma sur la mienne, dans un baiser avide et exigeant, tandis qu'elle se pressait contre ma cuisse.

Son parfum imprégnait l'air, sa douce odeur invitait mon animal à avancer avec un doux grognement. Il voulait la goûter. La dévorer. La revendiquer.

Merde, si elle pensait que c'était un fantasme, je ne pouvais pas profiter d'elle.

Mais je pouvais faire de ses rêves une réalité.

Je pouvais lui montrer le plaisir. Lui faire réaliser ce que ce serait d'être avec moi. Annuler complètement ses expériences précédentes dans sa tête, et lui faire découvrir un nouveau monde. Un monde où elle était une précieuse Oméga. Adorée. Aimée. *En sécurité.*

J'effleurai sa lèvre inférieure avec mes dents, attirant son attention, grignotant gentiment la peau tendre.

– Ce n'est pas un rêve, lui murmurai-je, afin qu'elle comprenne que c'était bien réel. Mais je vais faire de cette rêverie la plus douce que tu aies jamais vécue, si c'est ce que tu veux.

En réponse, elle se plaqua contre moi, son intimité avide trempant ma jambe tandis qu'elle plantait ses ongles dans mon dos.

– Oui, dit-elle, exigeante. Fais-moi oublier. Donne-moi un souvenir auquel m'accrocher. Quelque chose à quoi rêver.

– Ce sera plus qu'un rêve, lui promis-je. Parce que c'est réel, Kari. Tu es très bien réveillée.

Elle gloussa, un son amusé qui me toucha l'âme, puis gémit quand mes lèvres se posèrent sur son cou.

– Encore, me supplia-t-elle. Encore, Alpha, encore.

Je voulais la faire rire à nouveau. La faire sourire. Qu'elle gémisse mon nom. Qu'elle se sente vivante et réalise comment pourrait être la vie si j'étais son compagnon.

– Kari, râlai-je contre sa peau. J'ai besoin de te goûter.

– Me goûter ? répéta-t-elle.

– Mmmh, murmurai-je contre sa gorge.

Puis je traçais un chemin de baisers jusqu'à ses seins. Je pris un mamelon dans ma bouche, observant son visage. Elle ferma les yeux et se pencha en arrière, sa main remonta de mon dos vers ma nuque.

– Oh, souffla-t-elle. J'aime ça.

Je mordillai la pointe raidie en réponse, et elle haleta, comme si elle n'avait jamais connu pareil plaisir. Si elle voulait rêver, alors je la rejoindrais dans son rêve, où je ferais comme si j'étais le premier loup à poser ma bouche et mes mains sur elle.

Mmmh, oui, ma bête intérieure approuvait.

Avec ma langue, je jurai de la ruiner pour n'importe qui d'autre, faisant jaillir de ses lèvres de doux petits gémissements tandis que je torturais ses seins avec ma bouche et mes mains.

Puis j'entamais la descente vers le paradis entre ses cuisses.

Elle était très humide, et son instinct d'Oméga la préparait pour le sexe de son Alpha. Mais à la place, elle devrait gérer mes doigts et ma langue, parce que j'avais promis de ne pas lui faire de mal, et je voulais tenir cette promesse.

Mon membre devrait attendre.

Mais la goûter… ça, j'allais le faire maintenant. Je m'adonnerais au plaisir selon mon cœur et l'enverrai dans les étoiles.

Je m'installai entre ses jambes, posai un baiser sur son pubis lisse et inspirai profondément.

– Tu sens incroyablement bon, Kari, lui dis-je.

J'aimais la manière dont son corps répondait au mien.

On l'avait lavée plus tôt, après la chirurgie, et un parfum d'agrume persistait sur elle, lui donnant un attrait presque acidulé. Mais son cœur était tout Kari. Doux. Séduisant. *Attirant.*

Je gémis, incapable de me retenir une seconde de plus, mon besoin d'elle étant comme une brûlure dans mon aine, me poussant à agir. *J'ai besoin de goûter ce qui m'appartient.*

J'écartai ses replis de ma langue et la léchai profondément, saturant mon visage de son parfum. Ce n'était pas assez. J'avais besoin de plus. J'avais envie qu'elle se contracte autour de mes doigts, goûter ses sucs scintillants, et me régaler de son plaisir.

Oui, murmurai-je sombrement. *Toutes ces choses.*

Elle garda la main sur ma tête, les doigts mêlés à mes cheveux tandis que je laissai mon loup guider mes instincts. Son animal répondit de la même manière, ses cuisses tremblant autour de ma tête tandis qu'elle chevauchait mon visage dans une magnifique danse de l'oubli.

J'observai son visage, admirant le rougissement de ses joues, et mordillai son clitoris pour voir ses lèvres s'écarter sur un halètement.

Putain, elle était divine.

Ma magnifique et parfaite Oméga.

Si j'avais su que c'était ce dont elle rêvait, je l'aurais fait depuis des jours.

Il fallait que je rattrape le temps perdu avec ma langue.

Je la léchai complètement, souris quand elle se mit à trembler ; les premiers signes d'un orgasme frémirent autour de mon doigt quand je le glissai en elle pour tester son étroitesse.

Je n'allai pas trop loin, je ne voulais pas la blesser.

Et je la surveillai de près, m'assurant qu'elle appréciait tout ce que je lui faisais.

Elle miaula, sa tête se balançant d'avant en arrière tandis que je refermais ma bouche autour de son clitoris, que j'aspirai durement dans la mienne.

Un cri retentit quand elle réagit, et l'orgasme qui la traversa lui fit contracter le ventre. Mais ce son d'extase qu'elle poussa fut rapidement remplacé par un autre, de souffrance.

Je fronçai les sourcils, observant la marque rose sur son abdomen, craignant d'avoir fait quelque chose qui aurait irrité sa blessure.

Puis elle se cramponna le ventre et se mit à trembler, sanglotant et haletant des mots que je ne comprenais pas.

– Kari, chuchotai-je, torturé de la voir s'effondrer sur le lit après ce qui aurait dû être un moment beau et pur.

Des larmes roulaient sur son visage, et elle luttait pour refermer les cuisses.

Je m'écartai d'elle pour qu'elle puisse se rouler en boule. La magie se répandit dans l'air tandis qu'elle appelait sa louve, dans une transformation douloureusement lente.

— Oh, Kari. (Mon cœur se brisa pour elle, et la honte me pesa comme une lourde pierre dans les tripes.) Je n'avais pas réalisé…

Elle gémissait, sa fourrure blonde couvrant chacun de ses membres alors qu'elle achevait sa transformation. Puis de grands iris bleus croisèrent les miens, et je lus la terreur au fond d'eux.

– Je ne vais pas t'obliger à te retransformer, lui dis-je, devinant à quoi elle pensait.

Je m'approchai d'elle, mais elle recula comme si j'allais la frapper.

Alors je fis la seule chose que je savais faire pour elle.

Je ronronnai.

Sa réaction fut immédiate, elle dressa les oreilles et posa les yeux sur moi.

J'augmentai l'intensité dans ma poitrine, lui indiquant sans mots que je n'allais pas la quitter, ni la pousser, ni lui faire du mal.

Au départ, elle ne bougea pas, gardant ses yeux méfiants rivés sur moi.

Après plusieurs minutes à s'observer mutuellement, elle s'avança. Juste quelques centimètres. Juste assez pour que sa truffe touche ma poitrine. Cette fois, quand je tentai de la caresser, elle se laissa faire.

Je câlinai sa louve, lui dis qu'elle était belle, complimentai sa fourrure, lui disant à quel point j'étais fier qu'elle se montre aussi forte pour Kari.

Elle finit par gronder en retour, et mon loup l'épia à travers mes yeux.

– Tu veux le rencontrer ? lui proposai-je doucement.

Elle riva les yeux sur les miens, sa réponse était claire. *Oui.*

En hochant la tête, je retirai mon caleçon et esquissai un sourire quand son regard s'attarda vers le bas, pas si discrètement que ça. Mais j'étais en train de me transformer avant qu'elle ne puisse réagir à ma taille, et en quelques secondes, j'étais à côté d'elle sur le lit, sous ma forme de loup.

Ses jolis yeux s'illuminèrent d'un regard approbateur.

Mon loup partagea cette réaction, lui permettant de voir à travers ses propres iris ce qu'il ressentait pour elle. Je me penchai et lui léchai le museau.

Elle émit un son surpris avant de me faire la même chose.

Je grondai en signe d'approbation : mon ronronnement était plus fort dans mon corps de loup.

Elle se blottit contre moi, sa fourrure était un véritable aphrodisiaque pour mon animal.

Une idée me vint, dont je savais que mon père la mépriserait, mais c'était exactement ce dont Kari avait besoin.

Aller courir.

Rien de trop fatigant. Rien que de l'air frais. Un peu de neige. Quelques ébats.

Je revins à mon état humain, à la grande consternation de sa louve, et lui dis :

– Suis-moi.

Je n'y réfléchis pas à deux fois. Je ne pris même pas la peine d'enfiler un pantalon ou un caleçon. Je me levai sur mes deux jambes, et profitai de mes deux pouces pour me diriger vers la porte.

Comme je ne l'entendis pas bondir derrière moi, je me tournai et la vis assise, tête inclinée sur le côté.

– Nous allons faire une petite promenade, lui expliquai-je. Ni trop loin, ni trop longtemps. Rien que de l'air frais, et peut-être un peu de neige.

En fait, sans doute beaucoup de neige. C'était l'hiver dans le Secteur Scandinave et il faisait un froid de canard. Mais nos loups allaient adorer.

Elle ne fit pas un geste.

– Maintenant, Kari, lui dis-je, et c'était plus un ordre qu'une demande.

Quelque chose me disait que c'était le coup de pouce dont elle avait besoin pour obéir, peut-être parce qu'on ne lui avait jamais proposé ce genre d'expérience auparavant.

Avec un petit soupir, elle sauta hors du lit et glissa sur le sol jusqu'à mes jambes.

Je la rattrapai et haussai un sourcil.

– Tu n'as jamais marché sur du marbre avant ? devinai-je.

Elle grogna, se redressa sur ses quatre pattes, secoua sa fourrure et manqua de retomber sur la croupe.

Fronçant les sourcils, j'observai sa position. Elle me faisait penser à un jeune chiot qui apprend à marcher pour la première fois.

Ce n'était peut-être pas du tout à cause du sol, mais parce qu'elle n'était pas habituée à s'ébattre librement dans son corps de louve. Ce collier lui avait dicté quand elle pouvait se transformer. Quand elle reprendrait forme humaine, il faudrait que je lui demande combien de temps elle l'avait porté.

Choisissant de procéder par étape, j'ouvris la porte et la conduisis dans le couloir. Elle clopinait, son pas n'étant pas encore très assuré sur le sol blanc glissant. Une infirmière

Beta sortit, et haussa un sourcil en nous trouvant dans le couloir.

– Nous allons faire une petite promenade, lui annonçai-je. Si mon père passe, dites-lui que nous serons de retour dans une heure environ.

– Vous êtes sûr que c'est prudent ? me demanda-t-elle.

– Vous voulez dire, est-ce que je me rends compte qu'il sera énervé ? répondis-je en passant devant elle. Bien sûr que oui. Mais ça ne veut pas dire que je m'en soucie.

En retour, elle rit, faisant grogner Kari.

Amusé, je sentis ma poitrine se réchauffer.

– Tu m'as déjà revendiqué, petite louve. Tu te souviens ?

J'agitai ma main vers elle, et sa louve retroussa les babines, comme pour me menacer d'une nouvelle morsure.

Avec un sourire en coin, j'avançai dans le couloir vers la sortie la plus proche.

À peine dehors, je me transformai. Puis d'un signe de tête, je lui indiquai : *Par ici.*

KARI

Sven était énorme. Le genre d'Alpha que j'aurais dû craindre. Il était tout en muscles effilés, d'une taille bestiale. Autant comme loup qu'en tant qu'*homme*.

Je déglutis, me rappelant l'image de ses parties intimes. *Énorme* était un euphémisme. Le seul fait d'y penser fit fondre mes entrailles, provoquant un désir ardent que lui seul pouvait apaiser.

Sauf qu'il ne pouvait pas vraiment.

Le moindre plaisir se transformait en agonie.

Au moment où j'avais senti la douleur atroce me déchirer le ventre, j'avais su que j'étais bien réveillée. Cependant, pour être totalement honnête avec moi-même, je l'avais su avant d'atteindre l'orgasme. Simplement je m'étais laissée aller à ce fantasme, espérant que ce pourrait être un rêve et non une réalité.

Ç'avait été bon… jusqu'à ce que ça ne le soit plus.

Puis mon animal avait pris le dessus, et m'avait guérie pendant que Sven ronronnait.

J'observai sa croupe, admirai la fourrure brune et blanche sur son dos. Il avançait à pas lents, me m'entraînant sur un chemin le long du bâtiment que nous venions de quitter. Je n'étais pas sûre de ses intentions, mais ma louve était excitée.

Je ne partageais pas tout à fait son impatience, mon esprit passant en revue toutes les manières dont cela pouvait dégénérer. On ne m'avait jamais permis d'explorer le Secteur Bariloche, pas même quand j'étais chiot. Et on m'avait rarement donné l'occasion de me transformer, seulement sur ordre des Alphas. Et dans ce cas, généralement, on me mettait en cage.

Je ne courais pas.

Je ne jouais pas.

Je n'explorais pas.

Mes oreilles de louve se dressèrent pour capter tous les bruits qui nous entouraient. Les odeurs me chatouillaient le nez. Et mes yeux cherchaient le danger.

Mais je me sentais en sécurité en présence de l'Alpha Sven. Comme si je savais qu'il ne laisserait rien m'arriver. C'était une confiance dangereuse, un espoir que je n'avais pas le droit d'entretenir, mais il était là malgré tout. Et ma louve ne remettait absolument pas cette impression en question. Implicitement, elle faisait confiance à Sven.

J'avais toujours été détachée de mon côté animal, d'une certaine manière, ce qui me permettait de prendre assez facilement le contrôle de mes instincts. Mais pas aujourd'hui. Elle avait pris les rênes et le suivait sans la moindre inquiétude.

Il me lança un regard, ses yeux bleus cernés de noir lui donnant l'air d'un prédateur. Ses larges épaules et ses pattes massives ajoutaient à cette image.

Et ma louve s'en délectait.

Elle le voyait comme un compagnon digne de ce nom, un mâle par la stature et la grâce, et un Alpha honnête.

Il ronronne pour nous, semblait-elle dire. *Il prend soin de nous.*

Je ne voulais pas l'écouter. Je voulais courir dans la direction opposée. Mais je ne pouvais pas nier qu'il s'était comporté d'une manière totalement opposée à ce que je connaissais.

Il ralentit le rythme jusqu'à ce que je sois à côté de lui, puis il me donna un coup de museau comme pour me dire : *Sors de ta tête.*

Ou peut-être que c'était juste mon interprétation, parce que c'était ce que j'avais envie de me dire.

Pour la première fois de ma vie, on me donnait l'opportunité d'exister. Et je continuai de la gâcher avec mes soucis récurrents. J'avais vraiment besoin…

Mes pattes se figèrent subitement quand un cri aigu me transperça les oreilles. J'avais une patte en l'air, les trois autres sur le trottoir, et mes oreilles pivotèrent en direction du bruit.

Un gloussement suivit.

Puis une femme traversa la rue tandis qu'un homme la poursuivait.

Mon cœur battait la chamade, et tous mes instincts se mirent en alerte. *Cours, cours, cours !* scandai-je, terrifiée pour elle. Ce n'était qu'une Beta. Le mâle qui la poursuivait… il avait l'air imposant… comme un autre Alpha.

Et il la rattrapa vite.

Je grimaçai, sachant ce qui allait suivre.

Jusqu'à… Jusqu'à ce qu'il la prenne dans ses bras et la fasse tourner dans une étreinte qui lui fit rejeter la tête en arrière et éclater de rire.

Je cillai. *Qu'est-ce qu'il fait ?* Je m'attendais à ce qu'il la jette par terre et la monte, pas qu'il la soulève dans les airs.

Elle dit quelque chose que je ne saisis pas et il la reposa. Puis les deux commencèrent à se déshabiller au beau milieu de la rue, se transformèrent et coururent dans le parc, jouant à chat.

Cette fois, lorsqu'il la rattrapa, il la cloua au sol et ils roulèrent en se mordillant pour jouer.

Un autre mâle apparut alors, l'air amusé ; il secoua la tête, se déshabilla et se joignit à leur jeu.

L'Alpha Sven me bouscula pour me rappeler qu'il était à côté de moi. Puis, avec son museau, il me fit signe de continuer à le suivre.

Je voulus reprendre ma forme humaine pour lui demander ce qu'ils faisaient, mais ma louve était plus intéressée par ce qu'il voulait lui montrer. Alors je le suivis et laissai les autres animaux gambader dans le parc.

Nous croisâmes plusieurs autres métamorphes en chemin, beaucoup d'entre eux s'arrêtant pour m'observer avec des expressions curieuses. Sven finit par marcher juste à côté de moi, comme pour me protéger de leurs regards inquisiteurs, et grogna même à quelques reprises contre ceux dont le regard s'attardait un peu trop longtemps.

D'autres vaquaient à leurs occupations, occupés à diverses tâches comme déblayer la neige, allumer des lanternes, ou cuisiner. C'est cette dernière qui attira mon attention, car je sentais les délicieuses odeurs sortant de plusieurs portes. Tous ces mets sucrés me rappelaient ceux que j'avais vus brièvement sur l'écran hier soir.

En y repensant, je songeai à ce que l'Alpha Ludvig avait dit : que je ne voulais pas vivre ici. Mais tandis que je me promenais dans les rues avec Sven, je commençai à me demander si l'Alpha Ludvig avait tort.

Cet endroit semblait… tranquille. Agréable. Apaisant.

Quelques métamorphes nous saluaient. Toutefois, ils m'appelaient Oméga, peut-être parce qu'ils ne connaissaient pas mon nom. Mais aucun des Alphas que nous croisâmes ne fit un geste dans ma direction. Ils se contentaient de nous regarder, concentrant leur attention sur Sven plutôt que sur moi. Ils essayaient peut-être d'évaluer s'ils pouvaient le défier. Mais je ne sentis ni agressivité ni hostilité de leur part. Rien que du respect.

Après ce qui me parut être des kilomètres, nous atteignîmes enfin une zone boisée qui était beaucoup plus grande que le parc derrière nous. *Qu'est-ce qu'on fait ici ?* voulus-je demander.

Sauf que Sven ne faisait pas du tout attention à moi.

Dès que nous atteignîmes la lisière, il fonça tête la première dans un grand tas de neige.

J'écarquillai les yeux quand je vis presque toute sa silhouette poilue engloutie dans les flocons blancs. Puis il ressortit la tête en haut du tas et m'adressa un énorme sourire de loup.

Il joue, réalisai-je, surprise.

Mon animal réagit de la même manière, et poussa un petit cri excité en le rejoignant.

Mais mon saut fut bien moins gracieux. Et quand je réalisai à quel point la neige était profonde, je commençai à lutter et paniquer en essayant de nager pour en sortir.

Des dents se refermèrent sur mes poils quand l'Alpha Sven m'aida. Frustrée, je gémis, et il ronronna en me relevant. Puis avec son museau, il m'indiqua une autre congère plus petite.

Mon loup réagit sans ma permission, bondit dans cette direction, et se roula dans la neige. Elle était fraîche et douce contre mon pelage, et le froid était une nouvelle sensation excitante. Ce n'était pas la première fois que je touchais de la neige, mais je ne m'étais jamais roulée dedans.

Je trouvai un autre tas de taille semblable et fonçai dedans.

Sven me suivit, sa taille imposante détruisant les empilements de neige avec aisance.

Je laissai échapper un joyeux jappement et fonçai dans plusieurs autres congères ; j'aimais la sensation de la matière cotonneuse qui s'écartait pour me laisser y pénétrer.

Quand j'eus fini, je haletais, ma louve avait dépensé toute mon énergie. Mais ça me faisait du bien. Jamais je ne m'étais épuisée de cette manière, et j'avais envie de recommencer au plus tôt.

Sven me donna un coup de museau, puis un coup de langue sur le nez avant de me faire signe de le suivre à nouveau. Il marchait à mes côtés en me bousculant de temps en temps, avec un sourire en coin.

À un moment, je lui léchai le nez en réponse, ce qui me valut un grognement approbateur. Et quand nous retournâmes au bâtiment dont nous étions sortis, mon propre museau ne cessait d'afficher un sourire de loup.

Je suis heureuse, me dis-je. *Vraiment heureuse.*

Peut-être que tout ça n'était qu'un rêve après tout. Mais j'espérais vraiment que ce n'était pas le cas. Parce que j'avais envie que ce soit vrai. Je voulais ressentir ça. Je voulais *vivre*.

Je veux être avec Sven, chuchota une petite voix. Ma voix. Une voix qui venait d'un endroit que je connaissais peu : mon cœur.

Un Alpha nous ouvrit la porte quand nous approchâmes, nous laissant entrer sous nos formes de loups. Mon sourire vacilla quand nous passâmes devant lui ; je retrouvais ma peur innée, mais il se contenta de tenir la porte de verre jusqu'à ce que nous la franchissions, et la relâcha ensuite.

Sven trotta devant, et s'arrêta à l'entrée du couloir. Je me figeai à ses côtés en captant l'odeur familière de l'Alpha Ludvig. D'instinct, je baissai les yeux, et tout mon corps se mit à implorer l'aura puissante devant nous.

Il ne dit rien, ce qui me rendit d'autant plus nerveuse.

J'entendis le frottement de son pantalon de costume, et mes oreilles tressaillirent.

Et tout à coup il fut juste devant moi, il s'accroupit et tendit une main vers moi, comme on le ferait avec un animal errant.

Je déglutis, ne sachant pas ce qu'il voulait dire. Mais ma louve le renifla. Elle était loin d'avoir aussi peur de lui que moi, son instinct de confiance envers un mâle supérieur était programmé dans son ADN.

– Mmmh, ronronna-t-il en me grattant doucement sous le menton.

Mon animal soupira, appréciant cette démonstration d'affection.

Sven posa sa croupe près de moi et émit un grognement, visiblement agité.

Ludvig gloussa, puis me relâcha et se releva.

– Maintenant, tu penses et te comportes comme une âme sœur.

Je n'étais pas sûr de savoir à qui s'adressaient ces mots. Il se retourna et s'éloigna dans le couloir. Sven se leva pour le suivre et me heurta le flanc, m'encourageant à lui emboîter le pas.

Ce que je fis.

Nous nous retrouvâmes tous les trois dans la chambre médicalisée où j'avais passé la nuit.

– Mila m'a donné une robe pour Kari, dit l'Alpha Ludvig en montrant une robe bleue accrochée derrière la porte. Et elle a pris aussi un autre costume pour toi.

Sven se mit à grogner, sans que je sache si c'était de reconnaissance ou d'agacement. Mais l'Alpha Ludvig se mit à sourire.

Je scrutais sa bouche et notai la ressemblance avec celle de son fils. Puis j'étudiai ses pommettes et ses yeux bleus, de la même teinte que ceux de Sven, et sa masse épaisse de cheveux blonds. Ils avaient plutôt l'air de frères, sauf que Ludvig semblait plus ancien.

Quand je croisai son regard, je me rendis compte qu'il m'étudiait comme moi je le faisais, intensément, et j'inclinai aussitôt la tête en signe de soumission. Alors il s'accroupit une fois encore et posa un doigt sous mon menton pour que je lève le regard.

– Tu as une décision à prendre, ma petite, me dit-il doucement. Il faut que tu décides si tu veux rester ici ou retourner avec l'Alpha Enrique.

Sven grogna à ses paroles, mais l'Alpha Ludvig l'ignora.

– Nous aurions de la chance de t'avoir, mais nous ne tolérons pas l'automutilation dans ce Secteur. Même accidentelle, ajouta-t-il, et je me renfrognai intérieurement.

– Le docteur Palmer te rend toujours des comptes à ce que je vois, dit Sven, qui était revenu à son état humain peu après avoir grogné.

– Je suis l'Alpha de secteur.

– Et je suis son futur compagnon, répliqua Sven. Selon nos lois, cela me donne autorité dans cette situation.

L'Alpha Ludvig ne se redressa pas, mais leva les yeux vers son fils.

– Seulement quand cette intention est reconnue par ton Alpha de secteur.

Sven se tut pendant un moment.

– Tu ne reconnais pas ma revendication.

– Pas encore, répondit l'Alpha Ludvig. Mais tu fais de ton mieux pour m'en convaincre. (Il fit glisser ses jointures sur mon museau et me gratta derrière l'oreille droite.) Continue sur cette voie et tu obtiendras ce que tu veux.

Une fois encore, je ne savais pas si ces mots s'adressaient à moi ou à Sven.

Il se leva avant que je puisse me transformer, et reporta toute son attention sur Sven.

– Écoutons ce qu'Enrique a à dire avant de prendre une décision. Il pourrait s'avérer plus utile que tu ne le penses.

Sven garda le silence, ce qui me poussa à le regarder. Il n'avait pas mis de vêtements, offrant son corps nu à la vue de tous. *C'est vraiment un Alpha*, songeai-je, admirant sa silhouette vigoureuse et sa virilité impressionnante. Ma louve faillit soupirer à cette vue, malgré ma peur intrinsèque des hommes tels que lui.

– À quelle heure est le dîner ?

– Je ne sais pas encore, mais je t'en informerai dès que Kazek aura décidé.

– Ce qui veut dire que tu n'es même pas sûr qu'il laissera Enrique vivre jusqu'au dîner.

L'Alpha Ludvig haussa les épaules.

– C'est à lui d'en décider, pas à moi.

Je me hérissai : l'idée qu'on fasse du mal à mon ancien sauveur suffit à me faire reprendre forme humaine. Les deux hommes observèrent ma transformation ; ils avaient sûrement senti l'énergie rouler sur ma peau.

En tant qu'Alphas, ils étaient capables de contrôler la forme des autres, ce qui signifiait qu'ils étaient plus en phase avec l'enchantement que quelqu'un comme moi. Mais sans mon collier autour du cou, j'avais la possibilité de choisir mon état, d'humaine ou de louve, comme je le désirais. Nuance dont je n'avais jamais réalisé qu'elle me manquait... jusqu'à Sven.

Je me raclai la gorge et me concentrai sur ce qui me poussait à parler :

– L'Alpha Enrique m'a déjà aidée auparavant. Il était censé m'aider dans le Secteur Hiver, aussi. (Je ne pouvais pas vraiment croiser le regard de l'Alpha Ludvig pendant que je parlais ; ma voix était un peu hésitante, mais assez forte pour faire valoir mon point de vue.) Il est… Il n'est… pas méchant.

Je ne pouvais pas le qualifier de bon. Parce qu'aucun Alpha n'était intrinsèquement bon.

Sauf peut-être Sven, ajoutai-je en pensée. Mais je ne savais toujours pas ce qu'il attendait de moi. Alors je ne pouvais pas vraiment tirer de conclusions pour le moment.

— Il allait me libérer, ajoutai-je doucement.

— J'en doute, intervint l'Alpha Ludvig. Mais je ne doute pas du fait qu'il voulait t'aider. Nous allons l'écouter et voir ce qu'il a à dire au sujet de la tentative de meurtre de Winter également.

— En supposant que Kazek le permette.

L'Alpha Ludvig sourit à nouveau.

— J'ai dans l'idée qu'il le fera. Et comme tu le sais, mes intuitions sont presque toujours justes. Concentre-toi sur ton chemin, mon fils. Peut-être qu'une autre de mes attentes se réalisera.

Sur ce, il sortit de la pièce, me laissant seule avec un Sven nu.

Son corps réagit naturellement au mien, son besoin d'une Oméga se traduisant nettement par le raidissement de son membre ; mais il ne fit rien pour me coincer ou me nouer. À la place, il m'attrapa et m'étreignit, embrassant le sommet de ma tête.

— Merci de t'être promenée avec moi, petite merveille.

Petite merveille, répétai-je dans ma tête, souriant à ces mots. Je préférais ça à *ma petite* et *petite louve*. D'une certaine manière, j'avais l'impression d'être spéciale. Unique. Comme si je pouvais vraiment représenter quelque chose pour lui.

— Maintenant, je veux que tu me dises pourquoi tu as

détruit notre nid, me dit-il, anéantissant mon bonheur momentané.

Non pas parce que sa demande me déplaisait, mais parce que je ne voulais pas y penser.

Mais une petite partie de moi voulait qu'il comprenne, qu'il sache que je n'avais pas essayé de me faire du mal, que j'avais juste eu envie de détruire quelque chose que j'avais considéré comme une menace.

Il me paraissait important de lui dire. De partager cette partie de moi avec lui. Pour qu'il sache que notre temps passé ensemble m'était précieux, et que je... C'était juste que je ne voulais pas que ça s'arrête.

— L'espoir, chuchotai-je, la gorge soudain sèche. Ça... ça ressemblait à de l'*espoir*.

Il se recula juste assez pour me regarder.

— Qu'est-ce qui ressemblait à de l'espoir ? Le nid ?

Je hochai la tête.

— C'est... Je voulais rester... a-avec toi... mais nos trois jours étaient écoulés. Et j'étais bouleversée parce que j'avais laissé l'espoir s'insinuer en moi.

J'étais incapable de le regarder en parlant, mes mots me paraissaient naïfs et stupides.

Il me caressa la joue, posant le pouce sous mon menton pour attirer mon regard vers ses iris séduisants.

— Je m'étais donné trois jours pour te montrer que les Alphas peuvent être différents. Mais ça ne voulait pas dire que notre temps était écoulé, Kari. Tu es toujours à moi. Et tu as le droit d'espérer.

Je secouai la tête.

— L'espoir, c'est dangereux.

— C'est aussi merveilleux, répondit-il dans un souffle. L'espoir fait partie de la vie. Il donne une motivation pour aller de l'avant, pour guérir, pour *vivre*.

Non, il avait tort.

– L'espoir fait mal.

– L'espoir guérit, répliqua-t-il. Je vais te le prouver.

– En trois jours ? devinai-je.

Il gloussa.

– Non. Il n'y aura pas de limite de temps. Je vais juste te le prouver.

Je cillai.

– Comment ?

– C'est à moi de le déterminer, murmura-t-il. Tout ce que tu dois faire, c'est me donner une chance, Kari. Et si tu pouvais cesser de détruire les meubles, j'apprécierais. Et aussi, plus de couteaux.

Je tressaillis à sa dernière phrase, et me reculai pour lui jeter un regard noir.

– Je ne me suis pas poignardée exprès.

– Je sais, me répondit-il, souriant toujours. Je t'enlève l'accès aux couteaux pour protéger notre futur nid.

J'en restai bouche bée.

– Futur nid ?

– Mmmh, oui. Mais pas ici. Je n'aime pas particulièrement les pièces sans fenêtre. Nous en trouverons une meilleure.

Il parlait comme si nous avions un avenir ensemble.

– Mais, et pour ma disponibilité envers les autres Alphas ?

Son sourire disparut.

– Tu n'es *disponible* pour personne, Kari. Jusqu'à ce que tu sois guérie, personne ne peut te courtiser comme il se doit. Et si l'on se fie à notre précédente activité, cela s'applique à la fois à ton état physique et mental. Mais je peux être patient. (Il se pencha pour coller ses lèvres contre mon oreille.) Parce que mon loup sait que tu vaux la peine d'attendre.

Je... Je ne savais pas quoi dire, ni comment interpréter ce qu'il me disait.

– En... En quoi ça consiste, de courtiser ? chuchotai-je, ne saisissant pas bien le terme.

Et il avait parlé de *cour* une fois aussi. Mais je ne lui avais pas demandé d'explications à ce moment-là.

– C'est le terme que nous utilisons dans notre Secteur quand nous voulons gagner les faveurs d'une compagne. (Son pouce s'éloigna de mon menton pour tracer une ligne sur ma lèvre inférieure.) Tu es destinée à être mienne, Kari. C'est aussi mon travail de t'en convaincre. Et je le ferai. Parce que je ne recule jamais devant un défi.

– Mais je suis stérile, murmurai-je.

Il relâcha le bas de mon dos pour appuyer gentiment la paume sur mon ventre, l'autre main toujours sur ma joue.

– Nous allons arranger ça.

– Comment ? soufflai-je.

– En nous entretenant avec certaines des meilleures équipes médicales du monde, me répondit-il. Fais-moi confiance pour t'aider, Kari. Et je le ferai. Je le jure.

Je déglutis, mon cœur martelant ma poitrine. *Faire confiance à un Alpha ?* J'avais essayé avec Enrique, et il m'avait laissée tomber. Pourtant j'avais survécu. Mais quelque chose me disait que si Sven me laissait tomber, je ne m'en remettrais pas. Cependant, une petite, faible partie de moi voulait croire en lui.

L'espoir, m'émerveillai-je, une sensation de légèreté taquinant mon esprit.

Il voulait me prouver la valeur de l'espoir.

Il voulait me faire la cour.

Il voulait être à moi.

Une voix agaçante me disait que tout cela était impossible, que ma vie n'était pas faite de fantasmes ou de contes de fées. Pourtant, cette petite étincelle au coin de ma psyché me suppliait de réfléchir à sa proposition, de placer ma foi en quelqu'un d'autre, de m'autoriser une lueur de vie.

Je me retrouvai donc à hocher brièvement la tête, un petit mouvement en réponse, ma bouche étant incapable de formuler mon accord. Mais cela sembla lui suffire, parce qu'un sourire époustouflant lui retroussa les lèvres. C'était le genre d'expression dont je rêverais à jamais, ses iris bleus brillants de plaisir.

Je veux qu'il soit à moi, m'émerveillai-je en observant les traits de son beau visage et sa belle bouche. *Je veux que cet Alpha soit à moi pour toujours.*

C'était une pensée dangereuse.

Mais à ce stade, qu'est-ce que j'avais à perdre ?

Il était la lumière vive dont j'avais besoin dans une vie par ailleurs sombre et morne.

J'aurais été idiote de ne pas graviter autour de lui. Parce que s'il faisait ses preuves, alors cela vaudrait toutes les souffrances que j'avais endurées. Et s'il me trahissait, au moins j'aurais un souvenir sur lequel m'appuyer au besoin.

Il posa les lèvres sur les miennes, dans un baiser doux qui démentait l'érection qui se pressait contre mon bas-ventre. Je sentais la chaleur de son désir qui en appelait à mes sens Oméga, exigeant que je tombe à genoux pour le satisfaire au mieux. Mais il me maintint debout, sa main quittant mon ventre pour se poser au bas de mon dos, tandis que sa bouche continuait de goûter gentiment la mienne.

Je perçus le parfum de mon excitation de tout à l'heure sur ses lèvres, et le souvenir du plaisir qu'il avait déclenché en moi, me noyant dans un océan de félicité.

Mais ça s'était achevé dans un tourment de souffrance.

Parce que nous ne pouvions pas être ensemble dans

mon état actuel. Pas vraiment. Tout finissait par de la douleur.

Il dut sentir mon hésitation, parce qu'il recula pour scruter mes traits.

– On va commencer par une radio et on verra ensuite, dit-il. Je vais arranger ça, Kari. Tu verras.

Je n'étais pas sûre de le croire. Mais je hochai malgré tout la tête, cette chaleur au fond de mon âme dansant plus fort chaque seconde qui passait.

L'espoir.

Je réalisai alors que cette émotion n'avait pas été déclenchée par le nid, mais par lui. L'Alpha Sven.

Il… il me donne de l'espoir.

SVEN

L'énergie nerveuse de Kari me piquait la peau. Après un après-midi de discussions et de réconfort, elle s'était retirée dans son cocon de peur dès que nous avions quitté sa chambre d'hôpital.

La *confiance* ne lui était pas naturelle. Elle semblait anticiper le pire à chaque instant.

— Tu es magnifique, lui murmurai-je à l'oreille, espérant la calmer un peu tandis que nous entrions dans un ascenseur depuis le souterrain.

Je l'avais fait passer par ici dans l'espoir de la garder au chaud pendant que nous traversions le Secteur jusqu'à un bâtiment situé à environ deux pâtés de maisons du centre hospitalier. Elle portait une superbe robe en soie bleue avec de fines bretelles et une longue jupe, qui laissait ses bras exposés. Je lui avais proposé ma veste, mais elle avait décliné l'offre en secouant lentement la tête. J'avais failli protester, mais je soupçonnais qu'elle avait besoin d'air frais pour rester alerte.

Alors je la laissai faire, et calai mon bras au bas de son dos pour qu'elle sente ma chaleur en marchant.

À présent que nous étions dans l'ascenseur, elle était presque figée de terreur.

Je la plaquai contre la paroi, l'obligeant à lever les yeux vers moi.

— Je vais te faire trois promesses, lui dis-je, une de mes paumes lui caressant la joue tandis que l'autre se posait sur sa hanche. Premièrement, je vais rester à côté de toi toute la soirée.

Je dessinai un petit cercle contre l'os de sa hanche, comme pour graver cette promesse dans sa peau.

Elle frissonna en retour, les pupilles dilatées.

— Ensuite, je ne laisserai personne te toucher, poursuivis-je, baissant la voix d'une octave. À part moi.

Un autre cercle.

Un autre frisson.

— Et troisièmement, chuchotai-je, posant les lèvres sur son oreille, à la fin de la soirée, je te serrerai contre moi dans *mon* lit et je ronronnerai pour toi pendant que tu dormiras.

— T-ton lit ?

— Oui. (J'embrassai le tendre pouls de son cou.) Je t'emmènerai chez moi après le dîner, et on verra si tu peux envisager d'y faire ton nid.

— Dans ton espace, souffla-t-elle.

— Dans *notre* espace, la corrigeai-je, frôlant sa gorge de mes lèvres. Tu es à moi, Kari. Je ne suis peut-être pas encore apte à te faire la cour correctement, mais cela n'a pas empêché mon loup de décider. Et bientôt, ta louve me choisira elle aussi.

Techniquement, elle avait déjà fait une revendication avec sa petite morsure, mais je ne voulais pas la pousser. Elle était déjà assez fragile. Il allait falloir l'amadouer et lui laisser le temps de guérir.

Parce que j'avais vu les radios cet après-midi. Je n'étais ni médecin, ni expert médical, mais les fils de fer dans son ventre racontaient une histoire douloureuse. Le docteur

Palmer avait affirmé qu'opérer serait impossible. Cependant, je ne croyais pas aux missions impossibles. Après le dîner, je demanderai à mon père si les résultats avaient été transmis à Ander. Si quelqu'un pouvait m'aider, c'était bien l'équipe de recherche du Secteur Andorra.

– D'accord ? lui demandai-je. (Mon pouce traça un troisième cercle contre l'os de sa hanche, tandis que je soutenais son regard.) Trois promesses scellées par un ronronnement. (Je lui offris un lent ronflement de ma poitrine.) Mais tu devras me faire confiance pour ne pas briser ces vœux. Tu peux faire ça ?

Sa lèvre inférieure trembla et je lus l'incertitude sur ses traits. Mais elle m'adressa un subtil hochement de tête, semblable à ceux qu'elle avait faits au cours de notre conversation au sujet de l'espoir. Ce n'était pas un « oui » catégorique, mais c'était un pas dans la bonne direction. Je scellai donc notre accord par un léger baiser, mes lèvres frôlant les siennes, attirant sa louve par un léger mouvement de ma langue.

Son animal avait confiance en moi, c'était indéniable ; c'était le besoin de l'Oméga d'avoir un Alpha fort qui la protège des difficultés du monde. Kari ne le sentait sûrement pas, mais mon loup, oui. Et nous allions lui donner tout ce dont elle avait besoin.

Cela prendrait du temps, de la guérison, et énormément de patience.

Heureusement, c'étaient des cadeaux que je pouvais lui offrir.

Et bien plus encore.

Je léchai le coin de sa bouche, la défiant de me rendre mon étreinte, et poussai un grognement approbateur quand elle le fit. Rien qu'un petit coup de langue de sa part, mais c'était suffisant.

La peur lui collait encore à la peau, et cette puanteur

irritait mon loup, mais je savais qu'il n'y avait pas grand-chose d'autre pour la calmer. Elle avait besoin de me voir en action pour croire mes paroles.

Après avoir effleuré sa bouche de la mienne, je reculai pour entrer notre destination dans l'ascenseur. Il se mit instantanément en marche, et à cause du bruit, Kari s'agrippa à ma veste, les bras tremblants.

– Trois promesses, lui rappelai-je. Je ne les romprai pas.

Elle m'adressa un autre hochement de tête, et je vis sa louve m'observer. Au cours des douze dernières heures, il était devenu de plus en plus évident pour moi que Kari et sa louve n'étaient pas aussi liées qu'elles le devraient. Je lui avais posé des questions sur son collier durant l'examen du docteur Palmer, et elle n'avait pas pu se rappeler quand on le lui avait mis. D'après elle, il avait été là pratiquement toute sa vie, sauf quand on le lui changeait pour un légèrement plus grand, à mesure qu'elle grandissait.

Cette information m'avait révulsé.

Jamais on ne l'avait laissée contrôler ses propres formes. Ce qui signifiait qu'elle n'avait pas pu se connecter à son animal intérieur comme un métamorphe le devrait.

Cette déconnexion expliquait beaucoup de choses sur son comportement. Elle ne laissait pas ses instincts naturels prendre le dessus, sauf quand elle avait besoin de sa louve pour la protéger, comme lorsqu'elle éprouvait de la douleur.

C'était l'un des points dont j'avais prévu de discuter avec mon père plus tard. Je voulais savoir s'il avait déjà été témoin d'une telle chose auparavant.

L'ascenseur tinta pour annoncer notre arrivée. J'attirai Kari à mes côtés, posant les lèvres contre son oreille.

– Ce n'est qu'un petit dîner, lui dis-je. À tout moment, si tu ressens le moindre malaise, dis-le-moi et je m'en occuperai.

Elle trembla, et sa terreur s'accrut quand les parois de métal s'ouvrirent sur le restaurant.

– Je suis juste là, lui promis-je. Appuie-toi sur moi et mon loup. Nous sommes avec toi.

Cette fois, elle ne hocha pas la tête, mais sa colonne se redressa juste un peu sous ma main. Je la calai plus fermement contre moi, mon bras formant un rempart solide autour du bas de son dos, ma main sur sa hanche pour la faire avancer.

L'envie de ronronner était comme une douleur sourde dans ma poitrine, mais un autre bruit masculin résonna dans la pièce avant que je puisse commencer. Kari leva des yeux remplis de larmes sur Enrique debout sur le sol en marbre.

– Putain, mais qu'est-ce que tu lui as fait ? lança l'Alpha, avançant d'un pas.

Rapidement, je repoussai Kari derrière moi, dans l'intention de tenir ma promesse envers elle. *Pas toucher.*

En retour, Enrique grogna.

Je faillis répondre par un autre grondement, mais Kaz parlait déjà :

– Je ne te le conseille pas, dit-il sur le ton de la conversation. Techniquement, j'ai gagné l'Oméga Kari. Donc, je serai forcé d'intervenir, et j'ai déjà plusieurs raisons d'avoir envie de te tuer. En ajouter une autre à la liste pourrait bien me faire basculer.

Et je serais ravi de t'y aider, songeai-je en plissant les yeux.

Enrique jeta un regard noir à l'autre Alpha, plein d'une puissante fureur qui fit frémir Kari dans mon dos. Elle se cramponnait à ma veste avec ses petites griffes, et tout son corps vibrait derrière moi.

– Ce n'est pas un jeu, grogna Enrique.

– Ah bon ? (Kaz avait presque l'air offensé, mais je reconnus son penchant pour le sarcasme.) Tu veux dire que tu n'as pas conspiré pour tuer la Beta Snow pour que la Reine des Miroirs puisse s'emparer du trône sans encombre ? Et tu n'as pas prévu de devenir son roi ? Je veux dire, j'imagine que c'était le plan pour toi, en tout cas. N'hésite pas à me corriger si je me trompe.

– J'ai conspiré, oui. Mais cela ne veut pas dire que j'avais l'intention de suivre son plan. Ce que, de toute évidence, je ne peux pas prouver. Cependant, en ce qui concerne ce que je désirais, la réponse est dans cette salle. (Il reporta son attention sur moi.) Dis-moi qu'elle va bien.

– Je n'ai pas à te dire quoi que ce soit, rétorquai-je, furieux que cet Alpha pense qu'il pouvait débarquer ici et avoir des exigences.

Il ne faisait pas partie de ma hiérarchie. Et il était hors de question que je lui fasse un rapport.

Mais Kari en avait décidé autrement.

– Je vais bien, dit-elle d'une voix qui tremblait fort. Tu ne devrais pas être ici.

– Toi non plus, marmonna-t-il en se passant la main dans ses cheveux noirs et épais.

Il paraissait inquiet. Pas le genre à dégager une énergie négative ou un danger potentiel, le genre familier qui me disait qu'il était possible que Kari ait dit vrai quant à sa volonté de l'aider.

Ce qui me donna envie de l'écouter.

Non pas parce qu'un jour je pourrais envisager de l'autoriser à prendre Kari (c'était non négociable), mais parce j'étais curieux d'en apprendre plus sur leur relation et leurs expériences ensemble. Elle n'avait pas suggéré qu'il y ait eu le moindre lien romantique entre eux, et je ne ressentais pas le moindre désir venant de l'un ou l'autre non plus. Rien qu'une énorme inquiétude mâtinée d'une couche malsaine de désespoir.

– Il semble que nous ayons beaucoup de sujets à

discuter, intervint mon père, l'air détendu. Et j'ai bien l'impression qu'il y a une histoire là-dessous, que j'ai hâte d'entendre. Voulez-vous nous la raconter au cours du dîner ?

Il fit un geste en direction des portes principales, d'où émanait une odeur familière.

Maman, songeai-je. Mon père lui avait probablement dit de rester en sécurité à l'intérieur, juste au cas où Kaz déciderait de transformer le foyer en un bain de sang. Mon meilleur ami, loup solitaire, n'était pas très prévisible, surtout quand il était en colère. Et étant donné qu'on soupçonnait l'Alpha Enrique d'avoir eu l'intention de tuer la compagne de Kazek, il n'était pas extravagant de penser qu'il avait gagné une place sur la liste des gens à tuer de mon ami.

– J'aime les bonnes histoires, dit mon meilleur ami. C'est le genre de choses qui me met en appétit.

Un bourdonnement subtil se fit entendre, et mes oreilles de loup se dressèrent à ces vibrations étranges. Puis s'ensuivit l'odeur caractéristique de l'excitation, et je haussai un sourcil.

Oh, songeai-je, réprimant un sourire. *Kaz est en train de jouer avec sa compagne.*

– Je vais t'escorter à ta place, Winter, ajouta-t-il doucement, posant la main au bas de son dos, frôlant ses fesses au passage.

C'est alors que je réalisai qu'il avait l'intention de narguer les Alphas non accouplés de la pièce, en particulier Enrique, et pourtant, l'odeur entêtante de Winter ne m'avait rien fait du tout. Toute mon attention était reportée sur Kari et son parfum, à un point tel que j'avais eu du mal à repérer l'excitation de l'autre Oméga.

Je fronçai les sourcils quand je m'en rendis compte, mais mon père m'adressa un sourire entendu.

Il m'avait scruté de près durant tout ce temps, et je n'avais pas remarqué.

– Tu es toujours sur le bon chemin, me dit-il en passant devant moi. Continue d'avancer.

Je l'observai en plissant les yeux et le vis suivre Winter et Kaz dans la salle à manger principale. Un Beta les suivait de près, mais Enrique resta près de la porte, me fixant de son regard intense.

L'ignorant, je pivotai juste assez pour ramener Kari contre moi, et presser mes lèvres sur sa tempe.

– Tu vas toujours bien ? lui demandai-je doucement.

Elle hocha la tête.

– O-oui.

– Bien, répondis-je en passant mon bras autour de sa taille une fois encore. N'oublie pas de t'appuyer sur moi.

Une fois encore elle inclina le menton, puis me laissa la guider en avant.

Enrique plissait les yeux, mais ce n'était pas de la jalousie. Il semblait m'évaluer attentivement. Puis il promena son regard sur Kari pour l'évaluer elle aussi, sans la moindre avidité.

– Je vais bien, lui répéta-t-elle quand nous approchâmes de lui.

J'étais un peu irrité qu'elle semble capable de lui parler sans y être poussée, tandis que je devais lui poser des questions. Mais cela suggérait aussi qu'ils avaient une sorte de lien, qui signifiait qu'elle était capable de faire confiance aux autres.

Alors qu'avait-il fait pour gagner ses faveurs ?

Et que devais-je lui prouver pour accomplir la même chose ?

Il posa de nouveau son regard sur sa gorge, et ses pupilles se dilatèrent juste assez pour que je comprenne qu'il approuvait ce qu'il voyait.

– Tu lui as retiré son collier.

– C'est toi qui le lui avais mis ? répliquai-je.

Il grogna et planta ses yeux d'ébène dans les miens.

– Je n'ai pas pour habitude d'enchaîner les Omégas, alors non.

– Quelles sont tes habitudes ? voulus-je savoir. Tu les tues pour les sauver ?

Sa mâchoire se contracta.

– Vous êtes en train de retarder le dîner, nous dit mon père, interrompant la réponse qu'allait me faire Enrique. Et tu sais comment je suis au moment de manger.

Je faillis lever les yeux au ciel, mais le rythme cardiaque de Kari grimpa en flèche, alors je la fis entrer sans lui dire un mot ni faire de remarque. Les iris azur de ma mère scintillèrent à notre approche, et elle afficha un sourire accueillant quand elle aperçut Kari à mes côtés. Mais quand elle sentit sa peur, son expression chancela un peu.

Je décidai rapidement de nos places à table, j'installai Kari sur la chaise en face de ma mère et pris place de l'autre côté.

C'était une table rectangulaire.

Quatre et quatre.

Kari, moi, Enrique, le Beta inconnu.

Ma mère, mon père, Kaz et Winter.

C'était un arrangement étrange, mais il fonctionnait. Parce qu'il me permettait de garder Enrique à distance, avec l'aide de Kaz en face de lui.

– Bien, commençons par une tournée de salades, annonça mon père à l'un des serveurs Beta. Des petits pains, aussi. Du vin, de l'eau, la totale.

– Du café, ajouta ma mère dans un murmure.

– Elle veut un moka, précisa-t-il. Avec un supplément d'expresso.

Je réprimai un sourire ; ma mère commençait toujours

ses repas de la même manière. Ce qui déroutait pas mal de nos visiteurs, parce qu'en général, l'expresso et le café étaient réservés au dessert. Mais ce n'était pas le style de ma mère, et mon père adorait répondre à ses besoins.

– Du gâteau au chocolat, aussi, cria-t-il au serveur.

– Bien sûr, Alpha Ludvig, répondit-il.

Kari remua un peu à côté de moi, levant les yeux vers ma mère avant de les baisser de nouveau vers la table. Puis on regard se dirigea vers Winter qui se tortillait, visiblement en train de se perdre dans les vibrations que Kaz semblait contrôler.

N'importe quel autre jour, j'aurais ri de ses pitreries.

Mais j'étais trop inquiet pour Kari pour me soucier des jeux de Kaz ce soir.

Je posai mon bras sur le dossier de sa chaise, de la même manière que le faisait mon père avec ma mère, et je le regardai pour savoir où commencer. Il n'était pas du genre à tourner autour du pot ou à apaiser ses invités avec des mondanités. Pas quand il voulait savoir quelque chose.

Je ne fus donc pas surpris du tout de l'entendre dire :

– Racontez-nous pour quelle raison nous devrions vous laisser vivre, Alpha Enrique. Parce qu'un observateur extérieur dirait que vous avez conspiré pour tuer une précieuse Oméga, et que vous aviez l'intention d'en prendre une autre pour esclave. Convainquez-nous du contraire, et nous reconsidèrerons votre sort.

KARI

L'Alpha Enrique ne cacha rien, et son explication me fit tressaillir tout au long du récit.

Il parla de la manière dont mon père traitait les Omégas dans le Secteur Bariloche, comment il les maintenait en esclavage et les éloignait de leurs Alphas. Il leur parla de Savi et Joseph. Il leur raconta qu'il avait eu l'intention de me sauver, qu'il avait accepté de se marier avec Snow Frost en échange de *moi*, et comment tout avait horriblement dégénéré quand Vanessa m'avait mise dans cette cage.

L'Alpha Kazek lui fit remarquer assez sèchement que le traitement qui m'avait été réservé ici était un peu différent de celui de mon père, et c'était un euphémisme.

Puis ils se mirent tous à parler de mon corps, disant qu'ils pourraient être en mesure de procéder à une *rétro-ingénierie* pour mon cas. Lorsque je demandai ce que c'était, Sven passa son bras autour de mes épaules et se mit à ronronner.

– Voyons ce que mon frère a à dire, et nous aviserons ensuite, murmura-t-il, tandis que sa poitrine vibrait de cette énergie apaisante que lui seul semblait capable de créer. Ander a la meilleure équipe de médecins et de chercheurs au monde. Si quelqu'un peut t'aider, c'est bien lui.

Ce n'était pas tant une question qu'une déclaration.

Ils avaient l'intention de se servir d'une *rétro-ingénierie* pour remédier à ma situation.

Personne ne me demanda ce que je voulais, parce que mon opinion ne comptait pas. Il s'agissait de trouver le moyen de réparer l'Oméga stérile pour qu'elle soit accouplée et *possédée* de manière appropriée.

Une partie de moi avait envie de crier de frustration, d'exiger d'avoir le choix.

Et l'autre se réjouissait de ce changement. Parce que, n'était-il pas préférable d'être une compagne qu'un fourreau ?

À moins qu'il n'arrive quelque chose à mon compagnon, réalisai-je avec un frisson en songeant à ma sœur brisée. Était-ce vraiment un destin préférable que d'être usée et abusée par des Alphas pour l'éternité ?

La conversation dériva vers une discussion sur la politique de mon père, le fait qu'il n'aimait pas la concurrence, et les choses qu'il faisait pour rester au top.

— Des drogues hallucinogènes, répéta l'Alpha Ludvig, et les mots sonnaient mal sur sa langue. Lâche.

— Malheureusement, ça marche, répondit l'Alpha Enrique. Il leur administre une forte dose pour qu'ils planent complètement, et leur offre une Oméga pour se défouler. Au moment où ils terminent leur rut, ils ont ruiné tout lien potentiel, et pourtant, ils sont accros à la femme. Et Carlos l'emmène, l'enferme, et exige de l'Alpha qu'il se comporte comme il faut s'il veut la récupérer.

Mon estomac se retourna devant la familiarité de ce concept. Jamais je n'y avais été soumise, parce que mon père s'était assuré que je ne puisse pas prendre de compagnon.

Mais les autres…

Je frissonnai et enroulai les bras autour de mon ventre, tandis que le ronronnement de Sven s'intensifiait près de moi.

– Est-ce que tu as besoin d'une pause, petite merveille ? me demanda-t-il doucement tout contre mon oreille, pendant que les autres continuaient de parler.

J'y réfléchis et secouai la tête, parce qu'une pause ne changerait rien. C'était ma réalité. Ma vie. Je n'avais pas pu y échapper à l'époque, et je ne pourrais pas plus maintenant.

Il m'attira un peu plus près de lui, m'offrant sa chaleur pendant que la conversation continuait.

Winter et l'Alpha Kazek s'excusèrent, et leur taux de phéromones m'indiqua exactement ce qu'ils avaient l'intention de faire. J'essayai de les ignorer, mais mon inquiétude pour Winter l'emportait, et je ne pus m'empêcher d'écouter.

Elle pleurait dans l'autre pièce.

Puis elle gémit.

Une supplique sincère qui emplit l'air.

Et ensuite… *un rut.*

Sauf qu'il était différent de tout ce que j'avais entendu. Elle criait pour en avoir plus, et pas à cause de son œstrus… mais parce qu'en fait, elle en *voulait* plus.

Mon ventre se noua pour une tout autre raison : ma louve était excitée par le plaisir évident qui se déroulait à côté.

Je jetai un regard à Sven dont les yeux étaient rivés sur moi, l'air songeur.

Il se pencha pour effleurer mes lèvres d'un baiser ; c'était un contact doux, qui m'apportait un réconfort dont je n'avais pas réalisé le besoin. Puis il me caressa la joue, et déplaça ma chaise de sorte qu'elle soit contre la sienne.

Je me demandai s'il désirait m'emmener dans l'autre pièce et faire la même chose, mais il ne fit pas un geste pour m'enlever à la table. Il se contenta de continuer son doux et chaud ronronnement, m'apaisant tandis que l'Alpha Enrique poursuivait son récit de la vie dans le Secteur Bariloche.

Il leur parla des inhibiteurs employés pour empêcher les Omégas d'entrer en phase d'œstrus. Il leur parla des drogues de torture dont ils se servaient pour rendre les Omégas atrocement serrées, au point où elles pourraient mourir d'un rut trop poussé. Il leur parla de la mort de ma mère, moment où Sven me serra plus fort.

Et puis il parla de Joseph, des tortures qu'il avait subies, avant d'être emmené dans un lieu inconnu où il avait été enterré.

– Parfois, je me demande s'il est encore en vie, murmura l'Alpha Enrique. Il y a des moments où je jurerais le sentir, mais Savi…

– Est brisée, articulai-je. Je… Je ne sais pas si elle… Il m'a dit que si je te rejoignais de mon plein gré, il me dirait si elle était toujours…

Je ne parvins pas à terminer ma phrase, si à regarder l'Alpha Enrique derrière Sven. Je ne m'étais même pas rendu compte que j'avais parlé, jusqu'à ce que le silence se fasse autour de moi.

– Il a mis sa vie en balance au-dessus de ta tête pour t'obliger à coopérer, supposa l'Alpha Enrique.

Je baissai le menton, ma lèvre inférieure se mit à trembler à ce souvenir. Sven frotta son nez contre ma tempe, et colla sa bouche contre mon oreille.

– Nous allons le découvrir pour toi, murmura-t-il. Je te le promets.

Ça faisait quatre vœux ce soir.

Qu'il pourrait briser si facilement.

Et pourtant… il avait tenu parole jusqu'à présent. Il est resté à mes côtés toute la soirée, et personne ne m'avait touchée en dehors de lui.

Mon cœur manqua un battement, et une émotion dangereuse s'épanouit un peu plus en moi. Assez pour que je lève les yeux vers lui.

– Je t'en prie, lui dis-je doucement. Je t'en prie, ne brise pas cette promesse.

Son expression se réchauffa.

– Je ne romprai jamais une promesse que je t'ai faite, Kari.

J'avais tellement envie de le croire, mais une vie entière de méfiance me retenait.

Pourtant, je lui adressai un nouveau petit hochement de tête.

Parce que j'avais envie d'essayer.

Je voulais être ce qu'il désirait, tout comme j'avais envie qu'il soit ce dont j'avais besoin.

– Je peux lui demander, mais aucune garantie qu'il me dise la vérité, dit Enrique. Il n'est pas non plus heureux que je n'aie pas conclu l'affaire avec la Beta Snow.

Son commentaire les ramena à l'Oméga Winter et à tout ce qui s'était passé avec l'Alpha Vanessa.

Je cessai d'écouter à nouveau, épuisée de toutes ces discussions sincères mais cruelles. Je savais qu'elles étaient nécessaires, que ces loups ne connaissaient pas les habitudes du Secteur Bariloche ni des Alphas qui y étaient élevés, mais je l'avais vécu. Je n'avais pas besoin d'en entendre plus.

Je me concentrai sur Winter et son compagnon dans l'autre pièce. Ils s'étaient tus après avoir gémi à plusieurs reprises le nom de l'autre. Les sens en alerte, j'étais inquiète à l'idée qu'elle puisse être blessée.

Seulement la porte s'ouvrit quelques minutes plus tard

sur ses joues rougies, et une étrange fureur dans son expression.

Je me redressai. *Qu'avait fait l'Alpha ?* Mais il apparut juste derrière elle, l'air un peu inquiet tandis qu'elle se dirigeait droit vers le Beta à la table.

— Tu le savais ? lui lança-t-elle, et tout le monde se tut.

Mon cœur manqua un battement, je sentis l'inquiétude se propager dans mon sang devant sa manœuvre audacieuse. Mais son Alpha se contenta de rester derrière elle comme une ombre protectrice, à observer la situation, et tous les autres à la table.

— Tu le savais ? répéta-t-elle devant l'absence de réponse du Beta.

— Quoi donc ? demanda-t-il enfin.

— Que Ludvig est mon oncle, répondit-elle, dents serrées.

Sven se raidit près de moi, et son ronronnement faiblit un instant avant qu'il ne plaque sa paume sur mon bras, reprenant le contrôle de ses actes. Il regarda son père, puis de nouveau l'Oméga, avant de revenir à son père.

Mais elle et le Beta étaient déjà lancés dans une conversation. Il confirma connaître ses liens familiaux avec le Secteur Scandinave, puis la question dériva sur les autres personnes au courant, et la tension ne cessa de monter ensuite.

Je me collai contre le flanc de Sven tandis que l'Alpha Kazek s'immisçait dans la conversation ; son aversion pour le Beta était évidente.

Du moins jusqu'à ce que ce dernier parle de son rôle à l'autre homme.

Les choses commencèrent à se calmer ensuite, et je regardai, confuse, tout le monde s'adoucir autour de la table.

Au bout de quelques minutes de conversation, j'en

arrivai à la conclusion significative que cet endroit n'avait rien à voir avec le Secteur Bariloche.

Ici les Alphas contrôlaient quasiment tout, mais ils étaient prévenants. Et d'après ce que j'avais observé des Alphas Kazek et Ludvig, ils l'étaient aussi envers leurs compagnes.

Winter s'avança devant l'Alpha Kazek à un moment, et murmura son nom pour le calmer ; il fondit aussitôt pour elle. Et pourtant, la conversation portait sur le fait que le Beta l'avait déjà touchée. Et avant cela, elle avait porté sur le fait que lui et d'autres l'avaient laissée tomber, ce qui signifiait que l'Alpha était déjà énervé. Mais il avait suffi d'un commentaire de son Oméga pour qu'il s'adoucisse. Puis la conversation s'intensifia une fois encore quand l'Alpha Kazek avertit le Beta de ne plus jamais la toucher.

Et Winter répliqua d'un :

– Les câlins sont autorisés.

L'Alpha Kazek émit une remarque à laquelle elle répliqua aussi sec, les plaçant dans un face-à-face inédit pour moi entre une Oméga et un Alpha.

Les Omégas s'inclinaient.

Les Alphas régnaient.

Mais ce n'était pas le cas du tout ici. Il *acquiesça*, lui concédant ce point, et je restai bouche bée, choquée.

Il l'embrassa, comme Sven aimait m'embrasser, et la serra contre lui avant de se tourner vers la table.

– Ça ira, dit le Beta, dont j'avais appris qu'il s'appelait *Grum*.

– Y a-t-il d'autres questions ? demanda l'Alpha Kazek.

– Oui, à peu près un millier, répondit Grum en se tournant pour s'adresser à la tablée. Maintenant, allons-nous enfin parler de la manière d'abattre la Reine des Miroirs, ou continuer à prendre la pose ? Parce que j'en ai foutrement marre de m'incliner devant cette pétasse.

J'en restai brièvement bouche bée, avant de scruter Winter et Kazek. Ma louve était profondément intriguée par leur dynamique unique.

Sauf qu'en observant autour de la table, je me rendis compte qu'elle n'était pas si unique, parce que l'Alpha Ludvig se comportait de la même manière avec la femme à côté de lui.

C'est la mère de Sven, devinai-je ; son odeur m'était familière à cause de la robe. Elle avait de jolis cheveux blanc-blond et des yeux bleus, comme l'Alpha Sven et l'Alpha Ludvig. Elle était pâle aussi. Et ses traits elfiques lui donnaient un air aimable, tandis que sa petite taille était typique des Omégas.

Elle croisa mon regard de l'autre côté de la table et m'adressa un petit sourire.

Je tentai de le lui rendre, mais ma bouche s'y refusa.

Alors je clignai des yeux et tentai de parler à travers mon regard.

Elle sembla comprendre, parce qu'elle inclina la tête et me fit un léger signe avant de murmurer quelque chose à l'oreille de l'Alpha Ludvig. Il reporta immédiatement toute son attention sur elle, comme si le reste de la pièce n'existait plus, tandis qu'il écoutait ce qu'elle avait à dire.

Je n'écoutai pas, préférant regarder Sven. Mais lui observait attentivement ses parents.

L'Alpha Kazek et l'Alpha Enrique se mirent à discuter d'un plan pour retourner au Secteur Hiver et que le premier revendique son trône légitime. Snow Frost étant une princesse, et l'héritière directe selon leur hiérarchie compliquée, l'Alpha Kazek devenait le proverbial Roi du Secteur Hiver.

Je ne savais pas vraiment comment fonctionnait cette politique, car il s'agissait d'un secteur différent du mien, mais je compris ce que ce concept impliquait. L'Alpha

Kazek avait l'intention de défier l'Alpha Vanessa pour prendre la direction du secteur.

Et il demandait l'aide de l'Alpha Enrique.

Je ne savais pas tellement où ça me menait, mais je n'avais plus l'impression d'être partie intégrante de la conversation.

Mais Sven oui, et son devoir se fit plus clair à mesure que les autres Alphas discutaient.

– C'est le meilleur pilote de ce côté du globe, insistait Alpha Kazek. C'est lui qui nous y mènera.

– Bien sûr, répondit Sven. N'hésitez pas à me porter volontaire pour la mission.

L'Alpha Kazek ricana.

– Ne m'oblige pas à te ramener à Copenhague, Mick.

Sven gronda, mais il paraissait amusé, pas agacé.

– Dépose-moi dans un autre nid, Kaz. Je te mets au défi.

– Je suis sévèrement tenté, répondit l'Alpha. Parce qu'apparemment, tu as oublié où était ta place.

Sven leva les yeux au ciel.

– Dis-moi juste où et quand.

– Et te revoilà sur les rails. Regardez-moi ça, le complimenta l'Alpha Kazek, ce qui lui valut un autre grondement amusé de Sven.

Il se pencha vers moi pour m'embrasser sur la tempe avant de regarder ses parents.

– Je suis d'accord avec ton idée, maman.

– Oh, et dire que je lui ai appris à ne pas écouter aux portes ! s'exclama-t-elle d'un ton à la fois effaré et maternel.

– Je suis sûr que tu lui as appris le contraire, mon amour, murmura l'Alpha Ludvig. Après tout, c'est toi qui lui as montré comment faire à la porte de mon bureau.

Elle écarquilla les yeux, choquée.

– Je ne ferais jamais…

Il gloussa et lui caressa la joue de son nez, avant de presser les lèvres contre son oreille. Quoi qu'il lui ait dit, ses joues rosirent, et Sven gémit près de moi.

– Et c'est comme ça que tu apprends à notre fils à ne pas écouter aux portes, Mila, dit-il, assez fort pour que j'entende.

– Nous partons, maintenant, annonça Sven en se levant brusquement.

L'Alpha Enrique fit un mouvement comme pour suivre, mais un faible grognement de l'Alpha Kazek le fit rester assis.

– J'ai besoin de connaître tes intentions envers elle.

– Tu n'as pas besoin de savoir quoi que ce soit, répliqua Sven. Mais si tu te montres utile au cours de ce voyage avec Kaz, je pourrais t'éclairer.

– Je suis venu négocier sa libération, gronda l'Alpha Enrique.

– Non, tu es venu t'assurer qu'elle allait bien, ce que nous t'avons plus que prouvé. (Sven fit glisser sa chaise sous la table, puis fixa droit l'Alpha Enrique.) Tu réclames sa liberté pour aller où, exactement ? Dans le Secteur Hiver ? Serait-elle vraiment plus en sécurité là-bas qu'elle ne l'est ici ?

– Elle sera avec l'Alpha Kazek sur le trône, murmura l'Alpha Enrique.

– Oui. Mais il n'est pas encore sur le trône. Alors qu'est-ce que tu veux ? insista Sven. Tu suggères que Kari nous accompagne dans notre mission pour revendiquer le Secteur Hiver ? Parce que je peux te dire tout de suite que je refuse tout net.

La mâchoire de l'Alpha Enrique se contracta.

– Tu parles comme si elle t'appartenait.

– Elle est à moi, répondit Sven sans la moindre

hésitation. Alors je vais te dire ce qui va se passer. Kari va rester avec ma mère, où elle sera *en sécurité*, et si tu me prouves ta valeur, je pourrais t'autoriser à la revoir. C'est ma seule offre. C'est à prendre ou à laisser. Parce que je ne négocierai pas.

Je faillis faire la moue, parce qu'une fois encore je n'avais pas le choix.

Depuis quand je me soucie de mon droit de choisir ? Je n'ai jamais eu le droit de décider de quoi que ce soit par moi-même. Pourquoi cela devrait-il être différent ?

Parce qu'il est censé être différent.

Et pourtant… est-ce que mon choix serait différent ?

Je tentai de secouer la tête pour m'éclaircir les idées, parce qu'elles se bousculaient et me donnaient le vertige.

Une partie du rôle d'une Oméga consistait à laisser les Alphas prendre des décisions à sa place. Et une partie de celui d'une compagne était de leur faire confiance pour faire les bons choix.

Dans tous les cas, tout ce que Sven venait de dire correspondait à ce que je voulais pour moi, alors pourquoi m'offusquer qu'il en parle sans en avoir discuté avec moi avant ?

Je contractai légèrement la mâchoire, l'esprit embrouillé d'étranges *et si* que je n'avais jamais envisagés auparavant.

Je les repoussai et me concentrai sur les deux Alphas à côté de moi.

L'Alpha Enrique jeta un regard noir à Sven, mais je vis la lueur de défaite dans son expression. Il savait que Sven avait raison, tout comme moi.

Sauf que l'idée de voir Sven partir ne m'enchantait pas. Leur plan me paraissait dangereux.

Ce qui me fit me demander *ce qui m'arriverait s'il ne revenait pas.*

SVEN

Kari explora mon appartement quatre pièces pieds nus, les orteils enfoncés dans la moquette.

Elle commença par le salon, faisant courir ses doigts sur le daim de mon canapé et mon fauteuil avant d'observer la vue de la forêt par les baies vitrées à l'arrière. Un balcon bordait l'extérieur, accessible par une double porte, mais elle passa devant pour se rendre dans la salle à manger adjacente et la cuisine au-delà.

Ses yeux glissèrent sur le bloc de couteaux avant qu'elle ne me lance un coup d'œil par-dessus son épaule, me défiant de dire quoi que ce soit.

Je m'en abstins.

Mais si elle tentait d'en toucher un, alors je dirais quelque chose.

Elle fit le tour de l'îlot central et quitta la cuisine pour explorer le couloir à l'arrière du salon.

Il menait d'abord à mon bureau.

Puis à une chambre d'amis.

Et enfin à ma chambre.

Elle jeta un œil dans les deux premières pièces avant d'entrer dans la dernière. Sa louve semblait diriger ses déplacements, l'emmenant d'abord au lit pour le renifler, avant d'aller dans la salle de bains et mon dressing.

Je m'appuyai contre la double porte séparant ma chambre de la salle de bains, et l'attendis.

J'entendis un bruissement de tissus, suivi de l'ouverture et de la fermeture des tiroirs de ma commode.

Zip.

Je fronçai les sourcils, intrigué par ce qu'elle faisait.

Puis j'ouvris la bouche quand elle revint vêtue de l'un de mes t-shirts blancs.

Et rien d'autre.

Elle passa devant moi avec une pile de mon linge, et se dirigea vers le lit, comme en transe.

Je ne l'interrompis pas, intrigué de voir une Oméga au travail. Elle grimpa dans le lit et tournicota, cherchant l'endroit qui lui plaisait le mieux, puis entreprit de dégager les draps pour créer un semblant de mur.

Je suppose que ça signifie qu'elle est d'accord pour construire un nid ici, me dis-je.

Elle travailla en silence, résolument concentrée à tout installer là où elle le désirait. Je restai parfaitement immobile, même quand elle passa près de moi pour retourner à la salle de bains récupérer quelques serviettes et un jeu de draps.

Ses petites mains œuvraient avec une précision qui plaisait à mon loup intérieur, ses instincts faisaient plaisir à voir. *Si belle. Totalement magnifique. Définitivement à moi.*

J'aurais été heureux de la regarder faire toute la nuit, mais elle finit par ralentir le rythme, déplaçant juste quelques pièces de temps en temps, puis elle s'allongea comme pour tester l'espace.

Je retins mon souffle, attendant de voir si elle m'inviterait à l'intérieur.

Mais elle se releva tout de suite en fronçant les sourcils, plissant ses yeux bleus dans ma direction.

J'étais à deux doigts de lui demander ce dont elle avait

besoin, mais elle sortit de son nid pour se diriger vers moi avec une idée en tête. Un ronronnement émana de ma poitrine tandis qu'elle déboutonnait ma veste de costume et l'emmenait vers le placard. Elle revint moins d'une minute plus tard pour m'ôter ma chemise, ses doigts agiles tirant le tissu le long de mes bras avant de le serrer contre sa propre poitrine et d'inspirer profondément.

Un son satisfait résonna au fond de sa gorge alors qu'elle l'apportait au nid.

Je retirai mes chaussures, et elle me jeta un vif regard par-dessus son épaule, l'air désapprobateur.

Je les repoussai donc négligemment sur le côté, puis m'appuyai de nouveau contre la porte, attendant de voir la suite.

Elle me scruta pendant un long moment, comme pour s'assurer que je ne ferais rien d'autre. Elle esquissa une légère moue avant de retourner à sa tâche sur le lit.

Je réfrénai l'envie de sourire ; non seulement sa louve prenait les choses en main, mais elle était d'humeur autoritaire. Je la laisserais faire. Pour le moment.

Une fois sa tâche achevée, elle revint chercher mon pantalon. Je sentis la chaleur grésiller dans mes veines tandis que je restais douloureusement immobile pour elle. Mon corps réagit naturellement à sa proximité, mon membre palpitant de désir, mais je ne fis pas le moindre geste pour la toucher.

Je la laissai faire.

Je la regardai ajouter mon pantalon aux parois de son nid.

Elle inspira lentement quand elle se tourna pour m'observer de la tête aux pieds. Elle se mordilla la lèvre inférieure en scrutant mon aine, les narines dilatées.

– Je…

Elle n'acheva pas sa phrase, déglutit.

Je patientai, car je ne voulais pas la brusquer.

Sa louve me jeta un nouveau coup d'œil et ses pupilles se dilatèrent ; elle fit un pas en avant.

Puis un autre.

Et un autre.

Jusqu'à ce qu'elle se retrouve de nouveau juste face à moi.

Il me fallut rassembler tout mon self-contrôle pour ne pas profiter de ce moment, l'attraper et la pousser dans son nid avant d'écarter ses jolies cuisses. Mais je savais à quel point il était important que ce moment soit le sien.

Je refusais aussi de lui infliger la moindre douleur.

J'attendis alors en retenant mon souffle pour voir ce qu'elle allait faire.

Le bout de ses doigts glissa sur le léger duvet le long de mon bas-ventre, suivant la piste vers mon boxer, glissant les doigts sous le tissu. Mon ventre se contracta quand elle fit doucement glisser sa main vers ma hanche.

Elle se mordit la lèvre, tira un peu, ajoutant l'autre main de l'autre côté pour faire glisser le boxer sur mes cuisses, me déshabillant entièrement. Elle jeta le sous-vêtement au creux de son nid, avant de faire un petit pas en arrière, les yeux rivés sur moi, me faisant signe de la suivre.

J'avançai avec elle, dans ses pas, et m'arrêtai quand nous atteignîmes le lit. Elle souleva un morceau de tissu, m'indiquant sans un mot qu'il fallait que j'entre dans son nid.

Ma poitrine ronfla en signe d'approbation tandis que je me glissais à l'intérieur, mon loup me demandant de m'allonger sur le dos, juste au-dessus de mon caleçon. Ses yeux me détaillèrent avec intérêt avant qu'elle me rejoigne et réarrange les couvertures au passage.

Elle semblait si petite ici, presque fragile, mais quand

elle chevaucha mes cuisses, je me rendis compte du pouvoir qu'elle possédait. J'éprouvais un désir féroce pour elle, auquel je ne pouvais pas me livrer, et il me fallut faire un effort considérable pour ne pas agir. Surtout quand son centre humide s'installa au-dessus de mon érection.

— Merde, soufflai-je, luttant contre l'envie de me cambrer contre elle.

Le t-shirt blanc qu'elle avait enfilé disparut, et fut ajouté au mur autour de nous ; et Kari se mit en mouvement. C'était timide au début, son corps apprenait le mien, elle m'embrassait intimement. Puis elle se pencha pour m'embrasser dans le cou, sa langue glissant sur ma peau pour la goûter.

J'empoignai ses cheveux en réponse, parce que j'avais besoin de la toucher, la tenir, m'offrir une distraction avant de la retourner et la sauter à perdre la tête.

Je réfrénai cette envie en me rappelant sa réaction plus tôt, en revoyant la douleur sur ses traits. C'était suffisant pour me retenir, mais pas assez pour me faire changer d'humeur. Parce que je la voulais. Mon Oméga. Ma future compagne.

— J'en veux plus, murmura-t-elle en me léchant la gorge, avant de commencer à descendre. J'ai besoin de ta semence.

Je resserrai ma prise dans ses cheveux, tandis que mon autre main empoignait mes draps. Parce que *merde*, ça me tuait. Elle avait totalement abandonné les rênes à sa louve et n'agissait que par instinct. Et maintenant elle voulait assaisonner son nid.

Avec moi.

J'étais tellement dur et prêt pour elle, mais je ne pouvais pas la nouer. Je ne pouvais pas la faire jouir. Je pouvais à peine la toucher.

Et cette prise de conscience menaça de m'étrangler.

J'étais tellement perdu dans mes pensées que je remarquai à peine qu'elle traçait un chemin de baisers vers le bas, et ce n'est que quand sa bouche se referma sur la tête de mon membre que je réalisai ce qu'elle avait l'intention de me faire.

– Kari, chuchotai-je avec respect, me cambrant dans sa bouche alors qu'elle me prenait en profondeur sans préambule.

Elle enroula la main autour de ma base, ses doigts trouvèrent avec précision mon nœud qu'ils massèrent d'une manière telle que mes bourses se raffermirent d'impatience.

Cette Oméga était magique.

Cette femme, une énigme.

Cette femelle… *tellement à moi, putain.*

Je gémis quand elle fit glisser ses dents sur le dessous de mon sexe, sa louve s'assurant que je savais qu'elle avait les choses en main à présent. Ce qui fit grogner ma bête intérieure en réponse, parce qu'elle voulait à tout prix dominer.

Mais il fallait que je la laisse faire.

Je devais rester immobile pour mon Oméga.

La laisser guider. La laisser apprendre. La laisser…

Merde.

Elle a fait tournoyer sa langue autour de moi avec une habileté que je ressentis jusqu'au fond de mon âme, mes veines s'enflammant d'une furie qui faillit anéantir ma résolution.

— *Kari.*

Son nom jaillit de mes lèvres dans un grognement, souligné d'un fort ronronnement approbateur, qui la fit recommencer.

Je baissai les yeux et la vis me fixer, avec une pointe

d'émerveillement qui illustrait ce nouveau surnom que je lui avais trouvé.

Elle était vraiment une *petite merveille*. Si unique. Si belle. Si *habile*, putain.

Elle savait exactement quand presser, sucer, lécher, se servir de ses dents, et quand avaler.

Je me cambrai, incontrôlable, et mes doigts se refermèrent dans ses cheveux. Elle ne s'en plaignit pas, continua de bouger la tête de haut en bas, m'amenant à l'orgasme.

Chaque pression de ses doigts contre mon nœud m'assurait que ce serait le plus énorme des orgasmes ; son instinct d'Oméga lui garantissait que je lui offrirais un maximum de semence sans que je me loge en elle.

Je ne pouvais pas nouer sa gorge.

Seulement son vagin.

Et bon sang, c'était une chose que j'avais envie de faire plus que tout à cet instant. Ses sécrétions embaumaient l'air, taquinant mes instincts, me suppliant de sauter ce qui m'appartenait.

Non, songeai-je, gémissant de *désir. Je ne la noue pas. Je ne la revendique pas. Non… putain !*

Ma poitrine se mit à vibrer au son de mon ronronnement et d'un grognement, mon loup réclamant son dû tandis que Kari me faisait basculer avec sa bouche bien trop habile.

J'explosai, complètement, sans le moindre contrôle, et me vidai sur sa douce langue tortionnaire.

Elle m'enfonça plus profondément dans sa gorge, prenant tout et plus encore, ses doigts travaillant mon nœud pour prolonger ma torture sensuelle.

Je ne cessai de jouir.

Et elle ne cessait d'avaler.

Cela me parut durer… durer… Une semaine de

frustration et de désir sexuel se déversant en elle en boucle tandis que mes muscles se contractaient et que mon loup s'élevait vers un autre état d'existence.

Tout devint brumeux autour de moi, et mon esprit se perdit dans une étrange inconscience où aucune femme n'avait jamais pu m'emmener.

Mais une larme douce et chaude me ramena vers la femme entre mes cuisses.

Elle continuait ses caresses, travaillant de sa gorge et de ses doigts, alors même que la douleur d'avaler autant déformait ses traits.

Mon poing réagit d'instinct, l'éloigna de mon membre pour la ramener vers moi alors que je continuais de palpiter d'un plaisir sans limites.

Elle me regarda bouche bée, la douleur laissant place à la confusion, et je la glissai sous moi, glissant mon membre entre ses replis, dans une caresse sensuelle qui me permit de faire durer mon orgasme, mais sur ma femme. Nos sécrétions se mêlèrent, créant un fluide sensuel qui peignait intimement nos deux corps d'une odeur de sexe et de désir.

Kari se cambra, et un gémissement se logea dans sa gorge tandis que l'essence la nourrissait d'une étrange manière.

Puis je l'embrassai pour lui donner autre chose, dont elle avait besoin de toute évidence : de l'*adoration*

Elle avait fait tout ça pour moi, prenant mon plaisir jusqu'à la douleur, avalant alors même qu'elle ne pouvait plus respirer, et elle serait restée comme ça si je l'avais laissée faire. Sûrement parce qu'un Alpha lui avait appris à continuer de le prendre jusqu'à ce qu'il ait terminé.

Mais je n'étais pas cet Alpha.

J'étais *son* Alpha. Il s'agissait de nous en tant qu'unité, pas de moi en tant qu'homme.

Je me goûtai sur sa langue, ainsi que l'essence salée de

ses larmes, et lui montrai avec ma bouche ce que nous serions ensemble.

Elle enroula les bras autour de mes épaules, son petit corps amortissant le mien dans le nid alors que je lui donnais, prenais, et donnais encore.

Sans ses doigts sur mon nœud, mon plaisir finit par s'estomper, nous laissant trempés de notre passion, baptisant officiellement notre nid.

Ce serait son espace à présent, tout autant que le mien, et si ça n'avait tenu qu'à moi, elle ne l'aurait jamais quitté.

Sauf que c'était *moi* qui devais partir, pour aider Kaz avec le problème dans le nord. J'articulai en silence la promesse de vite revenir à Kari et à notre nouveau refuge. J'ignorai si elle comprit ou pas. Mais j'avais quelques jours pour m'assurer que mon message serait bien reçu.

Et ensuite, nous prendrions la route pour le Secteur Andorra.

À supposer que mon grand frère sache comment nous aider.

PARTIE II
SECTEUR
ANDORRA

SVEN

KARI ÉTAIT ASSISE à côté de moi, son attention sur les hublots autour de nous. Quand je lui avais demandé si elle voulait me rejoindre dans le cockpit de l'avion, elle avait hésité, puis hoché la tête. Ça semblait être un bon moyen de la distraire du voyage à venir.

Après avoir passé une semaine à aider Kaz avec les problèmes du Secteur Hiver, et d'innombrables heures à coordonner le plan avec mon frère, Kari et moi étions enfin en route pour le Secteur Andorra. Les médecins de là-bas avaient déjà examiné ses premières radiographies, et une équipe était prête pour notre arrivée. Nous ne savions toujours pas si l'opération était envisageable, mais sans un diagnostic physique, il était impossible de le dire.

Pour le docteur Palmer, c'était une cause perdue.

Mais ce n'était pas le meilleur dans ce domaine.

Le docteur Riley l'était. En tant qu'Oméga et médecin avec plus de cent ans d'expérience, c'était elle que je voulais pour évaluer Kari. Personne d'autre.

Je n'avais pas encore parlé d'elle à Kari, surtout parce que nous n'avions pas passé beaucoup de temps à discuter depuis que je l'avais amenée chez moi.

Tout entre nous était devenu instinctif; ses choix étaient guidés par sa louve. Elle préférait rester dans ou près de son nid toute la journée, m'attirant à l'intérieur la plupart des nuits pour caresser et lécher chaque centimètre de mon corps. Je ne me plaignais pas, ce changement de situation me plaisait plutôt. Ça me paraissait naturel, en dehors de mon incapacité à la nouer correctement et à la satisfaire en retour.

La seule nuit qui avait dérogé à ce plan avait été celle que j'avais passée dans le Secteur Hiver avec Kaz et les autres. Ce fut un voyage efficace et sanglant, mais qui s'était rapidement soldé par l'installation de Kaz et Winter sur leurs trônes légitimes.

J'avais pu rentrer aux petites heures du matin le lendemain, et en arrivant, j'avais retrouvé Kari recroquevillée en boule sur le canapé de la suite de mes parents. Ma mère avait voulu passer un peu de temps avec elle, et mon père avait quitté l'appartement pour la soirée afin de leur laisser de l'intimité.

Malheureusement, Kari n'avait guère parlé, préférant rester sous forme de louve dans le salon en attendant mon retour.

Ma mère pensait que c'était là sa manière de réagir à sa crainte que je ne revienne pas. Ce qui avait expliqué sa réaction excessive lorsque j'étais venu la retrouver.

Sitôt revenus au nid, elle avait repris sa forme humaine et m'avait arraché mes vêtements avant d'exiger que je m'allonge. Elle ne m'avait même pas laissé le temps de prendre une douche, elle avait trop besoin de retrouver mon odeur.

Je fis exactement ce qu'elle voulait, et la laissai me serrer contre elle toute la journée par la suite.

Quand je lui avais annoncé hier soir que nous nous rendions aujourd'hui au Secteur Andorra, elle avait juste hoché la tête. N'avait posé aucune question. N'avait affiché aucune inquiétude évidente. Rien qu'une sorte de morne acceptation.

Je n'arrivais pas à comprendre ce qui se passait dans sa tête. Ses émotions à cet instant étaient un mélange de contentement et d'inquiétude. Elle ne reculait plus à mon contact – en fait, elle semblait plutôt le rechercher et y trouver du réconfort à présent – et elle m'avait appelé Sven les quelques fois où elle m'avait parlé.

– Tu as beaucoup voyagé en avion ? lui demandai-je pour engager la conversation.

Autant j'appréciais que son animal soit maître de ses actions, autant sa voix me manquait. Et j'avais vraiment envie de savoir ce qu'elle avait en tête à cet instant, qui la rendait à la fois heureuse et soucieuse.

Elle secoua la tête.

– Rien que le trajet du Secteur Bariloche au Secteur Hiver, puis de l'Hiver jusqu'au Scandinave.

Je hochai la tête. Ce n'était pas une question des plus brillantes, étant donné son enfance et son statut d'esclave, mais au moins elle m'avait fourni une réponse.

– Et qu'est-ce que tu en penses, là maintenant ? demandai-je avec un geste en direction des nuages et du ciel bleu.

Nous avions choisi une assez belle journée pour voyager, le ciel était dégagé jusqu'à Andorra. Évidemment, c'était intentionnel de ma part. Les prévisions météo pour le reste de la semaine n'étaient pas terribles, alors j'avais insisté auprès d'Ander pour venir aujourd'hui plutôt que lundi prochain, comme prévu initialement.

– C'est très libérateur, dit-elle doucement. Mais je trouve ta capacité à piloter plus intéressante.

Je souris.

– J'adore voler. Presque autant que j'aime courir longtemps sous ma forme de loup.

Je la regardai avant de me reconcentrer sur mon pilotage. Avec elle dans le cockpit à côté de moi, je me montrais d'autant plus vigilant et prudent. Je ne voulais pas risquer qu'il lui arrive quelque chose. Mais il n'y avait la personne en qui j'avais plus confiance que moi-même pour la transporter.

– Je pilote des avions depuis que j'ai neuf ans, ajoutai-je. C'était ma passion quand j'étais enfant. Mon père m'a mis en contact avec le principal expert en aviation de la meute, et le reste appartient à l'Histoire. Il faudra que je te présente l'Alpha Garland un jour. C'est un vieux général du Secteur Scandinave qui aime voler autant que moi. Et c'est lui aussi qui m'a appris tout ce que je sais.

– Pourquoi tu veux que je le rencontre ? me demanda-t-elle avec méfiance.

– Parce que c'est quelqu'un d'important pour moi, lui expliquai-je. Pas parce que j'attends de toi que tu sois *disponible* pour lui. (J'avais ajouté cette dernière partie d'instinct, car je soupçonnais que son esprit s'était égaré dans un endroit dangereux en m'entendant parler d'un autre Alpha.) Je vais aussi te présenter à sa compagne, Jacy. Elle aime voler également. En fait, ils se sont rencontrés au sein d'une armée humaine, je ne me souviens plus laquelle. Mais c'était en rapport avec le vol.

– Une armée humaine ?

– Ouais, au cours de l'ère pré-Infection. (Je haussai les épaules.) Je n'y connais pas grand-chose en dehors des films que j'ai vus dans la planque de Kaz, et de quelques livres.

– Des films ?

– Oui, répondis-je avec un regard en coin. (Elle affichait un joli petit froncement de sourcils, et son inquiétude semblait s'être estompée.) Je te les montrerai un jour. Quand nous serons de retour dans le Secteur Scandinave, et en espérant que Kaz laisse certaines de ses affaires derrière lui.

Elle observa mon profil pendant un moment, et j'attendis avant de reprendre la parole. Elle voulait me demander quelque chose. Je le sentais dans mes tripes.

Vas-y, petite merveille, avais-je envie de lui dire. *Exprime tes pensées pour moi.*

— Est-ce que… Est-ce que c'est ça, le plan ? me demanda-t-elle doucement. Retourner dans le Secteur Scandinave ? Ensemble ?

Je faillis ne pas entendre son dernier mot tant sa voix était douce, au point que les moteurs de l'avion la noyaient.

Mais je perçus l'hésitation dans son ton, et ce léger frisson lorsqu'elle exprima enfin une pensée que je pouvais dévorer.

Elle s'inquiète que je prévoie de repartir sans elle, réalisai-je. Probablement parce que nous n'avions pas discuté plus avant de ce qui allait se passer. Et à présent qu'elle était loin de son nid, la réalité de notre situation changeante l'envahissait d'une manière inconfortable.

Mon loup me poussait à la rassurer, la prendre dans mes bras et ronronner pour elle. Mais c'était impossible en pilotant l'avion. Je devais donc lui offrir mes mots et espérer qu'elle les croie.

— On est ensemble sur ce coup, petite merveille, lui promis-je. Nous allons voir ce que le docteur Riley en pense et nous verrons ensuite. Mon frère a pris des dispositions pour que nous puissions rester aussi longtemps que nécessaire. Et quand nous aurons terminé, nous retournerons ensemble au Secteur Scandinave.

Je tendis la main au-dessus du petit espace qui nous

séparait pour lui serrer la cuisse. J'avais besoin qu'elle ressente physiquement ce vœu que je prononçais. Elle ne fit pas de grimace et ne frémit pas non plus, se contentant de poser sa petite paume sur ma main et de la serrer en retour.

– D'accord, répondit-elle, ce seul mot me coupa le souffle.

Est-ce que ça veut dire qu'elle me croit ? Qu'elle accepte d'avoir un peu confiance en moi ? Mon cœur se réchauffa à cette idée, et je retirai ma main de sa cuisse vêtue d'un jean pour me concentrer à nouveau sur les commandes.

Nous étions presque arrivés, et je devais commencer à me préparer à entrer dans le dôme du Secteur Andorra. Je lui expliquai un peu l'ambiance high-tech en chemin, lui racontant que le Secteur de mon frère était le plus avancé du monde, du moins en ce qui concernait les loups X-Clan, et qu'il avait partagé une grande partie de sa technologie avec mon père.

– Mais nous n'avons pas créé de dôme, conclus-je en montrant d'un geste l'orbe de verre qui se profilait sous nos yeux. Ce n'est pas nécessaire puisque l'eau fait office de frontière d'un côté. Mais nous avons érigé des murs sonars autour des autres frontières pour empêcher les Infectés de passer. Et nous avons aussi nos patrouilles de nuit.

Le Secteur Andorra étant situé en pleine montagne, cette protection supplémentaire était vraiment nécessaire. Il y avait de nombreux nids dans les villes voisines, et ces enfoirés étaient affamés de chair fraîche. Ils parcouraient des centaines de kilomètres pour y goûter, y compris en traversant des terrains accidentés comme les sommets enneigés qui nous entouraient.

Kari garda le silence un moment avant de dire :

– L'Alpha Carlos a une fosse pleine de créatures

infectées dans le Secteur Bariloche. Il y jette les loups qui se comportent mal.

Je blêmis.

— *Quoi* ? (Elle grimaça, et je saisis immédiatement sa cuisse.) Désolé, Kari. C'est juste… C'est juste si atroce, j'ai réagi d'instinct.

– Alors il n'existe pas de fosse à châtiment dans le Secteur Scandinave.

Ce n'était pas une question, plutôt une affirmation soulagée.

– Je ne crois pas qu'il en existe dans aucun secteur X-Clan. (Sauf, apparemment, dans le Secteur Bariloche.) L'Alpha Carlos doit être mis hors d'état de nuire.

Un Alpha comme lui ne devrait pas être autorisé à respirer, encore moins à diriger.

Elle ne répondit pas, et se contenta de fixer le dôme devant nous.

– Comment est-ce qu'on entre ? chuchota-t-elle d'une voix légèrement tremblante.

Je laissai cette distraction apaiser ma colère, et lui expliquai le fonctionnement de l'ouverture. Puis j'envoyai un message radio à l'un des agents de la tour au moment de mon approche finale.

Le dôme se mit à bouger, il s'écarta sur le dessus pour que je le franchisse et atteigne leur espace aérien. Kari ne dit rien, mais je sentais son émerveillement de la façon dont tout cela fonctionnait. Puis elle tendit la main vers ma cuisse et enfonça ses doigts dans le denim noir quand nous atterrîmes quelques secondes plus tard.

– Apparemment, les vieux avions devaient accélérer sur de longues pistes, lui expliquai-je en désignant une piste à côté de nous. Mais ces nouveaux jets fonctionnent comme des fusées, ils montent et descendent verticalement de la même manière. Ce qui rend les décollages et atterrissages faciles. Du moins pour moi.

Elle me jeta un regard en coin.

– Tu es un pilote très compétent.

Je faillis gonfler la poitrine de fierté à cause de son compliment. Même si je soupçonnais qu'elle ne s'était pas rendu compte que ses mots pouvaient être perçus de cette manière, parce qu'elle les avait énoncés comme un fait, pas un compliment.

– Prête à rencontrer mon frère ? lui demandai-je en manœuvrant les commandes afin de stabiliser l'avion et le parquer correctement.

Elle ne répondit pas.

– Il est intimidant, admis-je en posant ma main sur la sienne, sur ma cuisse. Mais il ne te fera pas de mal. Il te protégera.

– Pourquoi ?

– Parce que tu es précieuse, lui dis-je doucement. Le Secteur Andorra n'a pas beaucoup d'Omégas. Ici, elles sont vénérées. Tu verras ce que je veux dire quand tu rencontreras sa compagne. (Je posai un doigt sur son menton, pour incliner son visage vers moi.) Tu te souviens de l'Oméga aux cheveux roux de la photo ? Celle qui souriait ?

Elle fit un petit signe de tête.

– C'est sa compagne, Katriana. Et tu rencontreras aussi le Docteur Riley.

Elle fronça les sourcils.

– Une autre compagne ? De ton frère ?

Je souris.

– Absolument pas. Le docteur Riley est une Oméga, et Jonas l'a déjà beaucoup revendiquée.

Ses yeux s'écarquillèrent.

– Une docteur Oméga ? Comme Quinn ?

Ce fut à mon tour de froncer les sourcils.

– Qui est Quinn ?

Elle m'observa pendant un moment, comme si elle se demandait si elle devait ou non en dire plus. On aurait presque dit qu'elle avait peur de s'expliquer, ou peut-être qu'elle était surprise d'avoir mentionné ce nom.

– Qui est Quinn, Kari ? demandai-je à nouveau, en insistant un peu plus cette fois.

Je ne voulais pas qu'elle cesse de me parler maintenant, après tous les progrès que nous avions faits.

– Une Oméga de chez moi, chuchota-t-elle. Elle a des pouvoirs de guérison, mais l'Alpha Carlos ne le sait pas. Elle aide les autres.

Je haussai les sourcils.

– Des pouvoirs de guérison, comme si elle connaissait la médecine ?

Elle secoua la tête.

– Non, comme de la magie. Son toucher… Il *guérit.*

– Et c'est une louve X-Clan ?

Elle secoua encore la tête.

– V-Clan.

Le choc me secoua de la tête aux pieds.

– L'Alpha Carlos a une Oméga V-Clan ? (*Putain de merde…) Comment* ?

Elles étaient incroyablement rares, l'existence des V-Clan ayant été méchamment impactée par les Infectés. La majorité de ceux qui restaient vivait dans des colonies sous haute surveillance, dans des îles du cercle arctique. Et il y avait souvent des tensions avec les vampires de la région du Groenland à cause de leur besoin commun de sang humain.

– Il a toutes sortes d'Omégas, répondit Kari. Des loups cendrés, des X-Clan, des V-Clan, même quelques-unes qui ne sont pas des louves. Il les collectionne.

Ma mâchoire se crispa à la manière désinvolte dont elle avait dit ça, comme si c'était parfaitement naturel de garder un clan d'esclaves Omégas. Mais pour elle, c'était normal. Parce qu'elle l'avait vécu. Et elle y avait de nouveau été confrontée avec Vanessa dans le Secteur Hiver, avec son harem non consentant d'hommes Omégas. Alana était restée avec Kaz spécialement pour venir en aide à ces loups utilisés et abusés. Je me doutais qu'elle pourrait finir par s'accoupler avec l'un d'entre eux, mais seulement s'il la choisissait. Ou peut-être qu'ils le feraient tous.

Quoi qu'il en soit, ils étaient en sécurité.

Pendant ce temps, les esclaves du Secteur Bariloche étaient tout le contraire.

— Combien Carlos a-t-il d'Omégas ? lui demandai-je, perdant totalement de vue ce que nous étions censés faires en ce moment.

Elle avait capté toute mon attention avec cette discussion.

— Beaucoup, me répondit-elle doucement. Certaines sont accouplées. D'autres non.

— Est-ce qu'elles sont toutes… stériles ?

Elle secoua la tête.

— Non. Rien que moi.

J'aurais voulu en être soulagé, mais ça ne rendait sa situation que pire encore.

— Les autres peuvent prendre des compagnons, ajouta-t-elle, plus pour elle que pour moi.

— Bientôt, tu pourras en prendre un, lui dis-je, sûr de mon fait. Et ce compagnon sera moi.

Elle ne répondit rien, se mordilla la joue et m'adressa un petit hochement de tête.

J'aurais donné n'importe quoi à ce moment-là pour

connaître ses pensées, mais elle les évacua de nouveau, affichant de nouveau un air calme.

Comme je l'avais déjà poussée pour qu'elle me donne des informations sur le Secteur Bariloche, je ne voulais pas abuser. À la place, je tendis la main pour lui ôter sa ceinture de copilote, puis débouclai la mienne.

— Si tu te sens dépassée à un moment, serre-moi la main, lui dis-je en mêlant mes doigts aux siens. J'interromprai ce que nous faisons pour m'assurer que tu vas bien. D'accord ?

Elle hocha de nouveau la tête, ce qui ne l'engageait à rien à mon avis. Mais je la laissai faire pour le moment. Il fallait juste que je surveille sa respiration et son rythme cardiaque, et partir de là.

KARI

Et s'ils ne pouvaient pas me réparer ? me demandai-je pour la millième fois. J'avais envie de poser la question à Sven, tout en craignant sa réponse. De toute évidence, il voulait une compagne. Alors que m'arriverait-il si je ne pouvais pas être cette louve pour lui ?

Ses questions sur le Secteur Bariloche et les Omégas dépeignaient une image inquiétante dans mon esprit. Il m'avait demandé si elles étaient stériles, sûrement parce qu'il envisageait d'en prendre une comme plan de secours.

Je n'aimais pas ça.

Je voulais lui suffire, mais je n'étais pas naïve. Il avait besoin d'une Oméga qu'il puisse nouer correctement, et comme il n'avait pas tenté une seule fois avec moi, c'était clair qu'il ne m'en trouvait pas digne dans mon état actuel.

Parce qu'il ne veut pas nous faire de mal, me rappelai-je.

À moins que ce ne soit un prétexte, murmura une autre voix, et l'incertitude contenue dans ces mots me mit mal à l'aise tandis qu'il me guidait hors de l'avion.

Trois Alphas se tenaient au bas de l'escalier, dans des postures intimidantes qui me poussèrent à serrer instinctivement la main de Sven. Il s'arrêta immédiatement, plongea les yeux dans les miens.

– Ils ne vont pas te faire de mal.

Je déglutis, ne sachant que dire. C'était une réaction instinctive à la vue de trois prédateurs massifs.

Sven me rapprocha de lui, posant les lèvres sur mon oreille.

– Celui de gauche, aux cheveux noirs et aux yeux d'un doré vibrant, c'est mon frère, Ander. Celui du milieu à la peau pâle et aux cheveux clairs, c'est Jonas, le compagnon du docteur Riley. Et le troisième, c'est Elias, le Second de mon frère. Il est aussi accouplé à une Oméga nommée Daciana. Aucun d'entre eux ne représente une menace pour toi. Je te le promets.

J'avais envie de lui dire que ce n'était pas parce qu'un Alpha était accouplé qu'il ne pouvait pas représenter une menace pour moi. J'en avais côtoyé suffisamment pour le savoir. Mais ma louve exigeait que je fasse confiance à Sven pour assurer ma sécurité. S'il pensait que je ne courais aucun danger dans cette situation, alors il fallait que je le croie.

Alors je baissai le menton et relâchai légèrement ma prise sur sa main.

Il déposa un baiser sur ma tempe et continua sa descente des escaliers à un rythme plus lent. Son énergie protectrice m'enveloppait d'une vague de chaleur apaisante, me gardant au chaud en dépit de l'air frais ; mes épaules se détendirent un peu plus.

– Je t'avais dit qu'il ressemblait encore à un chiot, dit l'un d'eux sur le ton de la conversation.

– Attention, Elias, ou mon frère pourrait te disputer ta place de Second, répondit l'autre sur un ton grave qui me fit frissonner.

Clairement un Alpha de secteur, songeai-je en reconnaissant l'aura de domination qu'il dégageait.

Celui qui avait parlé en premier, Elias, ricana.

– Je l'invite à essayer.

– Je n'ai aucune envie de vivre dans les montagnes, répondit Sven. Tu n'as rien à craindre pour ton poste. Mais traite-moi encore une fois de chiot, et je me battrai avec toi juste pour te faire comprendre.

– Oh, ça pourrait être amusant, répondit Elias. Est-ce qu'on fixe le rendez-vous ?

– Pour que je puisse te botter le cul ? Avec plaisir, approuva Sven. Si ça ne dérange pas Ander que son Second soit hors service pendant quelques jours.

L'Alpha de secteur grogna.

– S'il est assez naïf pour te sous-estimer, alors il mérite d'aller au coin.

– Homme de peu de foi, répondit Elias en posant sa grosse main sur son cœur, comme blessé par la discussion. Peut-être devrais-je renoncer à mon poste dès maintenant.

– Ton ego ne le permettra pas, trancha l'Alpha Ander.

Il n'avait pas l'air en colère, mais plutôt… *froid*. Comme s'il avait toujours été comme ça, quel que soit son environnement. Je me demandais comment son Oméga avait pu sourire sur la photo. Peut-être lui avait-il ordonné de le faire ?

– Jonas, salua Sven.

– Sven, répondit d'un ton glacial.

L'Alpha Ander soupira.

– Il ne voulait pas contrarier ta compagne.

– Ça ne change rien au fait qu'il l'a fait, rétorqua Jonas.

– Les radios ? devina Sven.

– Oui. *Les radios.* (L'Alpha Jonas semblait furieux.) Ça fait deux jours qu'elle pleure, putain.

Sven grimaça, mais c'est son frère qui répondit :

– C'est moi qui les lui ai données. C'est ma faute.

– Oh, mais je le sais, rétorqua Jonas d'un ton plat. Je le sais très bien. (L'Alpha costaud croisa les bras sur son épaisse poitrine musclée.) Heureusement, elle s'est engagée dans ce défi et elle a l'intention d'apporter son aide. (Son attitude sembla s'adoucir légèrement tandis qu'il reportait son attention sur moi) Elle est impatiente de te rencontrer, Kari.

– Oui, elle voulait être là pour vous accueillir, mais Joaquim s'est mordu la queue tout à l'heure, expliqua l'Alpha Ander d'un ton un peu plus doux. Kat a insisté pour que Riley l'examine de toute urgence.

– Il courait après ? lui demanda Sven d'un ton amusé.

– Malheureusement, marmonna l'Alpha Ander. Soit il court après et tourne en rond, soit il essaie de s'imposer à moi.

– C'est lui dont j'ai peur qu'il me défie pour prendre la place de Second, intervint Elias, ce qui lui valut un ricanement de la part d'Ander. Ce petit gars adore se bagarrer sous sa forme de loup.

– Et mordre, ajouta l'Alpha Ander. Je suis bien content que ce soit sa queue, et pas encore Kat.

– Il a mordu Kat ?

Sven semblait surpris.

– Par accident, répondit l'Alpha Ander. Elle n'a même pas saigné, mais il s'est senti mal et il a passé la nuit à la câliner dans notre nid. Il y avait à peine assez de place pour que je les rejoigne.

– Et pourtant, tu en as déjà procréé un autre avec elle, remarqua l'Alpha Elias d'un ton amusé.

– Elle est donc enceinte, dit Sven avec fierté.

– Ouais, c'est pour ça qu'elle surréagit à sa blessure à la queue, grogna l'Alpha Ander. Les hormones.

– Mais ces hormones pendant le sexe… commença

l'Alpha Elias sans terminer sa phrase, avant de s'éclaircir la gorge. Daciana n'est pas encore enceinte, mais bientôt. Carrément bientôt.

Sven lâcha ma main pour m'entourer de son bras, et c'est à ce moment que je réalisai que cette conversation m'avait fait frissonner de froid.

Parce que jamais je ne serais une Oméga dont Sven pourrait parler de cette manière.

J'étais stérile. Cassée. Incapable de donner à un Alpha la seule chose qu'il désirerait toujours : un héritier.

Leur conversation se poursuivit, mais je n'écoutais plus, mon esprit prenant le dessus et repoussant mes instincts de louve à l'arrière de ma psyché. Elle me griffait, exigeant sa libération, elle voulait diriger mes actions, mais je refusais de l'écouter à cet instant. J'avais besoin de cette dose de réalité pour me rappeler pourquoi ça ne pourrait jamais fonctionner entre Sven et moi.

À moins qu'il ne trouve un moyen de me réparer.

Mais j'avais entendu le docteur Palmer lui dire que c'était impossible l'autre jour. C'est pourquoi j'avais laissé ma louve prendre le dessus, mon besoin de me cacher derrière son espoir m'était nécessaire pour continuer à respirer.

Ce jour-là, j'avais réalisé qu'à un moment donné, j'avais commencé à compter sur Sven. Cela venait de cette partie de moi qui le considérait comme mien. C'était une notion dangereuse parce qu'il ne pouvait pas être à moi… Pas dans cet état.

Et il valait mieux pour moi ne pas l'oublier.

Cet engouement passager cesserait quand il réaliserait que j'étais incapable d'être ce qu'il voulait.

– Kari, chuchota-t-il à mon oreille, me ramenant à lui et aux autres Alphas. Allons à l'intérieur.

Je hochai la tête, hébétée, le dos raide d'être entourée

de mâles dominants. Je sentais leurs regards sur moi, et la pitié qui s'en dégageait était presque pire que la faim que je sentais en général chez les loups dans leur position.

Sven entremêla de nouveau ses doigts aux miens, me serra la main (je ne réagis pas), et me conduisit vers un bâtiment tout en verre. L'architecture et les environs me rappelaient un peu le Secteur Scandinave avec toute cette neige, les trottoirs immaculés encadrant des extérieurs vitrés aux lignes blanches et nettes, mais les montagnes en toile de fond étaient différentes.

Je me demandai quelle sensation cela ferait de courir dans mon corps de louve dans ces montagnes.

Est-ce que je glisserais ? Tomberais ? Dégringolerais vers la mort ?

J'avais un équilibre instable dans mon corps de louve, surtout parce que je n'avais pas souvent fait l'expérience de la liberté au cours de ma vie. La promenade avec Sven l'autre jour dans le Secteur Scandinave avait été l'une des plus longues que j'aie jamais faites. Et je n'avais jamais joué dans la neige de cette manière.

— Nous pourrons partir en exploration plus tard si tu veux, me proposa Sven, suivant mon regard vers les montagnes.

Je le regardai, surprise.

— On peut quitter le dôme ?

— Bien sûr. Les parois de verre sont là pour empêcher d'entrer les Infectés et autres indésirables, pas pour enfermer tout le monde à l'intérieur.

— Oh. (D'une certaine manière, c'était logique.) Même les Omégas ?

L'Alpha Ander se rapprocha de moi de l'autre côté et expliqua :

— Les Omégas se promènent avec leurs Alphas. Non pas parce que nous ne leur faisons pas confiance pour se balader seules, mais parce que c'est dans notre nature de les protéger. Et il y a des dangers dans les montagnes qui pourraient potentiellement blesser nos Omégas, alors nos loups exigent que nous allions courir avec elles.

– Daciana adore explorer, ajouta l'Alpha Elias. Nous courons ensemble presque tous les soirs. Du moins, c'était le cas jusqu'à ce qu'elle ait notre fille. Maintenant, on ne court que lorsque Jonas et Riley gardent la petite Brenna pour nous.

– Brenna, répétai-je. C'est un joli prénom.

– Oui, approuva-t-il. Pour une très jolie petite louve.

Je clignai des yeux en réalisant que je venais de parler à un Alpha qui n'était pas Sven. Et qu'il m'avait répondu... *avec désinvolture.*

Par instinct, ma louve me repoussa vers le flanc de Sven, parce qu'elle voulait se rappeler à qui elle appartenait. Il lâcha ma main pour passer son bras autour de mes épaules.

Les Alphas Elias et Jonas passèrent devant nous pour ouvrir la porte du bâtiment en verre et nous conduire à l'intérieur.

La lumière se déversait sur le sol en marbre, comme un vaste rayon de soleil qui semblait chauffer l'air naturellement. *Une autre avancée technologique ?* me demandai-je, sentant la chaleur à travers mon pull et mon jean.

J'avais emprunté les vêtements de la mère de Sven. Nous étions de taille similaire, il m'était donc facile d'utiliser sa garde-robe. Elle était un petit peu plus ronde que moi, elle avait des courbes saines. Mais en essayant ses vêtements, j'avais constaté que j'avais pris un peu de poids pendant que j'étais avec Sven ; prendre des repas réguliers avait permis à mon corps de se refaire une santé d'une manière que je n'avais pas cru possible.

L'homme nous conduisit à des ascenseurs semblables à

ceux du secteur Scandinave, et tapa une série de codes pour en appeler un.

Mon cœur manqua un battement quand les portes métalliques s'ouvrirent, et les trois hommes entrèrent, suivi de Sven et moi.

Quatre Alphas.

Une Oméga brisée.

Je frémis, et Sven me serra contre lui pour me tenir pendant tout le trajet. Je fus enveloppée de son odeur, captive et protégée des autres.

C'est alors que je réalisai que je ne les sentais pas du tout.

Seulement Sven.

Il était un phare pour ma louve, son refuge proverbial même en dehors de notre nid ; je m'accrochai à lui.

Nous empruntâmes un couloir blanc percé de fenêtres d'un côté, avec un mur plein de l'autre, où s'ouvraient des portes en bois pâle tous les vingt pas environ. Quand nous arrivâmes au bout, l'Alpha Ander pressa son poignet contre la montre invisible de Sven, la faisant biper.

– J'ai pensé que tu voudrais un espace plus grand cette fois-ci.

– Je monte en gamme ?

– Contrairement à ce qu'Elias veut croire, tu n'es plus un chiot. Et tu as aussi une compagne dont tu dois t'occuper.

L'Alpha Ander donna une tape dans le dos de Sven, un geste affectueux mais dominateur aussi. Je n'étais pas sûr de comprendre le sens de ce geste, mais il sembla plaire à Sven qui sourit.

– Merci, murmura-t-il.

L'Alpha Ander hocha la tête.

– Installez-vous. Nous nous retrouverons d'ici trois

heures pour un dîner en bas, pour que Kari puisse faire la connaissance des autres comme il se doit.

Je me raidis. *Les autres ?*

– Kat a aussi laissé des vêtements pour Kari, ajouta l'Alpha Ander. Au cas où elle voudrait les emprunter. Mais ce sera un dîner informel, donc pas besoin de vous changer. (Il baissa la voix en murmurant :) Si tu as besoin d'autre chose, dis-le-nous, Kari. Nous voulons que tu te sentes à l'aise ici.

Je ne savais pas trop comment répondre, alors je me tournai vers Sven.

– On te le fera savoir, répondit-il avant d'agiter la main devant la poignée de la porte. (Elle cliqueta et bougea comme par magie, et s'ouvrit dans un bruissement d'air.) Merci pour ton hospitalité.

– Pas de quoi, répondit l'Alpha Ander en repartant dans le couloir.

L'Alpha Elias le suivit, mais l'Alpha Jonas resta un moment.

Je levai les yeux vers lui pour déchiffrer son expression, et je vis qu'il me fixait.

– Ma compagne est un génie. Si quelqu'un peut t'aider, c'est elle, dit-il avec un sérieux que je ressentis au fond de mon âme.

Il soutint mon regard, m'obligeant à baisser les yeux à nouveau en signe de soumission.

Je frissonnai en voyant qu'il ne bougeait ni ne parlait pas, ignorant ses intentions.

– Tu es un bon loup, Sven, dit-il au bout d'un moment. Riley fera de son mieux.

– Je sais, répondit Sven d'un ton doux. Merci de nous avoir permis de la rencontrer.

– Oh, ne me remercie pas. C'était le choix de Riley. C'est elle qu'il faut remercier.

Sur ce, il partit et rejoignit les deux autres mâles aux ascenseurs.

Puis Sven me fit franchir la porte, et nous entrâmes dans une pièce décorée de couleurs blanches et de verre. Et ma louve reprit immédiatement le contrôle.

SVEN

Kari arpenta la suite des invités tout l'après-midi, sa louve décidant de toutes ses actions. Elle renifla la cuisine, vérifia le réfrigérateur, observa la table à manger dressée pour deux, grimpa sur les meubles du salon. Puis elle explora les deux chambres, choisissant la plus grande en se roulant sur le grand lit avant de sauter et de sortir sur le balcon.

Je la suivis sans dire un mot. Elle avait besoin de trouver du réconfort ici, alors je ronronnai pendant qu'elle essayait de faire de cet endroit un refuge temporaire.

Elle finit par ralentir le rythme et retourna sur le lit où elle se roula en boule. Je m'allongeai avec elle, l'apaisant avec ma chaleur et le grondement de ma poitrine. Mais les heures défilaient rapidement, nous menant au dîner.

Sa louve ne relâcha pas le contrôle, et Kari resta silencieuse tout au long du repas. Elle mangea à peine, son attention focalisée sur son assiette et non sur ceux qui l'entouraient.

C'était comme si elle n'avait pas vu les autres Omégas ou les deux enfants à la table. J'en restai un peu confus et méfiant. Parce que s'il y avait bien une chose capable de la sortir de son brouillard, ce devait être de lui montrer des Omégas et des Alphas qui s'aimaient. Mais cela ne faisait que l'enfoncer plus encore dans son désespoir, forçant son animal à rester présent, comme un genre de bouclier.

Après le dîner, je la ramenai à notre suite, où elle se déshabilla rapidement avant d'aller directement au lit. Je l'accompagnai et lui permis de trouver du réconfort contre mon corps comme elle l'avait fait presque tous les soirs depuis que je l'avais installée dans mon appartement. Quand nous eûmes terminé, son petit corps trempé de sécrétions et de semence, elle se détendit enfin et s'endormit pendant que je ronronnais.

Je ne la suivis pas au pays des rêves, perturbée parce ce qui m'apparaissait comme une régression.

Riley et moi discutions par le biais de notes, je consultai donc les fichiers de ma montre et ajoutai un journal de son comportement d'aujourd'hui. Puis je lus quelques observations que Riley avait faites après le dîner.

Le sujet semble déconnecté de son loup, probablement parce que sa nature animale a été contrôlée pendant très longtemps.

J'ajoutai une note en dessous pour dire que j'avais remarqué la même chose. Puis je résumai ce que mon père m'avait répondu quand je lui avais posé la question en début de semaine.

Elle se sert de sa louve comme d'une béquille parce qu'elle a peur, tapai-je. *L'Alpha Ludvig dit qu'elle n'a jamais pu compter sur son animal, ce qui est un instinct naturel pour beaucoup d'entre nous, c'est donc comme si elle rattrapait le temps perdu. Mais comme elle n'est pas correctement socialisée avec sa bête, elle est incapable d'équilibrer le contrôle. Alors sa louve prend le dessus, bien qu'elle soit sous forme humaine.*

Et comme sa louve semblait me faire confiance et m'apprécier, elle faisait des choses qu'elle n'aurait probablement pas acceptées dans un état d'esprit normal. Cette pensée me harcelait, et je me sentais coupable de l'autoriser à prendre ma semence, tout en sachant qu'elle en avait besoin.

Ma pauvre petite merveille était brisée.

Mais je vais te guérir, lui promis-je en l'embrassant sur le sommet du crâne. *Je te le promets.*

Un message privé s'afficha à cet instant, et le nom de Riley apparut. *Est-ce que tu peux parler ?* était-il indiqué en dessous.

Oui, il me faut juste une minute, lui renvoyai-je.

Kari ne remua pas et ne fit pas de bruit pendant que je m'extirpais d'elle. Elle se roula simplement en boule, ses doigts agrippant mon t-shirt que j'avais retiré pour le coller contre sa poitrine.

J'embrassai à nouveau le sommet de son crâne, me levai tranquillement et pris un peignoir dans la salle de bains attenante. Puis je calai mes pieds dans une paire de pantoufles et filai vers le balcon pour écrire à Riley.

Elle m'appela quelques secondes plus tard, les cheveux ébouriffés, comme si elle sortait tout juste de son nid. Quand Jonas apparut torse nu derrière elle, je sus que c'était exactement ce qu'elle venait de faire.

Il ne dit rien sur le fait qu'elle soit en communication ; sa présence marquait subtilement sa domination et sa propriété, et suffisait à apaiser son loup. Elle portait sans doute sa chemise, ce qui devait y contribuer aussi.

— Je t'ai vu ajouter des notes, donc je savais que tu étais réveillé, dit Riley en guise de salut. Mais j'ai quelques idées sur son comportement.

— Des choses qui pourraient aider ? lui demandai-je, plein d'espoir.

— Peut-être. (Elle se racla la gorge et fit une moue de côté.) La dissociation est claire, comme nous l'avons tous deux déjà remarqué. Il est plus facile pour elle de faire face à sa situation quand c'est son animal qui prend le dessus, parce que sa louve semble te faire confiance. Mais j'ai peur que ça ne cause des soucis à long terme, parce qu'elle bloque ses peurs, en conséquence de quoi elle ne parle pas de ses préoccupations.

Je hochai la tête.

– J'ai remarqué. Mais je ne sais pas trop comment réparer ça.

– Il faut que tu contrôles sa louve, dit-elle doucement. Tu es le protecteur qu'elle désire ardemment, il lui est donc facile de tomber dans un schéma de dépendance. Mais elle a aussi besoin de ta domination. Il va falloir que tu la pousses, Sven. Ce ne sera pas facile, mais elle en a presque autant besoin que de ta protection. Fais en sorte qu'elle te parle.

– Oh, c'est tout ?

Je ne pus retenir le sarcasme dans ma voix. Jonas comprenait parfaitement ma situation délicate, comme en témoigna son ricanement en arrière-plan.

– Je sais, dit comme ça, ça a l'air simple. Et je suis parfaitement consciente que ce ne le sera pas. Les Alphas la terrifient, et je te demande de devenir la chose qu'elle craint. Du moins, c'est comme ça qu'elle le verra au début. Mais il faut qu'elle te parle pour commencer à guérir.

Je savais déjà ce qu'elle me disait, et ça me frustrait un peu parce que son conseil pourrait bien creuser un fossé entre Kari et moi. Au moins sa louve m'acceptait pour le moment. Si je me retournais contre elle et l'obligeais à s'ouvrir, c'était ce lien que je mettrais en danger.

– Quelque chose l'effraie, ajouta Riley. Je l'ai senti au dîner, et je ne pense pas que ça ait à voir avec le fait d'être entourée de nouveaux Alphas. Il y a quelque chose qui la contrarie, bien plus profond que la peur d'être nouée. C'est ce qu'elle sait déjà. Sa réaction de ce soir, c'est plutôt une nouvelle terreur, quelque chose… Quelque chose qu'elle ne comprend pas.

Je fronçai les sourcils.

– Comme quoi ?

– C'est ce que tu dois découvrir en tant que son Alpha, rétorqua Riley. Fais-la parler.

Je serrai les dents en entendant son ordre. Je savais qu'elle avait raison, mais je n'appréciais pas particulièrement qu'une Oméga me parle sur ce ton. Il y avait une bonne raison pour laquelle les loups avaient une hiérarchie établie. Les Alphas exigeaient obéissance et respect, et mon loup était agacé par son mépris évident pour ma position supérieure.

Elle est le médecin sur le cas de Kari, me rappelai-je. *Écoute-la. Ne réplique pas.*

– Et il y a encore une chose, poursuivit-elle, cette petite tête brûlée ignorant manifestement mon irritation. Vous devez vous préparer à la très forte probabilité que ce ne puisse pas être défait.

Mon monde s'arrêta, et je plissai les yeux.

– Qu'est-ce que tu viens de dire ?

– Je pourrais ne pas être capable de réparer sa stérilité, Alpha Sven. Il faut vous préparer à cette éventualité.

Des mots tellement directs.

Une telle… *frustration.*

– Alors tu devrais te préparer à ce que je n'accepte pas cette alternative, répliquai-je. Bonne nuit, docteur.

Je raccrochai avant qu'elle ne puisse commenter, et avant de dire quelque chose que je pourrais bientôt regretter.

L'audace de cette maudite louve qui non seulement me donnait un ordre, mais me disait d'accepter un destin impossible !

Je n'étais pas prêt à envisager une alternative, et mon

loup non plus. Les autres pouvaient douter de la situation autant qu'ils le souhaitaient. J'avais assez d'espoir et de foi en moi pour résister à une armée.

Kari va guérir.

Elle deviendra la louve qu'elle était censée être.

Et elle sera à moi.

Je savais déjà tout ça, parce que même sans l'avoir mordue, je l'avais déjà revendiquée. Et je refusais de la laisser tomber.

Tu verras que j'ai raison, petite merveille, songeai-je. *Un jour prochain, tu croiras en ton destin comme moi. Tout le monde y croira. J'en suis sûr.*

SVEN

Six semaines plus tard

Je faisais les cent pas dans le couloir du Secteur Andorra, le cœur au bord des lèvres.

Après plus d'un mois de préparation, Riley avait finalement opéré Kari, et la scène à l'intérieur… *Putain.*

Mon poing s'écrasa sur le mur par instinct, la poitrine douloureuse du chaos que le père de Kari avait créé dans le ventre de sa fille. *Des fils de fer.* Il s'était servi de putain de *fils de fer* pour faire des nœuds dans son système reproductif, de sorte qu'elle était stérile, mais souffrait en permanence.

Des larmes me brouillaient la vue, et mon loup enrageait d'être libéré, de courir, de *déchiqueter.*

Je voulais retrouver l'Alpha Carlos pour l'étrangler. Puis le dévorer. Et cracher sur sa maudite tombe. Et recommencer… encore et encore, jusqu'à ce que sa mort me satisfasse.

L'Alpha Enrique se posta en travers de mon chemin : cet abruti était venu aujourd'hui pour la chirurgie. Il voulait être là pour offrir son soutien, mais à cet instant, la seule chose dont j'avais besoin, c'était d'un punching-ball.

Kari n'avait pas progressé du tout au cours du dernier

mois. Au contraire, elle avait régressé, se retirant en elle, refusant de me parler.

Chacun de ses mouvements était guidé par sa louve, et elle devenait de plus en plus renfermée. J'avais essayé de la faire parler mais je ne pouvais me résoudre à la brusquer. Pas après tout ce qu'elle avait enduré.

Mais je commençais à me dire que Riley avait peut-être eu raison.

Cette déconnexion entre Kari et sa louve ne faisait qu'empirer. Et sans son esprit qui se battait pour survivre, elle finirait par se vautrer dans la douleur, ne vivant qu'un semblant d'existence.

Nous dormions ensemble toutes les nuits, nos loups se contentant de se câliner et de jouer.

Mais la Kari à l'intérieur refusait de m'étreindre.

Je lui avais demandé d'innombrables fois de me dire ce qui la tracassait, en exigeant qu'elle me laisse régler le problème, et à chaque fois, elle s'était retirée avec un « Tu en as déjà assez fait pour moi. »

Le pire, ç'avait été quand elle m'avait remercié de l'avoir aidée, comme si elle me disait adieu. Je ne comprenais pas. J'avais fait en sorte qu'elle sache que je voulais la faire mienne. Alors pourquoi aurait-elle ressenti le besoin de me dire au revoir ?

Je me passai une main dans les cheveux, tirant sur les mèches inégales. Ils avaient poussé jusqu'à mon menton au cours du dernier mois et demi, et il me fallait urgemment une coupe. Mais je n'arrivais pas à me concentrer au-delà du rasage quotidien pour garder le menton lisse. Le reste devrait attendre.

– Comment les Alphas du Secteur Bariloche ont-ils pu laisser une telle horreur se produire ? demandai-je en me tournant vers Enrique. C'est votre putain de boulot de protéger les Omégas. Pas de leur faire tant de mal qu'on ne puisse pas les réparer !

— Je n'ai pas fait ça, rétorqua-t-il en se redressant. Et j'ai tenté de la protéger pendant des années.

— Tu as fait un boulot de merde.

— Je suis au courant, grogna-t-il. Putain, oui, j'en suis conscient.

Et ça me donna plus encore envie de le frapper. Il avait fourni des renseignements inestimables à mon père, à Kazek, et même à moi, mais j'avais vraiment envie de le tuer à cet instant.

— Riley est en train de la recoudre parce qu'elle ne peut même pas opérer. Qu'est-ce que je suis censé dire à Kari quand elle se réveillera ?

— Que tu la veux toujours, répondit Enrique sans hésiter. Qu'elle n'est pas indigne de protection et d'adoration juste parce que son père l'a massacrée.

Ses paroles me firent réfléchir.

— Pourquoi penserait-elle ça ?

— Parce que c'est ce qu'on lui a appris toute sa vie, qu'elle n'est qu'un jouet qu'on saute et qu'on se passe, et qu'elle ne peut pas être revendiquée par un Alpha. Qu'elle est trop abîmée pour être chérie. C'est la rhétorique qu'elle a entendue toute sa vie.

Je cessai de faire les cent pas, l'esprit en ébullition suite à cette nouvelle.

— C'est seulement maintenant que tu me dis ça ?

— Je pensais que tu l'aurais déduit toi-même après tout ce temps passé avec elle. Elle t'a sûrement dit que c'était comme ça qu'elle se voyait.

— Elle me parle à peine, avouai-je en grommelant. Elle laisse sa louve prendre le dessus.

Il se tut, et je tournai les yeux vers lui.

— Quoi ? demandai-je.

– Elle protège son esprit, répondit-il. Durant des années, elle a subi des tourments indicibles. Tu es sûrement le premier homme à lui faire ressentir autre chose que cette douleur. Imagine à quel point ça doit être terrifiant pour elle.

– Cela devrait inspirer de l'espoir.

– L'espoir est un concept auquel elle n'a jamais pu se fier, répliqua-t-il. En fait, elle a même plutôt appris à le craindre.

Il avait captivé mon attention.

– Continue, lui intimai-je.

Il soupira.

– Très bien, alors réfléchis à ça. Lui donner de l'espoir, ça la rend encore plus vulnérable qu'elle ne l'a jamais été, parce que ça lui ouvre un monde de *et si*, et elle a été formée pour ne jamais envisager ça pour elle. Elle a également été témoin du sort réservé à sa sœur, dont, en passant, j'ai entendu dire qu'elle était en vie. Mais je ne suis pas sûre que Kari ait envie de le savoir.

Je serrai les dents, mais hochai la tête, d'accord avec lui. Parce que non, ce n'était pas le moment de lui dire que sa sœur subissait toujours une torture quotidienne.

Mais ce n'était pas cette partie qui avait retenu mon attention : c'était la remarque d'Enrique sur le point de vue de Kari. *L'espoir la rend vulnérable.*

– Quand elle était dans le Secteur Bariloche, elle savait à quoi s'attendre, dis-je, réfléchissant à voix haute. Mais ici, avec toutes les inconnues potentielles, elle se sent vulnérable. Parce qu'elle ne me fait pas encore assez confiance pour croire que je vais tenir ma parole.

– Tu lui as dit ce qui va se passer ensuite ? demanda Enrique.

Je réfléchis à la question.

– Pas dans les détails, juste que nous allons la soigner et rentrer chez nous.

– Et si vous n'arrivez pas à la réparer ? répliqua-t-il. Vous en avez discuté ?

– Non, parce que ce n'est pas une option. Nous allons trouver un moyen de l'aider.

– Ce n'est pas ce que je veux dire, répondit-il en croisant ses bras épais sur son pull noir. (La couleur était assortie à ses yeux qui se plissèrent, devenant des orbes incandescents.) Est-ce que tu as dit à Kari ce qui se passera si jamais tu n'arrives pas à la réparer ?

Il leva une main avant que je puisse me répéter.

– Je sais que ce n'est pas une option pour toi, mais Kari n'est pas toi, Sven. C'est une Oméga brisée qui pense qu'elle est indigne d'un compagnon parce que son père l'a massacrée.

Il fit une pause pour laisser le message s'imprégner ; j'en perdis mes mots.

Parce que non, je n'y avais pas pensé sous cet angle. J'étais déterminé, ne voyant qu'une seule issue : nous *allions* la guérir.

– Elle n'a ni ton espoir, ni ta perspective, continua Enrique. Elle ne voit sûrement pas qu'il y a une option, Sven. Ce qui veut dire qu'elle ne subit tout ça que pour t'apaiser, toi l'Alpha qu'elle considère comme gentil, pas parce qu'elle pense que ça va arranger quoi que ce soit.

Je n'aimais vraiment pas ce qu'il était en train de dire. Et pourtant, je comprenais parfaitement où il voulait en venir. Parce que c'était exactement de cette manière que Kari verrait les choses. Ce qui donnait un nouveau sens à ses hochements de tête.

– Alors, tu lui as dit ce qui se passera si elle ne peut pas être guérie ? insista-t-il. Ou est-ce qu'elle pense que tu la rejetteras au profit d'une autre Oméga ? Parce que c'est exactement le genre de logique qui a été programmé en elle.

— Comment peux-tu avoir une vision si claire de ce qui se passe dans sa tête ? lui demandai-je, mon loup s'agitant sans relâche.

Kari m'avait dit qu'il voulait l'aider, qu'il avait des liens avec le compagnon de sa sœur, mais toutes ses déclarations me faisaient me demander si cette connexion entre eux était vraiment familiale. Car sa perspicacité ressemblait plus à celle d'un compagnon qu'à celle d'un frère.

— Ce n'est pas tant à son esprit que je me sens lié qu'à celui de sa sœur. À travers mon frère jumeau.

Je fronçai les sourcils.

— À cause de leur ancien lien ?

— Lien *actuel*, corrigea-t-il. Je ne peux pas le prouver, mais je le sens. Mon frère est vivant quelque part.

— Alors pourquoi t'es-tu porté volontaire pour aller au Secteur Hiver ? Je veux dire, je sais que tu voulais aider Kari, mais comment comptais-tu faire ça et sauver ton frère ?

— Je ne peux pas l'aider lui tant qu'elle est dans le chemin, répondit-il. (À cet instant, il se mit à faire les cent pas, comme moi quelques minutes plus tôt.) L'Alpha Carlos réussit parce qu'il est perspicace. Il sait que je suis lié à Kari, mais il croit que c'est une attirance physique. Il ne comprend rien au concept de famille.

Je ricanai. Oui, c'était évident.

— Si j'avais essayé de me dresser contre lui, il se serait servi d'elle contre moi. Il me fallait donc la mettre en sûreté. Il me faut aussi plus d'informations, et c'est pour ça que j'ai passé la dernière décennie à jouer son putain de jeu en faisant semblant d'être un bon soldat. Tout ça dans l'espoir de trouver une faiblesse, ou un quelconque indice sur ce qu'il avait fait de mon jumeau.

– Et tu as trouvé quelque chose ? lui demandai-je.

À son expression, je compris que ce n'était pas le cas.

– Pas encore.

Je reconnus la détermination dans la contraction de sa mâchoire, parce qu'elle était semblable à la mienne avec Kari.

– Mais je sais que mon frère est en vie, et à travers lui, je ressens sa douleur et le désespoir de Savi. Et j'ai passé assez de temps avec Kari ces dernières années pour connaître aussi son esprit. (Il leva les yeux brusquement tandis que je faisais un pas en avant sans m'en rendre compte.) Je ne l'ai jamais nouée. Alors calme-toi, putain.

Mon loup grogna ; il n'était pas apaisé par son ton, mais calmé pour le moment par son affirmation péremptoire.

– Pour ton bien, j'espère que c'est vrai, dis-je à voix basse, et je le pensais.

– Elle est comme une petite sœur pour moi, grinça-t-il. Si quelqu'un devait botter le cul d'un autre ici, ce serait moi. Je *sens* ta semence sur sa peau, Sven.

– Je ne l'ai pas nouée, jurai-je. Mais sa louve… aime mon odeur.

Il me dévisagea un moment et grogna.

– Il vaudrait mieux que ce ne soit que ça.

– Si ce n'était pas le cas, ça ne te concernerait pas puisqu'elle *m'appartient.*

– Sauf que ce n'est pas le cas, me rappela-t-il rapidement. Parce que tu ne peux pas la réclamer, ce qui nous ramène à notre point de départ : lui as-tu parlé de tes intentions si elle n'était pas apte à prendre un compagnon ?

– Non, dis-je d'un ton sec. Parce que pour moi, ce n'est pas une option. Toutefois, ajoutai-je vivement en le voyant sur le point de protester, j'ai entendu ce que tu m'as dit, je comprends qu'elle ne partage sûrement pas mes certitudes. Je vais lui en parler.

Il me dévisagea, son expression passant de l'agacement à une pointe de respect.

— Bien. (Il laissa retomber ses bras sur ses flancs, puis il passa une main dans ses cheveux épais, avant de soupirer.) Je déteste cette merde. Ce ne sont rien d'autre que de la politique et des conneries. Tout ce que je voudrais, c'est retourner au Secteur Bariloche et coller une balle dans la tête de Carlos. Mais personne ne le défiera.

— Oh, je ne sauterais pas aussi vite sur cette conclusion à ta place, dit mon frère en arrivant dans le couloir, Elias à ses côtés. Après tout ce que j'ai appris sur lui, je serais plus que ravi de lui mettre plusieurs balles dans le crâne.

— Mais il n'y a pas que lui, il y a les autres Alphas aussi, répondit Enrique, pas du tout perturbé par l'arrivée de mon frère.

La plupart des Alphas s'inclinaient d'une manière ou d'une autre. Pas lui. Je remarquai qu'il était pareil avec moi, confiant dans ses capacités, mais respectueux quand il le fallait, comme quand Kaz ou mon père l'exigeait.

— La plupart des généraux de Carlos sont contrôlés par des drogues, mais pas tous.

— Comme toi, remarquai-je.

— Oui. Parce que je savais jouer le jeu et éviter les hallucinogènes. C'est comme ça qu'il a fait tomber mon frère.

Je haussai un sourcil.

— Ton frère a volontairement pris de la drogue ?

— Pas volontairement, non, répliqua-t-il. Il la lui a administrée en la diffusant avec un gaz pendant qu'il dormait dans son nid avec Savi.

— Merde, soufflai-je

– Ouais, marmonna-t-il en regardant Ander. Tu penses ce que tu as dit ? Tu vas m'aider à le tuer ?

– Avec un plan approprié, oui, lui répondit Ander, jetant un œil à Elias. Tu étais justement en train de me dire à quel point la vie était devenue ennuyeuse depuis les Infectés. Ça me paraît un bon moyen de verser le sang, non ?

Elias sourit, et ses yeux bleus s'illuminèrent sous le coup de l'excitation.

– Absolument, putain !

Ander hocha la tête.

– Bien. Enrique et toi pouvez discuter des plans et commencer à élaborer une stratégie. Nous nous réunirons dans trois jours pour le passer en revue. Je veux que vous me présentiez au moins trois options tactiques. (Ses iris dorés me clouèrent sur place.) En attendant, tu vas venir avec moi pour m'aider à résoudre un conflit.

Je fronçai les sourcils.

– Un conflit ?

– Ouais. Entre Jonas et Riley.

Je haussai les sourcils plus haut encore.

– Mais qu'est-ce que j'y peux ?

– Elle veut faire venir de l'aide, expliqua Ander sans ambages. Un expert qui, selon elle, peut guérir Kari. Quelqu'un avec qui elle a travaillé au CDC.

– D'accord… (Je laissai ma phrase en suspens, attendant plus d'information.) Je ne vois pas le conflit.

Il marqua une pause.

– Elle veut appeler Kieran O'Callaghan.

J'en restai bouche bée.

— *Quoi* ?

– Maintenant, tu vois le conflit.

Il tourna les talons, ouvrant la voie.

KARI

Je me réveillais, la tête emplie de voix.

Qui se disputaient.

Le nom de Kieran revenait sans cesse dans la conversation, et je ne comprenais pas pourquoi ce nom suscitait tant de colère. Mais je sentis s'intensifier l'énergie de l'Alpha ; sa domination se heurtait à mes sens, me donnant envie de me prosterner sur le sol.

Sauf que je ne pouvais pas ouvrir les yeux.

— Je ne peux pas la soigner toute seule, gronda Riley, sa voix aiguë me fendant le crâne. Elle a failli mourir sur ma table !

— Et ta solution, c'est d'appeler *Kieran O'Callaghan* ? protesta une voix grave. Cela n'arrivera jamais.

— Il pourra la stabiliser pendant que je l'opère. (Riley semblait parler entre ses dents serrées.) Il a un don de magie curative, et je sais que tu es au courant vu qu'il *t'a sauvé la vie une fois.*

— Il ne m'a pas sauvé la vie.

Un silence s'installa, ponctué par le subtil tapotement d'une chaussure contre le marbre

— Bien, marmonna l'Alpha Jonas.

Du moins, je supposais que c'était lui. Le ténor profond

sonnait juste, et c'était le seul Alpha à qui j'avais entendu Riley parler de cette manière.

— Il a *aidé* à me ramener, mais ça ne veut pas dire que je lui fais confiance.

— Combien de fois dois-je te dire qu'il ne m'a jamais touchée ? répliqua Riley.

Son changement de sujet me troubla, et me fit me demander si j'avais raté quelque chose.

— Mon déni n'a rien à voir avec ça.

— Il a tout à voir avec ça.

— C'est un Alpha V-Clan. Et pas n'importe quel Alpha V-Clan, mais le satané Prince du Secteur Sanglant, grogna l'Alpha Jonas. C'est *ça* mon objection, Oméga.

— Oh, ne me donne pas du « Oméga », *Alpha*.

— Je vais te pencher sur cette putain de table tout de suite et…

— Et quoi ? voulut-elle savoir. Me sauter jusqu'à la soumission ? Vas-y. Je te mets au défi. Voyons ce qui se passe ensuite.

Il grogna.

Elle grogna à son tour.

Et quelqu'un d'autre se racla la gorge.

— Sven a quelque chose à dire, intervint une voix autoritaire.

L'Alpha Ander, reconnut ma louve qui gémit dans ma tête. Même s'il s'était montré relativement gentil depuis notre rencontre, cet homme me terrifiait toujours. Je n'avais aucune idée de comment son Oméga pouvait supporter son air dominateur. Il était encore pire que l'Alpha Ludvig.

— Pourquoi voulez-vous faire venir le Prince Kieran ? demanda Sven.

Sa voix envoya une onde de réconfort sur mon corps

froid. Je me sentis aussitôt en sécurité, sa présence apaisait une partie de la douleur dans mon esprit.

– Il a des capacités de guérison qui vont s'avérer utiles dans cette situation, expliqua Riley. J'ai travaillé avec lui pendant la pandémie initiale. C'est un ami.

Elle prononça cette dernière phrase dents serrées, et je soupçonnai qu'elle avait jeté un œil à son Alpha en même temps.

Cette Oméga est… unique, m'émerveillai-je, impressionnée par sa capacité à gérer une pièce pleine d'Alphas. Elle s'était montrée gentille et douce les rares fois où je lui avais parlé au cours des dernières semaines. Mais elle était tout le contraire quand son Alpha était dans les parages.

Si je n'avais pas senti sur elle son odeur d'Oméga, j'aurais pensé qu'elle était une Alpha.

Sauf qu'elle était éclipsée par la taille de l'Alpha Jonas ; et j'avais remarqué que les quelques fois où elle avait eu besoin de réconfort de sa part, il avait sauté sur l'occasion pour être son premier soutien.

Ce qui me laissait vraiment perplexe face à leur dynamique. J'avais entendu Elias marmonner « soumise effrontée » à un moment. Mais je ne comprenais pas ce concept, et encore moins pour quelle raison il semblait l'amuser.

– Précise « capacités de guérison », demanda Sven, sa paume remontant le long de mon bras jusqu'à mon épaule.

Son geste me donna la chair de poule, à cause du contraste de la chaleur de sa peau sur la mienne, glacée. Je me demandai si c'était réel ou non.

Je me sentais réveillée.

Et pourtant, non.

Comme si j'étais coincée dans un état de rêverie entre la réalité et la fiction.

Quand Riley se mit à parler d'enchantements et de

magie V-Clan, j'envisageai sérieusement d'être en train de rêver. Parce que rien de ce qu'elle décrivait ne semblait possible. Qu'il devait me stabiliser pendait qu'elle retirait les fils de fer, faute de quoi je saignerai à mort sur la table une fois encore.

— Il pourrait aussi être capable d'inverser les dommages causés à ses organes reproducteurs, poursuivit-elle. Ce n'est pas quelque chose dont je suis capable, même si je finis de retirer tout le métal. Mais il pourrait aider son énergie de métamorphe et régénérer ses entrailles.

J'avais envie de sourire, mais sans y parvenir. *Finir de retirer tout le métal ?* Cela voulait-il dire qu'elle avait laissé des morceaux de fil de fer en moi ? Ou que tout était encore là ? L'opération avait-elle échoué ?

Je m'y attendais.

Mais je n'avais pas encore entendu le verdict à voix haute.

Qu'est-ce que cela signifie pour moi et Sven ? C'était la question que j'avais éludée depuis mon arrivée dans ce secteur étrange. *Est-ce qu'il va se trouver une meilleure Oméga ?*

Je… je n'avais pas envie qu'il fasse ça. Mais je savais aussi qu'il le devait. Parce que si je ne pouvais pas lui donner ce dont il avait besoin, alors ce n'était pas juste de ma part de le garder. Il méritait mieux que ça. Après tout ce qu'il avait fait pour moi, je lui devais de faire en sorte qu'il trouve quelqu'un digne de lui. Une compagne qu'il pourrait vraiment nouer.

Pas une louve comme moi.

Je me renfermai dans mon esprit, entendant à peine le reste de leur conversation. Ils ne parlaient que de l'Alpha Kieran, que Riley appelait Prince Kieran. Et de sa magie. Et de l'autoriser ou non à visiter le Secteur Andorra.

— Nous ne savons même pas s'il sera d'accord, déclara

Riley après avoir débattu de plusieurs points. Alors tout ceci n'est qu'une dispute vaine s'il refuse de nous aider.

– Il nous aidera, lança l'Alpha Jonas d'un ton sec.

– Tu n'en sais rien.

– Si, je le sais, Riley, répliqua-t-il. Parce que c'est toi qui le lui demanderas, et on sait tous les deux que cet homme remuerait ciel et terre pour toi s'il le pouvait.

— *Nous ne sommes que des amis.*

– Tu le considères peut-être comme un ami, mais ce n'est pas de cette manière que lui te voit, rétorqua-t-il. Et je ne vais plus me disputer avec toi à ce sujet. Je suis un Alpha. Je sais quand un mâle s'intéresse à ma putain de compagne.

Une porte claqua juste après cette déclaration, et je sursautai intérieurement.

Le silence retomba.

Puis Riley renifla, montrant un côté plus doux.

– Je… Je ne veux pas bouleverser Jonas, Ander, chuchota-t-elle. Mais Kieran peut aider. Je sais qu'il le peut.

Elle fit glisser le bout de ses doigts sur mon ventre, et je tressaillis.

Ce simple geste me dit tout ce que j'avais besoin de savoir.

Tout ça est parfaitement réel, et les fils de fer sont toujours en place.

– Je ne peux pas la soigner toute seule, ajouta-t-elle doucement. J'ai besoin d'aide, et Kieran est le meilleur en dehors du Secteur Andorra. C'est le seul espoir de Kari. Je ne peux pas te dire ce qu'il faut faire ou comment procéder ; la seule chose que je peux te dire, c'est que sans lui, je suis dans l'impasse.

Mon cœur bégaya dans ma poitrine, et je sentis mon âme se flétrir sous la véracité de ses mots.

Tout mon corps sembla se vider de son air, laissant dans son sillage une onde de douleur immonde, me tourmentant plus que les fils de fer dans mon ventre le pourraient jamais.

C'était comme si je… disparaissais.

M'enfonçais dans le vide.

Quittais ce monde pour de bon. Mais cette mort n'avait rien de paisible. Rien qu'une souffrance creuse, engloutie par une morne obscurité.

Je cessai d'écouter. D'être. De me faire du souci.

Et… j'acceptai simplement mon destin. Destin que j'aurais dû accepter dès le départ. Que je n'aurais jamais dû remettre en question. Parce que ce qu'il en restait dans mon esprit était comme un éclat de potentiel douloureux, une vie qui aurait pu être.

Une vie avec Sven.

Une vie que je ne connaîtrais jamais vraiment.

Une vie… à laquelle il fallait que je dise au revoir.

Une vie à laquelle je devais mettre fin.

KARI

Le ronronnement de Sven résonna dans tout mon être, m'entraînant dans un état de rêverie où j'aurais pu vivre pour toujours. J'oubliais tout et tous les autres pour me concentrer uniquement sur ce son.

Ses lèvres goûtèrent mes cheveux, ma tempe, ma joue.

Je fredonnai en réponse, me délectant de cette chaleur que seul mon Alpha pouvait me procurer.

Jusqu'à ce que je me souvienne qu'il ne pourrait jamais être mon Alpha.

L'opération avait échoué. Et d'après le peu dont je me souvenais, la seule solution qu'ils avaient trouvée avait contrarié plusieurs des Alphas présents dans la pièce.

Les détails étaient brumeux, mais ma détermination ferme.

Sven ne pouvait pas m'appartenir. Je l'avais su depuis le départ, mais il avait fait naître en moi un soupçon d'espoir qui m'avait suivie dans mes rêves, donnant vie à un fantasme qui ne pourrait jamais se réaliser.

Ce fantasme ne pourrait que s'aggraver avec le temps, me donnant un plus grand aperçu d'un monde qui ne pourrait jamais être le mien.

Ce n'était pas juste pour moi. Et certainement pas pour lui.

Il fallait que je trouve un moyen de lui faire comprendre que nous n'avions aucun avenir ensemble. Ça ferait mal. Mais à la fin, ça en vaudrait la peine.

Il me renverrait probablement à mon père. Mais une partie sombre de mon être préférait ce destin à une éventuelle destruction que Sven pourrait opérer sur mon âme en trouvant une meilleure Oméga. Cette simple pensée suffit à me sortir de la léthargie confortable induite par le ronronnement, tandis qu'une vive douleur me transperçait la poitrine.

– Kari, murmura Sven, l'air inquiet.

J'avais sans doute crié, ou pleurniché. Je n'aurais pas su le dire. J'étais tellement brisée et détachée que je ne me commandais plus moi-même.

J'avais passé les rênes à ma louve il y a des semaines, ou peut-être des mois maintenant, et je n'arrivais pas à remonter à la surface. Elle dirigeait à l'instinct, et c'était facile de me cacher derrière son esprit animal.

Mais je ne pouvais pas rester là. Plus maintenant. Plus à présent que je savais qu'il n'y avait vraiment pas le moindre espoir pour moi.

– Kari, répéta Sven, ses lèvres contre mon oreille. Je sais que tu es là. Et j'ai besoin que tu sortes et que tu me parles.

Ma louve n'avait pas envie de parler. Elle voulait l'embrasser, le lécher, l'adorer avec sa bouche.

Je faillis lui céder, parce que je voulais m'adonner au plaisir une dernière fois avant de dire au revoir. Mais mon corps était trop faible pour faire ce dont j'avais besoin.

– Cela fait deux jours que tu dors, poursuivit-il doucement. Mais je sens que tu te réveilles, et je veux te parler.

C'est ce que tu es en train de faire, songeai-je, confuse. *Je t'entends me parler en ce moment.*

– Je ne vais plus te laisser te cacher derrière ta louve, petite merveille. Aujourd'hui, nous allons parler de l'avenir, et tu vas écouter ce que j'ai à dire.

Mon cœur manqua un battement devant la fermeté de son ton. Puis il se brisa un peu quand j'intégrai et interprétai ses mots.

– Allez, Kari, dit-il, ajoutant un soupçon de domination à ces deux mots.

Je déglutis.

Et il cessa de ronronner.

– Parle-moi.

Un ordre. D'un ton d'acier.

– *Maintenant*, Oméga.

Je frissonnai. Jamais il n'avait utilisé ce ton avec moi. Mais je le reconnaissais ; c'était celui d'un Alpha à bout de patience. J'ouvris lentement les yeux, surprise de voir à quel point c'était facile. Alors que je me sentais léthargique, mon corps, lui, semblait régénéré. Il avait raison au sujet des deux jours passés au lit. Et sans pouvoir me l'expliquer, je savais qu'il avait passé tout ce temps à ronronner pour moi.

Ce ronronnement va me manquer, songeai-je tristement, ma louve gémissant en moi. Elle avait envie de sortir, de reprendre le dessus, et ça aurait été tellement facile de la laisser faire… Me mettre sur le côté… M'incliner… Lui donner…

– *Kari*, grogna Sven, m'obligeant à le regarder dans les yeux. (Quelque chose dans son ton m'empêchait de me cacher, sa domination me frappait et m'ancrait dans le présent, me forçant à être ici avec lui.) J'ai laissé cette situation perdurer trop longtemps. (Il avait l'air en colère maintenant.) Je vais contrôler ton accès à ta louve, s'il le faut. Maintenant, dis quelque chose, Oméga, pour que je sache que tu m'entends.

Je grimaçai : je n'appréciais pas du tout son ton, ni sa manière de me désigner par mon rôle au lieu de mon nom. J'avais pris goût à *petite merveille*, aussi. Et je ne comprenais pas pourquoi il se montrait soudain cruel envers moi.

— Est-ce que tu fais ça parce que l'opération a échoué ? demandai-je d'une voix plus rauque que d'habitude. Est-ce que tu… Est-ce que tu es en colère après moi ?

Parce que tu as finalement réalisé que je ne suis pas l'Oméga que tu veux ?

Ses iris bleus scintillèrent d'une émotion indescriptible. Qui vint et repartit en un clin d'œil.

— Je fais ça parce que je veux te parler, Kari. À toi, la personne. Pas à ta louve. Et je t'ai laissée te cacher derrière elle au détriment de notre connexion. Je répare ça. Aujourd'hui. Tout de suite.

Je le regardai fixement, à la fois inquiète de sa férocité et des mots qu'il avait employés. Pourquoi me punissait-il pour avoir fait confiance à ma louve ? N'appréciait-il pas le temps que nous passions ensemble ?

— J'ai fait tout mon possible pour te faire plaisir, murmurai-je, défaite. J-je ne comprends pas.

Il me caressa la joue, son pouce effleurant ma mâchoire.

— Tu me fais plaisir, Kari. Vraiment beaucoup. Mais il faut que nous ayons une conversation importante, et je ne peux pas l'avoir avec ta louve.

— D'accord, soufflai-je avec un petit hochement de tête.

— Non. Arrête ça. Plus d'acquiescements ni de soumission avec des petits hochements de tête et des mots apaisants. Je veux une vraie conversation.

Ses iris brillaient de sa puissance, et l'autorité de ses traits me donna envie de rouler sur le dos et faire exactement ce qu'il me demandait de ne pas faire.

– Je ne sais pas comment agir autrement, lui dis-je en toute honnêteté. Je fais ce qui m'est naturel.

– Non, ma chérie. Tu te caches. Tu as peur. Et je comprends ça. Je sais que c'est terrifiant. Mais ton comportement ne nous aide pas à avancer vers ce futur ensemble. Tu t'en remets à ta louve, et tu te dissocies du présent pour te protéger. Et en faisant ça, tu ne guéris pas, et tu ne grandis pas.

Je fronçai les sourcils : je n'appréciais pas ses accusations. Lors de notre première rencontre, j'avais à peine été capable de parler en sa présence, et encore moins de m'allonger ici, nue dans un lit, et de lui parler.

– Tu te trompes.

Il haussa les sourcils.

– Nous n'avons pas eu de réelle conversation depuis plus d'un mois. Bon sang, ça fait presque deux mois. Tout ce que tu fais c'est compter sur ta louve pour te guider.

– Parce qu'elle a de bons instincts.

– Dans une certaine mesure, oui, approuva-t-il. Mais j'ai aussi besoin de ton esprit, Kari. Il faut que je connaisse tes sentiments. J'ai besoin de connaître tes inquiétudes, tes désirs, tes espoirs et tes rêves. Je ne peux pas combattre tes peurs si je ne les connais pas. Je ne peux pas te donner ce que tu veux si je ne sais pas ce que tu désires.

Il voulait connaître mon esprit ? Connaître mes soucis, mes rêves et mes *espoirs* ? Ce dernier mot me hérissa.

– Je n'ai pas d'espoir, lui dis-je d'un ton sec. Je ne veux pas espérer. Je déteste l'espoir. Ma vie ne *m'autorise pas à espérer.*

Je ne savais pas vraiment d'où sortait cette véhémence, mais je m'y accrochai et je tins bon. Elle injectait du feu dans mes veines, et bizarrement, je me sentais vivante.

– Jamais tu ne m'as demandé ce que je voulais. Personne ne le fait. Je suis une poupée. Tu m'as amenée ici pour me guérir, pour pouvoir t'accoupler à une Oméga. Tu m'as choisie. Je ne sais pas pourquoi. Peut-être parce que j'étais disponible. Peut-être que tu aimes les femmes brisées. Peut-être que je représentais un nouveau défi.

Je continuais de parler, et c'étaient des mots que j'avais pensés à un moment ou un autre, mais sans jamais les formuler. Mais c'était lui qui m'avait demandé de les dire, alors je m'exécutais. Et je tuerais *tout cet espoir* dans le même temps.

Je le détruirais.

Le réduirais en cendres.

Exigerais de lui qu'il s'en aille.

Et il ne resterait plus rien dans son sillage.

Parce que c'était préférable à l'alternative. À continuer à faire durer cette situation alors qu'il n'y avait aucun espoir.

– L'opération a échoué, dis-je, et ma voix n'était plus rauque du tout, grâce à cette vague nouvelle de courage. Je suis une Oméga qui ne peut pas s'accoupler. Je suis une esclave. Je ne suis rien. Je ne peux pas te donner d'enfant. Je ne peux même pas être revendiquée. Tu peux me nouer. Me sauter. Te servir de moi pour ton plaisir. *Mais tu ne peux pas m'avoir.*

Et je détestais ça.

Je détestais ne pas pouvoir lui appartenir. Mais c'était la vie. Et espérer une alternative n'avait simplement aucun sens. C'était douloureux. C'était terriblement douloureux.

Les larmes me montèrent aux yeux, car la douleur dans mon cœur était bien pire que celle dans mon ventre.

Je ne veux pas espérer. Je ne veux pas ressentir. Je ne veux pas de ça.

– Je ne peux pas être ton Oméga. Je ne veux même pas t'appartenir.

Parce que ça signifiait attendre jusqu'à ce qu'il trouve

quelqu'un d'autre. Quelqu'un de plus valable. Et que je devrais le regarder s'en aller.

– Tu es un jeune Alpha, ajoutai-je dans un murmure. Tu ne comprends donc pas ce que cela signifie ? Tu as tellement d'années devant toi.

Tellement d'années pour trouver une autre Oméga. Un meilleur parti. Quelqu'un qui pourrait lui donner tout ce qu'il voulait.

– Tu m'as demandé ce que je voulais, et ce n'est pas ça. Ce n'est pas toi. Ce n'est pas… (*Cet espoir infini et douloureux !* pensai-je, incapable de l'exprimer.) Je ne veux pas… (*Je ne veux pas te faire de mal…*) de toi.

Je n'étais même plus cohérente, les mots dans ma tête ne correspondaient plus à ceux que je prononçais. C'était comme si j'avais passé toute ma vie dans le silence et que je venais d'apprendre à parler. Et je n'expliquais pas de la bonne manière, à en juger par son air furieux.

Il ne ronronnerait certainement plus pour moi.

Au lieu de ça, il donnait l'impression d'avoir envie de me tuer.

Et je ne pouvais même pas lui en vouloir.

– As-tu la moindre idée de pourquoi je t'ai aidée ces deux derniers mois ? demanda-t-il.

Je hochai la tête.

– Pour me revendiquer.

– Non, Kari. Je t'ai revendiquée quand je t'ai sortie de cette cage. Je t'ai aidée parce que *tu m'appartiens.*

– Mais je ne suis pas à toi, lui répondis-je. (*Pas vraiment.*) Et tu n'es pas à moi.

C'était pourquoi je devais le laisser partir, trouver une meilleure Oméga, qui pourrait lui donner ce qu'il voulait et désirait.

Ma poitrine s'ouvrit, et mon sternum explosa en mille morceaux. Parce que c'était la chose la plus difficile que j'avais jamais eue à faire. C'était plus douloureux qu'un millier de nuits passées dans ma cage.

Je suis tombée amoureuse de lui, compris-je. Ma louve avait appris à compter sur lui, et en passant, je lui avais donné mon cœur. C'était une chose tellement idiote à faire. Mais au moins, il me restait le souvenir de lui.

– Tu dois trouver une autre Oméga, murmurai-je d'une voix brisée. *(Quelqu'un de plus digne.)* Quelqu'un qui pourrait accepter ta revendication.

Parce que je ne pouvais pas.

Je rêverais de lui pour toujours, l'Alpha gentil qui avait ravi mon cœur. Et avec un peu de chance, il songerait aussi à moi de temps en temps.

Mais j'en doutais.

Une fois accouplé avec une vraie Oméga, il m'oublierait complètement.

– Tu peux partir maintenant, lui dis-je. Je préférerais, s'il te plaît. (Parce que s'il restait une minute de plus, je m'effondrerais en larmes à ses pieds et le supplierais de rester.) S'il te plaît, va-t'en.

– Tu veux que je m'en aille ?

Son ton était empreint d'incrédulité et son expression d'effroi.

– Oui, chuchotai-je. C'est ce que je veux.

C'était un mensonge, mais il n'y avait pas d'autre choix. Il fallait qu'il passe à autre chose. Et il fallait que… j'existe.

– Mais j'ai une requête.

Je le vis se figer tandis qu'il me dévisageait.

– Laquelle ?

– Puis-je rester dans le Secteur Andorra ? lui demandai-je d'une petite voix.

Je n'avais pas vraiment envie de rester ici, je voulais partir avec lui. Mais je n'étais pas assez forte pour le regarder s'en aller avec une autre Oméga. Cela me détruirait complètement. Ici au moins, je serais plus en sécurité. D'après mes observations, ils n'avaient pas de camp d'esclaves comme dans le Secteur Bariloche.

– Tu… Tu veux rester ici, dans le Secteur Andorra ? Et que je m'en aille ?

Je hochai la tête avec raideur.

– S'il te plaît.

Il me scruta pendant un long moment, l'expression solennelle.

– Très bien, Kari. Si c'est ce que tu veux.

Il ne dit rien de plus, roula hors du lit et se mit en quête de ses vêtements.

Je le regardais comme une proie regarde un prédateur, terrifiée à l'idée qu'il puisse se retourner contre moi. Mais j'avais aussi envie qu'il me prenne dans ses bras et exige mon obéissance.

Je ne comprenais pas cette distorsion.

Mais ma douleur me disait que j'avais raison. Je ne pouvais pas continuer à vivre dans ce conte de fées. Il fallait que je reste dans le monde réel, qui n'incluait pas l'Alpha Sven.

Il acheva de s'habiller, puis se tint près du lit dans toute sa gloire d'Alpha. Il entrouvrit les lèvres comme pour dire quelque chose. Mais il se contenta de secouer la tête.

– Bonne nuit, Kari.

Ses mots m'accompagnèrent un long moment après son départ. Une sorte d'espoir étrange persistait, parce qu'il n'avait pas dit *au revoir,* simplement *bonne nuit.*

Mais alors que la nuit passait jusqu'à l'aube, je commençai à me demander si je l'avais mal entendu.

Puis je me repassai toute notre conversation, et je commençai à me demander si je n'avais pas mal compris beaucoup de choses.

Ma louve resta froide en moi, refusant de m'accorder le moindre réconfort. Elle détestait ma décision. Et plus j'y songeai, plus je la détestais moi aussi.

Ce n'est que lorsque le soleil se coucha plusieurs heures plus tard que la réalité commença à s'imposer à moi. J'étais restée au lit toute la journée. Sans pleurer. Sans vraiment ressentir quoi que ce soit. Parce que je n'avais plus la moindre émotion. Sven les avait aspirées en lui et s'en était allé.

C'est alors que la vérité me frappa.

Jamais il n'avait été question d'émotions ou du désir de me libérer de la douleur d'une vie fantasmée. Parce que ces sentiments ne m'avaient jamais vraiment appartenu. Je n'étais rien. Rien que la coquille d'un être. Une femme brisée par des années de tourments incessants.

Et je m'étais noyée dans un océan de mort avant que Sven n'arrive et me lance une bouée de sauvetage.

Sous la forme d'un rêve devenu réalité.

Parce que Sven est mon espoir.

Et je venais de le renvoyer. Pour de bon.

KARI

Je ne voulais pas manger.

Ça ne servait à rien.

Je ne voulais pas parler.

Ça ne servait à rien.

Mais Riley insistait. Elle arriva avec de la nourriture, disant que j'avais besoin de prendre des forces. Alors je mangeai pour l'apaiser. Puis elle tenta de me parler.

Mon espoir s'est finalement envolé.

Mon Sven est parti.

Il ne reviendra jamais.

Qu'est-ce que j'ai fait ?

Les mots défilaient dans ma tête, et je sombrais plus bas au fond d'un puits de désespoir. J'avais chassé ma lumière. Tout me paraissait tellement sombre sans lui. Si froid. Si morne.

Je ne savais pas combien de temps s'était écoulé. Je ne faisais pas attention aux fenêtres, ni au soleil, ni à la lune. Je reconnus à peine Riley quand elle vint me voir.

Et ma louve refusait de m'aider, son esprit brisé par mon erreur.

— Une erreur, murmurai-je, répétant le mot.

Parce que c'était ça. *Une erreur.*

Mais je n'étais pas certaine de ce qui me dérangeait le

plus : m'être autorisée à tomber autant amoureuse de Sven, ou prendre conscience que j'avais tourné le dos à ma seule lueur d'espoir depuis très longtemps.

Je faisais les cent pas dans la suite, attendant qu'il revienne.

Ce qu'il ne fit pas.

Je me mis à repenser à ce que j'avais fait de mal, me rejouant notre conversation en boucle dans ma tête. Je lui avais dit que je ne voulais pas de lui. Je lui avais dit qu'il devait trouver une autre Oméga. Je l'avais supplié de partir.

Et il m'avait écoutée.

Je serrai les poings contre mes flancs.

Comment osait-il vraiment s'en aller ?

Mais en fait comment *moi* avais-je osé le lui dire ?

Je grognai contre lui, puis contre moi, pour cette situation confuse. Je… Je n'aurais jamais dû lui dire de partir. Mais quel choix avais-je ? Il avait besoin de quelqu'un de mieux, de plus valable.

Et pourtant…

Et pourtant, je pense qu'il devrait être à moi.

Je m'effondrai au sol sous le poids d'une vague de tristesse, le cœur encore plus brisé qu'avant, quand je lui avais demandé de partir.

Comment avait-il pu m'écouter ? Pourquoi l'avais-je poussé ? Pourquoi suis-je comme ça ?

Des larmes roulèrent sur mon visage, et la tristesse que j'avais gardée à l'écart explosa en un long gémissement déchirant. Je voulais qu'il revienne. Je voulais notre avenir. Je voulais une vie différente. Je voulais respirer. Je voulais son ronronnement. Je le voulais, *lui*. Je voulais mon Sven.

Je lui ai dit qu'il n'était pas à moi. Que je n'étais pas à lui. Que je ne voulais pas de lui.

Qu'est-ce qui ne va pas chez moi ?

Oh, mais je connaissais la réponse à cette question. Il y avait tellement de choses qui n'allaient pas chez moi, mon corps était brisé au point d'être méconnaissable. Pourtant, Sven m'avait quand même choisie, malgré tous mes défauts.

Et je l'avais récompensé en le renvoyant.

Il avait exigé que je parle. Il avait parlé d'espoir. Et j'avais… j'avais choisi la voie des ténèbres. La mauvaise direction. J'avais choisi le *chagrin* sous prétexte de me protéger.

Je remontai mes genoux contre ma poitrine, les membres tremblants de la douleur qui irradiait de moi. Je ne voyais plus rien, ma vision était noyée dans un flot de tristesse. Je pouvais à peine respirer, mes poumons étouffant sous mes larmes d'autodestruction.

C'était douloureux.

Mais ça me rappelait que j'étais en vie.

Que j'étais capable de plus. Parce que je pouvais encore ressentir. Donc je pouvais *guérir*.

Je m'accrochai à cette prise de conscience, tandis que mon cœur se reconstituait lentement, en un nouvel organe qui comprenait *l'espoir*.

Sven.

J'avais besoin de lui. Je le voulais. Je l'avais *revendiqué*.

Peut-être pas complètement. Peut-être même pas correctement. Mais je l'avais marqué de mon âme. J'avais créé des nids avec lui. Ma louve l'avait vénéré et aimé.

Il était à présent temps pour moi, *en tant que personne*, de faire de même.

Mais comment? me demandai-je, avec ce soupçon de désespoir qui menaçait de me submerger une fois encore. *Comment puis-je l'accepter alors que je suis incapable de m'accoupler?*

Je réfléchis à cette question pendant des heures,

nageant dans un océan de *et si* jusqu'à ce que je comprenne enfin.

Ce n'était pas à cause du nœud ou de mon incapacité à m'accoupler. Il s'agissait de lui faire confiance pour me vouloir malgré tout. De savoir que son cœur était avec moi même sans la morsure de revendication. De placer ma foi en mon partenaire de vie pour me protéger, me chérir, et m'adorer pour celle que j'étais maintenant, pas celle que je pouvais être.

Sven avait été tout ça pour moi.

Il m'avait soutenue, m'avait fait me sentir à l'abri, tout en promettant de m'aider, me nourrir, me guérir, me faire la cour quand je serais prête, et jamais il n'avait cessé d'espérer pour nous.

Il était la lumière dont j'avais besoin pour me guider hors de l'ombre. Le soleil de ma lune. L'Alpha que ma louve désirait, et l'homme dont mon cœur avait besoin.

Il est à moi.

Les mots s'ancrèrent en moi avec détermination, et mon âme se réjouit de la finalité de ma décision. L'Alpha Sven m'avait appris à respirer. Il m'avait montré que la vie dans le Secteur Bariloche n'était pas l'unique façon d'exister. Il avait fait de moi une véritable Oméga, pas une esclave, m'avait aidée à voir qu'en dépit du fait que j'étais brisée, je méritais mieux.

Je le méritais, *lui.*

Peut-être plus maintenant que je l'avais si mal traité, mais j'étais quelqu'un qu'il pouvait aimer avec tous mes défauts.

Je me levai, les jambes plus stables que je ne m'y attendais, fortifiée par mon loup qui exigeait que j'agisse.

Me doucher.

M'habiller.

Manger.

C'étaient mes ordres, que j'exécutais en silence, l'esprit concentré et prêt. Il fallait juste que je trouve Sven.

Est-il encore là ? A-t-il quitté le Secteur Andorra ?

J'ignorais combien d'heures ou de jours s'étaient écoulés. Peut-être seulement une poignée. Ou peut-être bien plus. Je n'avais jamais vraiment maîtrisé le concept du temps, parce qu'il n'avait pas d'importance.

Mais Sven en avait.

Il comptait.

Il est à moi.

J'étais encore en train de me répéter ces mots quand Riley arriva. Elle apportait un plateau de nourriture, et ouvrit de grands yeux en me voyant déjà assise à la petite table pour deux, une assiette réchauffée devant moi. Je l'avais trouvée dans le réfrigérateur et l'avait tiédie dans l'appareil que Sven m'avait appris à utiliser. Une sorte de réchauffeur instantané, avec des lumières rouges.

— Oh. (Elle posa le plateau sur le comptoir et prit la chaise en face de moi.) C'est bon de te voir manger.

— Où est Sven ? lui demandai-je, n'ayant pas envie de bavarder aujourd'hui.

D'habitude, elle me demandait comment je me sentais, puis à prendre mes constantes et voulait savoir quand je m'étais transformée pour la dernière fois. Pour l'instant, tout ceci n'avait aucune importance.

Seulement Sven.

— Il est toujours dans le Secteur Andorra ? insistai-je, impatiente.

J'ai besoin de lui. J'ai besoin de lui maintenant. Pas à cause de son ronronnement ou de sa lumière, mais pour pouvoir lui dire ce que je ressentais. Qu'il était à moi. Que je le voulais. Que je croyais en lui. Que je lui faisais confiance pour me garder. Pour m'aider. Pour me protéger. Pour être à moi.

Et je voulais être à lui. Je ferais tout ce qu'il voulait, tout ce qu'il *désirait*, rien que pour être auprès de sa présente chaleureuse une fois encore.

– Je…

Elle ne finit pas sa phrase et baissa ses yeux bleu vif, ses cheveux assortis lui retombant sur la figure. C'était une couleur saphir, pas naturelle, et je la soupçonnais de les teindre. Mais ça n'avait aucune importance à cet instant.

– Il est resté dans ses anciens quartiers, reprit-elle doucement. Mais en venant ici, je l'ai vu se diriger vers l'aérodrome.

Je bondis de mon siège.

– Il s'en va ?

Elle déglutit.

– Je ne sais pas. Peut-être.

– J'ai besoin de lui parler. J'ai besoin qu'il comprenne… Je… Je dois m'excuser. Je dois… Riley, je ne peux pas le laisser partir. (C'était exactement ce que je lui avais dit de faire, mais tout à fait l'opposé de ce que je voulais vraiment.) Peux-tu m'aider à l'arrêter ? Peux-tu au moins me conduire à lui pour que je puisse… Je puisse… (*Faire quoi ?* me demandai-je en cillant. *L'arrêter ?*) J'ai juste… J'ai juste besoin de lui dire…

Je n'étais pas encore sûre de quoi.

Quelque chose. N'importe quoi.

Que je le voulais. Que je le désirais. Que j'avais tort avant.

Il était peut-être trop tard, mais je ne le saurais pas avant d'essayer. Et il serait définitivement trop tard si je le laissais s'en aller.

– S'il te plaît, Riley. Tu peux m'amener à lui ?

Je trouverai quoi lui dire en le voyant. J'avais juste… J'avais juste besoin d'essayer.

Riley dut voir le désespoir sur mes traits, car elle hocha

lentement la tête avant d'afficher une sorte de vidéosurveillance sur sa montre. Elle était identique à celle de Sven, fondue dans sa peau, mais pleine de commandes high-tech. Quand elle montra la vidéo de lui sur le tarmac, mon cœur manqua un battement.

Il semblait déterminé. *Et en colère.*

Je déglutis. *Il est à moi. Je dois lui dire qu'il est à moi.*

La détermination grandit dans mon ventre, me poussa en avant. C'était très différent de quand je laissais ma louve prendre le dessus. Ce n'était que moi. Mon esprit. Mon corps. Mon cœur. Et j'étais en train de suivre mon instinct comme j'aurais dû le faire depuis le début. Mais j'avais été effrayée et blessée, incapable de croire les intentions de Sven à cause de mon conditionnement.

Mais je le comprenais à présent.

Du moins, en grande partie.

J'étais encore très hésitante, terrorisée à l'idée de m'exposer à un chagrin d'amour inexplicable, mais mon désir d'aller au bout surpassait mon intimidation.

C'était ça que Sven avait éveillé en moi : il m'avait donné une voie à suivre, dont je n'avais jamais soupçonné l'existence.

J'avais envie de le suivre jusqu'au bout, de me jeter à ses pieds et le supplier de rester.

– D'accord, dit lentement Riley. Il va falloir que tu restes très silencieuse, et que tu me suives.

Je hochai la tête, acceptant ses conditions. Je pouvais être silencieuse.

J'enfilai une paire de bottes par-dessus mon jean, relevai mes cheveux mouillés en queue de cheval, étirai les manches de mon pull noir par-dessus mes mains. Je n'avais ni manteau ni gants, alors ça ferait l'affaire. Heureusement, les métamorphes avaient chaud naturellement. Et d'après ce que j'avais vu par les fenêtres, une grande partie de la neige avait commencé à fondre, ce qui laissait penser que le printemps arrivait dans cette région du monde.

Riley portait une tenue semblable à la mienne, mais elle n'avait que des baskets et non des bottes, et ses cheveux pendaient sur ses fines épaules comme un rideau de soie bleue. Elle était facilement reconnaissable, et heureusement nous ne croisâmes personne en sortant. Je devinai que c'était dû à sa surveillance constante de la vidéo pendant que nous progressions.

Elle tapa un code dans l'ascenseur, qui nous emmena à un niveau que je ne connaissais pas encore. Il n'était pas comme le hall d'entrée avec ses grandes fenêtres et ses murs blancs que j'avais vus à l'arrivée. Celui-ci était austère, presque lugubre, et les murs de béton me faisaient penser à ma prison à la maison.

Un frisson me parcourut l'échine, et pour la première fois, je me dis que je faisais peut-être confiance à la mauvaise louve.

C'est mon médecin, me réprimandai-je. *Et c'est une Oméga. Elle ne va pas me faire de mal.*

C'était juste mon indécrottable penchant à ne faire confiance à personne. Mais je repoussai cette idée, choisissant de placer ma confiance dans cette femme qui avait essayé de me traiter au cours des dernières semaines, ou des derniers mois.

Elle fit une nouvelle pause pour consulter sa montre, levant un doigt pour me tenir à l'écart.

Puis elle hocha la tête et franchit une porte métallique qui nous mena dehors. Je m'y glissai avec elle, me collant sur le côté du bâtiment comme elle le faisait, jusqu'à ce que nous arrivions au bord de l'aérodrome au-delà.

Elle jeta un œil au coin du bâtiment et je la suivis, le cœur battant la chamade à la vue de Sven qui se dirigeait vers un avion à plusieurs mètres. Jonas, Elias, Enrique et Ander étaient tous avec lui.

Ma louve gémit à cette vue, exigeant que je me transforme pour courir vers lui.

Non. Il fallait que ce soit moi qui le fasse, pas elle.

Alors je lui ordonnai de se mettre en retrait. C'était une drôle de sensation, de mettre de côté une partie de moi pour prendre les choses en main, mais c'était bon, étrangement. Comme si j'étais toujours censé faire comme ça. Pas elle. J'avais passé la plus grande partie de ma vie éloignée de ma louve, alors il m'avait paru naturel de la laisser prendre les devants.

Mais une partie grandissante de moi commençait à comprendre qu'il fallait que ce soit un effort conjoint, pas l'une ou l'autre. Elle pouvait toujours exister en moi, me pousser à faire des choses, mais c'était à moi, la personne, d'accepter ses choix.

Et pour l'instant, je choisissais d'ignorer sa décision.

Laisse-moi faire ça, lui dis-je.

Elle ne protesta pas. Elle acquiesça simplement et s'assit dans ma tête, patientant, observant, me promettant d'être là quand j'aurais besoin d'elle.

C'était une expérience vertigineuse, mais c'était bien, et étrangement, cela renforça ma confiance.

Riley trembla, et son expression m'indiqua qu'elle n'était pas certaine d'avoir pris la bonne décision en voyant son Alpha avec le mien.

Mais je savais que c'était là où je devais être. Je le sentais dans mes os. *C'est mon Alpha là dehors, et il doit savoir que je le veux.*

Je partis en courant avant qu'elle ne puisse m'en empêcher, et mon âme se réjouit de voir Sven se tourner vers moi.

Mais je me figeai en voyant la fureur sur ses traits quand il me vit.

Oh... Je trébuchai à cause de mon arrêt brusque, et tombai au sol à une dizaine de mètres de lui.

Mes genoux protestèrent en heurtant le sol, et un rugissement éclata à mes oreilles.

– *Riley !*

La voix de l'Alpha Jonas me terrorisa.

Mais c'est le grognement féroce de Sven qui me coupa le souffle.

Il me rappela chez moi. Ma cellule. Mon ancienne existence.

Je ne suis plus cette Oméga. Je ne... Je ne... J'étais incapable de savoir comment achever cette pensée, et je n'eus pas l'occasion d'essayer.

Des mains rudes me saisirent par les épaules et me hissèrent.

Seulement, elles n'appartenaient pas à Sven.

C'étaient celles d'un Alpha aux yeux sombres et aux traits ciselés et hâlés, avec d'épais cheveux noirs. Il émit un grondement bas dans sa poitrine, presque comme un ronronnement, mais avec une intention féroce.

Je ne savais pas d'où il était sorti ni pourquoi, mais en regardant Sven par-dessus son épaule, je vis une menace irritée sur ses traits. Comme s'il avait renoncé à tout droit sur moi et ne supportait pas de me voir.

Et maintenant, il me laissait seule pour affronter mon nouveau destin.

Seule.

SVEN

— Comment se fait-il que j'entende dire que tu t'envoles pour le Secteur Bariloche pour tuer Carlos ? me demanda mon père quand je répondis à son appel.

Je levai les yeux au ciel.

— Kaz est une vraie commère.

Je l'avais appelé la nuit dernière pendant que je faisais les cent pas le long des murs du Secteur Andorra. Je lui avais parlé de mes plans pour me rendre dans le Secteur Bariloche et tuer l'ordure qui avait brisé ma future compagne.

Oh, elle pouvait toujours penser qu'elle ne voulait pas de moi.

Mais je savais qu'il n'en était rien.

C'était pour ça que je lui avais laissé du temps seule pour y réfléchir. Elle avait prétendu que j'étais jeune, et qu'elle ne voulait pas de moi, alors j'allais lui prouver ma valeur en lui ramenant la tête de son père sur un plateau d'argent. Puis je la forcerais à m'accepter, quelle que soit sa situation.

Donc je ne pouvais pas la nouer. Un jour, ça

280

changerait. Et j'étais prêt à attendre le temps qu'il faudrait pour pouvoir la revendiquer officiellement. Tôt ou tard, elle le comprendrait.

— Quel est le plan ? insista mon père alors que j'avançais dans le couloir vers la sortie du bâtiment. Et je suppose que ton frère vient avec toi ?

— C'était prévu, dis-je. Mais plus maintenant.

Je le vis hausser les sourcils à l'écran.

— Tu y vas seul ?

— Je n'y vais pas du tout. Pas maintenant, en tout cas.

Mon père fronça les sourcils.

— Qu'est-ce qui a changé ?

Je jetai un œil à un Jonas silencieux près de moi.

— Un autre plan s'est d'abord mis en place.

Après la petite crise de Kari, j'étais allé voir Jonas pour lui demander de passer l'appel au Secteur Sanglant. Je comprenais ses réserves à inviter un Alpha V-Clan, mais si Riley pensait qu'il pouvait aider, alors je voulais tenter cette possibilité.

Mon Oméga avait peut-être perdu tout espoir, mais ce n'était pas mon cas. Jamais. Et j'incarnerais toujours son espoir, même dans ses heures les plus sombres.

— Nous allons à la rencontre de l'Alpha Kieran O'Callaghan, poursuivis-je en poussant la porte vers l'air frais du dehors. (Le soleil était assez chaud pour faire fondre un peu de neige, mais à peine.) Riley pense qu'il peut aider Kari. Et il va arriver d'une minute à l'autre.

Mon père garda le silence un moment avant de hocher la tête.

— Dis à K que je lui passe le bonjour.

Il raccrocha avant que je puisse lui répondre.

Jonas et moi échangeâmes un regard.

— Ton père connaît l'Alpha Kieran ?

– Apparemment, marmonnai-je.

Mon père était plein de secrets, il en avait le droit après plus de cinq cents ans d'existence. D'après ce que j'avais compris, l'Alpha Kieran était encore plus vieux, la rumeur disait qu'il avait plus de mille ans.

Pourtant, il n'avait pas de compagne.

Ou il en avait eu une, mais elle avait disparu. C'était l'histoire que j'avais entendue, en tout cas. Elle était portée disparue depuis l'ère de l'Infection, elle aurait fui son destin à ses côtés, et il la recherchait depuis.

Je comprenais cette détermination parce que je ferais la même chose pour Kari.

Enrique, Elias et mon frère nous rejoignirent sur le tarmac, tous vêtus de pulls et de jeans. Nous ne savions pas trop à quoi nous attendre avec l'arrivée de Kieran, car les Alphas du V-Clan étaient notoirement imprévisibles. Leur technologie rivalisait avec celle du Secteur Andorra, et leurs jets furtifs étaient réputés pour apparaître et disparaître sous des vagues de nuages magiques.

Ces loups se comportaient plutôt comme des panthères avec leur fourrure soyeuse couleur de nuit et leurs réflexes félins. Ils s'accouplaient au printemps et passaient les mois d'été à l'intérieur, dans un état proche de l'hibernation, pendant que les bébés grandissaient.

Le soleil était leur ennemi juré, d'où notre surprise à tous de voir Kieran choisir d'arriver en plein jour. Il n'avait pas prévenu à l'avance, il avait simplement envoyé un message à Jonas pour l'informer qu'il était en route une heure plus tôt.

– Il vient d'appeler la tour par radio, nous dit Ander en s'approchant de moi. Il est là.

Jonas grommela, son irritation palpable.

Ça n'aurait servi à rien de le remercier, alors je

m'abstins. De toute évidence, il avait un passif avec l'Alpha V-Clan, qui semblait concerner l'amitié de Kieran avec Riley.

Ça a plutôt intérêt à fonctionner, songeai-je, serrant les dents.

Les autres semblaient partager mon sentiment et nous formâmes une sorte de comité d'accueil dominant au bord de la piste d'atterrissage.

C'est de la high-tech, me dis-je en admirant le design épuré et l'approche quasi silencieuse du jet qui arrivait. Il se posa avec une grâce que je ne pus m'empêcher d'admirer, et mon âme de pilote me démangea à l'idée d'aller faire un tour avec cette beauté.

Mais je ne laissai rien transparaître de mon intérêt.

J'affichai plutôt un masque d'indifférence. Je ne connaissais pas cet Alpha. Par conséquent, je ne lui faisais pas confiance.

Jonas se raidit à côté de moi, son loup tapi dans son regard.

Puis une odeur familière attira l'attention de mon animal. *Kari.* Son doux parfum me fit me retourner, et je me figeai presque en la voyant *courir vers moi.*

C'est quoi ce bordel ? songeai-je, furieux de la voir sans protection dehors, en la présence d'un Alpha inconnu qui s'approchait. Je fis un pas en avant, prêt à l'intercepter et la pousser derrière moi, quand ses yeux effrayés se posèrent sur les miens ; puis je la vis trébucher.

Je secouai la tête, confus de la voir sur le sol, *dehors.*

Elle était censée être en sécurité dans sa chambre, à se remettre de sa crise pendant que je réglais les choses avec Kieran pour qu'il l'aide.

Une énergie ombrageuse apparut au bord de ma vision, me faisant pousser un grondement bas et menaçant tandis que la fumée prenait corps sous la forme d'un mâle Alpha. Il nous ignora tous, se dirigeant directement vers Kari tandis que Jonas grondait « *Riley !* » d'un ton furieux.

Je jetai un œil à l'Oméga qui trébuchait, les yeux arrondis sous le choc de la vue de l'Alpha V-Clan, puis se laissait tomber au sol en entendant son propre Alpha aboyer son nom. Il l'attrapa la seconde d'après, la tirant rudement derrière lui, me distrayant momentanément de la scène qui se déroulait.

Surpris et irrité, je vis que l'Alpha du V-Clan avait récupéré Kari, son attention se portant entièrement sur ma promise tremblante. Elle planta les yeux dans les miens, et je lus la terreur et la tristesse qui se dégageaient d'elle tandis qu'elle me suppliait du regard de faire quelque chose.

Je pris une grande inspiration pour me calmer ; j'avais un tel désir agressif d'arracher Kari aux mains de l'autre Alpha que je faillis agir d'instinct.

Mais je sentais que sa domination était supérieure à la mienne. Il était vieux, archaïque, de lignée royale.

Kieran O'Callaghan.

Je pourrais le défier, mais il gagnerait. En dépit de mon envie désespérée de récupérer ma compagne, il me détruirait sous une vague de magie calculée. Je le sentais dans mes veines, dans mon esprit, et je pouvais presque visualiser la scène.

C'était… humiliant. Et exaspérant.

Et c'est mal, réalisai-je dans un souffle.

– Sors de ma tête, putain, dis-je d'un ton sec. (Mon loup se leva et secoua l'engourdissement dans lequel cet être enchanté m'avait plongé.) *Maintenant.*

Un gloussement résonna dans ma tête, suivi d'une voix lisse qui disait :

– Bon sang, mais qu'as-tu fait à cette pauvre Oméga ?

La scène commença à s'accélérer autour de moi, et la réalité s'infiltra lentement à travers le nuage du sort qu'il avait jeté dans mon esprit.

Cet être est très *puissant,* réalisai-je, cillant en voyant de nouveau Kieran tenir ma compagne.

Le temps était fuyant. Il m'avait maintenu suspendu dans une sorte de brouillard, poussant mon loup à se soumettre sans même lever la main pour me défier.

Au regard de la fureur qui irradiait d'Ander, Elias et Enrique, il leur avait fait la même chose.

Seul Jonas semblait avoir toute sa tête, peut-être parce qu'il tenait Riley, et c'était clair au premier regard que Kieran avait un faible pour elle. Et apparemment, il en développait déjà un pour mon Oméga, parce qu'il lui tenait le visage avec le soin d'un Alpha nourricier, pas affamé.

– Tant de douleur, chuchota-t-il en la regardant droit dans les yeux. Chut, tout va bien, ma petite, roucoula-t-il, et ses paupières tombèrent. Je vais t'aider dès que ces Alphas m'auront dit ce qu'ils ont fait.

– Nous, rien du tout, lui rétorqua Jonas. C'est le Secteur Bariloche qui l'a fait.

Kieran cligna une fois de ses yeux noirs, puis regarda Jonas.

– L'Alpha Carlos ?

– C'est sa fille, intervins-je. Et ma future compagne.

L'Alpha V-Clan me jaugea, puis jeta un coup d'œil à la femme tremblante entre ses mains.

– C'est vrai, ma petite ? Est-ce que tu lui appartiens ?

Je gémis intérieurement, conscient de ce qu'elle allait répondre. J'étais sur le point d'expliquer à Kieran dans quel état mental elle se trouvait quand elle répondit :

– O-oui. L'Alpha Sven est à moi.

Le choc envoya valser toutes mes pensées. Parce que c'était Kari qui parlait, pas sa louve.

Ma bête intérieure poussa un grognement de satisfaction, ajoutant mentalement quelque chose du genre *Oh que oui, je suis à toi*. Mais ma bouche était incapable de prononcer ces mots, trop abasourdi que j'étais de sa déclaration ouverte.

Je m'étais attendu à me battre, à devoir la déclarer mentalement instable, mais elle avait prononcé ces mots avec une assurance que je ressentis jusque dans mon âme. Le bégaiement du départ avait disparu à la fin, et sa déclaration était solide, ancrée, forte.

Elle sait que je suis à elle.

— Je vois. (Kieran la libéra doucement et la guida dans mes bras qui l'attendaient.) Je ne sais pas comment vous traitez vos Omégas ici, mais nous ne laissons pas les nôtres ramper par terre en présence d'autrui. Ce comportement est réservé à nos chambres à coucher.

Kari trembla contre ma poitrine, et je ronronnai pour elle. J'embrassai le sommet de sa tête, la remerciant en silence de m'avoir revendiqué devant tout le monde. Une partie de moi était encore stupéfaite, se demandant d'où venait cette femme, car celle que j'avais quittée l'autre jour était convaincue du contraire. Bon sang, elle avait agi comme si elle me détestait.

Mais cette version d'elle se blottit contre moi et se détendit dès que mon ronronnement arriva à ses oreilles.

Elle est à moi, me dis-je en souriant contre sa tête. Je n'arrivais même pas à être en colère après elle pour avoir couru ici sans protection. Parce qu'elle connaissait sa place, et qu'elle était officiellement en sécurité dans mes bras.

Enfin, à l'exception du prédateur parmi nous.

Ce qu'il avait fait à nos esprits signalait qu'il était l'Alpha parmi nous, et tout le monde en était mal à l'aise, sauf Kieran. Même Jonas semblait mécontent, probablement parce qu'il savait qu'il ne pouvait rien faire pour protéger l'Alpha de son secteur de l'emprise mentale de Kieran.

– Tu l'as appelé, murmura Riley. Pourquoi ne m'as-tu pas dit que tu l'avais appelé ?

– C'était censé être une surprise, répliqua Jonas d'un ton abrupt. Je ne savais pas non plus s'il allait se montrer, et je n'avais certainement pas prévu que tu serais là pour l'accueillir.

– Oui, qu'est-ce que tu fais ici, Oméga ? demanda Ander. Ta mission était de tenir compagnie à l'Oméga Kari à l'intérieur, *pas de la lâcher dans mon secteur.*

Kari frémit en réponse à sa colère évidente, et Riley gémit derrière Jonas.

– Je-je… Kari voulait voir l'Alpha Sven…

– Et tu as accepté ? (L'expression d'Ander se transforma en lignes furieuses.) C'est une *Oméga non accouplée*, sans escorte de protection. Qu'est-ce qui se serait passé si nous n'avions pas été là ? Est-ce que tu y as pensé ? Est-ce que tu as pensé à quoi que ce soit ?

– Je suis désolée, bégaya-t-elle. Je voulais juste… Je voulais juste aider…

– En la mettant dans une situation dangereuse qui aurait pu la blesser, voire pire ? (Ander semblait incrédule, en plus d'être énervé.) Tu vas t'occuper de ça, Jonas, ou c'est moi qui m'en chargerai. Et tu n'aimerais pas la façon dont je vais m'y prendre.

– Oh, je vais gérer ça, crois-moi, répondit Jonas d'un ton tout aussi furieux qui déclencha un gémissement chez son Oméga derrière lui. Silence, lança-t-il avant de se tourner vers Kieran. Ce n'est pas comme ça que nous envisagions les présentations aujourd'hui. Je te présente nos excuses pour le côté théâtral.

Il s'exprimait dents serrées, et les excuses semblaient lui être presque douloureuses.

— Comme je ne suis pas du genre à perdre du temps, pas besoin d'excuses. J'ai déjà effectué l'évaluation nécessaire, et la réponse est oui, je peux aider votre Oméga.

Je haussai les sourcils. *Il a déjà fait son examen ? Comment ?* Jamais je n'avais rencontré de loup du V-Clan, alors je ne connaissais rien à leur magie. Mais arriver à une conclusion aussi rapide me paraissait… impossible. Et pourtant, il se tenait devant nous d'un air assuré, son statut d'Alpha transparaissant dans sa stature royale.

— Cela dit, je vais avoir besoin des mains robustes de Riley pour m'assister. Et je ne vais pas attendre pour opérer simplement parce qu'elle sera trop endolorie après la punition que tu as l'intention de lui infliger. (Il consulta son poignet, et un écran apparut au-dessus de sa peau.) Je travaille mieux la nuit, et le soleil se couche dans trois heures. (Il reporta son attention sur Ander.) Il me faut un repas, et un lit pour me reposer. Cela va me coûter beaucoup d'énergie.

— Accordé, répondit immédiatement Ander.

Kieran hocha la tête, et ses yeux sombres croisèrent les miens.

— D'après ce que j'ai senti de ses organes, cela fait plusieurs années qu'elle n'a pas connu d'œstrus. Il est très probable qu'elle soit immédiatement en chaleur lorsque nous aurons terminé. Comme elle dit être à toi, il est de ta responsabilité d'être prêt à y faire face.

— Je n'ai pas besoin que tu me dises comment m'occuper de mon Oméga.

Son regard oscilla entre Riley et Kari, et il haussa un sourcil.

— Je n'en suis pas du tout convaincu.

Puis il jeta un œil impatient à Ander.

– Elias, montre à Kieran ses quartiers, dit mon frère sans regarder son Second. Essaie de ne pas le défier en chemin.

Elias ricana.

– Après ce lavage de cerveau ? Je ne promets rien.

Kieran se contenta de sourire.

– Montre-moi le chemin, *Second*.

Je les regardai partir, l'esprit chamboulé par la tournure inattendue des événements de la journée. Nous avions prévu qu'il devrait examiner minutieusement Kari avant de poser ses conditions, mais il semblait savoir déjà ce dont il aurait besoin. Et il n'avait demandé qu'un lit et un repas.

– Il y a forcément un piège, dis-je quand il disparut dans le bâtiment avec Elias. Il ne peut pas faire ça gratuitement.

– Les loups du V-Clan sont connus pour chérir leurs Omégas encore plus que nous, murmura mon frère. Je pense que simplement sentir sa douleur était suffisant pour le pousser à l'aider.

– C'est quelque chose que tu avais anticipé, intervint Enrique. Tu n'étais pas surpris du tout qu'il accepte.

– Non, en effet, confirma Ander. Parce que l'Oméga Kari n'est pas la première dont je le vois s'occuper. (Il jeta un coup d'œil à Jonas et Riley.) Il tient les Omégas en haute estime, au point de sauver un compagnon Alpha rien que pour préserver la santé mentale d'une Oméga.

Jonas grogna.

– Il ne m'a pas sauvé la vie.

– Bien sûr que si, répondit doucement Ander. À plus d'un titre. (Puis ses iris dorés s'éclaircirent et il les fixa sur Riley.) Étant donné les exigences de l'Alpha Kieran, la punition de ton Oméga devra avoir lieu après l'opération.

– Oui, acquiesça Jonas d'un ton bourru. C'est heureux,

parce qu'elle devra survivre toute la nuit en songeant à ce que je lui ferai quand elle aura terminé.

– C'est… c'est ma faute, balbutia doucement Kari, interrompant la discussion. Je lui ai demandé de m'aider. C'est moi qui devrais être punie, pas elle.

– Non, dit mon frère avant que je puisse répondre. Tu n'es pas un de mes loups. Mais l'Oméga Riley, oui. Et en tant que ma louve, elle connaissait les risques qu'il y avait à t'emmener hors du bâtiment sans protection adéquate. N'est-ce pas, Oméga ?

Riley tenta de s'accrocher à Jonas, mais il s'éloigna d'elle, la laissant affronter l'ire de leur Alpha de secteur toute seule. Ça devait le tuer de le faire, mais ce qu'elle avait fait était imprudent. Mon frère avait raison, elle avait fait courir un risque inutile à Kari. Puisque c'était moi qu'elles essayaient de trouver, elle aurait dû simplement appeler Jonas et lui expliquer. À la place, elle avait préféré faire sortir Kari en douce, et même si j'appréciais qu'elle me l'ait amenée, c'était une mauvaise action de sa part.

Et si Kieran avait amené d'autres personnes avec lui ?

Et si Kieran avait voulu nous faire du mal ?

Et si ce n'avait pas été Kieran qui avait franchi les murs du dôme, mais quelqu'un que nous n'attendions pas ?

Il y avait plein de situations potentiellement dangereuses, non seulement pour Kari mais aussi pour Riley. Alors que cette dernière pouvait prendre soin d'elle, Kari était très vulnérable à la douleur.

Elle n'était pas non plus accouplée.

Et elle avait une propension à se soumettre immédiatement.

J'étais d'accord avec mon frère et Jonas sur ce point : Riley devait être châtiée pour ses actes. L'obliger à patienter pour cela servirait de punition en soi, surtout si Jonas ne la soutenait pas en tant que couple.

Il lui montrait ce que ça ferait d'être seule.

C'était ce qui se serait passé s'il n'avait pas été dehors quand elle était sortie avec Kari.

Assume les conséquences de tes actes, disait sa posture. *Et tu les affronteras seule, étant donné que tu as choisi de ne pas faire front uni avec moi en tant que ton Alpha.*

— Je suis désolée Alpha, chuchota Riley. Nous pensions que l'Alpha Sven s'en allait. Nous tentions de l'arrêter.

Mes yeux s'écarquillèrent quand j'entendis sa confession. *Kari pensait que j'allais la quitter ? Elle s'attendait à ce que j'abandonne si facilement, après une petite crise de colère ?*

— Alors tu aurais dû appeler ton Alpha pour qu'il t'aide, plutôt que de mettre en danger une Oméga vulnérable en agissant toi-même, répondit Ander d'un ton sec. (Il se tourna vers moi.) Ramène Kari à l'intérieur. Il faudra qu'elle soit calme et prête pour l'opération de ce soir.

Elle trembla contre moi, lui donnant raison. Elle ne pouvait pas rester ici écouter l'Alpha réprimander Riley. Ils ne lui feraient pas de mal. Même pas après l'opération. Mais ils s'assureraient qu'elles ne feraient plus jamais une chose aussi idiote.

J'espérais juste qu'elle serait capable de procéder à l'opération sans que son jugement soit altéré par ses émotions.

Mais un simple regard vers Jonas me dit qu'il avait la situation en main. Il ferait en sorte qu'elle ait tout ce qu'il fallait pour réussir, tout en maintenant une atmosphère punitive. Leur relation était vieille d'un siècle, ce qui signifiait qu'ils savaient exactement comment se gérer mutuellement. Et d'après ce que j'avais vu, ils travaillaient bien ensemble.

Et à présent, il était temps de faire en sorte que Kari et moi développions le même genre de relation.

Je la préparerais pour ce soir aussi.

Tout en lui rappelant à qui elle appartenait. Parce qu'il était hors de question qu'elle se lance dans cette aventure avec des doutes. Quoi qu'il arrive, elle était à moi. Et il était temps pour moi de m'assurer qu'elle comprenne exactement ce que ça signifiait.

KARI

Sven me ramena dans notre suite et directement dans la chambre.

– Déshabille-toi, ordonna-t-il sur un ton exigeant qui me fit frissonner. Maintenant.

J'en restai bouche bée.

— Sven…

— *Maintenant,* répéta-t-il.

Je frémis sous sa domination, mais ma louve, elle, soupira dans ma tête. Elle le désirait avec une férocité qui bourdonnait dans mes veines. Nous lui avions désobéi. Nous l'avions blessé. Et à présent, il nous grondait.

Elle était impatiente.

De mon côté, je n'étais pas sûre de ce que je devais ressentir.

Je retirai mes bottes près du lit, puis mon pull et mon jean, révélant mon corps nu en dessous. Ce qui le fit grogner.

– C'est tout ce que tu portais lors de ta petite escapade dehors ?

Je déglutis.

– Je venais te rejoindre, t'empêcher de partir.

– Je n'étais pas en train de partir, Kari. J'accueillais

l'Alpha Kieran dans le Secteur Andorra. Nous allions nous rencontrer pour négocier son aide.

Mes lèvres s'arrondirent tandis que je cillai en le regardant.

— Mais tu as dit *au revoir*.

— Non, j'ai dit *bonne nuit*, répondit-il en retirant son pull. Ensuite, j'ai passé deux jours avec Enrique et Elias, pour les aider à monter une attaque contre le Secteur Bariloche, pendant que Jonas contactait Kieran. Nous devions partir plus tard dans la journée, mais il nous a appelés il y a une heure pour nous dire qu'il était en chemin.

— Tu allais dans le Secteur Bariloche ? répétai-je à voix basse, le cœur au bord des lèvres. *Pour les autres Omégas ?*

— Oui. Pour tuer ton père pour ce qu'il t'a fait.

Je sursautai devant la véhémence de ses paroles.

— Pour tuer mon… ? Pas pour les Omégas ?

— Nous prévoyons de les sauver, mais c'est sa tête que je veux. Je vais le tuer pour toi. Brutalement. Il va payer pour ce qu'il a fait à mon Oméga. (Il retira ses chaussures et commença à déboucler sa ceinture.) Assieds-toi sur le bord du lit. Les jambes écartées pour que je puisse voir ton cœur. Et sur la pointe des pieds.

Je fis ce qu'il m'ordonnait, me glissant au bord du matelas, tout en réfléchissant à tout ce qu'il venait de me dire. *Il se rendait dans le Secteur Bariloche pour me venger.*

Cette prise de conscience me réchauffa le cœur, même si cette voix perfide me murmurait qu'il avait une arrière-pensée, pour trouver une meilleure Oméga.

Je ravalai cette insécurité, la repoussai loin de mon esprit. Il avait parlé du sauvetage des Omégas comme d'un objectif secondaire, pas le premier.

— Tu as toujours l'intention d'y aller ? lui demandai-je pendant qu'il descendait la fermeture éclair de son jean. Au Secteur Bariloche ?

J'avais de plus en plus de mal à me concentrer sur notre conversation : mon regard tombait automatiquement sur son aine.

Il baissa son pantalon qu'il laissa tomber à ses pieds. Je frissonnai à la vue de son membre furieusement excité, palpitant de désir à travers la fine barrière de son boxer.

Il est à moi, pensai-je, tandis que mes sécrétions s'accumulaient dans mon intimité pour me préparer à le prendre. Je me fichais que ce soit douloureux. J'avais juste envie de le sentir en moi. De prendre son nœud comme je le devrais.

Seulement, je ne pouvais pas.

Pas vraiment.

Et cette prise de conscience me fit lever les yeux vers les siens, affamés. *Que va-t-il me faire ?*

— Oui, Kari. Je prévois toujours d'aller dans le Secteur Bariloche. Pas pour trouver une Oméga de remplacement, mais pour tuer ton père. (Il retira son caleçon : il était aussi nu que moi.) C'est ça que tu ne comprends toujours pas. Tu es à moi.

— Je sais, commençai-je, essayant de me rappeler tout ce que je voulais lui dire.

Mais il n'avait pas fini de parler.

— Non, Kari. Tu ne sais pas. Tu croyais que quelques mots pourraient me faire fuir loin de toi ? Que j'allais retourner dans le Secteur Scandinave la queue entre les jambes ? (Cette suggestion semblait l'énerver ; je tressaillis légèrement.) Je ne te quitterai jamais, Kari. C'est *ça* que tu n'as pas l'air de comprendre. Tu crois qu'il s'agit juste de te réparer pour que je puisse te nouer.

Il s'avança entre mes jambes écartées, ses cuisses chaudes contre ma peau fraîche. Il fit remonter ses doigts le long de mon sternum jusqu'à ma gorge, puis plus haut dans mes cheveux où il attrapa ma queue de cheval pour incliner ma tête et croiser mon regard.

– Je ne fais pas ça pour moi, Kari, continua-t-il d'une voix douce, mais soulignée d'un soupçon de sauvagerie.

Je déglutis, parce que le ton qu'il employait parlait à mon âme, exigeant que je l'écoute. Que je l'entende. Que je le croie. Que je *l'embrasse*.

– Je fais ça pour *nous*.

Son autre main dériva vers mon visage, ses jointures effleurant ma joue.

– Ouvre ces jolies lèvres pour moi, murmura-t-il, m'enveloppant de sa domination, me forçant à lui obéir.

Ma bouche s'ouvrit.

– Bonne fille, me complimenta-t-il, se rapprochant encore plus, enroulant ses doigts autour de la base de son membre. Reste juste comme ça.

Ce que je fis.

– N'avale pas, ajouta-t-il. Pas encore.

Je dus faire un effort conscient pour suivre ses ordres, pour empêcher ma gorge de bouger tandis que la salive s'accumulait dans ma bouche. Le désir que j'avais de lui était si féroce que je le ressentais jusqu'au creux de mon ventre.

Mon corps s'humidifia encore plus, et mes sécrétions s'écoulaient presque hors de moi.

Ma bouche haletait du besoin de le goûter, me rendant dingue de désir.

Alpha, faillis-je dire, mais son regard d'avertissement me figea totalement.

Il fit glisser son pouce le long de ma lèvre inférieure, avant de plonger à l'intérieur pour récupérer de mon humidité, et dessiner un cercle autour du bout de son sexe avec.

Oh… Mes cuisses menacèrent de se refermer, j'avais un

besoin de friction que j'avais du mal à combattre ; mais ses jambes m'empêchaient de bouger.

Et ses yeux m'obligeaient à garder la bouche ouverte pour lui.

Je haletai.

Et il répéta son geste, me caressa les lèvres, plongea à l'intérieur, et se servit de mon essence pour décorer son beau membre.

Lorsque ses doigts se refermèrent autour de son nœud, je gémis, mes propres mains tremblant du besoin de le toucher. *Je t'en prie, Alpha,* le suppliai-je du regard.

Il tenait toujours mes cheveux, m'obligeant à regarder son visage tandis qu'il se donnait du plaisir devant moi.

– Je ne fais pas ça pour moi, répéta-t-il d'un ton bourru. Je fais ça pour *nous.* Tu m'appartiens déjà, Kari. Tu es déjà à moi, tout autant que je suis à toi. Le nœud, la morsure, tout cela est secondaire pour moi. C'est *toi* qui comptes le plus. Et jamais je n'ai douté un instant d'être capable de *nous* aider, parce que j'ai su dès la première fois que je t'ai vue que tu étais faite pour être mienne.

Un autre glissement sur mes lèvres.

Plus de salive.

Et une caresse ferme sur son acier ferme.

Un gémissement monta dans ma gorge. *J'ai envie de ça. J'ai envie de lui. J'ai* besoin *de lui.*

– Chut, murmura-t-il tandis que ma complainte intérieure s'échappait de mes lèvres entrouvertes. Je vais te donner tout ce que tu veux, et plus encore. Mais c'est moi qui commande maintenant, Kari. Je vais te montrer ce que cela signifie d'être à moi, en contrôlant ce que tu prends, ce que tu avales et la quantité de semence que je libère. Tu es à moi, je veux te chérir, te protéger, te punir, te posséder, et te nouer quand j'en ai envie, putain.

Un tremblement chatouilla ma colonne vertébrale, une petite pointe de peur qui lui fit serrer la mâchoire.

– Et ça, c'est la raison pour laquelle on fait ça, ajouta-t-il dans un sifflement grave qui me tordit l'estomac. Les partenaires se font confiance, Kari. Tu ne portes peut-être pas ma morsure, mais ça n'empêche pas que tu sois mienne. Et je vais m'assurer que tu le comprennes quand j'aurai fini. Maintenant, ouvre plus grand la bouche.

Ma mâchoire se relâcha, mon corps à ses ordres.

Il effleura encore ma joue de ses jointures, et son approbation se sentait dans sa caresse tendre ; alors il amena son sexe à mes lèvres.

D'instinct, je tendis la main vers lui mais il me saisit le poignet et reposa ma main sur ma cuisse.

– C'est moi qui commande, répéta-t-il. Tu prendras ce que je te donne. Et tu me feras confiance pour ne pas aller trop loin.

Je frissonnai, mes entrailles nouées par l'atmosphère de contrôle qui l'entourait. J'étais sur le point d'être submergée, de laisser sortir ma louve pour la laisser se soumettre à ma place.

Mais je ressentais l'importance de rester ici avec lui, de l'écouter, d'apprendre à être ce qu'il voulait en tant que *métamorphe*, pas *animal*.

Je déglutis quand il atteignit le fond de ma gorge, puis me forçai à me détendre quand il poussa juste un peu plus, m'obligeant à le prendre tout entier.

– C'est tellement bon, me complimenta-t-il, resserrant doucement ses doigts dans mes cheveux. Les yeux sur moi, petite merveille, dit-il. C'est *toi* que je veux voir.

Pas ma louve, traduisis-je. Il me testait, veillait à ce que je reste présente pendant qu'il me prenait. Grâce à cette prise de conscience, je me sentais en sécurité, et désirée en même temps.

Il prenait garde à mon confort, tout en faisant en sorte que je ne puisse pas me cacher.

Je passai la langue le long de la peau veloutée, dans ma bouche, me délectant de son goût, gémissant tandis que mes cuisses s'humidifiaient encore plus de mon désir. J'avais déjà eu envie d'un membre d'Alpha avant, mon corps était préparé et entraîné à désirer le nœud, mais jamais je n'avais été aussi excitée qu'à cet instant.

Sa chaleur alluma une flamme en moi qui brûlait pour lui. Elle fit jaillir des étincelles dans mes veines, chatouillant mes terminaisons nerveuses.

– Plus profond, grogna-t-il, inclinant ma tête à un angle qui ouvrait plus encore ma gorge pour lui.

Je gémis quand il se glissa à l'intérieur, puis me figeais quand il m'empêcha de respirer.

Il resta là un moment, sa main telle une poigne de fer dans mes cheveux, m'obligeant à le prendre.

Je ne luttai pas.

Je patientai.

Je lui faisais confiance pour me libérer.

Et quand il le fit, il me complimenta pour l'effort, caressant une fois encore ma joue de sa main libre avant de reposer ses doigts sur son nœud.

– Tu vas avaler tout ce que tu peux, murmura-t-il. Et ensuite, tu en avaleras encore.

Je hochai la tête, impatiente de m'exécuter. Je me sentais plus proche de lui avec sa semence en moi, comme si nous étions réunis d'une manière que personne ne pourrait nous retirer.

– Mmmh, fredonna-t-il, approuvant de toute évidence. Les yeux sur moi, petite merveille. Quoi qu'il arrive.

Je clignai des yeux, ne réalisant qu'à cet instant que je les avais fermés par anticipation. Deux grands yeux bleus me fixaient, et l'Alpha se perdait dans sa lubricité.

J'avais vu ce regard tellement de fois auparavant.

En général, ça me terrifiait.

Mais pas avec Sven. Je savais qu'il ne me ferait pas de mal, même lorsqu'il se mit à pomper violemment ma bouche, son membre frappant le fond de ma gorge. Et pourtant, à chaque mouvement brusque, je lui faisais confiance pour me protéger.

Je m'ouvris encore plus profondément pour lui, le laissant se servir de ma gorge.

Et quand il commença à jouir, j'avalai pour lui, tout comme il m'avait dit de le faire.

Ses pupilles se dilatèrent totalement, engloutissant ses iris tandis qu'il me regardait prendre autant que je le pouvais.

Il n'y avait pas d'air.

Rien que sa semence.

Je pris… Et pris… Et pris…

Une panique se réveilla dans les vestiges de ma conscience, une toute petite voix qui me disait que je pourrais me noyer ainsi, mais je la repoussai et soutins son regard. *Je te fais confiance.*

Je lus la fierté dans son expression pendant qu'il me regardait, ses doigts travaillant son nœud, me forçant à en prendre plus encore. J'avais des points noirs devant les yeux, mais je me réfrénai mon envie de glapir ou m'éloigner.

Il ne me fera pas de mal.

C'est mon Alpha. Mon Sven. Mon espoir.

Il retroussa les lèvres, et tira mes cheveux pour écarter ma bouche de lui. Mais il ne cessa pas de jouir. Il continua de déverser sa semence partout sur mon cou et ma poitrine, tout en soutenant mon regard.

– Frotte-la sur ta peau, exigea-t-il.

Je levai les doigts et lui obéis sans poser de question.

Il détourna le regard du mien, les narines évasées à cette vue.

– Maintenant, recule, allonge-toi sur le lit et garde les jambes écartées, dit-il d'un ton sombre.

Il va me nouer, réalisai-je, et mon esprit se vida un instant avant qu'une autre pensée ne me vienne. *Non, il ne le fera pas. Il ne me fera pas mal comme ça.*

Je savais qu'il ne le ferait pas parce que nous avions passé d'innombrables heures au lit ensemble et pas une seule fois il ne m'avait prise.

Même si je l'avais mis en colère, il ne me ferait pas de mal.

Cette idée s'installa quelque part au fond de moi tandis que je m'installais au milieu du matelas et écartais les jambes pour lui, tout comme il l'avait demandé.

Je lui faisais confiance sans la moindre équivoque, et je le laissai s'en rendre compte en croisant une fois encore son regard.

– Voilà ma compagne, dit-il en rampant sur le lit pour s'installer entre mes cuisses.

Son membre se glissa entre mes replis, se frotta contre moi, collectant mes fluides, puis il me pénétra d'un coup de reins qui me fit voir des étoiles.

Je me figeai, choquée de cette intrusion.

Mais il me fit taire la seconde d'après et glissa sa hampe hors de moi.

Je déglutis, pantelante sous lui.

– Je m'assure juste que tu sais que tu m'appartiens, murmura-t-il contre mon oreille. Et que j'ai largement assez de self-contrôle pour m'empêcher de te nouer.

Il ponctua sa phrase en s'emparant de son membre, pour relâcher encore plus de semence, directement dans mon intimité.

– Tu es à moi, Kari, dit-il, ses lèvres effleurant ma joue

avant d'atteindre le bord de ma bouche. Et ma semence dans ton intimité le prouve.

Il soutint à nouveau mon regard, et continua de se déverser en moi sans jamais me pénétrer de nouveau. Rien que le bout de son sexe, un baiser intime, pendant qu'il jouissait… et jouissait… et jouissait.

J'avais le corps en feu, mes entrailles hurlant pour qu'il me complète, mais je savais qu'il ne le ferait pas. Pas pour me torturer. Pas parce qu'il voulait que je le supplie. Non, il faisait ça pour prouver son propre contrôle. Pour me montrer qu'il était mon Alpha. Mon protecteur. Mon compagnon. Et qu'il ne ferait *jamais* quelque chose pour me blesser volontairement.

Je levai la main vers sa joue, totalement perdue dans sa démonstration de force et de bravoure.

Et je hochai la tête.

Parce qu'il avait raison.

– Je suis à toi, soufflai-je. Et tu es à moi.

Il sourit.

– Je suis tout à fait à toi, approuva-t-il, ses lèvres frôlant les miennes. Peu importe ce qui arrivera ce soir, je serai encore à toi. Pour toujours, Kari.

Je le crus, et le lui dis d'un regard, et avec ma bouche en l'embrassant.

– Si ça ne fonctionne pas, reprit-il après quelques minutes d'un silence sensuel, je n'abandonne pas. Je trouverai un moyen, Kari. J'en fais le serment. Tu es ma petite merveille, et je ferai tout ce qu'il faut pour te guérir. Pas pour moi, mais pour nous. Et pour toi. (Il s'empara de ma bouche une fois encore, sa langue déposant une bénédiction dans mon âme.) Je pourrais remuer ciel et terre pour toi, Kari, murmura-t-il. Et je le ferai. Tu verras.

Je fondis sous lui, je croyais chacun de ses mots.

Sven était mon espoir. Mon amour. *Mon Alpha.*

SVEN

Ce couloir blanc immaculé devenait ma seconde maison.

Je l'avais arpenté après la chirurgie ratée de Kari, puis quand j'avais appelé Kaz au sujet du voyage vers le Secteur Bariloche.

Et maintenant, j'empruntai le même chemin en attendant le résultat de l'opération de Kari.

Je me touchai la nuque et poussai un soupir en me repassant la dernière déclaration de Kieran dans ma tête.

« *Ça va marcher. Mais j'ai besoin de me concentrer, et je ne peux pas le faire avec toute ton énergie possessive qui flotte autour de moi. Alors dégage et laisse-moi faire mon boulot.* »

J'avais envie d'enfoncer mon poing dans la figure de cet enfoiré arrogant. Mais je ne pouvais pas. Pas alors qu'il avait commencé par « *Ça va marcher* ».

Ça va marcher, approuvai-je. *Bien sûr que ça va marcher, bordel.*

Je le sentais dans mes tripes, et mon loup se pavanait en une posture confiante tout en fredonnant son approbation de libérer notre compagne de ses dernières entraves d'esclave.

— Tu préfères faire les cent pas toute la nuit, ou te rendre utile ?

La voix de mon frère résonna dans le couloir quand il franchit le coin, avec Elias et Enrique juste derrière lui.

– Nous avons un nouveau plan de guerre à revoir si tu es partant, ajouta Elias. Je me suis dit que nous pourrions en prévoir un troisième étant donné que nous n'y allons pas ce soir. On n'est jamais trop préparé, tout ça.

Nous avions déjà une idée assez solide de ce que nous allions faire, mais je n'étais pas contre le fait de me concentrer sur quelque chose d'autre.

– Ça peut se faire ici ?

Parce que je n'avais pas l'intention de laisser Kari. Le simple fait d'être hors de la pièce était assez douloureux.

– Ouais.

Elias fit un mouvement du poignet pour faire apparaître des schémas sur le mur blanc.

Je souris parce qu'ils avaient évidemment anticipé mon accord, sinon ils n'auraient pas été aussi prêts à revoir les plans.

Merci, dis-je d'un regard à mon frère. Je l'appréciais plus que je ne pourrais jamais le lui dire. Je savais que c'était plus son idée que la leur.

Il me fit un signe de tête, comme pour dire *À quoi ça sert la famille ?*

Elias se lança dans une discussion tactique pour revoir le plan original dont nous avions discuté, sur la manière d'abattre les Alphas du Secteur Bariloche.

La première partie impliquait un anti-hallucinogène, quelque chose qu'Enrique avait suggéré pour aider à réveiller les Alphas qui pourraient vouloir se retourner contre Carlos.

La seconde partie portait sur le plan d'assaut. Avec l'aide d'Enrique, nous avions un schéma complet du Secteur Bariloche, une liste exhaustive des armes potentielles, et les identités des irréductibles supporters de

Carlos. Il nous avait également indiqué où étaient détenues les Omégas, montré les fosses de torture que Kari avait mentionnées, pleines d'Infectés, et pointé une zone en surbrillance connue de Carlos seul.

C'était ce dernier point qui était au centre de la discussion de ce soir. Avec le temps supplémentaire dont nous disposions, mon frère avait envoyé un drone prendre des images de la zone privée de Carlos.

– Nous n'avons pas encore reçu les informations, mais nous les aurons bientôt, annonça-t-il en activant le flux en direct de son jouet. Nous devrions atteindre l'espace aérien du Secteur Bariloche d'ici cinq minutes.

– Ah, c'est donc le vrai but de tout ça.

– Ouais, on s'est dit qu'on avait trente minutes à perdre, et que ça ne faisait de mal à personne de revoir le plan, dit Elias en haussant les épaules. Ça t'a distrait, non ?

Je ricanai.

– Un peu.

Mais pas tout à fait. Mes oreilles étaient aux aguets de ce qui se passait dans la pièce à quelques pas de là, attendant le moindre signe de complication. Heureusement, tout était calme et tranquille.

Enrique s'appuya contre le mur pendant que nous attendions, mais je sentis un peu de son énergie nerveuse.

– Tu penses que ton frère pourrait être là-dedans.

– C'est l'un des seuls espaces que je n'ai jamais pu inspecter, me répondit-il. Alors oui.

Je hochai la tête, je comprenais. Il avait parlé à Ander et Elias de son jumeau, et de son soupçon qu'il soit vivant. Ils avaient exigé de savoir ce qu'il avait à gagner dans tout ça et il avait dit la vérité.

D'après ce que j'avais vu, Elias et lui étaient bien vite devenus amis. Tous deux avaient un penchant pour la lutte et les armes. En tant que Second d'Ander, Elias avait accès à tous les jouets sympas, et Enrique s'était montré très enclin à en apprendre plus à ce sujet.

Un bip retentit sur le poignet d'Ander, l'alertant que le drone était en approche.

Puis nous le regardâmes évoluer sans bruit dans le ciel bleu : il faisait encore jour dans cette partie du monde, mais tout était également couvert de neige. Je n'étais jamais allé en Patagonie, mais j'avais vu des photos. Des arbres, de la glace, de la neige, des montagnes et des lacs d'un bleu saisissant.

Le drone était en train de survoler l'un d'eux, restant au ras du sol.

— Tu as envoyé un furtif ? devinai-je en reconnaissant la technologie de camouflage.

Elle donnait à la machine une couleur bleu brillant qui se fondait dans l'eau en dessous.

— Ouais, confirma mon frère, les yeux rivés sur l'écran. Enrique a programmé les coordonnées ce matin après l'appel de Kieran.

Ça semblait correct.

Nous continuâmes notre observation, tandis que le drone balayait le territoire pour vérifier si les informations d'Enrique étaient exactes. Puis il pénétra lentement au cœur du Secteur Bariloche, et nous observâmes les résultats en serrant les dents.

C'était pire que ce que j'avais imaginé.

Des esclaves de toutes sortes.

Du sang.

De la cruauté.

Des fosses allant bien au-delà de la torture par les Infectés, mais d'autres types aussi.

Des Omégas se faisant sauter presque à mort en plein jour, comme si c'était parfaitement normal, putain.

Des Betas enchaînées.

Des Alphas drogués.

Tout ce qu'Enrique et Kari avaient dit était vrai. Je n'avais pas vraiment douté d'eux, simplement j'avais espéré que c'était exagéré. Mais non. C'était encore pire que ce qu'ils avaient décrit.

Lorsque le drone passa par-dessus un mur dans le sanctuaire privé de Carlos, l'ambiance de mort et de sauvagerie se transforma en oasis. Une poignée de Betas se promenaient, des esclaves de toute évidence, comme le prouvaient les colliers autour de leurs cous, mais l'opulence du domaine palatial respirait la richesse et l'élégance.

Il y avait des jardins, des murs blancs, des pièces immaculées et des meubles en or.

– Ça ne ressemble pas à une prison, grommela Elias.

– Non, convint Enrique, qui semblait frustré.

– Envoyez-le sous terre, suggéra une nouvelle voix.

Nous nous tournâmes tous vers cette présence inattendue.

Kieran était là, appuyé contre le mur, les bras croisés d'un air désinvolte tandis qu'il observait la vidéo. Il nous adressa un regard innocent, comme s'il ne venait pas juste d'apparaître de nulle part pour rôder et observer le spectacle.

– Quoi ? demanda-t-il, l'air tout sauf contrit. Si je gardais des otages, je les mettrais sous terre, pas dans ma maison. (Son regard oscilla entre nous tous.) Je veux dire, c'est ça que nous cherchons, non ? Des otages ?

– *Nous* ne faisions rien, répondit Ander.

Kieran se contenta de sourire.

– Ah, eh bien, j'ai une question avant de répondre à ça. (Il reporta son attention sur moi.) Est-ce que Kari a mentionné quoi que ce soit au sujet d'un loup du V-Clan ? Un guérisseur, peut-être ?

– Qu'est-ce que tu fais ici ? lui demandai-je. Tu ne

devrais pas être à l'intérieur ? Je pointai du doigt la salle d'opération de Kari.

– Oh, oui, on a fini.

– Fini ? répétai-je.

– C'est ce que j'ai dit, oui, murmura-t-il. On a réussi, au cas où tu te poserais la question.

– Bien sûr que je me pose la question, répliquai-je d'un ton sec en faisant un pas en avant.

Il posa une main sur mon torse, et sa magie me figea sur place.

– Elle dort encore, Sven, mais elle devrait se réveiller dans l'heure. Donc il faut que tu te tiennes prêt, parce que j'ai senti que son œstrus prenait déjà le dessus.

– Alors laisse-moi la voir, dis-je à travers mes dents serrées, agacé au plus haut point par son sort.

– Je viens de faire un gros sacrifice de pouvoir au profit de ton Oméga, pour m'assurer qu'elle survivrait à l'opération sans cicatrices ni effets secondaires à vie. Il est également intéressant de noter que sans moi, elle serait probablement morte. (Il parlait calmement, mais dans ses yeux noirs luisait un avertissement évident.) Alors s'il te plaît, fais-moi l'honneur de me dire si ton Oméga a mentionné quoi que ce soit au sujet d'un guérisseur.

Mon loup avait envie de le pousser hors de notre chemin et d'en finir.

Mais l'homme en moi entendit ce qu'il venait de dire au sujet de l'aide apportée à mon Oméga, et je ne pus m'empêcher de lui faire la courtoisie de répondre. Parce que je lui devais bien ça. Et s'il ne voulait de moi qu'une réponse, alors je la lui donnerais.

– Elle m'a dit que l'un des Omégas du camp de Carlos était capable de guérir. Elle a aussi dit que Carlos est un collectionneur et que tous ses Omégas ne sont pas des loups du X-Clan.

– Intéressant, murmura-t-il pensivement, en jetant un coup d'œil à Ander. Je vais devoir rester ici quelques jours de plus, le temps que l'Oméga Kari reprenne ses esprits, et qu'elle puisse m'en dire plus au sujet de cette guérisseuse. Est-ce possible ?

– Si tu cesses de nous jeter des sorts, oui, répondit mon frère avec un subtil sifflement d'avertissement.

Kieran sourit.

– Mais bien sûr. Je faillis trébucher en avant quand sa magie me relâcha dans l'instant. Ce fut sa paume contre mon torse qui m'empêcha de tomber sur lui.

– Elle sera presque inconsolable de désir. Bonne chance. (Sur ce, il fit face à Ander quand la vidéo du drone disparut.) Je te suggère l'infrarouge pour ton prochain passage.

Mon frère sourit, réactiva l'écran et fit ce qu'il disait.

Je les laissai discuter de leurs jouets, du Secteur Bariloche et des arrangements pour l'hébergement.

Je devais m'occuper d'une Oméga.

Et j'espérais vraiment que Riley me donnerait un peu plus de détails sur l'état physique de Kari. Parce que quelque chose me disait que je n'obtiendrais rien de plus de la part de Kieran.

– DONC TU AS ENLEVÉ tous les fils de fer ? demandai-je, récapitulant ce que Riley venait de me dire.

Elle hocha la tête.

– Oui. J'ai pu tout enlever pendant que Kieran guérissait rapidement ses organes. C'était lent, et ça m'a demandé pas mal de manœuvres délicates, mais nous avons pu enlever tout ce qui empêchait son système reproductif de guérir de lui-même. Puis il s'est occupé des cicatrices et l'a recousue par magie.

Je cillai.

— Vous l'avez recousue avec de la magie ?

Elle remonta la chemise de Kari, pour ne révéler que de la peau lisse.

— Pas de vrais points de suture. Il… il a réparé les cellules de sa peau avec son esprit.

Ses yeux bleus se portèrent sur Jonas, et elle déglutit.

Il restait stoïque dans un coin de la pièce, bras croisés, les traits vides d'émotions. Il était déjà comme ça quand l'opération avait commencé, et n'avait pas bougé d'un centimètre depuis.

— Donc tu penses qu'elle va se rétablir totalement ? insistai-je, revenant à Riley.

— Ouais. Kieran a dit qu'il sentait ses chaleurs en train de s'épanouir, répondit-elle. Il a prévenu que ce serait violent, parce que ça fait plusieurs années qu'elle n'a pas connu d'œstrus. Et il a aussi précisé qu'il y avait peu de chances de grossesse, étant donné que ses organes sont encore jeunes et à vif pour le moment.

— Mais le nœud ne lui fera pas de mal ? insistai-je ; j'avais besoin de le savoir pour aider à gérer la partie chaude de l'équation.

Elle secoua la tête.

— Ça… ça faisait mal avant à cause des fils de fer, murmura-t-elle, les yeux brillants de larmes contenues. Les fils avaient été placés de sorte que le nœud lui cause une douleur atroce. Il était parfaitement impossible que les torsions en elle aient été accidentelles. (Elle déglutit.) S-Son père voulait que ça fasse mal.

Je contractai la mâchoire. J'allais m'occuper de lui, sitôt assuré que ma compagne était complètement guérie.

Avec un petit hochement de tête, je parvins à dire :

– Merci, Riley.

– De rien, murmura-t-elle, la gorge nouée. Et je… Je suis désolée de l'avoir mise en danger tout à l'heure.

Je croisai le regard impassible de Jonas, puis regardai Riley avant de hocher encore la tête. Je ne lui pardonnerais pas. Ce n'était pas mon rôle. Son Alpha devait la réprimander de la manière qu'il voulait, et un seul mot de ma part saperait son autorité sur le sujet.

Elle se mordit la lèvre et recula d'un pas.

– On peut la faire monter en toute sécurité, mais il faut faire vite. Une fois qu'elle sera en œstrus, tout le bâtiment le saura.

Je passai les mains sur le corps de Kari en quête d'ecchymoses ou d'enflures, mais elle n'était qu'une femme douce et bien roulée sous mes paumes. Alors je la pris dans mes bras et la calai contre mon torse avec un ronronnement.

Jonas me vit approcher et ouvrit la porte sans un mot.

À peine eus-je franchi le seuil que la porte se refermait et se verrouillait derrière moi.

– Ici ? entendis-je Riley demander à voix basse.

Je ne restai pas pour savoir ce que Jonas avait en tête. À la place, je gagnai les ascenseurs, remarquant le couloir désert au passage.

Ander avait dû terminer sa démonstration et emmené Kieran dans ses quartiers.

Il faudrait que je demande plus tard à l'Alpha V-Clan comment il avait entendu parler de la guérisseuse Oméga. Ça m'avait traversé l'esprit après avoir vérifié que Kari allait bien et l'avoir trouvée en train de se rétablir, comme il me l'avait dit.

Elle demeurait inconsciente dans mes bras pendant que je la ramenais dans notre suite, son petit gabarit étant un poids parfait à porter.

Une fois arrivés, je l'amenai à la salle de bains pour la baigner du mieux que je pouvais. Puis je l'allongeai sur le lit et allai chercher tout ce dont nous aurions besoin.

Après l'avertissement de Kieran, j'avais commandé quelques articles, qui avaient tous été livrés.

De l'eau.

Des draps.

De la nourriture.

Le strict nécessaire pour une Oméga en chaleur.

Je n'avais jamais vu une femme en œstrus auparavant, mais j'en comprenais la dynamique et ce qui serait exigé de moi et de mon corps. Et j'étais plus que prêt à jouer mon rôle pour elle.

Je me débarrassai de mes vêtements, les posant à côté des draps au cas où elle les voudrait pour son nid, je me glissai dans le lit à côté d'elle, et j'attendis.

KARI

Au chaud. En sécurité. Alpha.

Je gémis, ce tiercé de perfection bourdonnant sauvagement dans mes veines. Chaque inspiration m'apportait le parfum masculin de Sven, dont le mélange boisé était un aphrodisiaque qui enflammait mon âme.

J'en voulais plus.

Il gronda derrière moi, un grognement sourd qui me terrifiait autrefois chez les autres Alphas. Mais pas avec Sven. J'accueillis sa domination et sa protection, et roulai vers lui ; il me fallait davantage de son parfum enivrant.

– Kari, murmura-t-il.

Il passa ses doigts dans mes cheveux alors que je me frottais contre son torse nu.

Nu, m'émerveillai-je, ma cuisse glissant entre ses jambes musclées. *Glorieusement, fabuleusement nu.*

C'était tellement bon. Tellement juste. Si exquis. J'avais envie de devenir une partie de lui, de coller nos corps ensemble pour ne devenir qu'un.

C'était un désir intrinsèque, et mon ventre se tordit douloureusement de *désir*.

Et je me figeai contre lui.

Mon abdomen… Je posai la main sur le bas de mon ventre. *Je me sens… je me sens libre.*

Et pourtant je sentais grandir en moi une envie subtile, qui demandait à être satisfaite.

Mon esprit tournait à toute vitesse tandis que j'essayais de comprendre ce que ça signifiait. Tout était embrouillé, perdu dans un nuage d'instinct. Ma louve bataillait pour avoir le contrôle, exigeant que je cède, mais je l'obligeai à obéir, parce que mon besoin de comprendre était trop fort pour qu'elle lutte.

— Sven, soufflai-je, me forçant à ouvrir mes paupières lourdes. Où sommes-nous ?

Je me sentais propre. Reposée. *Excitée.*

Je ne comprenais pas.

Je tentai encore de me souvenir, de comprendre ce qui s'était passé.

— Dans notre suite d'invités du Secteur Andorra, répondit-il. Tu te réveilles de ton opération. Et tu entres en phase d'œstrus.

Je fronçai les sourcils.

— Impossible.

Je n'avais pas eu de chaleurs depuis tant d'années que j'avais cessé de compter.

Sauf que... Un vague souvenir rôdait juste hors de portée, quelque chose à propos d'un avertissement. Un homme disant que je serais en chaleur après l'opération.

Je cillai, et le monde se mit à tourner tandis que mon ventre se contractait douloureusement une fois encore. Mais ce n'était pas la douleur que je ressentais habituellement. Celle-ci était nouvelle. Plus chaude. Et elle déclencha une nouvelle vague de sécrétions qui me trempa l'intérieur des cuisses.

Je gémis et me cambrai contre l'Alpha, sentant son membre palpiter contre mon bas-ventre.

Mmmh, oui, je veux ça en moi. Je veux qu'il me noue... attendez... Je cillai une fois encore, confuse. Pourquoi aurais-je envie d'une telle chose ? Les nœuds étaient douloureux.

« *Tu entres en phase d'œstrus* », avait dit Sven.

– Comment est-ce possible ? demandai-je, oubliant ce qu'il avait dit d'autre.

Le temps et l'espace changeaient de manière étrange autour de moi, et mon instinct ne se concentrait que sur mon corps. Mais je m'efforçai d'écouter sa réponse à présent, pour comprendre mon état.

– L'opération a été un succès, Kari, m'annonça-t-il. (Ses doigts s'enroulèrent dans mes cheveux, qu'il tira un peu pour m'ancrer dans le présent.) Riley a pu retirer tous les fils de fer. Et Kieran t'a guérie.

Kieran, répétai-je, me rappelant du bel Alpha du V-Clan. C'était lui qui m'avait prévenue que je serais en chaleur. Il avait recommandé à Sven de prendre soin de moi. Ou était-ce à moi qu'il l'avait dit ?

Je fronçai les sourcils au souvenir d'une promesse murmurée à mon oreille, me disant que Sven serait bientôt là pour répondre à mes besoins. *Tu es entre de bonnes mains, ma petite. Compte sur ton Alpha pour t'aider à traverser cette épreuve.*

Pourquoi avait-il dit ça ?

Non, *quand* avait-il dit ça ?

Je sentais son énergie résiduelle, renouvelant la vie en moi. C'était différent de tout ce que j'avais connu. Même l'Oméga Quinn n'avait jamais été capable de me procurer un tel bien-être après un rut abusif, chez moi.

– Kari. (Sven prononça mon nom, et c'était un peu un ordre.) Comment te sens-tu ?

– Vivante, répondis-je d'un ton rêveur. Au chaud. En sécurité. Prête.

Ce dernier mot me fit réfléchir. Étais-je vraiment prête ?

Le nouage avait toujours été douloureux par le passé.

Mais là, c'était différent. Ce n'était pas parce qu'il m'avait tourmenté avec des capteurs ou des drogues que j'avais tant envie de son nœud. Je voulais qu'il soit en moi pour me compléter. Pour me rendre entière. Pour... pour me *revendiquer.*

Je lui appartenais déjà, mais j'avais envie de son empreinte en moi. À cette seule pensée, je me cambrai encore contre lui en gémissant, mes veines parcourues d'une flamme que seul mon Alpha pourrait apaiser.

— *Sven...* (Je déglutis, mon besoin de lui augmentant à chaque respiration.) Prends-moi. Je t'en prie. Pendant que je me souviens. Pendant que je suis encore *moi.*

C'était une demande désespérée, que je n'avais pas eu l'intention de formuler à haute voix, mais dont j'avais besoin plus que tout au monde.

L'œstrus m'emmènerait vers un autre plan d'existence, guidée par des instincts animaux et le besoin de procréer. Je perdrais tout contrôle, incapable de vivre notre lien en dehors de mes pulsions.

Et je voulais désespérément l'avoir en moi pour la première fois.

– S'il te plaît, Sven. Je veux te sentir me nouer. Tout de suite. Pour que je me souvienne. Pour que je choisisse. Pour que je *croie* vraiment. (Je plaçai ma paume autour de sa nuque.) Sois mon espoir. Montre-moi ce que c'est que de vivre dans un rêve éveillé. Sois mien comme tu es censé l'être.

Il murmura mon nom tout contre mes lèvres. Et l'adoration et la promesse de son ton me touchèrent droit à l'âme. Sa bouche réclama la mienne le souffle d'après. Son baiser était une bénédiction pleine d'une intention brûlante. Je lui donnai tout, me soumettant à lui, lui disant avec ma langue que je lui appartenais.

Il me tira les cheveux, me mit sur le dos avant de rouler

sur moi pour me plaquer sur le lit. Il était lourd de muscles et c'était bon, son air de tout contrôler était exactement ce que je voulais, ce dont j'avais besoin.

Je sentis plus de sécrétions s'écouler hors de moi, une invitation pour mon compagnon, *mon Sven*, à prendre ce qui lui appartenait déjà. C'était presque douloureux, mon corps exigeait qu'il agisse et se glisse en moi. Mais à la place, il fit glisser son membre brûlant entre mes replis pour me tenter et m'allumer, me tirant un miaulement suppliant.

— *Sven...*

J'étais si près de perdre la tête. Si près de tomber dans un état que j'avais imaginé ne plus jamais ressentir. Et même si je me languissais d'éprouver du plaisir, d'embrasser ma véritable nature, j'avais besoin de lui plus encore.

Il effleura ma lèvre inférieure de ses dents, la mordillant gentiment comme pour prolonger le moment, un moment que nous n'avions pas.

Je m'agrippai à ses épaules, puis plantai mes ongles dans son dos, exigeant que mon Alpha fasse ce dont j'avais besoin, m'emmène vers de nouveaux sommets, me noue avec son...

– Oh! criai-je quand il me pénétra sans prévenir, son membre palpitant en moi tandis qu'il me remplissait jusqu'au bout d'une seule poussée brutale.

Des larmes me brouillèrent la vue, mais c'étaient des larmes de joie, pas de tristesse.

Parce que ça me semblait *normal*, comme si mon Alpha m'avait enfin rejointe comme il le devait.

Mes entrailles souffrirent de la pénétration, à la fois plaintives et réjouies de sa taille imposante.

Puis il se mit à remuer.

Pas vite, mais lentement, m'obligeant à ressentir

chaque centimètre de sa longueur tandis qu'il se glissait dans mes sucs pour me pénétrer profondément, avant de presque ressortir.

C'était la meilleure des tortures, qui me faisait me cambrer sur le lit et en demander *plus*. Je criai pour lui, son nom était comme une malédiction et une bénédiction sur ma langue, jusqu'à ce que sa bouche avale mes bruits, que sa langue lutte contre la mienne pour la dominer.

Chaque caresse me rappelait qui commandait.

Chaque mouvement de son bassin me disait à qui j'appartenais.

Chaque coup de reins puissant m'assurait que jamais plus personne ne me prendrait à part Sven.

– Tu es à moi, grogna-t-il contre mes lèvres, et sa possessivité me réchauffa de la tête aux pieds.

Il s'abandonnait au rut, et son besoin d'accentuer sa revendication se voyait à sa manière d'intensifier le rythme.

C'était douloureux de la meilleure des manières, effaçant tous ceux qui étaient passés avant lui, m'obligeant à ne penser qu'à lui, mon compagnon, mon Sven.

Je haletai, le brasier en moi atteignit un point culminant ; j'étais au bord de la folie, mais je m'accrochai à ma raison d'une poigne de fer, ayant besoin de quelques minutes de plus.

Laissez-moi ressentir. S'il vous plaît, laissez-moi ressentir !

– Noue-moi, le suppliai-je. Oh, Sven, je t'en prie… J'en ai *besoin*…

C'était comme un miaulement, ma voix aiguë et essoufflée m'était totalement étrangère. Jamais je n'avais vécu une chose pareille ; l'intensité de notre frottement me brûlait jusqu'à l'âme, m'ancrant dans ce moment éternel avec lui.

Il m'embrassa une fois encore, sa langue murmurant des promesses d'éternité contre la mienne, son corps me marquant comme étant à lui à chaque coup de reins terriblement parfait.

S'il me brisait à cet instant, je n'en aurais cure.

Il pourrait me nouer jusqu'à l'oubli, et je ne ferais que soupirer son nom.

Il me possédait si totalement que mon cœur lui appartenait, pour, le chérir, le posséder, et que mon propre corps ne m'appartenait plus.

– Je suis à toi, chuchotai-je contre sa bouche. Toujours à toi.

Ces mots parurent l'encourager, et ses muscles se contractèrent autour de moi, créant une couverture de chaleur et de férocité masculine, qui grésillait à travers tout mon être. J'enroulai mes cuisses autour de ses hanches, le prenant plus profondément encore, tirant des sons délicieusement sombres de ses lèvres.

– Putain, Kari, murmura-t-il, ouvrant les yeux pour plonger dans les miens. Tu es tellement incroyable. Tellement serrée. Tellement parfaite. Tellement *à moi*.

– À toi, répétai-je, me cambrant contre lui, le suppliant de m'en donner plus.

Mais il ralentit le rythme, ses iris bleus plongés dans les miens tandis qu'il m'obligeait une fois encore à ressentir chaque centimètre de lui.

Je le serrai entre mes parois intimes, et mon bas-ventre se tordit d'un désir féroce qui déclencha des spasmes dans mes bras et des jambes.

– S'il te plaît, le suppliai-je, sans savoir vraiment ce dont j'avais besoin.

Mais son expression m'indiqua que lui savait.

Il me saisit les poignets et étira mes bras au-dessus de ma tête, où il entremêla nos doigts. Il me regarda droit dans les yeux tout en contrôlant notre rythme.

Le désir me torturait, mes entrailles exigeaient qu'il

aille plus fort et plus vite, mais il me tourmentait avec des mouvements lents et déterminés, tout en me maintenant sous lui. Puis, tout doucement, il m'embrassa encore.

Il y avait là quelque chose de tendre, de beau, un moment que je chérirai toujours.

Mon grand et fort Alpha me faisait l'amour. Il ne me sautait pas, ne me prenait pas, mais me montrait avec sa force et son contrôle à quel point il pouvait me maîtriser.

Et le savoir fit s'ouvrir mon cœur en moi, s'épanouissant avec une force qui me coupa littéralement le souffle.

— Sven, dis-je dans un soupir, les cuisses tremblant autour de ses hanches.

Il me lécha la lèvre inférieure, puis déposa des baisers jusqu'à mon oreille.

— Je t'aime, Kari, chuchota-t-il en me mordillant doucement. Et maintenant, je vais te montrer à quel point.

Il ne me laissa pas l'occasion de répondre, sa bouche descendit vers mon sein tandis qu'il projetait ses hanches vers l'avant, dans un coup de reins qui me fit voir des étoiles.

Son nœud, réalisai-je, émerveillée, alors qu'il explosait en moi. Je le sentis jaillir depuis sa base tandis que ses dents transperçaient ma chair.

La puissance me consuma, et sa revendication était une sensation attendue mais fabuleuse, qui me laissa sans voix sous lui.

Ensuite, je hurlai d'une douleur magnifique, différente de toutes mes précédentes expériences. Elle jaillit du plus profond de mon être, m'envoyant de la chaleur et des pointes d'extase dans les membres, laissant une traînée de feu dans son sillage.

Oh...

Je dégringolai d'une falaise, dans un ravissement qui

engloutit la moindre parcelle de mon âme, faisant de moi une loque tremblante sur un lit de sécrétions, de semence et de sang.

Je me sentais entière.

Vivante.

Totalement possédée.

Il m'a revendiquée, m'émerveillai-je, avec la sensation de sa langue qui léchait la blessure au-dessus de mon mamelon. *Il m'a vraiment revendiquée.*

Et son nœud continuait de palpiter, son membre vibrant sauvagement dans ma chaleur étroite, m'emplissant de son essence en vagues brûlantes de plaisir.

Je ne cessai de jouir. C'était comme si tous les orgasmes de ma vie étaient réunis en un seul, et que mon corps ne savait plus comment cesser cette incroyable vibration.

Je gémis.

Je pleurai.

Je suppliai d'en avoir encore.

C'était la plus étrange combinaison de réactions, toutes ancrées dans le désir, l'amour et une souffrance exquise.

Sven me fit taire en roucoulant, ses lèvres effleurant mon cou jusqu'à mon oreille, où il murmura des compliments et des mots d'adoration. Il me dit que j'étais belle. Que j'étais parfaite. Il me remercia d'être à lui et de croire en lui. Il m'exprima sa gratitude de l'avoir laissé me nouer. Et il me promit tout une liste de trucs cochons et pervers pour la suite.

Je gémis encore, me cambrant contre lui, parce que je voulais expérimenter toutes les choses de cette liste très longue et très complète.

Mais à la place, il porta ses doigts à ma bouche, me permettant de goûter l'union de nos corps.

Je frissonnai, la saveur décadente me faisant jouir à nouveau autour de son membre épais. Il ne me nouait plus, mais il était de nouveau en érection, prêt pour un autre round. Et je le poussai à me sauter fort cette fois, mes jambes enroulées autour de lui comme un étau, exigeant qu'il me donne sa puissance et sa force.

Il ne me déçut pas, me pénétrant avec un abandon satisfaisant pour mon esprit.

Et l'orgasme revint encore, nous faisant nous tortiller, deux bêtes entièrement sous contrôle.

Mon esprit se réjouissait, mon cœur battait la chamade, mon corps fondait pour mon Alpha.

Il embrassa sa marque une fois encore, me lâcha les mains et me laissa parcourir son imposant corps musclé. *Il est tout à moi*, m'émerveillai-je en l'embrassant, le léchant, le mordant. Sans que je sache comment, j'étais sur lui à présent, son membre logé profondément en moi, tandis que je le chevauchais comme j'en avais envie, prenant ce dont j'avais besoin, demandant qu'il me noue pendant des heures et des jours.

Sven répondit à mes exigences, me donnant exactement ce dont j'avais besoin, m'envoyant dans les étoiles encore et encore.

Sa liste était en cours.

Il prit ma bouche, la pénétra, me noyant dans sa semence.

Il me prit par-derrière, mes sécrétions lui procurant tout le lubrifiant dont il avait besoin pour revendiquer mon dernier orifice.

Il me baigna, lavant les fluides de nos peaux, puis me prit encore contre la paroi de la douche, et me ramena dans le lit alors que son nœud palpitait encore en moi.

Nous ne dormîmes pas, nos bêtes trop affamées l'une de l'autre pour oser perdre du temps avec des besoins aussi frivoles.

J'étais sous lui, sur lui, à côté de lui, sur le lit, contre des meubles divers, la fenêtre, et tant d'autres endroits que les expériences se mêlaient dans mon esprit, me couvrant d'une sérénité apaisante

C'était comme un rêve.

Mais je savais que c'était réel.

Quand nous en aurions fini, j'aurais mal, parce que le corps de Sven était bien plus imposant et fort que le mien, mais tout cela valait la douce douleur qui s'ensuivrait.

Parce que j'étais enfin entière.

Possédée.

Et revendiquée.

Et *aimée.*

SVEN

C'ÉTAIT LE DOUZIÈME JOUR, et Kari ne montrait pas le moindre signe de sortie d'œstrus.

Elle était une petite chose insatiable, exigeant que je la saute à toute heure de la journée. C'était un miracle que je parvienne à la faire dormir.

Je ronronnai pour elle tandis qu'elle était allongée sous moi, les pupilles écarquillées par le plaisir et un pur désir. Elle voulait que je la prenne plus fort, mais je l'obligeai à subir mon rythme lent. Ses petites griffes grattèrent mon dos en signe de protestation, et elle se cambra contre moi en une demande subtile.

– Tu ne peux pas me dominer, petite merveille, lui dis-je, amusé de son manège.

Elle grogna.

Je lui répondis d'un grondement, et elle gémit. Elle avait la voix rauque d'avoir crié, et son corps était brisé de tout ce sexe non-stop. Mais elle était résiliente, et sa génétique de louve la guérissait avec une grâce que ma bête admirait.

Bientôt, elle retrouverait sa voix, et je savais exactement ce qu'elle me dirait.

Plus fort. Plus vite. Encore, Alpha, encore.

Je traçai un chemin de baisers de son cou à la marque de morsure au-dessus de son sein. Elle était totalement guérie, en dehors de la cicatrice subtile qui la marquait comme mienne. Elle m'avait plusieurs fois demandé de la revendiquer, sa louve aimait la sensation de mes dents plantées dans sa peau.

Et elle m'avait marqué en retour avec de petites empreintes en croissant sur le torse. Elles avaient totalement guéri, sans laisser de cicatrice, ce qui semblait beaucoup la perturber. C'était pour cela qu'elle continuait de me mordre, et que sa louve grognait « *Mon Alpha* » à chaque fois.

J'aimais son énergie possessive, qu'elle soit insatiable. Mais je commençais à m'inquiéter de ses chaleurs prolongées.

J'avais envoyé un message à Riley l'autre nuit, et elle m'avait mis en contact avec Kieran. L'Alpha du V-Clan était reparti dans le Secteur Sanglant, me demandant de l'appeler quand nous émergerions de notre nid. Il avait donc décroché à la première sonnerie, s'attendant à ce que Kari soit prête à lui parler. Il avait vite compris que ce n'était pas le cas et avait souri quand je lui avais dit qu'elle était encore en œstrus.

— Tu ferais mieux de suivre le rythme, Sven, m'avait-il dit en raccrochant avant que je puisse exprimer mon inquiétude.

Je lui avais envoyé un nouveau mot ce matin, disant qu'elle n'en avait toujours pas terminé, demandant s'il fallait que je m'inquiète

Il avait répondu ces mots :

C'est une bonne chose que tu ne sois pas un loup du V-Clan. Nos compagnes sont en œstrus pendant des semaines.

Je me demandai si l'énergie de guérison qu'il avait

utilisée était la raison de ses chaleurs prolongées. Puis elle exigea que je revienne au lit, et depuis, j'étais là, en elle.

Ses parois humides se resserrèrent autour de moi, me suppliant de la nouer encore.

Mais je me retins, glissant en elle et hors d'elle à un rythme caressant qui la fit miauler sous moi.

– J'adore ce son, murmurai-je, ronronnant pendant qu'elle gémissait. Bon sang, que c'est sexy, petite merveille. (Je fis glisser mes dents sur sa lèvre inférieure que je mordillai doucement.) Mmmh.

Je glissai tout au fond d'elle, la faisant gémir encore. Je souris, je l'aimais comme ça, en confiance, avide.

Elle me laissait la prendre de toutes les manières imaginables, m'indiquant ses positions favorites en cours de route, et allait même jusqu'à exiger des performances répétées. Je lui obéis pour certaines, et en améliorai d'autres.

– Tu es une petite bête de sexe, lui dis-je, amusé, tandis qu'elle me serrait entre ses cuisses. Tu es insatiable et j'adore ça.

– Saute-moi, croassa-t-elle.

– C'est ce que je fais.

– *Plus fort.*

– Mmmh… (Je m'enfonçai violemment en elle, faisant sortir un son délicieux de sa gorge.) Comme ça ?

– Ouiiii, siffla-t-elle, plongeant ses ongles dans mon cou.

Je l'embrassai, l'aimant avec ma langue, et la pris avec la férocité qu'elle réclamait encore. Elle haleta sous moi, ses mamelons érigés en petits pics durs contre ma poitrine tandis que je la poussais à bout, la plongeais dans un orgasme qui la fit hurler sans bruit.

Mon nœud palpita, et la sensation était si bonne que je

ne pus retenir mes propres gémissements de plaisir alors que je me libérai en elle, la baignant de ma semence, affirmant ma revendication de la plus traditionnelle des manières.

Elle miaula un peu, ravie de mon offrande, et se frotta contre ma joue pendant que je ronronnais.

Sa petite bouche s'ouvrit sur un bâillement, et ses yeux se fermèrent alors même que son corps convulsait encore. Je ris, ravi de son contentement.

— Tu es parfaite, chuchotai-je en approchant mes lèvres de son oreille. Tellement incroyable et magnifique, Kari. J'ai une telle chance de t'avoir, de t'appeler mienne. Merci, petite merveille. Merci de m'avoir trouvé.

Elle bâilla encore, mais ses lèvres formèrent un sourire. Elle aimait mes commentaires, ou c'était peut-être juste ma voix qui la satisfaisait. Comme elle ne prononçait pas vraiment de mots, je n'en savais rien. Mais je continuai de lui exprimer ma gratitude et mes compliments pendant qu'elle s'endormait sous moi.

J'avais les muscles endoloris par l'effort de la prendre à répétition depuis près de deux semaines. Le commentaire de Kieran me revint en pensée une fois encore : *« C'est une bonne chose que tu ne sois pas un loup du V-Clan. »*

Je ricanai.

Je pourrais faire ça pendant des semaines. Je voulais juste m'assurer que c'était acceptable, normal, que *tout allait bien*. Parce que Kari avait à peine mangé. Je peinais à seulement lui faire boire de l'eau. Je découvris que l'astuce était de l'emmener sous la douche et la sauter sous le jet d'eau. Elle avait ouvert la bouche et avalé comme si c'était ma semence qui se déversait dans sa gorge.

C'était un spectacle érotique, que j'avais apprécié presque quotidiennement ces derniers jours.

Mais j'avais besoin de savoir qu'elle finirait par sortir de cet état. Autant j'appréciais qu'elle soit devenue une Oméga assoiffée de sexe, autant ma Kari me manquait. Sa voix me manquait. Ses regards timides, ses petits sourires et ses grands yeux bleus me manquaient.

Je traçai un chemin de baisers de sa gorge à son sein, retraçant ma marque de ma langue tandis que mon membre glissait hors de sa chaleur. Puis je descendis encore pour la lécher, lui procurant un nouvel orgasme pendant qu'elle dormait, dans l'espoir de l'apaiser pour quelques minutes encore.

Elle marmonna quelque chose d'inintelligible, puis ses membres se relâchèrent et sa bouche s'ouvrit sur un joyeux petit soupir.

Je souris et embrassai l'intérieur de sa cuisse, puis m'échappai pour appeler Riley une nouvelle fois.

Elle répondit à la première sonnerie, ses cheveux bleus emmêlés, pendant en boucles frisées autour de son visage rougi.

— C'est toujours en cours ?

— Oui, répondis-je. Et Kieran n'est pas d'une grande aide.

— C'est choquant, dit Jonas en arrière-plan.

Au vu de l'apparence ébouriffée de Riley, je devinais aisément ce qu'ils étaient en train de faire. Je supposai que c'était le signe que sa punition était terminée, et à en juger par son teint radieux, elle en était satisfaite.

— Je vais l'appeler, murmura Riley.

— Non, c'est moi qui vais l'appeler, intervint Jonas. Prends soin de ta compagne, Sven. Nous verrons ce que Kieran a à dire.

La communication fut interrompue et l'Alpha prit le relais.

J'approuvai d'un signe de tête et revins au lit regarder Kari dormir. Quand elle se réveilla, nous retournâmes sous la douche. Puis je tentai de la nourrir. Elle n'acceptait que les produits parfumés de ma semence, et ses pupilles se dilataient quand elle en savourait le goût.

Trois jours passèrent encore avant que nous ayons des nouvelles de Jonas. Et à ce moment-là, je commençais déjà à voir les premiers signes montrant que ma Kari revenait à son état normal.

« Il dit que c'est tout à fait naturel pour elle de connaître un long œstrus après tant d'années sans en avoir connu. Il s'attend à ce qu'elle en connaisse un autre plus vite que d'ordinaire, où une grossesse serait plus probable, et il te suggère donc de travailler ton endurance. »

Je ricanai et répondis : *« Aucun problème avec mon endurance. »* Un simple coup d'œil à ma femme le prouverait. Elle était encore une fois béate, se délectant dans son éclat post-orgasmique. Mais la pensée de la faire tomber enceinte me fit sourire. Elle n'avait pas conçu dans ce cycle de chaleur, comme Kieran l'avait prédit. Une partie de moi avait espéré qu'il aurait tort. Une autre partie de moi réalisa qu'aucun de nous deux n'était encore prêt pour cette nouvelle étape.

« Je ne fais que relayer ce qu'il a dit », répondit Jonas. *« Il estime qu'elle en aura fini d'ici un jour ou deux. »*

Je passai mes doigts dans ses cheveux soyeux, ronronnant tandis qu'elle se lovait plus encore contre ma poitrine. Elle dormait plus maintenant, son corps se remettait de nos efforts physiques.

Un petit gémissement s'échappa de ses lèvres alors qu'elle se blottissait plus près, sa louve cherchant du réconfort pendant qu'elle se remettait.

Je la tins fermement, ronronnant, la gardant au chaud pendant qu'elle dormait.

Puis je la nouai à nouveau quand elle se réveilla, et l'emmenai une fois encore sous la douche.

C'était une danse intime qui nous convenait. Mais cette fois, elle avala l'eau comme si sa vie en dépendait. Et elle mangea rapidement un vrai repas après ça.

Avant de me traîner dans son nid pour une autre séance de sexe.

Elle avait fouillé dans tous nos draps, sortant des vêtements sales, des draps propres et des serviettes pour créer son havre de paix. Il portait l'odeur de nos fluides combinés, faisant ressortir mes instincts de prédateur, exigeant que je la revendique encore et encore.

Mais je gardai le contrôle en permanence, lui donnant ce dont elle avait besoin sans jamais trop exiger d'elle.

Et quand elle se réveilla le lendemain matin, ses iris bleus étaient de retour autour de ses pupilles noires. Elle m'adressa un sourire endormi et s'étira avant de caresser la marque sur son sein.

Nous nous embrassâmes.

Nous nous câlinâmes.

Nous fîmes l'amour lentement, profondément, et elle me mordit encore, dans le cou cette fois. Quand je grognai, elle sourit, son adorable expression teintée de timidité.

– Tu es à moi, murmura-t-elle.

Je lui rendis son sourire, ravi de l'entendre parler normalement, même si ce n'était qu'un mot. Au moins, elle avait choisi la chose parfaite à dire. Je pris son sein dans ma main, le pressai, puis lui répétai son mot.

Elle ronronna en guise d'approbation, et se blottit contre moi pour dormir encore.

Ses sens lui revinrent totalement plus tard cette nuit-là, et son gémissement d'inconfort arriva avec l'aube. Je fis courir mes mains sur elle, pétrissant ses muscles raides, faisant tout mon possible pour la guérir par mes attouchements.

Quand je la caressai entre les jambes, ses cuisses se resserrèrent et elle geignit un peu en signe de protestation.

– Endolorie ? lui demandai-je.

Elle acquiesça en se mordant la lèvre.

Je léchai un chemin vers le bas pour la guérir avec ma langue.

Elle miaula en jouissant, son clitoris palpitant dans ma bouche.

Puis elle se rendormit une fois encore.

Vers midi, elle était réveillée et se sentait visiblement mieux, parce qu'elle me demanda à manger. Je la laissai dans le nid et préparai un festin pour elle, puis l'amenai dans le salon, nu, et la nourris assise à table sur mes genoux. Son petit gabarit s'adaptait parfaitement à moi, et pas une seule fois elle ne se plaignit que je la manipule. Sa louve en avait besoin, tout comme elle.

Elle me remercia à plusieurs reprises, me câlina et me lécha, et sourit béatement tout l'après-midi.

Le soir venu, elle parlait davantage, me racontant ce dont elle se souvenait de son œstrus. Je ne m'attendais pas à ce qu'elle en sache autant, parce que la plupart des Omégas sombraient dans un état de béatitude et se contentaient d'exister pendant que leurs corps faisaient tout le travail à leur place. Mais l'esprit de Kari était resté avec elle tout le temps, preuve de sa déconnexion d'avec sa louve.

Je sentais que ça s'arrangerait avec le temps. Elle avait déjà montré une amélioration notable, mais mentalement, il y avait beaucoup de choses dont elle devait se remettre.

Ce qui m'amena à une conversation que je n'avais pas envie d'avoir, mais qui était malgré tout nécessaire.

Je lui expliquai nos intentions envers le Secteur

Bariloche, qu'Enrique avait élaboré tout un plan avec Elias, qu'ils avaient perfectionné au cours des dernières semaines, grâce aux drones de mon frère. Il s'était avéré que Kieran avait raison au sujet du sous-sol.

Et le frère d'Enrique était bien vivant.

— Nous allons le réduire en cendres, lui promis-je. Ce Secteur ne mérite pas d'exister.

— Et qu'en est-il de ceux qui n'avaient pas le choix ? murmura-t-elle, les yeux arrondis sous le coup des informations que je venais de lui donner.

— Les innocents seront relogés. Les autres survivants devront trouver un Secteur par eux-mêmes et supplier qu'on les laisse entrer.

C'était ma décision, et mon père et mon frère l'avaient approuvée. Ils m'avaient demandé si je voulais prendre la direction du Secteur Bariloche, mais j'avais décliné. Je n'étais pas encore prêt à diriger, et je l'avais avoué sans détour devant Ander et mon père l'autre soir, durant l'une des siestes de Kari. Ils n'avaient ni approuvé ni désapprouvé, se contentant de hocher la tête pour accepter ma décision.

— Ils attendaient que tu sortes de ton œstrus, poursuivis-je. Et maintenant que c'est fait, ils vont vouloir agir le plus vite possible.

Et par là, je voulais dire *demain*. Du moins, c'était ce qu'indiquait le dernier message que j'avais reçu d'Ander.

Compte tenu de ce que Kieran avait dit sur la probabilité que Kari retombe en chaleur plus vite que d'habitude, j'avais approuvé la décision de partir immédiatement. Je ne voulais pas risquer d'être absent quand elle aurait besoin de moi.

— Il ne se bat pas à la loyale, murmura-t-elle, et sa peur nous parcourut tous les deux tandis que je la portais pour la ramener dans notre nid. Tu ne le connais pas comme je le connais.

— C'est vrai, acquiesçai-je. Mais Enrique vient avec nous. (Je croisai son regard.) Son frère est en vie.

Ses yeux s'écarquillèrent.

— L'Alpha Joseph ?

Je hochai la tête.

— Et ta sœur est toujours en vie, elle aussi. Il va les sauver.

— En… en défiant l'Alpha Carlos ?

— Il n'y aura pas de défi, lui annonçai-je. Nous allons le tuer sans procès. Comme il l'a fait à tant d'autres. Et tous ses partisans mourront aussi. Le Secteur Bariloche sera complètement détruit.

— Oh, souffla-t-elle en cillant. Tu es sûr que ça va aller ?

Je lui souris.

— Absolument certain. Il ne peut rien faire pour nous arrêter. Notre technologie est supérieure à la sienne, et nous avons développé une toxine pour contrer ses hallucinogènes. Il sera totalement en dehors de son champ de raisonnement.

Je l'allongeai sur le dos et rampai près d'elle. Nous étions encore nus tous les deux, mais j'avais besoin qu'elle soit couverte pour la suite, alors je tirai une de ses couvertures.

Elle fronça les sourcils, comme si elle avait envie de la remettre en place, mais ne me réprimanda pas.

— Kieran a demandé qu'on l'appelle aussi quand tu iras mieux, ajoutai-je. Il a quelques questions à te poser au sujet des Omégas du Secteur Bariloche.

Une partie de moi avait envie d'ignorer sa demande, purement et simplement, surtout qu'il ne m'avait pas été d'une grande utilité au cours de l'œstrus de Kari.

Mais il avait guéri ma compagne et lui avait sûrement

sauvé la vie, c'était donc une dette que je ne pourrais jamais lui rembourser totalement. Alors j'allais commencer par accéder à ses vœux.

— Tu es d'accord pour que je l'appelle maintenant ? lui demandai-je.

— Ici ? chuchota-t-elle, jetant un œil à notre nid.

— Il n'a pas le droit de le voir ? me demandai-je à haute voix, fronçant les sourcils.

Parce que mon loup voulait absolument que l'Alpha la voie et sache que Kari était à moi. Qu'il ne pouvait pas l'avoir. Qu'elle m'appartiendrait à jamais. Mais si mon Oméga ne voulait pas partager notre havre, je me plierais à sa volonté.

— N-non, c'est juste…

Elle ne termina pas sa phrase, les joues rougissantes, ce qui me fit sourire.

— Ah, voilà, c'est *exactement* pour ça que je veux qu'il le voie, lui répondis-je avec un doux grondement. Considère ça comme ta manière de lui montrer que sa magie a fonctionné.

Elle rougit encore plus, mais hocha la tête.

— D'accord.

— *Vraiment* d'accord, ou *d'accord* de louve ? lui demandai-je, parce qu'il fallait que je sache.

— Moi… Kari… d'accord, dit-elle, un sourire dans le regard. Je voudrais le remercier pour… tout.

Cela me donnait une autre bonne raison de passer ce coup de fil : ma compagne voulait exprimer sa gratitude. Jamais je ne lui refuserais une telle opportunité. J'embrassai sa tempe et appelai Kieran avec ma montre.

Son visage apparut quelques secondes plus tard, et il m'observa avec un regard entendu.

— Mon record est de vingt-neuf jours, dit-il en guise de salut. Tu auras plus de chance la prochaine fois.

Je levai les yeux au ciel.

— Tu veux parler à mon Oméga, oui ou non ?

— Oh que oui, murmura-t-il, reprenant son sérieux.

Je tournai l'écran vers Kari. Elle se blottit davantage contre moi, comme si elle recherchait ma force pour faire face à l'Alpha sur l'écran.

— Merci, Alpha Kieran, chuchota-t-elle. Merci de m'avoir réparée.

— Il n'a jamais été question de te réparer, ma petite. Il s'agissait de te guérir d'un fardeau qui n'aurait jamais dû t'être infligé, répondit-il doucement. Et la seule gratitude dont j'ai besoin, c'est de voir ce joli rose sur ton visage en ce moment.

Je serrai les dents, mon loup était agacé par son ton charmeur.

— Je commence à comprendre pourquoi Jonas n'est pas ton plus grand fan.

Le suave et beau parleur Alpha du V-Clan avait clairement un faible pour les Omégas. Et il faisait en sorte que le monde entier le sache, en plus.

Kieran sourit, ses iris noirs revenant à moi.

— Le raisonnement de Jonas n'a rien à voir avec Riley et tout à voir avec sa fierté blessée. (Il ne me laissa pas le temps de répondre, revenant à mon Oméga.) Je serai rapide, car j'imagine que vous avez d'autres activités en tête à présent que vous êtes accouplés comme il se doit.

Mon loup ronronna son approbation à cette déclaration, mon désir d'embrasser sa marque me rongeait. Mais pour cela, il fallait exposer sa poitrine, et je ne voulais pas le faire sous les yeux d'un autre Alpha.

Se déshabiller pour se transformer était une chose.

Se déshabiller dans le nid en était une autre.

— Quand je soignais certaines de tes cicatrices, j'ai senti

l'énergie résiduelle de l'un des miens. J'aimerais te poser des questions à ce sujet.

— Vous voulez parler de l'Oméga Quinn, murmura-t-elle, l'air plus réservé. L'Alpha Carlos ne sait pas ce dont elle est capable.

— Et par « ce dont elle est capable », tu veux parler de guérison, n'est-ce pas ?

Elle hocha lentement la tête.

— C'est similaire à vous, mais pas aussi puissant.

Il sourit.

— Mon toucher s'est perfectionné avec le temps. J'imagine que l'*Oméga Quinn* atteindra un niveau de compétence similaire un jour si on le lui enseigne correctement. Pourrais-tu me la décrire ?

— Elle vous ressemble, murmura Kari. Elle a des yeux sombres et des cheveux sombres. Mais plus pâle. Et plus petite… beaucoup plus petite.

Il parut satisfait de cette description, et reporta une nouvelle fois son attention sur moi.

— Quand comptez-vous attaquer le Secteur Bariloche ?

— Ander veut y aller demain, répondis-je, ce qui me valut un regard surpris de la part de Kari. (Je n'avais pas encore abordé cette partie de la discussion.) Nous prévoyons de ramener les Omégas dans le Secteur Andorra pour un examen médical, ajoutai-je, en supposant que c'était ce qui l'intéressait vraiment. Si Carlos avait vraiment une Oméga du V-Clan dans son secteur, alors Kieran serait très désireux de la récupérer.

— À quelle heure demain ? insista-t-il, me faisant froncer les sourcils.

— Probablement en fin d'après-midi, répondis-je lentement.

Il hocha la tête.

— Très bien, j'arriverai à Andorra avec deux de mes

Élites vers midi, et nous vous enverrons sous couvert de l'ombre de l'autre côté de l'étang.

– Des Élites ? répétai-je.

Mais il avait déjà coupé.

Je regardai ma montre, bouche bée.

– Mais qu'est-ce… ?

Je ne lui avais pas donné des détails pour qu'il se joigne à la fête. En grognant, je lui envoyai un message pour le lui dire.

Auquel il répondit : *« Je n'ai pas besoin d'une invitation pour faire quoi que ce soit. À demain. »*

– Merde.

Je fis suivre le message à Ander, le prévenant de s'attendre à de la compagnie en provenance du Secteur Sanglant vers midi. Puis je mis mon communicateur en silencieux parce que je ne voulais pas connaître sa réponse.

Je préférai me concentrer sur ma compagne et l'inquiétude qui creusait son joli visage.

– Promets-moi que tu me reviendras.

– Oh, je te reviendrai, lui promis-je. Et je te rapporterai la tête de ton père en cadeau.

Ses lèvres s'entrouvrirent sur un hoquet que j'engloutis de ma bouche.

Elle s'inquiéterait pour moi en tant que ma compagne. Et le fait de le savoir me renverrait auprès d'elle plus vite.

– Je vais réduire ce secteur en cendres, lui murmurai-je. Et je m'assurerai que tu ressentes chaque seconde de cette vengeance. Parce que je fais ça pour toi, *ma compagne*, pour montrer ma valeur à ta louve.

– Tu es déjà digne de moi et de ma louve.

Je lui souris.

– Oui, je sais, mais ça ne veut pas dire que je n'ai pas besoin de le prouver.

Je fis taire ses protestations avec ma bouche.

Puis mon corps apaisa ses maux et ses soucis avant que mon ronronnement ne l'apaise tout au long de la nuit.

Au matin, elle était rassasiée et satisfaite. Ma parfaite petite merveille.

Tout ce que je fais, je le fais pour toi, lui dis-je avec un baiser. *Notre avenir commence maintenant.*

PARTIE III
SECTEUR
BARILOCHE

SVEN

Une image clignota sur ma montre tandis que Kari jouait avec le communicateur que je lui avais laissé. J'aurais aimé l'emmener avec moi, mais je savais que mon loup ne l'aurait pas permis. Elle était mon unique faiblesse, la femme pour qui j'aurais donné ma vie. Alors il fallait qu'elle soit en sûreté et protégée dans le Secteur Andorra.

Une partie de moi pensait qu'il n'était pas juste qu'elle ne soit pas avec nous, vu que c'était elle que je voulais venger. C'était pour ça que je lui avais laissé l'appareil de communication. Je prévoyais de lui montrer la destruction une fois que nous aurions terminé.

– On ne chatte pas en vidéo pendant qu'on pilote, fit remarquer Kaz depuis le siège du copilote.

Il s'était présenté à l'improviste ce matin, peu avant que Kieran et ses deux « Élites » n'apparaissent dans un avion de chasse furtif. Ils s'étaient glissés par l'ouverture du dôme créée pour l'arrivée de Kaz, *apparaissant* littéralement de nulle part sur le tarmac. Personne n'avait senti ni entendu leur approche, et à cet instant, je n'avais absolument aucune idée de leur position dans le ciel près de nous.

Maudits loups du V-Clan, pensai-je.

Au moins, ils étaient de notre côté aujourd'hui.

– Tu es bientôt arrivé ? demanda Kari, son joli visage apparaissant au-dessus de mon poignet.

– Nous sommes à environ trente minutes de notre point de chute, lui dis-je en surveillant les nuages alentour.

Plusieurs jets volaient dans l'espace aérien argentin, tous en route vers un vieil aéroport situé à l'extérieur du Secteur Bariloche.

Carlos allait bientôt nous sentir, si ce n'était déjà fait.

Je m'attendais à ce qu'il se batte.

Seulement nous avions envoyé un cadeau sous la forme d'Enrique et Elias. Ils avaient pris un avion furtif, semblable à celui que pilotait Kieran, et avaient atterri quelque part dans les Andes pour rencontrer l'un des alliés d'Enrique, un autre Alpha qui ne goûtait pas les méthodes de Carlos.

Nous avions reçu confirmation de leur atterrissage une heure plus tôt.

Leur dernier message nous informait que le paquet avait été livré, ce qui signifiait que l'antidote aux hallucinogènes était dans l'air. Ce n'était qu'une question de temps avant que les Alphas réagissent, créant la diversion dont nous avions besoin pour atterrir.

Kari resta avec nous pendant la phase d'approche. Je lui expliquais ce que je faisais, jusqu'au déploiement des trains d'atterrissage. Kaz se prélassa à côté de moi avec un petit sourire en coin durant tout ce temps, son amusement palpable. Il ne cessait de plaisanter au sujet des distractions en vol, mais nous savions tous les deux que je maîtrisais ce trajet.

– Je dois y aller maintenant, petite merveille, lui dis-je une fois l'avion atterri.

Je sentais déjà la bataille dans l'air, et mon loup

s'impatientait d'être libéré. Nous avions chacun notre mission, la mienne étant de trouver Carlos et de tuer cet enfoiré. Kaz s'était apparemment senti exclu, d'où son arrivée surprise. Il m'accompagnait donc en tant que partenaire sur cette mission.

Son travail consistait à dégager la voie, et tuer quiconque se mettrait en travers de notre chemin.

Et vu son penchant pour le sang, ça paraissait approprié.

— Je t'aime, lança Kari, des mots qu'elle ne m'avait jamais dits auparavant.

Je lui souris.

— Répète-moi ça quand je rentre à la maison, compagne.

— D'accord, murmura-t-elle. Et c'est un *moi* d'accord, pas un *louve* d'accord.

Kaz me jeta un regard, haussant un sourcil devant ces paroles étranges.

Ce qui ne fit qu'élargir mon sourire.

— On se parle très vite, petite merveille. (Je lui envoyai un baiser et mis fin à l'appel, puis croisai le regard de Kaz.) Je ne veux rien entendre. Winter t'a mis le grappin dessus, elle aussi.

Il haussa les épaules.

— Je ne le nie pas. Mais c'est agréable de te voir si joliment apprivoisé par ta *petite merveille*.

Je levai les yeux au ciel.

— J'aurais dû te déposer dans ce nid à Buenos Aires en chemin.

— Ce n'est pas moi le bleu en formation, répliqua-t-il. C'est toi.

— Ouais, eh bien, tu es prêt à voir ce que ce *bleu* est capable de faire ? rétorquai-je.

Ses yeux sombres s'illuminèrent.

– C'est le moment de tester mon entraînement ?

– Quelque chose du genre.

– Frappe fort, tue-les tous, dit-il avec un sourire. Allons les faire saigner.

Je me détachai de mon siège avec un sourire et m'équipai.

Les autres avaient tous atterri sur l'aérodrome, et on sentait grandir autour de nous la présence des Alphas. Mais aucun d'entre eux n'était sous forme animale. Je sentais leur énergie de métamorphes, goûtai la poudre à canon, flairais leur agressivité.

– Ils sont sauvages, grognai-je.

– En effet, approuva Kaz, qui avait cessé de s'amuser et adoptait une posture hypervigilante. Comment tu veux la jouer, Mick ? me demanda-t-il, me gratifiant de son surnom préféré. Comme à Genève ?

J'y réfléchis et secouai la tête.

– Comme à Copenhague.

Il haussa les sourcils.

– Ah oui ?

– Oui.

Ses lèvres se retroussèrent sur un sourire sauvage.

– Excellent. À trois ?

– À deux, répliquai-je. Un.

J'ouvris le cockpit et bondis le premier, puis roulai sous le couvert des arbres proches, à côté desquels je m'étais garé à dessein.

Des coups de feu claquèrent dans l'air, sifflant près de moi, et Kaz riposta depuis l'avion, touchant la première série d'assaillants avec une précision parfaite.

Comme à Copenhague, me dis-je.

– Oh, lui, je l'aime bien, dit Kieran en apparaissant à côté de moi dans un brouillard épais. Rappelle-moi d'échanger mes coordonnées avec lui plus tard.

– Je n'y manquerai pas, dis-je d'un ton pince-sans-rire.

Kaz sauta de l'avion un quart de seconde plus tard en hurlant mon nom. Je visai immédiatement, touchant les Alphas en approche de plusieurs tirs rapides, qui firent siffler Kieran à côté de moi.

– Tu es là pour regarder, ou pour faire quelque chose ? m'enquis-je.

– Tu veux que je t'aide ? demanda-t-il d'un air innocent. Ça ne va pas t'enlever tout le plaisir ?

– Ouais, t'as raison. Je préférerais rester assis à te parler tout en tirant sur des trucs.

Je visai un autre Alpha dans la rangée d'arbres, qui ouvrait le feu sur le jet de mon frère, tandis que Kaz plongeait et roulait pour nous rejoindre derrière les arbres.

Il jeta un coup d'œil à Kieran.

– Il me semblait que les loups du V-Clan aimaient le sang, mais toi, tu m'as l'air drôlement propre.

Kieran sourit.

– Ah oui ? Je suppose que je vais devoir arranger ça, mmmh ?

Il disparut dans un tourbillon de brouillard noir qui s'évapora dans le vent.

Des cris s'ensuivirent, et je haussai les sourcils en regardant Kaz. Jamais de ma vie je n'avais entendu un mâle Alpha faire de tels bruits.

Du sang éclaboussa l'aérodrome, se reflétant dans la faible lumière du soleil couchant.

Des têtes roulèrent dans le sillage des ombres.

Puis trois volutes de vapeur couleur ébène se formèrent au milieu, avant de prendre des formes corporelles une fois encore. Kieran avait les mains dans les poches et se tenait entre ses deux *Élites*, dont je savais à présent qu'ils étaient des sortes d'exécuteurs.

– C'est mieux, Alpha Kazek ? s'enquit-il sur le ton de la conversation. Ou te faut-il plus de sang ?

– Eh bien ça c'est un trouble-fête, marmonna Kaz.

Je ricanai.

– C'est un sacré numéro.

Kieran se contenta de sourire : il nous avait entendus. Il disparut de nouveau.

– Nous ferions mieux de commencer à courir, ou il va tuer tout le monde pour nous, dit Kaz d'un ton agacé, avant de piquer un sprint.

– C'est la seule raison de ta présence ici ? demandai-je en courant après lui. Tuer des trucs ?

– Sinon, pourquoi aurais-je quitté ma compagne ? lança-t-il en accélérant le rythme.

– Parce que je te manquais ? suggérai-je, suivant aisément sa foulée.

– Ouais, ça me manque vraiment de te baby-sitter, approuva-t-il. Je veux dire, même maintenant, il faut que je te rappelle de diriger. C'est toi qui as le plan, non ?

– Me rappeler de diriger, répétai-je en grommelant. Abruti.

Je le dépassai, prenant un virage serré à gauche en me rappelant le chemin vers la résidence principale de Carlos. Enrique et Elias étaient censés nous retrouver dehors. Leur mission consistait à se diriger vers la prison pendant que je pourchassais Carlos.

Ander et Jonas se chargeaient des Omégas.

Quant aux maudits loups du V-Clan… nul ne savait ce qu'ils faisaient. Ils avaient leurs propres idées, et n'avaient pas voulu planifier avec nous.

Alana n'avait pas fait le voyage car elle devait assurer la fonction d'Alpha du secteur en l'absence de Kaz. Entre-temps, Ander avait nommé l'Alpha Sam, que Kat appelait Oncle Sammy en raison de leur lien familial, pour diriger Andorra en son absence. Logiquement, cette tâche aurait dû incomber à Elias, mais il faisait partie de la mission.

D'autres hurlements retentirent autour de nous, et Kaz marmonna « Frimeurs ».

Je faillis approuver, mais je me dis que nous pouvions apprécier l'aide.

— Rappelle-moi de ne jamais contrarier un Alpha du V-Clan, lui dis-je.

— Si j'ai besoin de te le rappeler, alors c'est que tu mérites d'en assumer les conséquences, répondit Kaz.

Je ris et hochai la tête.

— Pas faux.

Je faillis ajouter quelque chose, mais une explosion fit trembler le sol, et l'impact inattendu me fit reculer de plusieurs pas, jusqu'à un arbre où je m'écrasai avec un « Ouf ».

Des points clignotèrent dans mon champ de vision, et la détonation vibra dans mes oreilles.

Mine terrestre, reconnus-je vaguement. *Merde.*

Nous ne les avions pas repérées avec les drones car elles étaient cachées dans le sol.

Putain de merde. J'atterris sur le flanc, le corps paralysé par l'impact. Je ne savais pas si c'était moi qui avais marché dessus, ou Kaz. Je n'arrivais pas à le voir ou lui parler pour le savoir.

Quelque chose de chaud me toucha l'abdomen, un liquide coulant sur ma peau. *Du sang.*

Un malaise s'installa en moi, né de la douleur et de l'irritation.

Kaz avait raison de me traiter de bleu. J'avais marché droit dans un foutu piège. *Putain de merde.*

J'attendis que ma vision s'éclaircisse et que mes oreilles cessent de siffler. Il me sembla que des heures s'écoulaient.

Puis finalement, les arbres au-dessus de ma tête commencèrent à osciller devant mes yeux.

Je n'entendais toujours rien, et mon loup était furieux de cette intrusion dans l'un de mes meilleurs sens. Une odeur de fer m'emplit le nez, dont la source était mon propre sang.

Une vague de nausée m'assaillit, me laissant haletant et sans forces.

– Lève. Toi. (La voix de Kaz dans mon oreille m'envoya un frisson dans le dos.) Tout de suite, Mick. Lève-toi, putain.

Je grognai, je n'avais ni besoin ni envie qu'il use de ce ton avec moi.

– Il y a une fosse d'Infectés juste là. Je vais te jeter dedans si tu ne commences pas à bouger, m'avertit-il.

Ton comportement envers les malades est de toute beauté, avais-je envie de lui dire, mais mes lèvres ne bougeaient pas.

– *Bouge*, exigea-t-il, et son énergie d'Alpha me fit frissonner, commandant à mon esprit.

Seulement mon loup lui répondit d'un grognement, et se leva pour lui dire d'aller se faire voir.

– Tu vois, je t'avais dit qu'il allait bien, dit Kaz, me faisant cligner des yeux.

– Il est en train de se vider de son sang, répondit Elias.

– Ouais. J'ai vu pire. (Kaz n'avait pas l'air inquiet du tout.) En plus, nous avons des guérisseurs, non ?

Je grognai.

Kaz siffla, et le son transperça mes tympans déjà abîmés.

– Prince Charmant ! cria-t-il. J'ai besoin de ton expertise médicale.

– Oooh, tu me trouves charmant ? (Le ton familier de Kieran me donnait envie de me rouler en boule et de mourir.) Attends que je rencontre ta compagne.

– Ne joue pas à ce jeu-là avec moi, prévint Kaz d'un ton mortel. Répare Mick pour que nous puissions achever cette mission.

– Je suis à peu près sûr que vous avez déjà ruiné votre approche furtive avec toutes les explosions et les sifflets, murmura Kieran, posant la main sur mon épaule.

Je tentai de m'écarter de lui, parce que je ne voulais pas de ses sorts sur moi, mais alors que son essence de guérison atteignait mon esprit, je ne pus m'empêcher de pousser un soupir de soulagement.

En quelques secondes, je retrouvai ma vue et mon ouïe, et me vis entouré de quatre de nos hommes.

Kaz. Elias. Enrique. Kieran.

Ce dernier garda sa paume sur moi un instant de plus, puis hocha la tête.

– Tu n'es pas complètement guéri, mais ça tiendra. Évite juste de marcher sur une autre surprise, d'accord ?

Il se leva et disparut dans un tourbillon de fumée.

– Il est utile, décida Kaz à haute voix en hochant la tête. Putain, vraiment très utile.

– Et putain de flippant, marmonna Elias.

Kaz se contenta de hausser les épaules et de me tendre la main.

– Prêt à danser ?

KIERAN

LE JEUNE ALPHA et son dangereux ami se remirent en route vers le domaine de Carlos, cette fois à un rythme plus pondéré et plus observateur.

– Reste avec eux, dis-je à Cillian. Assure-toi qu'ils survivent.

– Oui, mon seigneur, répondit-il avec une légère révérence, avant de se dissoudre dans les ombres.

Lorcan se tenait de l'autre côté, attendant les instructions.

Il nous aurait suffi de quelques passes magiques pour détruire le Secteur Bariloche, mais ce conflit entre les loups du X-Clan n'était pas vraiment notre combat. Je n'étais venu que pour une seule et unique raison : *Quinnlynn.*

Mais pour la faire sortir en toute sécurité, il fallait que la voie soit dégagée.

Alors j'avais aidé à éliminer quelques Alphas en chemin. Puis j'avais aidé le jeune Alpha uniquement parce que je l'appréciais. D'après ce que j'avais vu de Kari, il savait s'occuper correctement d'une Oméga. C'était pourquoi je l'avais récompensé.

Évidemment, maintenant il me devait quelques faveurs. Eh bien, ça me serait toujours utile.

Je glissai sur le sol, mes chaussures noires étaient silencieuses sous mes pas. Lorcan restait dans mon dos, et son insistance à me protéger venait de sa frustration parce que je ne l'avais pas laissé m'accompagner au cours de mon premier voyage vers le Secteur Andorra.

Je n'avais pas besoin d'un garde pour survivre, je l'avais prouvé à de nombreuses reprises.

Cependant, je lui avais fait plaisir en l'autorisant sur ce voyage, surtout parce que je voulais du renfort pour ma future reine. Elle était fougueuse et intelligente, et elle avait le don de m'échapper.

Pas aujourd'hui, petite coquine, songeai-je. *Aujourd'hui, je te ramène chez toi. Là où est ta place.*

Elle ne pouvait pas m'entendre parce que nous n'étions pas encore accouplés. Mais dès que je mettrais la main sur elle, j'y remédierais.

Je laissai mon nez me guider, et m'amusai un instant de mon instinct qui me poussait à tout détruire sur mon chemin. Ce serait si facile. Un seul sort les enverrait tous à terre.

Oh, mais je ne voulais pas faire de mal à ma chère déviante. Elle s'épanouissait dans le chaos, elle était capable de s'évanouir dans le vent sans laisser de trace.

Mais je la sentais maintenant, sa présence était une balise, qui me conduisit à l'entrée proche d'un souterrain.

Sors, sors, où que tu sois, pensai-je, restant dans l'ombre, laissant ma vision nocturne me guider. Il faisait un noir d'encre, la même couleur que ma fourrure, mais mes yeux étaient ceux d'une panthère.

Le froid humide s'éclaira telle une flamme, me prévenant de la présence de rochers, de virages, de pièges grossiers. Lorcan flaira l'un deux, dont le fil était presque invisible pour un œil non entraîné, mais que nous repérâmes bien avant d'y arriver. Il se téléporta devant moi et le démonta pour que je n'aie pas à l'enjamber.

Puis nous continuâmes notre progression, descendant loin sous terre, là où les Omégas étaient retenues captives dans des cages ; leur condition me fit grincer des dents.

– Libère-les, dis-je dans un murmure destiné aux seules oreilles de Lorcan. Mets-les en sécurité à la surface.

Mon compagnon silencieux acquiesça et se mit au travail, évaporant les femmes jusqu'à l'aérodrome, où elles seraient placées dans des avions destinés à de meilleurs secteurs.

C'était la fosse des dépravations de Carlos, l'endroit où il envoyait les Omégas blessées pour guérir, ce qui expliquait la présence de ma Quinnlynn ici. En tant que ma future compagne, elle avait accès à des pouvoirs de guérison censés être un cadeau pour ma fiancée. Un trait héréditaire, que peu de loups V-Clan possédaient.

J'avançai prudemment, suivant cette trace d'énergie le long du couloir jusqu'à une pièce où se trouvait une Oméga particulièrement abîmée.

Quinnlynn leva les yeux de sa position, sa paume sur le cœur de l'autre Oméga. Je ne vis ni choc ni surprise dans son expression, rien que de la résignation, accompagnée d'une supplique.

– Aide-moi, supplia-t-elle. S'il te plaît, aide-moi d'abord à la guérir.

– Tu as senti mon arrivée, murmurai-je, comprenant pourquoi elle ne réagissait pas.

Elle avait senti mon énergie en approche, tout comme j'avais senti qu'elle se servait de mon pouvoir. Cela ne fonctionnait que lorsque nous étions proches l'un de l'autre, c'est pourquoi il m'avait fallu si longtemps pour la retrouver.

Elle hocha la tête.

— Tu as choisi de ne pas t'enfuir, ajoutai-je en regardant la scène qui se déroulait devant moi. Tu as fait passer sa vie avant la tienne.

Parce que nous savions tous les deux qu'elle aurait pu s'enfuir d'ici dès qu'elle avait senti ma proximité.

Nouveau hochement de tête.

— Admirable, avouai-je en saisissant son poignet et en l'éloignant de la jeune fille.

— Kieran, s'il te plaît, chuchota-t-elle, son cœur se brisant sous mes yeux.

— Ce serait une punition appropriée que tu restes là pendant qu'elle meurt, lui dis-je d'une voix douce et veloutée. (Mais ma colère envers cette femme augmentait à chaque seconde en sa présence.) Heureusement pour toi, je ne suis pas aussi cruel, dis-je en pressant ma main libre sur la femme, et en réparant les morceaux de son âme brisée.

Sa signature énergétique réchauffait mon être, murmurant son nom et son histoire. La douleur familière m'empêchait de la laisser dans cet état.

— Mmmh, tu dois être la sœur de Kari.

Je reconnaissais les similitudes dans leurs patrimoines génétiques. Mais contrairement à Kari avant que je ne la guérisse, cette Oméga avait un compagnon. Un Alpha. Le jumeau de l'autre. Je suivis tous les liens dans mon esprit, puis me concentrai pour guérir celui qui se trouvait devant moi.

Le temps que Lorcan arrive pour l'emmener, elle respirait régulièrement, le plus gros de ses blessures fermées, guérissant d'elles-mêmes.

— Celle-ci va au Secteur Andorra, lui dis-je. Il lui faut plus de soins.

Il hocha la tête puis disparut avec elle, me laissant seul avec ma petite compagne errante.

– Bonjour, Quinnlynn. Ce jeu de cache-cache devient fatigant, tu ne crois pas ?

Elle souffla et ses cheveux noirs retombèrent sur sa joue, flottant dans la brise.

– Je ne sais pas. Il t'a fallu quelques décennies pour ce tour, alors je crois bien que je m'améliore. On recommence pour un siècle cette fois ?

Je lui souris.

– Non, petite coquine. Tu t'es cachée et je t'ai attrapée. (Je l'attirai dans mes bras, soutenant son regard méfiant.) Game over, princesse. J'ai gagné. Maintenant il est temps de rentrer à la maison. *Encore.*

ENRIQUE

En marchant à travers les arbres, je réalisai que cette terre n'était plus la mienne. Elle m'était étrangère. Elle avait été abusée. Souillée.

La puanteur de la pourriture avait envahi les feuilles, et les fosses d'Infectés étaient nombreuses, pleines et grotesques dans leur entretien.

Cet endroit n'était plus chez moi.

Ce qui signifiait que j'étais un loup sans secteur. Je n'avais aucune idée d'où j'irais après ça. Mon passé faisait flotter un nuage noir au-dessus de ma tête, m'interdisant même de demander l'asile dans certaines contrées.

Kazek ne voudrait pas de moi.

Ludvig non plus.

Ander pourrait, si je plaidais ma cause et me débrouillais bien ce soir. Son Second avait l'air de bien m'aimer. J'avais déjà négocié un refuge pour Savi et Joseph ; peut-être pourrais-je ajouter mon propre nom à la liste.

À réfléchir plus tard, me dis-je. *Concentre-toi.*

Les mines terrestres à l'extérieur de la propriété de Carlos s'étaient avérées délicates à franchir, et l'une d'entre elles avait déjà mis Sven hors service. Heureusement, c'était un coup résiduel. Kazek l'avait aperçue quelques pas avant lui et avait tiré dessus avec son arme, avant que Sven ne marche dessus.

Elle avait quand même amoché le jeune Alpha. Mais Kieran l'avait réparé avec son vaudou effrayant.

Les loups du V-Clan devaient avoir leur utilité, mais je ne demanderais certainement pas asile au Secteur Sanglant. Je préférais être un loup solitaire qu'être entouré de leur magie de dingue.

Je frissonnai rien que d'y penser.

Puis je me concentrai sur la tâche en cours, le domaine à portée de vue. Nous étions déjà plus avancés dans les terres de Carlos qu'il n'était autorisé dans le secteur. Il devait savoir que nous venions pour lui. Mais chaque Alpha qu'il avait envoyé pour s'occuper de nous s'était fait abattre par des assassins parfaitement entraînés. Cela aidait que les Alphas non consentants, auparavant contrôlés par les narcotiques, se battaient à nos côtés aussi. Ils étaient en colère, et à juste titre.

Tes minutes sont comptées, me dis-je en pensant à l'Alpha du secteur.

Deux Betas sortirent en courant par les portes principales, portant des armes qu'ils jetèrent rapidement en s'enfuyant.

Kazek ricana.

– C'est ce qui arrive quand on asservit son peuple. Aucune loyauté.

– Il se servira des autres comme bouclier humain, le prévins-je.

– Laisse-moi m'occuper de ça pendant que tu vas chercher ton frère, répondit-il en se dirigeant déjà vers la porte ouverte, brandissant son arme.

Sven le suivit de près : de toute évidence, ces deux-là s'étaient entraînés au combat ensemble.

Des cris et des coups de feu retentirent lorsqu'ils pénétrèrent dans la maison, et Elias bondit après eux, pistolet armé. J'entrai en dernier, pas du tout surpris de trouver les cadavres de plusieurs esclaves qui avaient sans doute refusé de protéger Carlos. La plupart d'entre eux saignaient de la gorge : ses dents étaient son arme de prédilection.

— Tu crois que je vais t'offrir un combat loyal sous forme de loup ? lança Sven, focalisé sur le loup qui grognait dans un coin. Aucune chance.

Je ricanai.

— La partie est finie, Carlos Il gronda en retour, pas ravi de voir que c'était moi l'Alpha qui avait aidé les autres à l'attaquer.

Un brouillard se déploya autour de nous quand Carlos déclencha l'un de ses dispositifs de sécurité, sous la forme d'un gaz toxique. Mais nous avions tous fait le plein d'antidote avant de partir pour le Secteur Bariloche.

— Ça ne marchera pas, crié-je à mon ancien leader. Je les ai préparés à toutes tes ruses.

Elias sortit deux bombes fumigènes destinées à disperser les toxines, et les jeta juste à côté du loup grognant dans le coin la pièce.

Elles explosèrent, dissipant le brouillard, nous laissant tous indemnes.

— Tu auras plus de chance la prochaine fois, s'exclama Elias.

Puis Sven visa et colla une balle entre les yeux de l'Alpha.

— Sérieusement ? s'étonna Kazek. Juste comme ça ?

— Oui, répondit Sven en jetant un regard à l'autre homme. Mon mentor m'a toujours dit que je ne gagnais rien à être arrogant. Une fois que tu as le dessus, profites-en. Ne perds pas de temps.

Un lent sourire s'épanouit sur les lèvres de Kazek.

– On dirait que tu as un mentor très malin.

– C'est le meilleur, rétorqua Sven.

– C'est tellement vrai, putain, approuva Kazek (Il pointa son propre pistolet et tira deux balles dans la poitrine de Carlos qui achevait de reprendre sa forme humaine.) Tu veux toujours lui couper la tête ?

En guise de réponse, Sven sortit un couteau.

– Évidemment que oui.

Kazek hocha la tête avant de me regarder.

– Va chercher ton frère et les autres.

Je n'attendis pas, leur faisant confiance pour sécuriser la zone pendant que je partais en chasse.

Il n'y avait pas de garde à la porte de la prison.

Pas de loups rôdant dans les couloirs.

Rien qu'une myriade de cellules où se trouvaient des Alphas et des Betas ayant un à moment provoqué la colère de Carlos. J'ouvris toutes leurs portes, leur annonçant qu'ils étaient libres.

Certains coururent.

Certains boitèrent.

La plupart… ne bougèrent pas.

Y compris dans la dernière cellule où se trouvait mon frère, sa silhouette brisée retenue par des chaînes d'argent. Il n'avait plus que la peau sur les os, son corps déformé sous le poids du métal.

– Joseph, soufflai-je, le cœur brisé. Oh… *putain*.

Il n'était pas mort.

Mais pas vraiment vivant.

Il avait l'air à moitié dingue, avec un regard affamé qui me rappelait les infectés. Je n'avais aucun doute qu'il se jetterait sur moi si je le libérais, rien que pour avoir quelque chose à se mettre sous la dent.

Je ne savais pas comment le déplacer. Mais il ne pouvait pas rester ici. Les autres avaient déjà décidé de brûler ce domaine de fond en comble, ainsi que plusieurs autres.

— Je suis là, lui dis-je sans savoir si ça l'aidait vraiment.

Mais j'avais besoin qu'il sache que je l'avais enfin retrouvé. Que j'allais le sauver. D'une manière ou d'une autre. J'allais *réparer* ça.

Les autres finirent par me rejoindre, dans le but de tout vider et d'aider à sortir ceux qui ne pouvaient pas d'eux-mêmes.

Elias arriva avec une seringue destinée à calmer mon frère, dont les grognements signalaient ses cauchemars. Je n'avais jamais été du genre à pleurer, mais je sentis les larmes me monter aux yeux devant mon jumeau brisé.

— Il a juste besoin de nourriture et de sa compagne, promit Elias.

— Il ne peut pas voir Savi dans cet état, répondis-je aussitôt. Il va la tuer.

— Non, il faudra une réintroduction très lente, dit-il. Mais nous avons les installations pour ça.

Je hochai la tête et déglutis.

— Tu seras là aussi pour le guider, ajouta-t-il d'un ton sévère. N'est-ce pas ?

— Bien sûr qu'il sera là, c'est son frère, dit Ander, qui venait m'aider à gérer mon jumeau.

En tant qu'Alpha X-Clan le plus fort d'entre nous — à part Kazek peut-être —, il était logique qu'il s'occupe de cette partie.

Mais Kazek vint l'aider, et tous deux luttèrent pour emmener mon frère sous sédatifs mais toujours sauvage, le tirer de sa cage et le guider lentement dans les escaliers.

— Ce serait bien si Kieran n'avait pas foutu le camp sans un mot, marmonna Kazek. J'aurais bien eu besoin d'un peu de magie, là tout de suite.

— Nous savions tous qu'il était ici pour l'Oméga V-Clan, répondit Sven. Apparemment, il l'a trouvée.

Kazek ricana, répondit quelque chose, mais j'étais concentré sur Joseph.

J'avais enfin accompli ce pour quoi j'étais venu : j'avais retrouvé mon frère.

Mais je n'avais aucune idée de ce qu'il convenait de faire ensuite. Le guérir, clairement. Mais ensuite, quoi ?

Un jour à la fois, me dis-je. *Un jour à la fois.*

SVEN

Secteur Andorra

J'avais le corps douloureux en pénétrant sous le dôme du Secteur Andorra, mon épuisement me frappa de plein fouet. Nous avions passé quasiment deux jours à nettoyer le Secteur Bariloche et à répartir les réfugiés en différents groupes. Les évacuations médicales n'avaient cessé d'aller et venir, la plupart d'entre elles transportant des loups vers le Secteur Andorra pour y recevoir des soins majeurs. Ceux qui étaient en meilleure forme avaient rejoint les secteurs Scandinave et Hiver. Et une poignée d'entre eux étaient partis vers d'autres alliés autour du globe, y compris deux loups cendrés qui étaient partis vers le Secteur des Ombres.

Le dernier avion contenait un mélange d'Omégas de différentes régions du monde. Enrique avait proposé de les ramener chez elles, disant que c'était le moins qu'il puisse faire pour nous remercier de notre aide à résoudre cette situation. Il reviendrait au Secteur Andorra la semaine prochaine. Mon frère avait estimé que c'était le mieux, car cela tiendrait Enrique occupé pendant que les médecins d'Andorra s'occuperaient de Joseph et Savi.

Je fis basculer les trains d'atterrissage avec un soupir et me détendis sur mon siège.

– Tu as bien fait, dit Kazek, d'un ton inhabituellement sérieux. Vraiment bien.

Je retroussai le coin des lèvres.

– C'était bien mieux que Prague.

– Beaucoup mieux, convint-il. Tu n'as eu qu'un seul petit contretemps avec la mine. Et cette fois, tu n'as pas été mordu.

Je ricanai.

– Je n'ai pas été mordu à Prague.

– Han-han.

– Les dents plantées dans le jean, ça ne compte pas. Ça n'a pas transpercé la peau.

Kazek y réfléchit.

– Ouais, bon, d'accord. Je te retire juste un demi-point.

Je levai les yeux au ciel.

– On ne déduit aucun point si le sang n'est pas versé.

– J'ai dit ça ?

– Tu l'as dit.

– Merde, répondit-il. Il va falloir que je revoie mes règles.

– Pourquoi ? Tu as un autre nid où tu prévois de me balancer ?

– Peut-être pas toi, mais Winter. (Il sourit, l'air rêveur.) Elle veut chasser les zombies avec moi.

J'éclatai de rire.

– En effet, ça ressemble à ton genre de rendez-vous galant.

– Et c'est quoi le tien ? demanda-t-il.

Il déboucla sa ceinture pour se tourner et regarder avec insistance un sac sur le siège à l'arrière.

– C'est une preuve, lui dis-je. Pour prouver que je suis digne.

– Tu n'as pas besoin d'une preuve pour ça, Mick, me répondit-il. Tu es l'un des Alphas les plus méritants que j'aie jamais connus. Ce qui est une bonne chose, parce que de nous deux, je ne sais plus vraiment qui gagnerait un combat.

– Toi, répondis-je sans hésitation. Parce que je m'agenouillerais.

– Ouais, approuva-t-il. Sauf que je poserai le genou à terre plus vite et que je gagnerai encore à la fin.

Je ricanai et débouclai ma ceinture, prêt à descendre de ce maudit avion. Mais Kaz m'arrêta avec une main sur mon épaule.

– Winter m'a dit que je pouvais garder Alana comme Second. (Il croisa mon regard, et cette expression sérieuse revint.) J'accepte seulement parce que tu as une meilleure opportunité qui s'offre à toi. Sinon, j'aurais exigé que tu acceptes le poste.

Je fronçai les sourcils.

– Une meilleure opportunité ?

– Allez, Mick. Tu sais que ton père t'a préparé. Alana et moi partis, tu es le choix naturel pour devenir son Second dans le Secteur Scandinave. Et je ne serais pas surpris qu'il ait l'intention que tu lui succèdes un jour, aussi.

Je réfléchis à sa déclaration et à tout ce que mon père avait mis en place autour de moi.

– Il enseigne en permanence, n'est-ce pas ?

– Effectivement, marmonna Kaz, mais je lus l'amusement dans son regard. Il m'a appelé par courtoisie professionnelle pour me parler des plans du Secteur Bariloche, en disant que cela lui paraissait juste, étant donné que je lui avais parlé de ton appel avant.

– Parce qu'il savait que tu viendrais nous rejoindre pour le bain de sang.

– Ouais. (Il sourit.) Il savait aussi que je ne laisserais rien t'arriver. Mais tu as prouvé que tu n'avais pas vraiment besoin de moi, à part l'incident de la mine terrestre.

– Et maintenant, tu ne me laisseras jamais l'oublier, n'est-ce pas ?

– Pas avant un bon moment, non. Je veux dire, tu as presque marché dessus, gamin. Elle était juste à un mètre…

– Ouais, ouais, ouais, dis-je en le repoussant un geste de la main pendant que je me levai. Tu m'as encore sauvé la vie. Sans toi, je suis perdu, bla, bla, bla.

Il rit.

– Je ne suis pas allé jusque-là.

– Oh, mais tu le feras. Tout comme tu ne te remettras jamais de ce foutu Stockholm. (Je récupérai la tête dans le sac et jetai un œil par-dessus mon épaule.) Tu m'as laissé avec un seul pistolet et tu as volé mon avion.

– Je l'ai emprunté.

Je commençai à me diriger vers la sortie, Kazek sur mes talons.

– Et ensuite tu m'as reproché d'avoir mis trop de temps.

– Parce que tu étais lent, rétorqua-t-il.

– C'est ce qui arrive quand on est lâché dans un foutu nid avec seulement six balles.

– Ce n'est pas ma faute si tu ne les as pas utilisées à bon escient.

– C'est parfaitement de ta faute puisque je n'ai eu aucun avertissement, répondis-je.

Quand la porte s'ouvrit, je sortis pour rejoindre l'escalier.

– Tu avais tes dents pour le plan B, proposa-t-il. Et tu aurais pu te transformer pour courir plus vite.

Je me contentai de secouer la tête.

– Tu ne me laisseras jamais l'oublier.

– Non, répondit-il. Et aujourd'hui tu m'as donné de nouvelles raisons de te tourmenter.

En soupirant, je pris la direction du bâtiment. Puis je m'arrêtai, y pensant à deux fois, et décidai de cesser notre petit jeu.

– Merci d'être venu avec moi, Kaz.

C'était important de le dire, pas seulement parce que je le pensais, mais parce que j'avais l'impression que nos chemins se séparaient officiellement. Pas pour de bon. Nous étions juste… sur deux nouveaux chemins de vie.

Il me dévisagea.

Je fis de même.

Puis il hocha la tête.

– Je ne vais pas te prendre dans mes bras, Mick.

– Bien. Je n'aime pas quand tu me touches.

Il me regarda fixement.

J'en fis de même.

Et lentement, il sourit.

– Hmm, j'approuve. (Il me donna une tape sur l'épaule et hocha la tête.) Maintenant, va chercher ton Oméga.

Il n'avait pas besoin de me le dire deux fois. Mon cœur s'était mis en pause pendant ce qui me paraissait des années sans Kari pour me relancer. J'allai directement aux ascenseurs et montai à notre suite d'invités.

Elle m'attendait dans l'entrée, les yeux emplis de tant d'espoir que j'en eus mal la poitrine serrée.

Ma femme était devenue une nouvelle louve, qui souriait et croyait en un futur meilleur.

Mais je sentis fondre un peu cet espoir quand son regard se posa sur le sac dans ma main.

– Tu l'as fait, souffla-t-elle.

– Oui, répondis-je. Et j'ai aussi tué les deux médecins

qui t'ont opérée. (J'avais trouvé son dossier médical dans le bureau de Carlos, alors que nous passions en revue tous ses dossiers et effets avant d'établir les priorités de regroupement des réfugiés.) J'ai fait une vidéo d'eux en train de brûler, si tu veux la voir, lui proposai-je.

Elle acquiesça lentement.

– Oui.

Dans ma tête, je pouvais presque entendre Kazek approuver son besoin de sang. Peut-être qu'un jour, je l'emmènerais en mission pour chasser des Infectés. Ce pourrait être l'objet d'un double rencard avec Kaz et Winter.

Mes lèvres se retroussèrent presque à cette idée, mais pour l'instant j'avais quelque chose de mieux à faire.

Il fallait que j'aide Kari à brûler le passé.

Et ça commençait par détruire la tête de Carlos.

ÉPILOGUE

KARI

Je fixai la porte, étudiant ses gonds et son panneau en bois lisse.

Derrière elle se trouvait une partie de moi que je ne pourrais jamais retrouver. Une âme détruite qui s'était flétrie et avait connu une mort douloureuse. Une mort que j'avais choisie.

Parce que je n'étais plus cette femme.

Je n'étais plus brisée. Je n'étais plus un simple fragment d'existence cassé. Plus une esclave Oméga.

Mais Kari Mickelson, la compagne de Sven Mickelson.

Et nous rentrions enfin à la maison.

Je posai la main une dernière fois sur le bois, pour dire au revoir et laisser mon ancien monde derrière moi. Nous avions brûlé la tête de mon père dans cette pièce. J'avais pleuré. Pas pour la perte que cela représentait, mais pour la douleur qu'il m'avait infligée, la destruction de mon âme, et cette sombre partie de moi était morte avec lui.

Parce qu'il ne pouvait plus me faire de mal.

C'était grâce à Sven. Il m'avait sauvée. Il me donnait

de l'espoir. Il avait fait de moi une nouvelle femme, pleine de force et d'*espoir*.

Il était le compagnon parfait, l'autre moitié de mon âme, et en me tournant vers lui à cet instant, je réalisai qu'il était mon éternité.

– Je t'aime, chuchotai-je, lui répétant les trois mots que j'avais retenus depuis que je les lui avais dits par vidéo interposée.

Je les pensais à ce moment-là, mais pas comme maintenant. Une partie de moi avait été effrayée et inquiète pour son compagnon. Mais à présent, je savais qu'il était en bonne santé, vivant, et tout à moi. Alors je prononçai ces mots d'un ton sincère et déterminé, lui montrant avec mes yeux à quel point mon amour pour lui était profond.

Il s'approcha de moi et m'attira dans ses bras.

– Je t'aime aussi, murmura-t-il en frôlant mes lèvres des siennes. À présent, rentrons à la maison.

Je hochai la tête.

Le Secteur Scandinave était mon avenir, et même si j'éprouvais toujours un certain malaise, je choisissais de faire confiance à mon destin. De faire confiance à Sven. De me faire confiance à moi, et à ma louve. Elle avait été là pour moi quand j'en avais le plus besoin, et maintenant, je suivrais ses instincts autant que les miens.

– Oui, dis-je doucement, en prenant sa main. Rentrons à la maison.

Avec mon compagnon.

Avec mon amour.

Avec mon âme complètement guérie.

L'avenir ne m'avait jamais paru aussi brillant. Et à présent, j'avais l'éternité de mon côté.

Au destin, songeai-je avec un dernier coup d'œil à la suite qui avait changé ma vie. *À la vie.*

Merci d'avoir lu *La Revanche de l'Alpha*, la dernière histoire de la série X-Clan. L'histoire de Sven et Kari a vraiment été quelque chose de différent à écrire pour moi, leur relation était un tourbillon émotionnel qui m'a détruite à certains moments, mais leur fin valait cette peine et cette douleur. J'espère que vous avez trouvé la lumière dans leur fin heureuse. Et j'espère que vous me retrouverez pour continuer à explorer ce monde, avec l'histoire de Kieran et Quinn dans *Le Secteur Sanglant*.

Envie d'un nouveau livre sur les vampires? *L'esclave du Vampire*
L'Académie des Faë de Minuit

Pour être au courant des dernières nouvelles et connaître les dates de publication, abonnez-vous à ma newsletter

Quinn McNamara

Du sang. La mort. La guerre.
Une dynastie détruite.
Et j'en suis l'ultime trophée.

Je suis une louve Oméga non accouplée. Une princesse. Et
destinée à régner. Mais les Princes Alpha qui restent
veulent tous me revendiquer, et leurs méthodes brutales
sont terrifiantes et cruelles.

J'ai passé le dernier siècle à fuir, à me cacher en des lieux
où personne ne penserait à me chercher.
C'est *lui* qui m'a trouvée. Le Prince Kieran, le plus puissant
de tous les métamorphes.

Notre petit jeu de cache-cache a pris fin.
Il est temps pour moi de me soumettre.
Ou de mourir en combattant.

Kieran O'Callaghan

Ma petite coquine m'a échappé autrefois. Elle s'est livrée à un jeu du chat et de la souris dangereux, à travers tous les Secteurs, mais j'ai enfin retrouvé mon trophée.

La pauvre petite chérie pensait que j'accordais de l'importance à la chevalerie et la cour. Je suis un prince Alpha. Je prends ce que je veux, quand je le veux, comme je le veux. Et son sang sucré en appelle au prédateur en moi, pour que je détruise tous ses rêves d'une fin heureuse.

Que les princes savourent leurs royales V-guerres. Tant qu'ils s'inclineront devant moi en tant que Roi du Secteur Sanglant, je n'interviendrai pas. En plus, j'ai une nouvelle jolie petite Oméga à apprivoiser. Il est temps de lui mettre une couronne et d'en faire ma reine.

Note de l'Auteure : *Il s'agit d'un roman unitaire sombre de métamorphes, abordant le thème de l'Omégaverse. Kieran est un prince Alpha impitoyable et Quinn une princesse Oméga pleine de fougue. Ce couple s'est littéralement constitué en enfer, et l'antihéros est le roi.*

L'esclave du Vampire

Jadis, l'humanité gouvernait le monde, et les lycans et vampires vivaient en secret.
Cette époque est révolue.

Juliet

C'est mon devoir d'obéir, de donner mon corps et mon sang à un maître vampire jusqu'à ce que je ne lui sois plus utile.

Il n'y a pas d'échappatoire.
Nulle part où fuir.
Suis les règles ou meurs.
Je ne veux pas mourir.

Darius

Vingt-deux années de conditionnement ont élaboré le poison parfait – une arme que mes ennemis ne verront pas venir. Je la briserai, la formerai, et l'utiliserai pour abattre quiconque se dressera en travers de mon chemin.

Elle est séduisante.
Elle est parfaite.
Et elle est à moi.

Bienvenue dans un futur où les lignées supérieures font la loi.
Continuez à vos risques et périls.

Avertissement : la romance de Darius et Juliet n'est pas conformiste et se situe dans un monde très sombre, où les humains n'ont aucun droit. Les lycans et vampires qui règnent sur cet univers ne sont pas du genre à fréquenter les contes de fées. Ces monstres mordent. Ils partagent. Et ils aiment sucer le sang. L'avenir vous attend, si vous ne craignez pas les morsures…

L'auteure à succès d'*USA Today* Lexi C. Foss est une écrivaine perdue dans le monde de l'informatique. Elle vit à North Carolina, avec son mari et leurs enfants à fourrure. Quand elle n'écrit pas, elle est occupée à cocher des cases sur sa liste de voyages à faire. On peut retrouver beaucoup des endroits qu'elle a visités dans ses écrits, notamment le monde mythique d'Hydria, inspiré d'Hydra, dans les îles grecques. Elle est excentrique, boit beaucoup trop de café et adore nager. Tchao !

https://www.lexicfoss.com/Français

Pour être au courant des dernières nouvelles et connaître les dates de publication, abonnez-vous à ma newsletter:
https://www.lexicfoss.com/la-newsletter-de-lexi